CAMPANHA NO AFEGANISTÃO

SUMA de letras

STEVEN PRESSFIELD

CAMPANHA NO AFEGANISTÃO

Tradução
Domingos Demasi

SUMA
de letras

EDITORA OBJETIVA LTDA. Rua Cosme Velho, 103
Rio de Janeiro – RJ – CEP: 22241-090
Tel.: (21) 2199-7824 – Fax: (21) 2199-7825
www.objetiva.com.br

Título original
The Afghan Campaign

Capa
Marcelo Pereira – Tecnopop

Revisão
Ana Kronemberger
Lilia Zanetti
Catharina Epprecht

Editoração eletrônica
Abreu's System Ltda.

CIP-BRASIL. CATALOGAÇÃO-NA-FONTE
SINDICATO NACIONAL DOS EDITORES DE LIVROS, RJ

P938c Pressfield, Steven

Campanha no Afeganistão / Steven Pressfield ; tradução Domingos Demasi.
- Rio de Janeiro : Objetiva, 2008.

317p. ISBN 978-85-60280-26-1
Tradução de: *The Afghan Campaign*

1. Romance americano. I. Demasi, Domingos. II. Título.

08-1236. CDD: 813
CDU: 821.111(73)-3

Para Ruthie

NOTA HISTÓRICA

A campanha de Alexandre no Afeganistão teve início no verão de 330 a.C., quando seu exército entrou em Artacoana (atual Herat), e prosseguiu até a primavera de 327 a.C., quando ele partiu da Cidade de Bactra (perto da contemporânea Mazur-i-Sharif) e atravessou o Hindu Cush para a Índia.

Essa campanha foi a mais longa da carreira de Alexandre e a mais difícil que ele combateu. Seus adversários não eram exércitos formados de tropas, mas membros de tribos independentes do que atualmente é o Afeganistão e o Turcomenistão, e cavaleiros guerreiros que habitavam as estepes e montanhas do que viria a se tornar o Uzbequistão e o Tadjiquistão. Muita brutalidade foi empregada por ambos os lados, nunca vista em campanhas anteriores, e os limites da arte da guerra foram ampliados. A despeito de numerosas vitórias, Alexandre só conquistou a região no terceiro ano, quando formou uma aliança com o chefe guerreiro Oxiarte, ao tomar por esposa sua filha Roxana.

A resistência da oposição pode ser medida pelo fato de que, quando Alexandre foi para a Índia, em 327, deixou no Afeganistão nada menos que 10 mil soldados de infantaria e 3.500 de cavalaria — pelo menos um quinto do seu exército — para evitar que o país recaísse na insurgência.

As gírias usadas no livro aparecem marcadas com asterisco (*) e são explicadas no glossário na página 315.

"Vocês acreditam que tantas nações, habituadas ao nome e ao governo de outras, unidas a nós não por religião, nem por costumes nem por língua comum, foram subjugadas na mesma batalha na qual foram derrotadas? É apenas pelas armas de vocês que elas são contidas, não pela sua propensão, e aqueles que nos temem quando estamos presentes, em nossa ausência se tornarão inimigos. Lidamos com feras humanas, que só o decorrer do tempo pode domar, ao serem capturadas e enjauladas, pois sua própria natureza é incapaz de domá-las... Conseqüentemente, precisamos devolver o que já tomamos, ou agarrar o que ainda não pegamos."

— Alexandre, em discurso às suas tropas,
ao se aproximar do Afeganistão.
IN QUINTUS CURTIUS, *História de Alexandre*

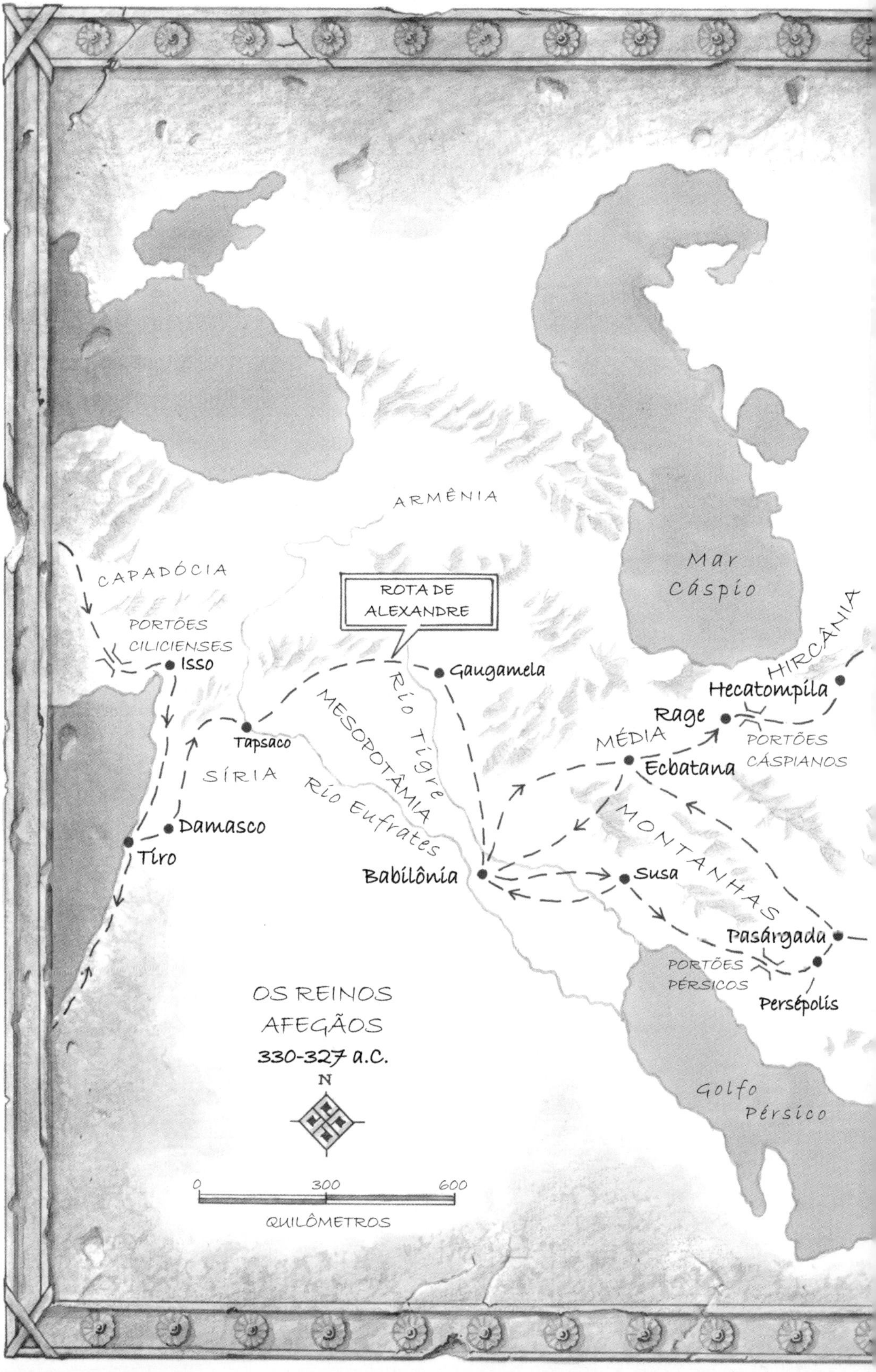

ARMÊNIA
CAPADÓCIA
PORTÕES CILICIENSES
Isso
ROTA DE ALEXANDRE
Gaugamela
Mar Cáspio
HIRCÂNIA
Hecatompila
Rage
PORTÕES CÁSPIANOS
MÉDIA
Ecbatana
Tapsaco
MESOPOTÂMIA
Rio Tigre
SÍRIA
Rio Eufrates
Damasco
Tiro
Babilônia
Susa
MONTANHAS
Pasárgada
PORTÕES PÉRSICOS
Persépolis
OS REINOS AFEGÃOS
330-327 a.C.
N
0
300
600
QUILÔMETROS
Golfo Pérsico

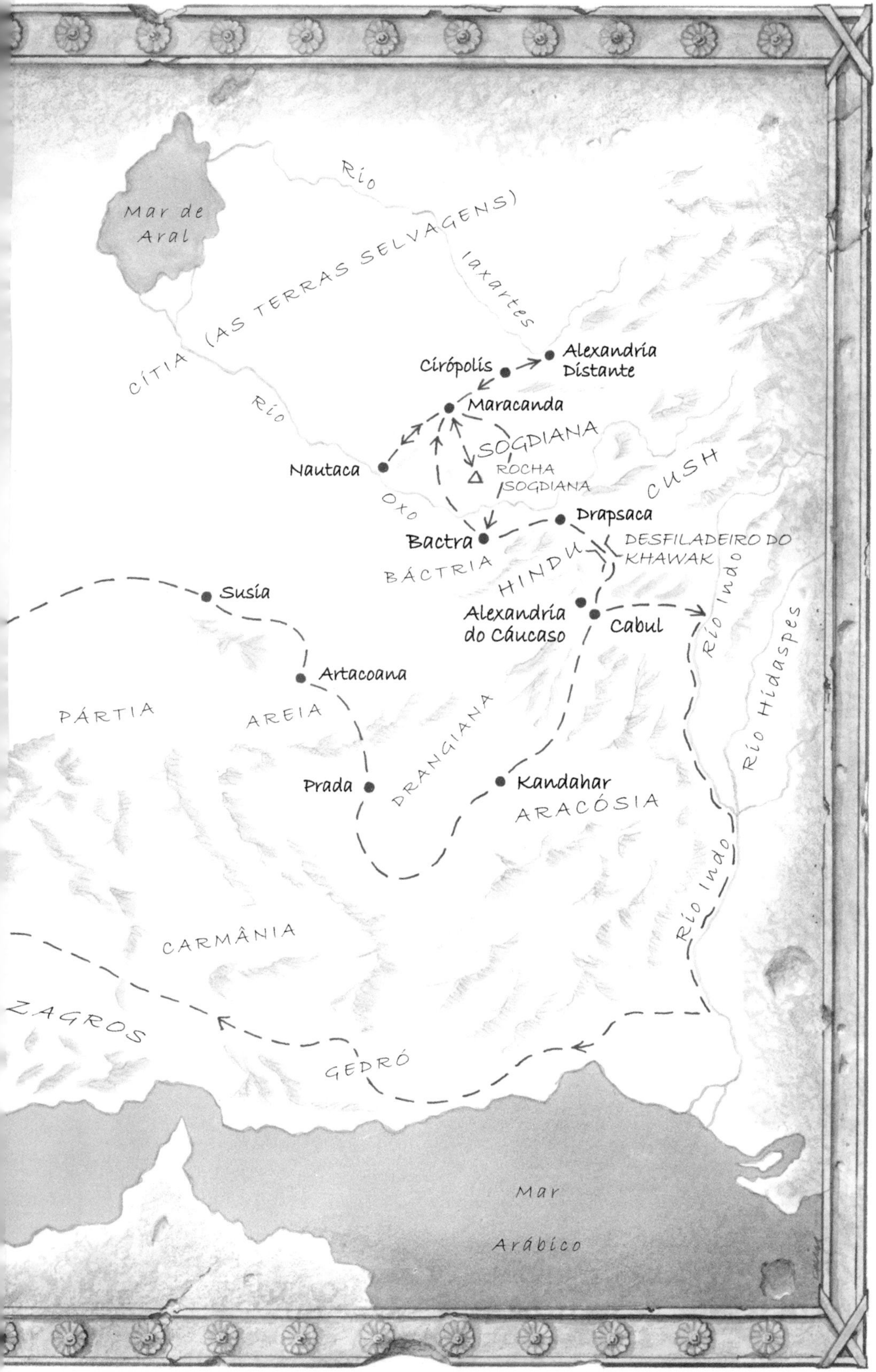
Mar de Aral
Rio
Iaxartes
CÍTIA (AS TERRAS SELVAGENS)
Rio
Oxo
Ciropolis
Alexandria Distante
Maracanda
SOGDIANA
Nautaca
ROCHA SOGDIANA
CUSH
Drapsaca
Bactra
BÁCTRIA
DESFILADEIRO DO KHAWAK
HINDU
Susia
Alexandria do Cáucaso
Cabul
Rio Indo
Rio Hidaspes
Artacoana
PÁRTIA
AREIA
DRANGIANA
Prada
Kandahar
ARACÓSIA
Rio Indo
CARMÂNIA
ZAGROS
GEDRÓ
Mar
Arábico

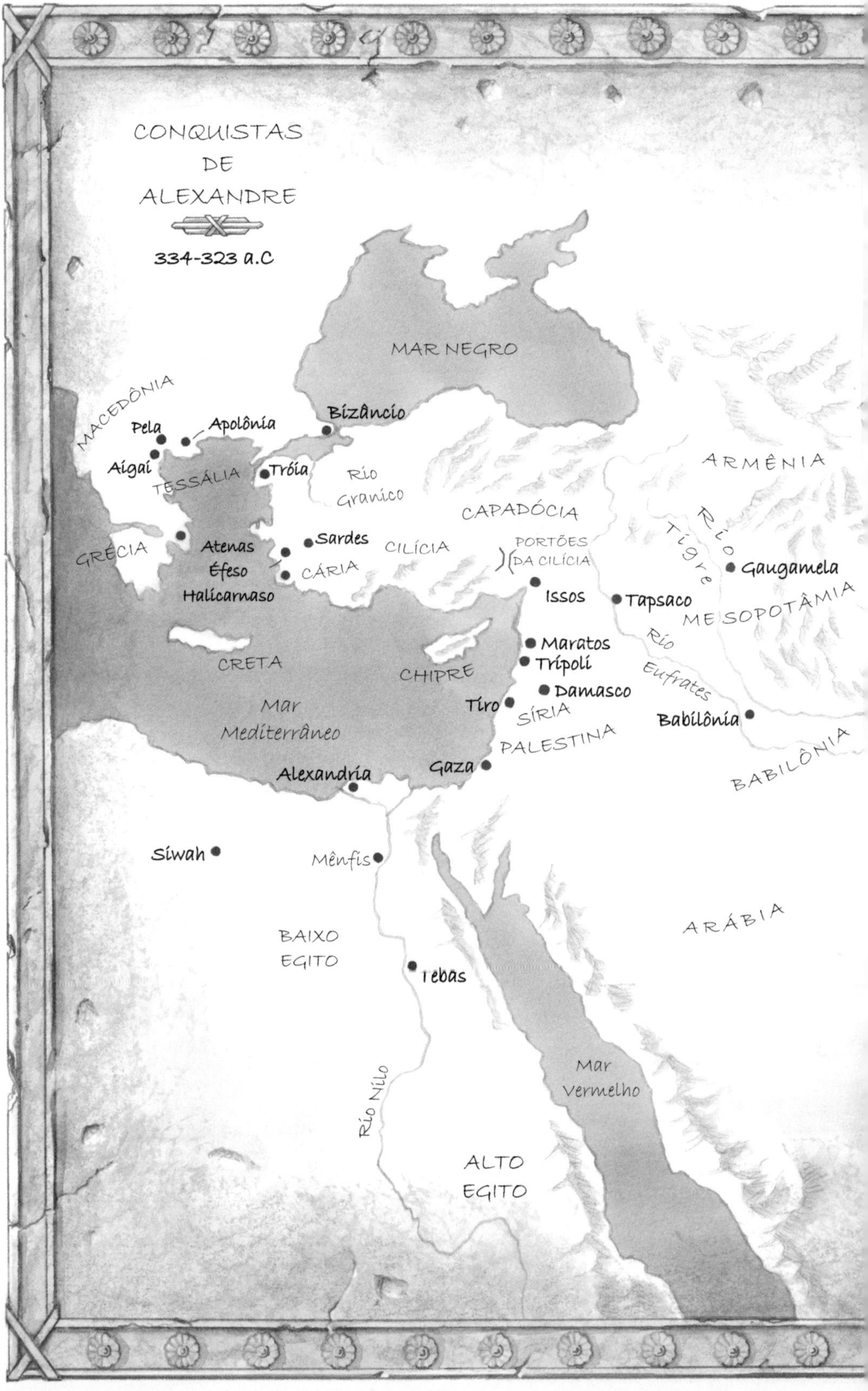
CONQUISTAS
DE
ALEXANDRE
334-323 a.C
MAR NEGRO
MACEDÔNIA
Pela
Apolônia
Bizâncio
Aigai
Tróia
TESSÁLIA
Rio
Granico
ARMÊNIA
CAPADÓCIA
Rio
Tigre
GRÉCIA
Atenas
Sardes
CILÍCIA
PORTÕES
DA CILÍCIA
Éfeso
CÁRIA
Gaugamela
Halicarnaso
Issos
Tapsaco
MESOPOTÂMIA
Rio
Maratos
CRETA
Trípoli
CHIPRE
Eufrates
Damasco
Mar
Tiro
SÍRIA
Babilônia
Mediterrâneo
PALESTINA
Gaza
BABILÔNIA
Alexandria
Siwah
Mênfis
ARÁBIA
BAIXO
EGITO
Tebas
Mar
Vermelho
Rio Nilo
ALTO
EGITO

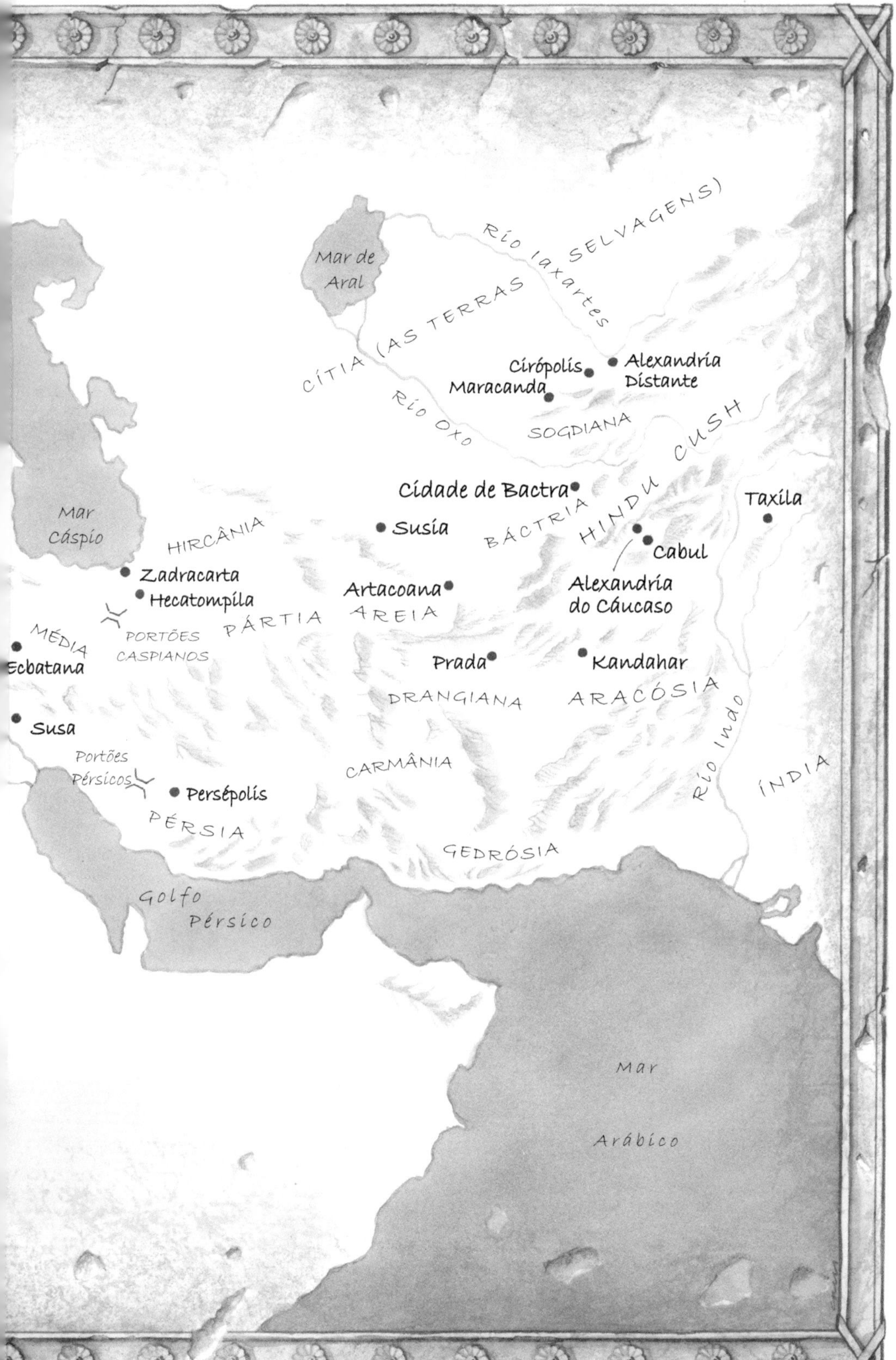

Mar de Aral
Rio Iaxartes
CÍTIA (AS TERRAS SELVAGENS)
Ciropólis
Alexandria Distante
Maracanda
Rio Oxo
SOGDIANA
HINDU CUSH
Cidade de Bactra
BÁCTRIA
Taxila
Mar Cáspio
HIRCÂNIA
Susia
Cabul
Zadracarta
Hecatompila
Artacoana
AREIA
Alexandria do Cáucaso
PÁRTIA
MÉDIA
PORTÕES CASPIANOS
Ecbatana
Prada
Kandahar
DRANGIANA
ARACÓSIA
Susa
Portões Pérsicos
CARMÂNIA
Rio Indo
ÍNDIA
Persépolis
PÉRSIA
GEDRÓSIA
Golfo Pérsico
Mar Arábico

PRÓLOGO

UM CASAMENTO NA ÁSIA

A GUERRA ACABOU. Ou acabará esta noite, ao pôr do sol, quando Alexandre tomar por esposa a princesa afegã Roxana.

Através da Planície das Dores, assim chamada por causa de seus cemitérios, os acampamentos dos macedônios se esparramavam flanco a flanco ao longo dos do inimigo. Devia haver meio milhar destes últimos, os bivaques que os afegãos chamam de *tafiran* ("círculos"), cada qual abrigando entre cinqüenta e quinhentos homens. Cada tribo e clã do Artacoana ao Iaxartes fizera a viagem para a celebração, juntamente com vendedores e prostitutas aos milhares, alfaiates, costureiras, acrobatas, músicos, adivinhos. Toda a força expedicionária mac* está aqui, inclusive unidades estrangeiras, a cavalo e a pé. Cada capitão e cabo ostenta seus adornos. Exceto eu e os meus companheiros Pendão, Boxer e Ruivo. Ainda temos trabalho a fazer.

Alexandre merece todo o crédito. Ao se casar com a princesa afegã, transforma seu mais formidável inimigo, o chefe guerreiro Oxiarte, em seu sogro. Nenhuma outra façanha conseguiria levar à vitória nesta guerra — ou aquele estado de coisas que poderia razoavelmente ser considerado como vitória.

Portanto, teremos paz. Duvido que qualquer cessação de hostilidades tenha sido almejada tão ardentemente como esta. Uma campanha que, supostamente, duraria três meses arrastou-se com terror e brutalidade ininterruptos por quase três anos. Aqueles de nós que saíram de casa como meninos tornaram-se primeiramente homens e depois algo próximo de animais ou demônios. Os afegãos sofreram mais. Duzentos mil mortos, essa é a quantidade que se ouve dizer. Eu acredito. Dificilmente ainda existe um povoado neste país que as nossas tropas não tenham arrasado, ou uma cidade que não tenhamos desmontado pedra por pedra.

Portanto, esse casamento é intensamente aguardado. O acordo entre Alexandre e Oxiarte é o seguinte: o chefe guerreiro entrega sua filha e aceita o nosso rei como seu soberano. Em retribuição, Alexandre sagra-o Primeiro Parente e seu próprio Parceiro Real. Isso torna Oxiarte o principal entre todos os nobres bactrianos e a maior presa a leste do Eufrates. Então nós, os macedônios, juntamos nossas coisas e partimos. Não sei quem está mais feliz — nós, por irmos embora, ou os afegãos, por nos verem partir.

Eu também me casarei esta noite. Mil e quatrocentos macs se juntarão a mulheres afegãs em uma cerimônia coletiva. O nome da minha noiva é Shinar. É uma longa história; eu a contarei à medida que avançarmos.

Meu companheiro Pendão desmonta agora do lado de fora da tenda enquanto termino de me armar. Tem uns 40 anos e é o sujeito mais durão que conheço. Ele me ensinou tudo. A seu lado, eu marcharia até o inferno.

Ele entra, vestido com o traje militar formal, para o casamento. Aponto para seu manto.

— Você vai torrar nessa coisa.

Pendão joga uma banda para trás. Debaixo de seu braço esquerdo, uma espada *xiphos* está presa às costelas. Tem uma cimitarra presa a uma das coxas e adagas de arremesso dentro de ambas as botas. Carrega mais duas armas bem à vista, uma espada cerimonial num boldriê e uma meia-lança de 2,5 metros. Essas são para exibição. Para dar a Baz* (o nome que nós, macedônios, damos a qualquer afegão) algo onde cravar os olhos.

Boxer e Ruivo puxaram as rédeas lá fora. Em poucos momentos, seguiremos nosso caminho através da planície até o acampamento dos pactians do Aletai. Ali, encontrarei o irmão de minha noiva e lhe pagarei uma indenização de honra para que não assassine a mim e à sua irmã. O preço é quatro anos de soldo e o meu melhor cavalo.

O Afeganistão é assim. Só aqui você tem de subornar um irmão para não matar a própria irmã. Seu crime: ficar comigo.

Claro que desconfio de traição. Por isso as armas. De um certo modo, eu até tenho esperança nisso. Por outro lado, nosso próprio código mac de *philoxenia* ("amor pelo estranho") me proíbe de tirar a vida de alguém da família na qual entrarei por casamento. Sou um idiota por ainda acreditar nisso, mas sou assim mesmo.

No topo da cidadela, o pregoeiro brada. Duas horas após o meio-dia. O dia persa começa ao pôr do sol. É quando acontecerá o casamento. Cerimônias menos importantes vêm acontecendo durante todo o dia. No fim da tarde haverá a tatuagem militar. Todo o exército mac e todos os clãs e tribos afegãs passarão em revista diante de Alexandre, Roxana e os dignitários. O grande casamento, o real, ocorrerá no palácio de Choriene no topo da fortaleza de Bal Teghrib, "Montanha de Pedra". A cerimônia coletiva, na qual Shinar e eu juntaremos nossos laços, será ao ar livre, no novo anfiteatro ao pé da colina. Quando terminarem os casamentos, começarão os festejos.

— Muito bem — diz Pendão. — Vamos repassar mais uma vez.

Pendão é de longe o nosso superior. Seu posto é sargento de pendão. Ele tem um nome, mas nunca ouvi alguém usá-lo. Nós simplesmente o chamamos pelo seu posto.

Ele nos ensaia em movimentos de obstrução. O crucial é que o irmão de Shinar e seus dois primos não escapem. Não podemos permitir que fujam ou sobrevivam com ferimentos. Nossos golpes têm de ser fatais. Esses são os três últimos parentes homens de Shinar. Nenhum outro ficará sob a obrigação de *nangwali*, o código de honra afegão, a fim de cuidar para que essa "justiça" seja feita. Com irmão e primos mortos, poderemos comprar o nosso livramento do crime. Dinheiro remendará tudo. Mas esses três têm de ser abatidos.

Sou grato aos meus camaradas. Trata-se de um sério perigo que correrão por minha causa. Eu faria o mesmo por eles, e eles sabem disso. Ficariam constrangidos, se eu expressasse abertamente minha gratidão. Quando acabar, se estivermos todos vivos, conseguirei para cada um deles uma mulher ou um cavalo.

— Tudo o que posso dizer — comenta Ruivo, ao terminarmos os nossos preparativos — é que é um danado de um aquecimento para um casório.

Assim que meus companheiros e eu terminamos, minha noiva aparece no portal. Ela agora se banhará e, ajudada por suas damas de honra, realizará o *karahal*, o rito de purificação dos pactians. Nenhum macho pode assisti-lo. Ela faz contato visual comigo.

— Quando você irá, Matthias?

— Agora.

Um cavalariço traz o meu cavalo. Meus companheiros já montaram.

O adeus afegão é *tel badir*, "com a proteção de Deus". Shinar acena com isso para mim. Eu aceno de volta. Os calcanhares de Pendão batem de leve em seu pônei.

— Agora ou nunca.

Partimos. Para executar, se precisarmos, um último assassinato; depois, dar a porra do fora deste país.

LIVRO I

UM SOLDADO COMUM

UM

Eu sou o terceiro e último filho de minha família a ir para o Afeganistão. Meus irmãos mais velhos foram como cavalarianos. Eu me alistei na infantaria.

A diferença entre estar a cavalo ou a pé não é tão grande no Afeganistão quanto o foi nas campanhas iniciais de Alexandre na Ásia Menor, Mesopotâmia e Pérsia. No Oriente, espera-se que um soldado de infantaria salte no dorso de qualquer criatura que agüente seu peso — cavalo, mula, ou *yaboo* (o pônei afegão) — e cavalgue até o local da ação, ali desmonte e combata, ou até combata do dorso do animal, se necessário. Do mesmo modo, cavalarianos, mesmo os Parceiros do Rei, nem pensam em ir para o chão e se arrastar a pé lado a lado dos comedores de poeira.

Meu pai foi morto no Afeganistão, ou, mais exatamente, ele faleceu de septicemia em um hospital militar em Susia, na província de Areia, que fica na fronteira ocidental do país. Meu pai não era guerreiro montado ou soldado a pé, mas engenheiro de combate do comboio de sítio — o que as tropas chamam de "baldeadores" porque mineiros e sapadores cavam suas trincheiras e erguem suas fortificações com cestos de vime. Seu nome era como o meu, Matthias.

Meu pai combateu no rio Granico, em Tiro, Gaza e Issus. Era um autêntico herói. Meus irmãos também o são. Certa ocasião, quando eu tinha 16 anos, meu pai enviou para casa um certificado de guerra no valor de um quarto de talento de ouro. Com isso, compramos uma segunda fazenda, com dois estábulos e um riacho que corria durante todo o ano, e ainda sobrou o bastante para cercar de pedra a propriedade.

Era o mais ardente desejo de meu pai que eu, o filho caçula, não fosse para a guerra. Minha mãe, além disso, era violentamente contrária a qualquer ato que me afastasse da terra. "Pode chamar isso de sua desdita, Matthias", declarou, "ser raspa de tacho. Mas, goste ou não, você é meu baluarte desta fazenda. O seu pai se foi. Nunca mais veremos os seus irmãos. O desejo por glória será o fim deles; legarão grandes nomes e nada mais".

Minha mãe temia que eu, indo para além-mar, acabasse me envolvendo nas ciladas de alguma meretriz estrangeira e, tomando-a por esposa, nunca mais voltasse à Macedônia.

Contudo, eu tinha 18 anos e era tão louco por glória quanto qualquer outro jovem de sangue quente num reino, cujo soberano com 25 anos, Alexandre, filho de Filipe, havia, em apenas quatro anos, saqueado o mais poderoso império da Terra e retornado à nossa pátria delirante com conquista, fama e tesouro.

No exército macedônio, alistamentos são medidos não por anos, mas por ciclos, ou "surtos". Um surto são 18 meses. Um soldado se alista para, no mínimo, dois surtos, um para treinar e outro para servir, mas um homem pode se comprometer por um terceiro período, num total de quatro anos e meio, se e quando for chamado para além-mar. Funcionava deste modo: Um recruta entrava para o serviço com um regimento do Exército de Ocupação. Essa foi a força deixada para trás por Alexandre para manter sob controle a Grécia e o norte tribal. Todos esses contingentes eram territoriais; você teria de vir do distrito ou não conseguiria ingressar. De acordo com as necessidades de Alexandre na Ásia, ele mandava buscar reposição em casa. Às vezes, eram convocados regimentos inteiros; em outras, indivíduos, ou aqueles com especialidades militares específicas, como informação ou engenharia de sítio, ou simplesmente soldados de infantaria mais antigos cujos números tinham sido sorteados.

Tudo isso era discutível para um jovem de Apolônia, o meu distrito. Apolônia não pertencia a qualquer regimento de infantaria. A região é território de cavalaria. O mais famoso esquadrão dos Parceiros de Alexandre, o *ile* de Sócrates Sathon, veio de Apolônia. Esse esquadrão, no qual serviram meus dois irmãos, liderou o ataque na batalha do rio Granico; ele lutou ao lado direito de Alexandre nas grandes vitórias de Issus e Gaugamela. Ele possui mais estátuas de heróis em Dium do que qualquer outro esquadrão, inclusive o Real. Meu melhor amigo, Lucas, e eu, e todos os outros jovens loucos por guerra do território, havíamos treinado ano a ano desde antes de conseguirmos andar, loucos pelo dia em que poderíamos participar dos testes e com a ajuda do céu nos tornar, como os heróis de Apolônia antes de nós, Parceiros do Rei.

Chegamos muito tarde. Quando chegou a nossa hora, o exército de Alexandre já havia penetrado tanto na Ásia e incorporado tropas de tantas nações conquistadas que o nosso rei não mandava mais buscar Companheiros cavalarianos, exceto para substituir homens mortos, feridos ou reformados. As tropas montadas que ele empregava eram todos agora esquadrões contratados — na maioria persas, com sírios, lídios, capadócios e cavaleiros de outros reinos do Oriente conquistado. Nenhum mac poderia se juntar a esses, mesmo se pudesse ir para além-mar, o que não iria, ou pudesse falar a língua bárbara, o que não falaria.

Havia apenas um modo de Lucas e eu irmos para a Ásia. Como soldados de infantaria contratados. Como mercenários.

Naquela ocasião, um grande número de empreiteiros particulares — chamados *pilophoroi*, por causa dos gorros que usavam — viajava por cidades da Grécia e Ásia Menor, alistando tropas. Era um comércio. Os candidatos pagavam uma taxa, chamada de um "pônei", porque era tão alta que um homem podia comprar um excelente potro com ela. Os gorros-de-feltro os contratavam.

Ao completarmos 18 anos, Lucas e eu caminhamos três dias até o porto de Methone, o porto de contratação da infantaria mercenária. As tavernas fervilhavam com profissionais grisalhos — arcadianos e siracusanos, cretenses e ródios, e mesmo oficiais dos aqueus e espartanos. Todos se conheciam de serviços anteriores; tinham companheiros e comandantes que podiam levá-los para bordo. Lucas e eu éramos os mais jovens. Não conhecíamos ninguém. Nenhum *pilophoros* colocaria a mão na gente, não importasse o quanto mentíssemos de forma convincente sobre a nossa idade ou o nosso histórico de serviços (que não tínhamos).

Ficamos ali dez dias, com o nosso dinheiro encolhendo rapidamente, tentando convencer ou comprar nossa ida a qualquer lugar. Na última hora, fomos atrás do próprio general responsável pelo recrutamento. Claro que nem chegamos perto dele. Um sargento de divisão de Pela nos chutou para fora.

— Esperem um momento — disse ele, ao ouvir o nosso sotaque. — Vocês são rapazes de Apolônia?

Ele quis saber se sabíamos montar.

Éramos centauros!

O sargento preparou nossos papéis no ato e também não quis qualquer dinheiro. Colocou-nos na Infantaria Montada. Era disso que Alexandre mais precisava. Lucas e eu não pudemos acreditar em nossa sorte. Perguntamos qual seria o nosso equipamento e quando receberíamos os nossos cavalos.

— Nada de equipamento — disse o sargento. — E também nada de cavalos.

Ele nos colocara na lista porque éramos macedônios entre todos aqueles estrangeiros.

— Nenhum capitão que está além-mar jamais rejeitou um rapaz da terra.

Nós lhe agradecemos de todo o coração. Ele recusou o agradecimento.

— Não se preocupem com que equipamento embarcar, e se não fizerem nem uma hora de treinamento. No leste — disse ele —, o rei os convocará quando precisar.

DOIS

Nossa força de substituição desembarcou em Trípoli, na Síria, no décimo sexto dia do mês Daesius, começo do verão, sexto ano do reinado de Alexandre, o quarto desde que a força expedicionária fora da Europa para a Ásia. O rei e seu exército encontravam-se então a 1.500 quilômetros a leste, tendo saído de Persépolis, a capital da Pérsia, dirigindo-se a Ecbatana na Média, o palácio de verão de seus reis. O império persa havia caído; Alexandre agora perseguia seu rei fugitivo. O comboio de carga de nosso amo, diziam os relatos, tinha 7 mil camelos e 10 mil pares de asnos, todos carregados com ouro.

O nosso destacamento de substitutos era de 61 mil em 47 barcos. O porto de Trípoli não tinha capacidade para tanto e, como as embarcações não tinham leitos nem provisões para pernoitar nos ancoradouros, foi realizada uma reunião pelos capitães, que eram apenas comandantes de navios mercantes contratados por salário, na qual foi decidido que a nossa balsa (pois era isso mesmo que era) e cerca de dez outras seriam conduzidas a remo até a água rasa, onde nós, os arrasta-pés,* recebemos ordem para pegar o nosso equipamento, pular borda fora e seguir nadando. O que fizemos. Foi uma grande pândega, só que estraguei um excelente par de botas na água salgada, pois fiquei cansado demais para mantê-las acima da cabeça. Foi assim que desembarquei na Ásia, encharcado como um gato afogado e descalço.

Substitutos não são um exército. Nossa turba era formada não em regimentos, mas em C.E., contingentes embarcados, e não tínhamos, ao desembarcar, nem mesmo nossas armas. A cavalaria não tinha seus cavalos. Os animais seguiam em outros transportes. Havia uma cidade de tendas à espera, e uma escolta de seiscentos mercenários sírios e 1.400 soldados de infantaria contratados de Lícia, com oficiais macedônios, que deveriam nos levar até Marato e, de lá, pela baía de Larissa, até Tapsaco, onde atravessaríamos o Eufrates para os mesopotâmicos Síria e Curdistão. A marcha para alcançar Alexandre levaria entre três e quatro meses.

Como sempre, num novo acampamento, as tropas mergulharam imediatamente em seus passatempos favoritos — excursionar pelos arredores à procura de amigos e roubar cada item de suprimento em que conseguissem pôr as mãos. Não se podia largar um bico de pão sem que alguém o apanhasse, e um elmo decente ou uma sandália de couro eram candidatos certos ao sumiço. Um homem pendurava sua bolsa ao lado dos testículos e, após apertar a mão de um estranho, dava uma conferida para se certificar de que ambos os sacos ainda estavam onde ele os deixara.

No exército combatente de Alexandre, cada cavalariano sabia que regra seguir. Mas aqui, 1.600 quilômetros na retaguarda, é cada um por si. Você come quando o cozinheiro abre as barracas e dorme onde consegue encontrar um pedaço de terra amplo o bastante para caber os seus ossos. Minha turma era Lucas; Terres, chamado de "Trapo" por seu amor exagerado por roupas; e Peithon, um baixote apelidado de "Pulga". Éramos todos de Apolônia, todos com 18 anos, e nos conhecíamos desde que nos entendíamos por gente.

Lucas era o nosso líder. Ele era um operador nato e determinado a erguer as nossas cabeças acima do populacho geral. Supostamente, seríamos pagos com terras em Trípoli (já se passara um mês, de ordem unida e viagem), mas se apareceu qualquer brilho* nessa multidão, eu não vi. Aliás, nós é que tínhamos de pagar. Os sanguessugas da barraca do cozinheiro cobravam para deixar a gente entrar. Você tinha de pagar para cagar.

— Temos de conseguir um touro para nós — anunciou Lucas. Referindo-se a alguém com divisas para nos juntarmos a ele.

Nós o encontramos num sargento porta-bandeira chamado Tolmides. Tollo, para encurtar. Era um sujeito atarracado com enormes bigodes e casquete com presa de javali, colega do pai de Lucas e encarregado ali de uma companhia de soldados de infantaria lícios. Lucas localizou-o quando este estava na fila da latrina.

— Ei, Tollo! Onde um arrasta-pé consegue uma cagada de graça por aqui?

Tollo aproximou-se, rindo.

— Pelos colhões de Hades, os pequenos refugos estão todos crescidos, não é mesmo? — O posto dele, por outro lado, não era motivo de risada. Ele era uma "cebola velha". Ele nos tirou do acampamento. Fomos comer com seus lícios, na planície.

Qual, perguntamos, eram as chances de sermos pagos?

A mesma de cagarem marfim.

Quando seremos designados a regimentos?

Quando pagarem aos oficiais que os escoltam.

E equipamento?

Não receberíamos armas antes de Tapsaco ou depois, disse-nos Tollo, e, quando as recebêssemos, também teríamos de pagar por elas.

— Não se preocupem, o intendente colocará isso nos registros de vocês.

Ou seja, nas nossas folhas de pagamento. Acertaríamos as contas quando déssemos baixa.

Lucas pareceu chateado.

— Não nos disseram isso lá em casa.

— Se dissessem, vocês não viriam — disse Tollo. E deu uma risada.

Nós nos grudamos nele. Ele e seus companheiros macs tinham servido como batedores em Operações Avançadas, realizando reconhecimentos para Alexandre em Areia e Afeganistão. Tinham sido enviados de volta para, durante a marcha, treinarem os substitutos. Recebiam soldo duplo por isso, e o dobro disso pelo trabalho de escolta.

— Não fiquem chateados, irmãozinhos — Tollo apontou para o leste, em meio à noite asiática. — Ali, homens caem como moscas, de calor, doença ou simplesmente enlouquecem. — E bateu na cabeça. — Vocês vão subir de posto bem depressa se mostrarem que têm tutano. Mantenham suas folhas limpas e façam o que eu mandar. Vocês vão se dar bem.

Havia mais seis macs no grupo de treinamento de pessoal de Tollo, inclusive Estéfano do Egeu, o célebre poeta da guerra. Era um herói condecorado e uma autêntica celebridade. Estéfano tinha 35 anos; poderia ser capitão ou pelo menos tenente pleno, mas permanecia como sargento de divisão. Ele preferia assim. Eis um dos poemas que o tornaram famoso em minha terra e o favorito, até mesmo, das mulheres.

O FARDO DE UM SOLDADO

A experiência ensinou o soldado a
arrumar o seu paneiro, com as coisas de que mais necessita,

na parte de cima, onde pode alcançá-las. Nas bolsas externas,
guarda suas cebolas e alho, bem fechados para que não
espalhem o fedor para a capa de chuva e a manta de lã do outro lado.
No fundo, bem lá dentro, esconde os objetos que precisam
a todo custo ser protegidos, contra poeira, contra
quedas, contra os elementos. Ali, na pele de couro
que você me deu, guardo suas cartas, minha querida esposa.

O mais jovem desse grupo de macs passava dos 30 anos; vários tinham 50 ou mais. Eram os caras mais durões que já tínhamos visto. A gente morria de medo deles. Qualquer um deles, sozinho, poderia maltratar toda a nossa turma. Nós nos descobrimos realizando tarefas para eles e carregando seu equipamento, sem que ninguém nos ordenasse, apenas para que não arrancassem nossa cabeça a mordidas. Certa noite, Lucas e eu voltávamos ao acampamento com lenha, quando fomos chamados por um deles, um sargento de pendão cujo nome verdadeiro ninguém ousava perguntar e a quem os cavalarianos chamavam simplesmente de "Pendão", devido ao seu posto.

— Vocês dois, aprendam uma coisa.

Largamos nossos galhos e corremos até ele como colegiais. Pendão chamou um dos seus lícios e mandou o sujeito fazer meia-volta. Enfiou o punho de sua meia-lança (a versão mais curta da *sarissa* usada então na Ásia) na minha mão.

— Mate-o — ordenou.

Fiquei vermelho como uma ameixa. Estaria ele falando sério?

— Como você liquida um homem que está fugindo de você?

Eu não sabia.

Pendão girou o corpo do lício.

— E se ele se virar e encarar você?

Eu não sabia.

— Tome o lugar dele.

— O quê?

De repente, me vi no lugar do lício.

— Corra — ordenou Pendão.

Antes que eu conseguisse dar um passo, me vi de cara no chão com a respiração arrancada de mim. Nem mesmo soube onde Pendão tinha me atingido. Num momento, senti o cabo de sua meia-lança me derrubar e, no seguinte, pressionar meu crânio. Não conseguia me mexer nem respirar; estava indefeso.

— Assim. — Podia ouvi-lo ensinar a Lucas. — De lado, para que a lâmina não fique presa entre as costelas. — E desferiu um golpe. Não uma alfinetada, tanto que pude sentir o gume raspar o osso. Uivei de dor.

Pendão me pôs de pé com um puxão. O rosto de Lucas estava branco.

— Se o inimigo estiver de frente para você, fure-o aqui. Uma só arremetida. Puxe reto para não emperrar.

Então, para mim:

— Quando atinge um homem, que força põe nisso?

Antes que eu pudesse falar, Pendão deu um soco com o cabo de sua meia-lança no peito de Lucas. Eu nunca ouvira uma pancada como aquela. Meu companheiro estatelou-se como se estivesse morto.

— Faça isso com o afegão — disse Pendão. — Antes que ele faça com você.

TRÊS

A falange de infantaria macedônia baseia-se em 16. Dezesseis homens, um atrás do outro. Duas filas são uma divisão. Esta é comandada por um sargento de divisão. Quatro filas são um pelotão, liderado por um tenente e um sargento de pendão. Um quadrado são quatro pelotões, 16 vezes 16, 256 homens. Uma brigada são seis quadrados, 1.536. Há seis brigadas no exército de Alexandre. Com a profundidade de 16 homens, a frente da falange tem mais de 550 metros.

O comandante de cada pelotão é um sargento de pendão, assim chamado por causa do galhardete que ele prende na ponta de sua lança dupla, sua *sarissa*. Seu lugar é na frente. O segundo na hierarquia depois dele é o sargento lanceiro, ou o último da fila. É chamado de "traseiro". Sua posição é na retaguarda. De muitos modos, seu trabalho é mais importante do que o do Pendão (também chamado de "Primeiro" ou "Topo") porque sua determinação impele a fila para adiante, e qualquer homem que pense em ficar para trás tem de enfrentá-lo.

O terceiro na hierarquia é o nono homem, um sargento ou cabo lanceiro. Por que o nono? Porque, quando é dada a ordem para "dupla frente", a fila de 16 se divide em duas metades de oito, chamadas de liteiras, e os oito de trás apressam-se para ficar lado a lado com os oito da frente. O nono homem torna-se o primeiro da nova fila. Com essa evolução, a brigada vai de uma frente aproximadamente de cem homens, por 16 de profundidade, para uma frente de duzentos homens, por oito de profundidade. Por toda a falange, a frente aumentou de 550 para 1.100 metros.

Essa configuração foi a que o Exército de Ocupação treinou em casa e foi assim que a força expedicionária de Alexandre combateu nos três primeiros anos da guerra persa, em suas grandes batalhas convencionais no rio Granico, em Issus e Gaugamela.

No Afeganistão, nos dizem agora, as coisas não serão tão simples. O lugar é todo montanha e deserto. Ali não se pode usar a falange. O inimigo não a enfrentará em uma batalha cerrada. Por que o faria? Nós o aniquilaríamos, se o fizesse.

No treinamento em casa, com *sarissa* medindo 5 metros, uma fila tinha de ficar perfeitamente alinhada da frente à retaguarda. Caso contrário, a formação tropeçaria nos próprios pés. Isso era chamado de avançar "no eixo". O mérito guerreiro de estar "no eixo" significava ser atento, obediente e nunca se desviar. Um bom soldado estava no eixo em tudo que fazia.

No leste, começamos a perceber, não há eixo. A *sarissa* de 5 metros se transformou na meia-lança de 2,5 metros; a falange existe apenas no campo de exercícios. Restam apenas duas regras: primeira, sacrificar tudo pela causa da realização principal e, segunda, nunca deixar outro mac para trás.

— A arte da guerra no leste — instrui-nos o nosso poeta-sargento Estéfano — admite três tipos. Nas planícies, ação de cavalaria. Contra fortalezas, guerra de sítio. Nas montanhas, infantaria móvel.

O quarto tipo de ação seria contra os povoados. Os nossos instrutores não nos falaram sobre isso.

QUATRO

Nossa força de substitutos deveria deixar Trípoli três dias após desembarcarmos, mas acabamos presos ali por mais 22. À espera dos animais da cavalaria e de nossas armas. Não é piada não, mas a nossa turma ainda não foi paga (ninguém foi) e o pouco brilho que nos restou não é suficiente para se viver. Acabamos roubando como espartanos. Todos fazem isso. As tropas de escolta não nos deixam entrar na cidade, portanto filamos, reviramos lixo, surrupiamos, trocamos e apostamos. De algum modo, funciona. Acabo com a maior parte do equipamento renovado — e com um decente par de botas para substituir o que estragou no mar. E Lucas e eu entramos em contato com uma dupla de cavalarianos Parceiros que retornam para casa, para Apolônia, que conhecem os meus irmãos e têm notícias deles.

Elias foi ferido, mas se encontra bem; está atualmente no hospital, em Prada, no sul do Afeganistão. Filipe (Elias é nove anos mais velho do que eu, e Filipe, 14) foi promovido a major. Ele está agora na Índia, como enviado junto a Operações Avançadas, negociando alianças com os potentados nativos em antecipação à investida do exército de Alexandre além do Hindu Cush até o Punjab. Os nomes desses lugares me parecem incrivelmente românticos. Meus irmãos! Que sujeitos ilustres! Como eu viverei à altura de seus feitos heróicos? Serei capaz de reconhecê-los, quando os vir?

A cavalaria dos Parceiros, na qual ambos os meus irmãos servem, é o braço de elite do corpo combatente de Alexandre. Ser aceito no esquadrão é se fazer pelo resto da vida. Um homem torna-se de fato parceiro do rei. Pode jantar com ele, farrear com ele, chamá-lo de "Alexandre" (embora, é verdade, poucos ousem). As brigadas da falange compartilham o nome Parceiros (*petzhetairoi*, "Parceiros da Infantaria"). Mas não é a mesma coisa, visto que o rei é um cavalariano e seus amigos mais chegados também são cavaleiros.

Em teoria, cada esquadrão dos Parceiros é composto apenas de cavaleiros dos distritos de sua terra — Apolônia, Botiaia, Torone, Metone, Olinto, Anfípolis e Antemos foram os esquadrões levados à Ásia por Alexandre. (Há outros oito esquadrões, de outras partes da Macedônia, mas esses permaneceram em casa para guarnecer a Grécia e o norte tribal). Na prática, porém, excelentes cavaleiros vieram de todo o reino em busca de um emprego. Conheci homens que se casaram ou se fizeram adotar por famílias locais só para ter uma chance nos testes.

As provas se realizam durante quatro dias. Nos dois primeiros, exercícios compulsórios; no terceiro, corrida pelo mato; no quarto, combate. Um cavaleiro precisa se apresentar com uma enfiada de sete cavalos. Exige-se que ele use não menos do que quatro durante o trabalho de arena (para mostrar que não trapaceia ao montar um animal ensinado), e um desses quatro deve servir ao seu montador tanto na corrida com obstáculos quanto nas provas de combate. Uma boa montaria de cavalariano leva dez anos para ser treinada e custa tanto quanto uma pequena fazenda. Somente o filho de um homem rico pode tentar, a não ser que seja patrocinado, como o foram meus irmãos, por outro homem rico, ou se tem um pai que foi condecorado pelo rei.

Ambos os meus irmãos foram cavalariços, quando jovens, e cavalgavam como jóqueis no hipódromo. Não sei lhes dizer quantas noites eles voltaram para casa com a cabeça quebrada e a canela ralada. Nada conseguia detê-los. Nas provas em Apolônia, quando Elias tinha apenas 10 anos, ele escapou para o padoque enquanto os cavalos eram selados e pulou para cima, não de um, mas de dois campeões, colocou um pé em cada dorso nu enquanto segurava a rédea de um cavalo com a mão esquerda e a outra com a direita; ele não apenas cavalgou a toda velocidade sem muito esforço, como saltou com os cavalos sobre ambos os muros, ida e volta, o tempo todo de pé sobre os animais como se estivesse grudado neles. A surra que levou como castigo quase lhe causou a morte, mas valeu a pena; ele fez seu nome. Ele e Filipe, cinco anos mais velho, podiam deixar totalmente o dorso de um cavalo em velocidade e saltar de volta para bordo, unidos apenas pelo punho enfiado na crina do animal; podiam "fazer o contorno" (deslizar por baixo da barriga de um cavalo e subir pelo outro lado). Não era nada para qualquer um dos dois perfurar uma pêra com a lança comprida em uma das mãos na pista de corridas, e seu conhecimento de medicina veterinária e do que chamamos de habilidade de mestre com cavalos (tudo no interior do estábulo) era igual ao de qualquer médico do reino. Contudo, ambos foram reprovados na seleção, não uma mas quatro vezes — para se ver quantos cavaleiros superlativos tinha o reino —, antes de serem enviados no segundo ano da expedição, juntamente com 4 mil reforços sob o comando de Amintas Andrômenes. Atravessaram o mar para Gaza, na Palestina, e se incorporaram ao exército do rei no Egito.

O nosso próprio contingente atrasado sai, agora, de Trípoli, no vigésimo terceiro dia. A estação é o alto verão. Cada superfície da armadura precisa de uma cobertura de tecido; caso contrário, o sol a transformará numa frigideira. Em casa, treinamos marchar 45 quilômetros por dia com equipamento e rações completos. Caminhando agora através da Síria, 20 quilômetros parecem 60, e 30 parecem 150. O sol instala-se em nossos ombros; respiramos pó em vez de ar. Nossas línguas põem-se para fora como as de um cachorro, na longa e estafante caminhada para Marato.

Minha formação é ao lado de Pendão. Ele pode ver que estou sofrendo.

— O afegão — diz ele —, faz 80 quilômetros por dia a pé e 160 no dorso de uma cavalo. Não bebe nem come. Se decepar sua cabeça, ele ainda dará mais dois golpes antes de cair.

O toque de alvorada é três horas antes do amanhecer; a saída em marcha antecipa o sol em duas. A vanguarda da fileira chega ao acampamento no meio da tarde, com os desgarrados e o comboio de carga alcançando-o quando escurece. Uma hora antes do meio-dia, há uma parada para descanso e os asnos e as mulas são livrados da carga; os animais podem avançar de seis a oito horas, mas precisam ser aliviados do peso por duas, caso contrário, sucumbem. Nós não temos essa sorte. Ganhamos vinte minutos, e então, preparem-se para partir! Em uma parada, no terceiro dia, Lucas se afasta para fazer água. Pendão observa, desfavoravelmente.

— Você não deveria ter nenhuma gota.

— Se você ainda consegue extrair urina, diz ele, então não está se empenhando o suficiente na marcha.

Nós agora temos armas. Quando acampamos mais cedo, treinamos. Operações de cerco. Bloqueio e busca. Nunca tínhamos ouvido falar em tais coisas. Descer de montanhas por cordas. Fazer cobertura com colunas móveis. Tudo isso é novo para nós.

Nas caminhadas de longas distâncias, a marcha do dia é planejada para nos levar de uma área habitada para outra — uma cidade ou vila que fora encarregada de suprir pão e forragem, ou pelo menos fornecer uma feira para o exército. Agora, em dias selecionados, para treinamento, a coluna começa passando por elas. Rumamos de nenhuma parte para nenhum lugar, montamos um "acampamento apressado", um fosso-e-berma circular, bloqueado com paliçada de estacas. Neles, nada de pão branco. Jantamos bocado* — mingau de cevada, retirada de nossas sacolas de comida, que cada homem carrega (contendo dez dias de ração de grãos) e acompanhada por alguma couve que conseguimos surrupiar ou uma franga ou um ganso ocasionais pilhados de um terreiro. O desjejum é vinho, azeite e "pão apressado" (trigo que ficou de molho durante a noite e é semicozido sobre pedras achatadas aquecidas na fogueira ou diretamente nas chamas, em "pás", as chapas de ferro das catapultas). A comida que todos tememos é "raspagem", mingau de painço, mas até isso é preferível ao "almoço de cigarra", ou seja, nenhum grude. Tollo e Estéfano estabelecem um dia de fome em sete, para esvaziar nossas entranhas e nos acostumar ao que vem pela frente.

Pendão me adotou, a seu modo, ou, melhor dizendo, eu me agarrei a ele como um percevejo. Em Marato, ocorre um incidente. Finalmente, fomos pagos. Para festejar, meus colegas e eu, após uma demorada busca, achamos uma barbearia local; quando voltamos ao acampamento, não conseguimos encontrar a nossa bolsa. Lucas a mantém consigo o tempo todo; ela contém nosso dinheiro escondido. Agora sumiu. Isso é sério. Só haverá um outro pagamento no próximo mês, e não agüentamos outro período de inanição. Procuro Pendão e lhe digo que o último lugar onde tivemos a nossa carteira foi na barbearia.

— Mostre-me — disse ele.

Ele recrutou Tollo e um cabo mac chamado Ruivo. A moradia e a loja do barbeiro eram a mesma coisa, uma cabana de tijolos de barro não-cozido com um pavilhão à frente e uma cozinha na lateral. É hora do jantar; a esposa não quer abrir o portão. Ela é uma vaca grosseira e nos serve uma grande dose de xingamentos.

Pendão arrebenta as ripas com um chute. Todas as lojas da cidade ficam na região do mercado, uma colérica área infestada de ratos chamada de Terik, "pombo". Em pouco tempo, todos os barraqueiros da viela se reuniram, todos tagarelando em sua língua e mandando a gente se foder. A choça do barbeiro está repleta de crianças e velhos, com três ou quatro irmãos ou primos, jovens, todos armados e de pé, num estado indignado. Pendão prepara seu gancho, uma arma terrível usada para derrubar cavaleiros da sela, e tem uma espada curta a tiracolo; Tollo e Ruivo portam suas lâminas; Lucas e eu também, mas, valha-nos Deus, não temos qualquer intenção de usá-las. Pendão segue direto ao barbeiro. Através de sinais e de uma mistura de línguas, ele faz o sujeito entender que queremos o nosso dinheiro.

Dê o fora!, grita o sujeito em resposta. Saia da minha casa! Eu não peguei nada!

Pendão o agarra pela goela e o empurra contra a parede. Tollo e Ruivo começam a derrubar a mobília, a pouca lenha que há; viram o caldeirão, chutam os pães pelo chão. Agora metade da rua já se apinha à nossa volta, todos vociferando indignados, e todos apregoando inocência. Lucas e eu estamos certos de ter cometido um engano. Devemos ter perdido o dinheiro em outro lugar! Deixem essas pessoas em paz!

O rosto do barbeiro ficou roxo. Ele faz esforço para falar e clama aos deuses para que dêem o testemunho de sua inocência.

— Pendão! Eles são inocentes! Vamos embora!

Pendão me ignora, larga o barbeiro e segura um garotinho que, aterrorizado, está agarrado nos calções do velho.

— De quem é este moleque?

O barbeiro não responde. Ninguém responde. Mas, claramente, o filho é dele.

Pendão vira-se para Tollo.

— Corte fora o pé dele.

Tollo e Ruivo esticam os membros do menino. A criança grita a plenos pulmões. Tollo desembainha sua lâmina. A multidão começa a brandir suas próprias adagas. Lucas e eu imploramos a Pendão para que pare. Pendão olha para o barbeiro. "Cadê o dinheiro?" Nenhuma resposta. Para a mãe. Nada. Faz um sinal para Tollo. A espada sobe.

No último instante, uma menina berra, apontando um canto do chão imundo. Sua mãe lhe desfere uma pancada no rosto. O caos duplica. Pendão vasculha o lugar indicado pela menina. De lá sai a nossa carteira.

Do lado de fora, na rua, Lucas e eu não conseguimos parar de tremer.

— Mentirosos e ladrões — resmunga Tollo. — Cada um deles.

Tentamos dar a Pendão uma parte de nosso dinheiro recuperado. Ele não aceita.

— Prestem atenção — diz ele, voltando a nossa atenção para a cabana do barbeiro. — Se a irmãzinha não tivesse delatado, mamãe e papai teriam deixado a gente tirar o pé de seu filho.

Ele tem razão.

— E você teria tirado?

Pendão não respondeu.

— Agora, eles vão arrancar o couro daquela menina. Vão espancá-la até ela ficar à beira da morte.

Três dias depois, estávamos nos extenuando pelo estreito afora do vale Reghez. Levo, nas costas, um paneiro de 30 quilos e, à frente, para contrabalançar, um outro com a metade disso; as alças de corda deixam os meus ombros em carne viva. Pendão posta-se a meu lado.

— Você está pensando novamente, não é mesmo?

E ele sorri e vai em frente.

Ver Pendão marchar é como observar a água correr. Sua cabeça é da cor de pergaminho; o sol poderia estar muito bem batendo numa pedra. Ele sentiu o meu olhar o acompanhando.

— Está imaginando o que é ser um soldado, não é mesmo?

Digo-lhe que estou.

Ele aponta para um animal carregado, escalando a trilha adiante de nós.

— Nós somos mulas, rapaz. Mulas que matam.

CINCO

Nossa coluna de substitutos gasta 127 dias depois de Trípoli para alcançar, finalmente, os componentes da última fila do exército de Alexandre. Caminhamos 2.729 quilômetros, de acordo com os agrimensores do exército (que fornecem as medidas das estradas com a precisão de até metade de um palmo), atravessando toda a Síria e a maior parte da Mesopotâmia, Média, Mardia, Hircânia e não poucas extensões de Pártia e Areia. Gastei três pares de calçados de marcha e duas vezes o pagamento que recebi pela marcha. Minha farda está em farrapos. Chego à linha de frente — se é que se pode usar esse termo para uma guerra que é exercida através de um palco com 1.600 quilômetros de largura e 1.400 de profundidade — já com três meses de débito. A mesma coisa todos os demais.

Quando se marcha por longas distâncias em colunas, a gente passa o tempo conforme os pontos de referência. Digamos que, após uma elevação, você chegue a um vale deserto, com uma distância de 30 ou 80 quilômetros para atravessar. Você estabelece o objetivo nas colinas do lado mais distante e marcha para lá, anotando o progresso à medida que se aproxima. Esse será o seu dia. Ou escolhe pontos de referência intermediários, pequenos morros, charcos, leitos secos de rios — *wadis* ou *nullahs*, como são chamados no leste.

Atravessando-se Média e Hircânia, é possível enxergar por quilômetros as condições de tempo. Rajadas de vento brincam nas panelas ao meio-dia. Cai chuva em uma parte da coluna, mas não em outra. Vê-se a cortina de precipitação descer da barriga das nuvens, sem nunca chegar ao chão, mas se queimando nas alturas com o calor do ar. Extensas sombras agitam-se pelas planícies, fazendo a terra ficar escura num ponto, luminosa num outro, com padrões mutáveis à medida que as nuvens transitam no céu. Acúmulos de nuvens se formam sobre as montanhas; tem-se aguaceiros no final do dia.

Os comandantes de Alexandre não tolerarão uma formação de soldados vagando em uma única fileira; é disforme e antimilitar; não se pode lutar com tal formação. Portanto, quando o terreno permite, as tropas são espalhadas em dez ou 15 colunas de lado a lado. Isso é bom porque, quando se chega ao acampamento, toda a formação pode alcançá-lo em uma hora em vez de quatro. A coluna acondiciona tudo durante a noite para estar pronta para partir na escuridão antes do alvorecer. Durante a marcha, a cavalaria, exceto a de reconhecimento, quase nunca monta em seus cavalos; segue a pé, lado a lado, para poupar a força dos animais. Cavalariços conduzem uma remonta com cada mão. Nunca é permitido que cavalos se arrebanhem sozinhos, mesmo em rios onde bebem água. Caso contrário, retornariam à hierarquia eqüina e seriam inúteis como animais de cavalaria.

Atravessando a Média, vemos caça em abundância. Gazelas e asnos selvagens; a coluna os avista a quilômetros de distância, deixando sua trilha de poeira no ar claro. Grupos de caça são organizados como operações militares: Divisões enviam companhias montadas para cercar a caça, formando um amplo círculo às vezes com 30 quilômetros para deter a fuga das manadas, forçá-los para o interior de currais de corda, se tiveram tempo de prepará-los, ou simplesmente fazendo com que corram até a exaustão pela planície ao céu aberto. Cavaleiros retornam com carne para as panelas do exército. Esse é um excelente esporte; todos querem participar. Quebra a monotonia.

Um exército passando por um território atrai comércio e curiosidade de todos os tipos. Atores vieram de Éfeso e Esmirna; temos dançarinas e acrobatas, tocadores de harpa e declamadores, poetas, rapsodos; até mesmo sofistas oferecendo preleções, as quais, para meu espanto, são de fato freqüentadas. Participo de uma, fascinante, sobre geometria tridimensional, em meio a um temporal, nas montanhas da Armênia. Entre um acampamento e outro, caravanas de mercadores, ou apenas nativos carregando asnos com tudo que podem vender, caminham lado a lado com a fileira de soldados mascateando tâmaras e ovelhas, cerveja de pistache, ovos, carne, queijo. Do que a rapaziada gosta mais? Cebolas frescas. Em casa, cebolas dão sabor a um ensopado. Aqui, a gente as come cruas. Têm um sabor doce como o de maçãs. Um soldado é capaz de pagar meio dia de soldo por uma boa cebola. Elas evitam que seus dentes caiam.

Tenho uma noiva em casa. Seu nome é Danae. Durante a marcha, escrevo-lhe cartas em minha cabeça. Falo de dinheiro, e não de amor. Quando nos casarmos, Danae e eu precisaremos do equivalente a seis anos de pagamento para fazer uma oferta por uma fazenda, já que nenhum de nós dois quer ser devedor às nossas famílias. Vou me oferecer como voluntário para Operações Avançadas, na primeira chance que eu tiver. Pagamento em dobro. Não posso contar isso a Danae. Ela vai se preocupar.

Há muitas coisas que um sujeito não pode contar à namorada. Mulher é uma. Um exército viaja acompanhado por um segundo exército de prostitutas e bruacas, sem falar nas esposas de acampamento, que são uma companhia mais permanente, e quando essas desaparecem em "região de lobo", território inimigo, seu número é completado por mulheres locais. Ouvimos falar muito que os asiáticos têm suas mulheres seqüestradas e, sem dúvida, isso é verdade em tempos normais. Quando, porém, passa um exército tão carregado de pilhagens como o de Alexandre, até mesmo o patriarca de olhos mais perspicazes é incapaz de vigiar suas filhas para sempre. As donzelas perseguem a coluna como cães, em busca de novidade, liberdade, romance, e até mesmo o arrasta-pé mais capenga consegue atraí-las para nada mais do que um rápido rola-rola. As moças ficam até mesmo para consertos na farda e lavar a roupa. Metade das cliques* estão tapadas* — isto é, com bebês — deixadas assim por nossos companheiros que passaram com Alexandre meses antes. Isso não nos impede de agarrá-las. Eu não, é claro, nem Lucas. Nós nos mantemos fiéis às nossas namoradas de casa, em grande parte para gozação de nossos companheiros.

Tollo é o principal caça-figo*. Ele irriga as nativas duas de cada vez. "Uma em cada quadril", diz ele, "apenas para aquecer." O soldo de Tollo como sargento porta-bandeira, contando os bônus, é de quatro dracmas por dia (quatro vezes o meu total). Isso dá para comprar uma casa aqui, ou contratar metade de um povoado para executar qualquer serviço que se queira.

O exército tem língua própria. Vapor* é gíria de soldado para "mulher". Janta. Figo.* Clique.* Madeixa ou *bert* (do nativo *tallabert*, "mãe") para uma afegã. Os locais também têm sua gíria para nós. Mac. Arrasta-pé. *Bullah* (da palavra deles para "estúpido"). Sexo é qum-qum. O inimigo propriamente dito, a nossa rapaziada chama de "Baz".

Em Areia e no Afeganistão, as mulheres são de dois tipos. As que estão sob a proteção de pais e irmãos são chamadas de *tir bazal*, "a jóia". Se você olhar muito para elas, seus parentes cortam a sua garganta. O outro tipo perdeu a proteção do clã. Talvez seus parentes masculinos tenham sido mortos em inimizades entre famílias ou guerra, ou as mulheres tenham cometido alguma transgressão e foram banidas. São essas as garotas com as quais os macs convivem. Contudo, não são vagabundas. Elas têm dignidade. É preciso se casar com elas.

O casamento aqui não é como em casa. Um dos meus companheiros, Philotas, conheceu uma garota em um povoado a oeste de Susia. À noite, estavam casados. Não há cerimônia; você apenas se declara assim e pronto. Meus colegas fazem troça de mim porque levo o matrimônio a sério. É isso que eu acho. Não consigo aceitar esses casou-e-pronto sem qualquer ritual. A mim, parecem errados.

Recebemos correspondência na coluna. A mala postal de casa nos alcança a cada dez dias; a tropa recebe até mesmo cartas do exército de fora do leste. Esta é de minha mãe:

> *Você não precisa me escrever bilhetes loquazes, nem me importo em saber o avanço da mais recente campanha. Apenas me diga se está bem. Continue vivo, meu filho, e volte para casa para mim.*

Chega uma carta do meu irmão Elias, à frente com a unidade militar de Alexandre no Afeganistão. Não tem lacre de pagamento de taxa. Correspondência do exército combatente viaja de graça.

Todas as cartas dão a mesma notícia.

Dario está morto.

O rei da Pérsia caiu, morto pelos seus próprios generais, ao fugirem antes da chegada de Alexandre. Na nossa coluna de substitutos, ficamos tristes em saber disso. A guerra acabará em breve. Voltaremos para casa tão lisos como quando começamos.

Elias parece estar em boa condição.

> *Matthias, seu cachorro! Como vai você? Já agarrou sua primeira clique asiática? Bem-vindo ao exército combatente, seu pobre arrasta-pé!*

Ele está bem, diz o meu irmão, exceto por um ferimento ao qual dá pouca importância. Está atualmente no hospital, como eu disse, em Prada, perto do Grande Deserto de Sal; é por isso que tem tempo de escrever.

A guerra persa está se acabando, irmãozinho. As maiores víboras do inimigo buscam selar um acordo. É um espetáculo e tanto, os nobres nos procurando. Eles enviam primeiro seus intermediários, sob bandeira de trégua, ou seus filhos, se os têm. Suas mulas vêm carregadas de pilhagem — "para Iskander". Isso é Alexandre em persa. Nós os recebemos como gatinhos indóceis. Nossas ordens são tratá-los como se eles fossem açúcar e precisássemos mandá-los para casa em nossas línguas.*

Grandes generais e governantes dos persas, nobres que combateram os nossos colegas por toda a Ásia — Artabazo, Frataferne, Nabarzane, Autofrate, como também os assassinos de Dario: Satibarzane e seu comparsa Barsaente — haviam se ajoelhado e foram recebidos com clemência por Alexandre. Quem mais é capaz de governar o império por ele? Mesmo os mercenários Glauco e Patron, comandantes da arrebentada infantaria pesada de Dario, tinham vindo com seus comandados e feito a paz. Eles agora formam uma unidade do exército de Alexandre.

Apenas um inimigo continua incontrolável. O general persa Besso, com 8 mil cavaleiros afegãos e acesso a mais 30 mil — invasores citas de além-Iaxartes. Ele se denomina sucessor de Dario e ajunta um exército para continuar lutando.

Não se preocupe, irmãozinho. Seus próprios generais sabem ler o vento. Não demorará muito, eles trarão seu elmo — com sua cabeça dentro.

Em Areia, aproximando-se da fronteira do Afeganistão, temos a nossa primeira chance de, fora do treinamento, desembainhar nossas armas. Tollo e Pendão são designados, com metade de nossa companhia de mercenários, a fazer a segurança de um comboio de suprimentos a serem entregues em um povoado a dois dias de viagem depois da rodovia militar. Lucas e eu vamos juntos. A meio caminho de viagem, ao passarmos por um desfiladeiro ermo, um destacamento de cavaleiros tribais surge numa elevação adiante. Tollo, Pendão e os mercenários partem atrás deles, deixando a nós, os esqueléticos, com alguns muleteiros e nativos para proteger o comboio. Não deu outra, assim que os nossos companheiros sumiram de vista, um grupo de mais de trinta bandidos se materializa. Nós somos 12, apenas quatro de nós armados. Os salteadores são os vilões mais mal-encarados que já tínhamos visto. Eles não nos temem de modo algum. Cavalgam direto para as nossas mercadorias e começam a se servir. Tentamos evitar, gritando ameaças e brandindo nossas armas. O inimigo brande de volta, com bem mais credibilidade. Nossos nativos tinham dado no pé colina acima, para fora do alcance de um tiro de arco. Muito em breve, nós também iríamos lá para cima. Lucas quer atacar; diz que pegaremos corte marcial por covardia, se não o fizermos; "Está maluco?", declara Trapo. "Esses trotadores de areia vão matar todos nós."

Os bandidos levam tudo. Nós nos sentimos como idiotas. Tollo e Pendão retornam; sem uma palavra, saem em perseguição. Quando os ladrões vêem nossa turma se aproximar, largam a pilhagem e fogem. Recuperamos tudo.

— Não percam o sono por causa disso — nos tranqüiliza Tollo posteriormente. — Vocês agiram certo. A culpa foi minha por deixá-los sozinhos.

Mas fomos castigados. Vimos nossa faculdade mental se esvaziar de terror e sentimos nossos membros virarem pedra de medo.

Durante a marcha, o exército pára a cada cinco dias para descansar os animais. Em casa, seriam dias de descanso, gastos em divertimento ou renovando o equipamento. Mas não no exército de Alexandre. Aqui no leste, treinamos.

Aprendemos defesa contra cavalaria. Aprendemos quadrados ocos e proteção móvel; aprendemos a simular uma investida e como ganhar novas forças. Nós até mesmo cavalgamos um pouco. Para cada montaria principal, os cavalariços conduzem duas remontas. Essas fileiras são propriedade exclusiva de cavalarianos; em uma guerra convencional, os cavaleiros não deixam você nem mesmo se aproximar de uma delas. Mas não neste palco. Aqui não tem nada disso de um cavalo condutor. Somos recrutados, pelo menos está nos livros, como Infantaria Montada. Por ocasião de um combate, se a nossa cavalaria principal for rechaçada, formamos uma auxiliar de remontas para proteger a coluna.

Continuamos marchando. Praticamos operações de cordão de isolamento; cerco de povoados. Nossas companhias treinam em locais simulados por toda a Armênia e Mesopotâmia síria, depois na coisa verdadeira nas montanhas do Kurdish a leste do Tigre. A força cerca uma aldeia agrícola, no escuro, para, ao amanhecer, estar em posição de atacar. O serviço é executado em rigoroso silêncio. Seu propósito é não deixar que nenhum aldeão escape. A formação para ataque é uma seqüência aberta,

PONTA PONTA

FLANCO FLANCO FLANCO

RETAGUARDA RETAGUARDA

em três camadas. A mesma configuração é empregada na perseguição do inimigo. Seu princípio é a cauda de andorinha invertida

FLANCO FLANCO

RETAGUARDA

na qual um indivíduo do inimigo passa através das pontas, é atacado pelas alas e liquidado pelos que estão atrás.

Quando o cordão de isolamento cerca a aldeia, sempre é deixada uma rota de fuga. A cavalaria e as tropas de projéteis se escondem nos flancos dessa rota de fuga. Aprendemos a fazer prisioneiros desse modo, apanhando-os quando fogem (os de mais altas patentes são sempre os primeiros), em vez de tentar fazer prisioneiros seletivamente no meio da confusão do ataque.

Agora passamos mais tempo praticando golpes mortais. É perturbador. Seremos capazes de fazer o mesmo com uma pessoa?

Estamos bastante cientes de que somos meninos e não homens, como Pendão e Tollo. Não fazemos nada como eles fazem. Não falamos ou nos comportamos como eles; não conseguimos nem mesmo mijar como eles. Eles habitam uma esfera que se estende acima de nós. Nós os macacaqueamos. Nós os estudamos como se fôssemos crianças. Eles permanecem além de nós.

A coluna agora passou por Susia. Os ossos de meu pai estão lá, no cemitério militar. Não nos permitiram um tempo de parada. Os reinos afegãos se encontram a apenas poucas marchas adiante. Por dias, nossa força tem sido seguida por "nuvens" e "fantasmas", gíria do exército para esfarrapados tribais montados em *yaboos*, os quais, dizem os nossos guias, não são afegãos, mas areianos e pactians, povos que nós supostamente conquistamos. Lucas olha-os desconfiado.

— Eles não me parecem muito conquistados.

Nossa coluna agora marcha o tempo todo pronta para a guerra, com a cavalaria em ambos os flancos. Uma coisa que eu não esperava, ao vir para o exército, é o extraordinário consumo de bebida. A bebedeira é espantosa. Os veteranos bebem todas as noites até a inconsciência. Desabam como os mortos. É preciso chutá-los todas as manhãs para que acordem e, às vezes, nem mesmo isso resolve. A coluna se apronta em meio à cacofonia de tosses, escarros, pigarros, vômitos; nos primeiros 8 quilômetros, os homens são cegos como carrapatos. Se o inimigo atacasse ao alvorecer, faria picadinho de nós.

E piora, diz Pendão, após a primeira luta. Ele aconselha a Lucas e a mim a começarmos a beber agora; acostumar nossas barrigas à bebida. "Na frente de batalha, não dá para passar sem ela." Pank* e Jack* são gírias do exército para a ardente bebida barata capaz de derrubar um homem como um soco na têmpora. Tais bebidas alcoólicas não são vinho misturado com água, como cavalheiros ingerem no jantar para animar a conversa, mas fortes destilados puros bebidos avidamente. Destilarias surgem na coluna, que sabem preparar a substância de arroz e cevada, centeio, beterraba, pistache, tamareiras; fermentam painço e gergelim, tão repulsivo quanto coalho rançoso, mas o estímulo é tal que camaradas vão para a linha de frente por causa dele, e coronéis de pendão dispensam do serviço os mestres destiladores, deixando-os até mesmo com escoltas de cavalaria, para ferverem suas misturas, sem as quais o exército é incapaz de funcionar. Barricas de cerveja de centeio e trigo, tão espessa de borra que é preciso sugá-la através de um junco, são transportadas em carroças para depósitos ao longo da marcha da coluna. Num descanso de quatro dias em Areia, a coluna caiu na bebedeira; companheiros se batiam em lutas a faca apenas por nervosismo. Os comandantes tiveram de enviar grupos armados para recolher certos tipos de bebidas, coisas feitas até mesmo com raspas de tinta de pranchas de navios, apenas para evitar que os homens assassinassem uns aos outros.

Por que os soldados bebem? Para evitar de pensar, diz Pendão. Se você pensa, começa a ter medo.

O principal narcótico no Afeganistão é o *naswar*, ou nazz* — uma pasta preta resinosa feita de opiatos de papoula. Você enrola uma bolinha e a enfia debaixo do lábio. Isso deixa suas gengivas pretas. A droga tem dois tipos, preta e marrom. A marrom é mais barata; ainda traz nela as sementes. A tropa a chama de "alpiste". A preta é a pasta pura. O engraçado é que você pode distinguir um oficial de um soldado, se ele usa "preta" ou "alpiste". Pessoalmente, eu não toco em tal coisa. Mas muitos não conseguem passar sem isso. Outras drogas são *hosheesh, kanna* e bhang, ópio.* Você queima a primeira e a terceira num cachimbo e esmaga a segunda entre os dentes. Todas três são baratas como nabo e fáceis de conseguir. Alexandre proibiu o uso de tudo, menos vinho. Entretanto, nem mesmo ele é capaz de refrear esse tráfico.

Todas as noites, a bebida leva embora um ou dois soldados. Seus sargentos têm de escrever cartas para suas esposas. Estéfano complementa seu soldo imaginando mortes fictícias para esses relatórios. Não se pode dizer a uma esposa que seu marido fritou os miolos com nazz preto e rachou a cabeça ao mergulhar numa vala.

Os fantasmas afegãos continuam seguindo a coluna. Nosso passo acelera; nos aproximamos de Alexandre. Chegam mensageiros que estiveram com ele há apenas seis dias.

Quando teremos ação?

Pendão responde:

— Quando menos esperarmos.

SEIS

A coluna chega a Artacoana, a cidade principal de Areia, no 127º dia após a saída de Trípoli. O próprio inferno não poderia ser mais feio do que a cidade baixa, ao longo do rio seco, mas a cidade alta, a Cidadela, é surpreendemente elegante e civilizada. Permitem-se mulheres nas ruas, embora embrulhadas da cabeça aos pés. Pode-se ouvi-las dar risadinhas por trás de seus véus. Há parques por toda a parte. Pomares de tamargas fornecem sombra, seus galhos gotejando uma espécie de substância adocicada que os locais chamam de *amassa*. Você pode passar o dia todo comendo isso e a sua barriga continua vazia do mesmo modo que começou. Aguaceiros encharcam a cidade no final da tarde, escoando em instantes através do solo, deixando-o tão ressecado e estéril quanto antes. Persas, levados por Alexandre, administram a cidade. O próprio Alexandre tem avançado com o exército, para norte e leste, perseguindo o embusteiro Besso. O nosso rei invadirá o Afeganistão pelo norte antes que o inverno feche os caminhos.

Artacoana é famosa por suas fábricas de sapatos. Todo o lado sul cheira a curtume. Conseguem-se botas, bolsas e selas extraordinárias por quase nada. Logo na primeira manhã, Lucas e eu nos equipamos do tornozelo à cabeça; o fabricante de botas promete os pares prontos para o fim do dia seguinte. Para nossa alegria, ele entrega. Enquanto o remendão nos equipa, irrompe uma agitação na viela. Meninos e mulheres passam correndo, assustados. Em seus calcanhares vêm dois estafetas macs malhando duramente suas montarias em direção à cidade alta. O instinto de um soldado, ao pressentir problemas, é se juntar à sua unidade. Saímos à rua, Lucas e eu, ainda a tempo de ver, vagando pelo deserto, uma andrajosa coluna da infantaria macedônia. O fato de não terem uma escolta de cavalaria significa que algo terrível aconteceu.

Encontramos Pendão e Tollo, no caminho de volta ao acampamento. Estéfano está com eles. Ocorreu um massacre, somos informados, dois dias ao sul da cidade. Insurgentes liderados pelo traidor Satibarzane e seu comandante de cavalaria Spitamenes (apelidado, por causa de sua astúcia, "o Lobo do Deserto") emboscaram uma companhia de noventa macs, incluindo sessenta Parceiros e 120 mercenários, massacrando todos, exceto o grupo que vimos vagando pelo deserto. Duas colunas de perseguição foram formadas para vingá-los. Lucas e eu somos destacados para a segunda.

O primeiro grupo parte de imediato. Trata-se da coluna de caçada. Sua missão é localizar os rastros do inimigo e segui-los. Nossa tarefa, na segunda coluna, é segui-la com um carregamento, levando armadura, rações e o equipamento pesado. Vale a pena observar Pendão e Tollo e, particularmente, Estéfano apanharem os apetrechos e se aparelhar. Deus ajude o inimigo quando esses homens o alcançarem.

Nossa coluna de perseguição é a quarta parte de uma brigada, com cerca de quatrocentos, metade macs e metade aqueus. Seu comandante é Amintas Aéropo, chamado de Touro. A companhia nunca treinou ou lutou junta. Nem mesmo fizemos exercícios. Tollo separa ao meio os nossos 64, com Pendão comandando uma divisão e Estéfano a outra. Lucas e eu caímos com o poeta. Cada homem está montado (meu companheiro e eu em asnos) e conduz uma mula de carga. Seguimos de perto a trilha da primeira coluna até o crepúsculo. Cavaleiros recuados nos encontram e nos guiam pela escuridão. Minhas botas novas ainda não tinham sido costuradas. Enfio num paneiro meus gastos calçados de marcha e cavalgo descalço.

Ultrapassamos a coluna de caçada duas horas antes do amanhecer. Tempo para se alimentar e umas duas horas de descanso. As duas colunas seguem em frente durante todo o dia seguinte. A região ao sul de Artacoana é de vales desertos; uma cadeia de montanhas se sucede à outra. Perto do anoitecer do segundo dia, batedores voltam a todo galope. Capitães são chamados para uma reunião. A coluna é dividida em três — uma força de bloqueio rodeando o sudeste, uma segunda força de ataque no sudoeste (somos nós), a terceira para montar um acampamento-base com posições cobertas e seguir quando chamada.

Partimos a pé na escuridão. Ninguém diz nada a Lucas ou a mim. Nenhuma ordem é dada e ficamos constrangidos demais para perguntar. Não tenho nada além dos meus calçados gastos; minha solas atualmente são uma mixórdia roída.

O último batedor trota de volta uma hora antes do amanhecer. Finalmente Tollo convoca a nossa divisão. Nós nos reunimos num barranco sob uma elevação de basalto; a lua ainda se assenta. Podemos distinguir um rio solitário, com 30 metros de largura e três centímetros de profundidade, brilhando como uma fita mais além do ombro do morro. Aparentemente, o rio serpeia através de uma aldeia que está fora de vista depois do morro. O inimigo se refugiou na aldeia. Seus cavalos foram localizados. Ele não sabe que estamos aqui.

Tollo rabisca a aldeia na terra. Será uma operação de cordão de isolamento. As colunas cercarão o local e avançarão assim que clarear.

Estou pensando: Consigo fazer isso? Consigo enfrentar cara-a-cara o inimigo? O que farei, quando ele investir, com fúria ou terror, diretamente para mim?

— Prisioneiros? — pergunta um dos sargentos que não conheço.

Tollo encara-o.

— O que você acha?

A reunião se encerra. Ninguém ainda falou nada com Lucas ou comigo. Aí vem Estéfano.

— Vocês pegarão as mulheres.

Ele indica um cabo mac chamado Barrel. Devemos ficar com ele. Em um segundo, Estéfano desaparece, armado. Barrel tem uns 40 anos, com um olho leitoso e braços como tiras de ferro. Seis outros formam com ele, quatro macs e dois aqueus. Eles alojam suas lanças e preparam cordas, transformando-as habilidosa e rapidamente em laços. Ninguém nos dá ordens nem nos mostra o que fazer. Os outros mantêm suas espadas, e fazemos o mesmo com as nossas.

Lucas alcança Barrel assim que partimos.

— O que vamos fazer com as mulheres?

O cabo pára.

— Bem — diz ele —, não vai pedi-las em casamento.

SETE

A força do cordão de isolamento desce a colina em largos passos deslizantes, atravessando o terreno como a sombra da lua. Nunca tinha visto homens se movimentarem tão rapidamente nem tão silenciosamente.

Os povoados afegãos são dispostos em círculos, como fortes. Um muro de tijolos de barro cerca tudo. Nossos homens saltam em grandes números por cima dele, como água sobre a beira de uma represa. Lucas e eu nos arrastamos atrás, tentando manter Barrel à vista. Nosso serviço não é matar ninguém; somos verdes demais para uma incumbência de tal responsabilidade. Apenas capturar mulheres e crianças e confiná-las para serem vendidas depois como escravas. Desembestamos a toda por cima do muro. Dois cachorros com a garganta cortada se esparramam; a tarefa de nossos companheiros era silenciar essas sentinelas. No interior, mais muros. O lugar é uma colmeia de hortas e apriscos. Tropeçamos em bodes e em galinheiros de vime para frangas e gansos.

Os gritos já começaram, os de nosso pessoal e os do inimigo. Cachorros latem por toda parte. Na casa de um afegão entra-se pelo pátio. Estes são estaqueados e cobertos de sapé. À medida que os invadem, nossos homens tocam fogo nos telhados. Nossa turba corre para o quarto sul da cidade. Barrel grita, aponta para uma fila de choupanas diante do muro do forte.

— Peguem todos, assim que saírem!

Matronas e moleques brotam das cabanas em chamas. Barrel e outros os arrebanham para o interior de apriscos ao longo do muro. Em poucos momentos, nosso esquadrão tem uma dúzia, todos berrando de terror, com mais chegando em bandos.

Viro em direção ao povoado. Há cavalos em todas as vielas. Os inimigos fogem, descalços, seminus. Nossos companheiros os perfuram com meias-lanças ou os dilaceram, de cima de seus pôneis, com arpéus. É simultaneamente extraordinário e assustador ver de que modo eficiente os nossos macs executam isso. Massacram todos os habitantes masculinos de uma casa sem quase o menor ruído, e tão rapidamente que esposas e crianças são tomadas por choque mudo. É o abate de lobos ou leões, a fria matança de predação. É trabalho.

Nosso esquadrão contém as mulheres e as crianças. A nossos pés, bale um tapete de bodes e garotos, pressionando as paredes de vime num tal terror que a coisa toda curva e ameaça desabar. Ainda não tenho idéia do que devemos fazer. Olho através do curral para Barrel. De repente, uma das matronas puxa algo de baixo da roupa e o enfia na barriga dele.

Barrel não se mexe, simplesmente olha para baixo com uma expressão de leve alarme, então ergue a vista para a matrona, que permanece imóvel diante dele com um ar de semelhante espanto. Ela o esfaqueou.

Barrel tem sua espada na mão direita. Sem qualquer pressa, segura a senhora, com a mão esquerda, pelo lenço da cabeça e, com uma curta pancada, crava o cabo de ferro de sua arma no centro da testa dela. Viro-me para Lucas. Por todo o curral, podemos ouvir o crânio da mulher se rachar.

Imediatamente, cada mac e cada aqueu passam a massacrar seus cativos. Em questão de momentos, vinte mulheres se tornaram carcaças. Jorra sangue em quantidades, como se grandes cântaros de vinho tivessem sido derrubados ao mesmo tempo. Não há luta, pois tão rápida e mortalmente os macedônios executam o seu serviço que as vítimas são arrancadas da vida antes de conseguirem ao menos gritar. De modo algum o ato é estimulado por sede de sangue, nem qualquer satisfação é tirada dele. Pelo contrário, os macs evidenciam irritação, pois aquele grupo de mulheres poderia ter sido vendido por um bom dinheiro.

Fico paralisado de horror. Uma coisa é narrar tal holocausto retirando-o em segurança da memória e outra é presenciá-lo com os próprios olhos. Uma afegã agarra meus joelhos, chorando e suplicando. Duas crianças enterram os rostos em sua roupa.

— Retalhe ela! — grita para mim a voz de um homem. É um dos macs que não conheço. Artelho é seu nome. Lucas veio para meu lado.

— Obedeça, Matthias!

Viro-me para ele como se num sonho. O que devo fazer? Com certeza, não machucarei essa pobre mãe desesperada.

Uma pancada me faz girar. Artelho novamente.

— Você está tentando me matar? — vocifera ele.

Não faço a menor idéia do que ele está falando. Ele me bate, o cotovelo no queixo. Ao cambalear, vejo-o dirigir sua espada para a matrona enquanto seus filhos guincham aterrorizados.

Lucas me puxa dali. Estamos agora do lado de fora dos currais. A cavalaria mac está por toda parte. Pode-se ver o inimigo às dezenas, montado, fugindo a toda velocidade para as colinas. Nossos companheiros vão atrás deles.

Disparo pelas ruas. Agora estou sozinho, caminhando a passos largos entre cabanas de tijolos. De algum modo, perdi minha arma. Macs, em dois e em três, passam velozes, encurralando afegãos em becos e abatendo-os. Os inimigos — isto é, os carniceiros que massacraram os nossos camaradas no deserto — fugiram todos. O que resta é o povoado, os pequenos proprietários nativos que lhes deram refúgio. Espreito através do caos de muros derrubados e carroças viradas. Percebo que cometi um delito grave, ao hesitar, nos apriscos. Se uma megera tem uma arma, todas as outras têm. Uma medida imediata precisa ser tomada. Um soldado que não pode contar com a confiança de seus colegas é mais perigoso do que um inimigo. Compreendo isso. Continuo correndo. Numa viela, vejo Amintas, o sapador, lancetar um afegão nas costas, abaixo da cintura. Ele mira entre as escápulas, mas, quando o homem trepa num muro, na tentativa de escapar, a lança de 2,5 metros de Amintas mergulha na carne de suas nádegas, entrando pelo bojo do quadril e saindo pela barriga. O homem grita e cai de costas; a lâmina de Amintas quebra quando o peso do afegão empalado a torce. As entranhas do pobre sujeito transbordam do terrível corte aberto pela queda; elas agarram na escada abaixo dele, que não é exatamente uma escada, mas apenas uma árvore descascada com meios galhos estendendo-se como degraus. O homem peleja para juntar suas tripas, enfiando-as de volta para dentro do corpo, ao mesmo tempo que grita horrorizado. Eu me viro e corro. Na rua, surgem mais cenas de carnificina. Tento fugir da visão delas, temendo que suas aparições me levem à loucura. Ao mesmo tempo, sei que meus companheiros notarão, se eu fugir, então faço a minha retirada parecer intencional. Como estou sozinho e separado de minha unidade, é uma violação sujeita a açoitamento; como perdi minha arma, significa morte. E não há sangue em mim. Isso ainda é pior. Me denuncia. Todos os demais estão encharcados. Penso desvairadamente: onde conseguir algum sangue para me lambuzar?

Um punho me agarra por trás. É Tollo. Ele me encontrou. Sem uma palavra, me leva para fora da viela até um pátio de terra. Meia dúzia de macs preenchem o espaço. Tollo me atira, pela entrada baixa da cabana, até um apertado aposento escuro. Bato a cabeça com tanta força na verga da porta que quase desmaio. Tollo me empurra em direção a algo no centro do aposento. Um homem. Um afegão de notável aparência, provavelmente com 50 anos, seguro por dois macs que não reconheço. Os dentes do cativo foram quebrados a socos; sua boca é uma massa de sangue. Ele está de joelhos. Tollo agarra a minha mão direita e empurra para ela uma destripadora, a espada curta do tipo espartano.

Não há necessidade de dar uma ordem. O que devo fazer está claro.

Não consigo.

— Mate-o! — grita Tollo para mim.

Como? Não faço idéia de que tipo de golpe desferir. Os olhos do afegão se fixam nos meus. Ele diz algo em sua língua que não entendo. Sinto a lâmina de Tollo tocar meu pescoço. O velho homem repete sua imprecação, agora aos gritos.

Enfio minha lâmina em suas tripas. Mas não atingi forte o bastante; o homem se contorce de lado com um berro; sinto meu gume resvalar em sua caixa torácica e se libertar com um repuxo. Nem mesmo tirei sangue. Tollo me esbofeteia duramente, juntando um feixe de obscenidades. Posso ouvir homens rindo atrás de mim. Sinto uma vergonha abrasadora. Os dois macs que seguram o velho o arrastam novamente para diante de mim. Ele agora cospe no meu rosto, gritando a mesma praga. Seguro meu cabo com ambas as mãos e enfio a lâmina, de baixo para cima, em sua barriga. Dessa vez, empurrei com força demais. A ponta da espada atravessou-o completamente e saiu do outro lado. Está bloqueada entre as costelas de suas costas. A lâmina está presa. Não consigo tirá-la. Ouço os dois macs atrás de mim, agitando-se com risadas histéricas. Tollo me esmurra novamente. Apoio o calcanhar no peito do velho, puxo a espada e a solto. Sua pança se abre, mas ele não perde nadinha de sua impetuosidade. Continua me cuspindo e me amaldiçoando.

Ergo a arma e a mergulho, mirando a grande artéria da coxa do inimigo, no entanto, de algum modo, eu não o corto, mas a mim mesmo. Um corte abre-se na minha perna direita, do qual jorra sangue em quantidades inimagináveis. Estou cheio de vergonha, mortificação, medo, raiva e dor.

Agora até mesmo Tollo ri. De algum modo, um cachorro entrou no aposento. Ele provoca uma terrível algazarra. O afegão continua cuspindo em mim. Uma forma se move para o meu campo de visão, acima de mim e à minha esquerda. Sinto, mais do que vejo, uma mão agarra o velho pelo cabelo; a forma desfere um potente golpe cortante de um lado a outro, depois um segundo e um terceiro. A cabeça do prisioneiro sai. Tutano esguicha da espinha cervical, sujando os pés do homicida.

É Pendão. Ele deixa cair a cabeça; esta se estatela no chão com o ruído de um melão esmagado. Os macs soltam o corpo sem cabeça. Este se arremessa à frente, sobre mim, jorrando sangue do vazio de seu pescoço. Vomito tudo que comi nos últimos três dias.

Do lado de fora, fico ciente do espetáculo lamentável que ofereço. Diferentemente dos meus conterrâneos veteranos, cujas mãos, que manejam as lanças, e frentes de suas roupas estão envernizadas como experientes operários do matadouro, eu estou encharcado da coxa ao calcanhar com sangue estrangeiro e com o meu próprio, e com vômito, mijo e terra. Lucas estanca o meu ferimento. Reconheço o coronel mac Touro quando ele passa com vários oficiais, olhando-me com perplexidade e desprezo.

— O que é isso aí? — pergunta ele.

Tollo emerge da cabana.

— A nova unidade.

Touro sacode a cabeça.

— Que Deus nos ajude.

OITO

Estou envergonhado demais para comer um grude naquela noite. Tollo me deu uma ordem. Tiro as roupas, mas não posso lavá-las. "Queime-as", diz Pendão.

Nossa turma está em marcha duas horas antes do amanhecer, Lucas e eu montados em *yaboos*, seguidos pelos nossos asnos de carga com os reboques. Os cavaleiros de caçada estiveram ocupados a noite toda com aqueles afegãos que escaparam. Eles nos guiam pelos postos. Os inimigos são cerca de cinqüenta, metade a cavalo e metade a pé; nós somos mais de duzentos, todos montados, sem contar os feridos e os outros deixados para trás para ocupar o povoado e arrasar mais três assentamentos vale abaixo.

Cavalgamos quatro dias. A palavra para essa região é *tora balan*, "pedras negras". Terra estéril sem água, vincada por amontoadas elevações de basalto. É como cavalgar pelas ruas de uma cidade. Segue-se por gargantas comprimidas entre elevações, cujas rotas podem ser sem saída, difíceis ou ambas as coisas. Dez vezes por dia voltamos pelo mesmo caminho, vindo de passagens sem saída. Nosso grupo tem guias afegãos, mas são inúteis, exceto para encontrar água e forragem, e o único motivo para fazerem isso é para eles mesmos não morrerem de fome. Nossas montarias se cansam após o segundo dia. A perseguição mais parece uma marcha mortal. À noite, desabamos como cadáveres.

Não durmo desde que deixamos o povoado. Quando fecho os olhos, ouço mulheres gritando e vejo o velho sem cabeça cair no meu colo.

Decidi não assassinar inocentes. Não posso dizer isso a ninguém, nem mesmo a Lucas. Eu tento, mas ele não vai escutar.

— Você matou alguém no povoado? — pergunto, ao nos instalarmos na primeira noite, distante dos outros, enquanto desenrolamos os panos que nos servem de cama. Ele não matou. Pergunto o que ele vai fazer.

— Como assim?

— Da próxima vez. O que você vai fazer?

Meu amigo chuta o rolo de pano, que se abre.

— O que eu vou fazer? Eu lhe digo o que vou fazer. Exatamente o que *você vai fazer*. Vou fazer o que me mandarem. Vou fazer o que Pendão e Tollo me mandarem!

Ele percebe a ira em sua própria voz e desvia o olhar, envergonhado.

— Não toque mais nesse assunto, Matthias. Não quero ouvir falar nisso. Seja lá o que você esteja pensando, guarde para si mesmo!

E puxa o cobertor e vira de costas.

Eu penso que somos como criminosos. Quando um novato é iniciado em uma liga de assassinos, seus superiores levam-no a cometer o mesmo crime que eles cometeram. Agora é tão culpado quanto eles. Não se pode voltar contra os outros. Ele é um deles.

Falo isso para Pendão. "Você continua pensando", diz ele.

Na metade do sexto dia, subimos uma colina, e ali estão eles — uma coluna maltrapilha de descalços, fugitivos desmontados. Cerca de duas dúzias, caminhando em fila ao longo da base de uma elevação de pedra preta. A distância, afegãos parecem diferentes de macs. Uma coluna dos nossos está repleta de hastes e pontas de lança. O afegão luta com arco e funda, e três facas — pequena, média e grande — que carrega junto com seu bocado num cinto-faixa chamado *gitwa*.

Os afegãos fogem. Quando vamos atrás, escalam como bodes, derrubando pedras atrás de si e provocando deslizamentos, que se iniciam com uma ervilha rolando e tornam-se avalanches quando eles nos levam a cair de barriga sobre os acúmulos de pedra na base do penhasco. Uma pedra do tamanho de um panelão do exército passa estridulando perto do meu ouvido, em disparada como o projétil de uma funda. Cavalos não conseguem escalar aquele pedregulho; temos de persegui-los a pé. Não chegamos nem a 30 metros do inimigo. Ele alcança o topo e vira fumaça.

Nós os caçamos por mais dois dias, agora a pé, conduzindo os nossos pôneis exaustos. Nossos guias sumiram. Estamos perdidos. Tudo agora gira em torno de se encontrar água; se localizarmos um gotejar na metade do dia, não ousamos levar a caçada muito além, por temer não encontrar outro e precisar voltar durante a noite. Na sexta noite, ao montarmos acampamento ao lado de um lamaçal, Pendão manda que eu e os outros recrutas procuremos uma fonte. Estou sozinho, vagando por uma garganta seca. Dobro numa curva. A três metros de distância, há um afegão acocorado no chão, cagando.

Meu primeiro impulso é me desculpar. Ocorre-me, com ridícula brandura, que ele é o inimigo. Ele me encara, tão paralisado pelo espanto quanto eu. Quero gritar para chamar meus companheiros. Não sai nada. O terror me emudeceu.

O afegão agora está de pé. Ele tem cerca de 30 anos, com olhos negros engastados numa barba tão densa quanto uma moita de curry. Estou paralisado. Penso: talvez eu consiga assustá-lo. Avanço dois passos, brandindo minha meia-lança. O medo inunda seus olhos. Ele engole em seco e se arremessa em minha direção. Antes que eu consiga pensar, ele projeta-se adiante, ultrapassando a ponta da minha lança; agarra a haste com ambas as mãos. Ele puxa. Eu puxo. Praticamos um cabo-de-guerra.

O sujeito agora está gritando. Ocorre-me que ele devia estar ali de sentinela. Provavelmente, há um acampamento afegão 30 metros após a curva.

Agora eu estou gritando. Pendão! Tollo! O afegão solta a haste de minha lança e atira-se contra mim. Ele parece ter esquecido que tem armas. Seus dedos enfiam-se nas órbitas dos meus olhos, seus dentes mergulham no meu ombro. Rolamos no solo, que é fino como pó e quente como cinzas sob o sol. Agora estou apavorado. Constrangido. A idéia de que vou morrer desse modo ridículo me induz a prodígios. Sacudo o corpo e me livro. Ambas as mãos estão vazias. Sinto-me nu e cego de raiva com minha própria estupidez. O afegão encontrou sua adaga. Agarro uma pedra do tamanho de uma bota. O homem me ataca; sinto sua lâmina prender na minha capa quando bato a pedra em sua cara com toda a minha força. Posso ouvir seus dentes despedaçarem. Ele cambaleia e cai. Caio em cima dele com todo o meu peso, peito contra peito.

Arranco seus miolos com a pedra. Não demora muito. Sinto o crânio rachar e a sopa quente escorrer para os meus dedos. Vozes gritam acima de mim. Três dos afegãos surgem à vista exatamente quando Tollo, Trapo e dois mercenários cujos nomes não sei vêm correndo pelas minhas costas.

O medo, dizem os soldados, é a mais primitiva das emoções. Eu não acredito. É a vergonha. Minha sensação, quando Tollo dispara atrás do inimigo é de alegria e alívio, por meu superior ter-me visto dominar um homem, se bem que meio sem jeito, e de profundo relaxamento pela minha humilhação no povoado ter sido pelo menos parcialmente apagada.

Mais de nossos companheiros passam correndo. Junto-me ao bando. Pendão e Lucas disparam à frente. Sinto um entusiasmo, não tanto por ter matado um homem como ter sobrevivido à sua tentativa de me matar. Corro pela garganta. Sob um feixe de luz solar concentra-se o acampamento afegão. Nossos companheiros caem sobre os inimigos como lobos. Mergulho na luta corpo-a-corpo. Desejo furiosamente matar de novo, o mais rapidamente possível e o máximo de inimigos que eu puder, não pela avidez de sangue, mas porque consigo sentir a volta do meu próprio terror, assomando momentos adiante como uma onda. Preciso executar algum ato de bravura antes que ele desabe sobre mim. Passo correndo por um buraco na parede da garganta; dois mercenários encurralaram um afegão solitário, mas o mantêm à distância de uma haste, fazendo-o recuar, cutucando-o com a ponta de suas lanças. Meu surgimento faz transbordar a maré. Três contra um, e espetamos o pobre coitado como um peixe num arpão. Ele se debate, empalado, pelejando para se torcer e se livrar de nossas lanças enterradas em suas entranhas. "Matem!", gritamos nós três, irracionalmente. Empurramos o homem contra a parede da garganta até conseguirmos sentir a ponta de nossas lanças atravessar sua barriga e raspar a pedra. Seus olhos são tão humanos! Ele é um homem, e não um animal. A visão de sua agonia dói em meu coração. Um golpe do primeiro mercenário liquida-o; ele cai, um peso morto. Meus companheiros dançam sobre ele, uma jiga menos de triunfo do que de libertação do medo. Grito algo e incito os meus companheiros à perseguição. Para meu espanto, eles me seguem.

O dia termina com uma caçada a cavalo, na qual Estéfano e seis de nossos mercenários alcançam os últimos fugitivos. Eles trazem de volta quatro prisioneiros. Nós abatemos 17. Sofremos uma morte (o chefe dos mercenários, que passou correndo por mim ao lado de Tollo) e três feridos, um deles o meu colega Boxer, que quebrou um tornozelo numa queda. A noite cai. Nossos companheiros transformaram em recompensas as armas dos mortos. Devoram a comida do bocado dos inimigos e torram suas costas em volta das chamas da fogueira. Naquele dia, dois afegãos morreram pelas minhas mãos. Depois, verei seus rostos em meus sonhos. Depois, o remorso vai me atormentar. Depois, mas não agora. Agora estou feliz. Sinto orgulho ao friccionar meus antebraços com poeira afegã, limpando o sangue de homens que, se pudessem, teriam matado a mim e aos meus companheiros. O sono me encontra sem culpa e sem arrependimento. Nunca fui tão feliz em minha vida.

NOVE

A distância que nossa coluna percorreu em seis noites, perseguindo o inimigo, foi tão longa quanto quase duas vezes a travessia de volta; estamos tão exaustos e assim também os nossos animais. Temos de nos juntar às outras patrulhas. Não podemos trilhar direto como o vôo da águia, pois temos que desviar de aldeia para aldeia a fim de encher as nossas barrigas.

Uma das tarefas de um recruta é pilhar comida. Na nossa turma, Lucas e eu cuidamos desse serviço. Tragam o jantar! Consigam algo de comer! A experiência de "viver da terra" é indispensável, percebemos, para a educação de um jovem soldado. Isso o ensina a ser violento com civis, intimidar agricultores e donas de casa. O jovem aprende como rasgar um assoalho, arrombar um teto, como pressionar as pessoas. Isso o treina a não aceitar nada pelo valor nominal, nem mesmo a avó em prantos, a esposa suplicante, a criança faminta. É tudo mentira. Todos têm bocado.

Na nona tarde, retornando a Artacoana, um mensageiro chega galopando, em cima do mais espetacular cavalo de montaria que eu já tinha visto. Ele é capitão pleno dos Parceiros de Alexandre, e traz ordens do rei em pessoa. Três guias afegãos o acompanham, empoleirados em *yaboos* ordinários que parecem cachorros ao lado do cavalo de raça do capitão. Esses pôneis, porém, conseguem voar. Enquanto o capitão conferencia com Tollo e Estéfano, nós, a ralé, torramos ao sol.

Alexandre está aqui, dizem-nos. Em Artacoana. Informado por velozes estafetas sobre a insurreição de Satibarzane e Spitamenes, o rei interrompeu seu avanço para leste. Retornou, deixando o grosso das unidades militares com seu general Cratero, enquanto ele, com a cavalaria e tropas ligeiras, atravessou 300 quilômetros de deserto em três dias. Diante de sua aproximação, o cavalo rebelde mostrou as patas traseiras. Alexandre encurralou a infantaria, 13 mil, no topo de uma fortaleza natural chamada de Seio de Mãe. Se os insurgentes o aceitassem como soberano, prometeu, todos poderiam voltar em paz para suas casas. Em resposta, o inimigo enviou um cachorro estripado. Isso significa vá para o inferno.

Nossas próprias ordens, transmitidas pelo capitão dos Parceiros, são para não voltar a Artacoana, mas seguir a toda velocidade para o local do massacre original, defender o lugar e proteger os cadáveres de nossos conterrâneos de profanações ulteriores. Devemos permanecer no local até que o próprio Alexandre possa concluir seus assuntos com o inimigo e chegar para oferecer honras aos que tombaram. Dois dos afegãos, em *yaboos*, nos guiarão.

O local, quando o atingimos após três crepúsculos, fica numa estreita garganta entre rochedos de granito. Uma insuficiente unidade de mercenários arcadianos guarnece a área. Ficam extáticos ao nos verem, pois a nossa multidão manterá cercadas as manadas de mulheres afegãs que já limparam a garganta com seus saques e continuam à espera nos morros, à espera de uma chance de sair correndo com as eventuais fivela ou ponta de lança, cujos bronze e ferro valem uma fortuna nesse deserto, sem falar no seu valor como troféus.

Os arcadianos nos contam o que aconteceu com os nossos conterrâneos. Os que sobreviveram à emboscada inicial foram espancados e desnudados; o inimigo prendeu-os ao chão, de costas, com estacas, pernas e braços abertos, e enfiou espadas em suas coxas, abrindo talhos profundos até os ossos. Estriparam os nossos companheiros, arrancaram seus olhos e cortaram fora suas genitálias. Então cobriram-nos com óleo de terebinto — ou terebintina — e tacaram fogo. Tudo isso enquanto estavam vivos.

Foram as mulheres e as crianças, soubemos pelos guias afegãos, que cometeram essas atrocidades com os nossos conterrâneos. Esse, dizem-nos eles, é o costume da terra. Prisioneiros são entregues às fêmeas do clã, para seu prazer. As tribos fazem isso não só com a gente, mas uns com os outros.

Os arcadianos reuniram os corpos de nossos companheiros no centro do acampamento. Isso para que as afegãs não consigam esgueirar-se após a escuridão e os pilhar ainda mais. Os corpos estão cobertos e nós, os recém-chegados, não fazemos qualquer tentativa de dar uma olhada embaixo.

Após escurecer, as mulheres sitiadas começam a lamentar. Uma ululação horripilante se inicia no flanco da garganta, respondida do outro por um coro igualmente de empalidecer. Em pouco tempo, todo o desfiladeiro uiva numa espécie de ímpia cacofonia primitiva.

— São chacais ou gente? — pergunta Pulga.

Lucas olha de relance para mim.

— Chacais soariam mais humanos.

A noite é quente, mas todos nós trememos. No acampamento, é costume apenas os recrutas ficarem de sentinela; essa noite, os veteranos também fazem seus turnos.

Em algum momento do terceiro turno de vigília, uma megera afegã foi morta por dois dos cavalariços de Touro; ela foi rastejando, passando pela sentinela, o caminho todo até o cercado dos cavalos, e estava no ato de cortar o tendão de um deles, a apenas um lançamento de seixo distante da tenda do comandante. Na manhã seguinte, eu e vários outros somos destacados para transportar os cadáveres de nossos conterrâneos para um local ainda mais seguro no acampamento. Agarramos o primeiro cobertor, para levantar; ele se precipita, livre de sua mortalha, em pedaços, aos nossos pés. O homem fora decapitado e talhado à altura dos joelhos.

DEZ

A nossa coluna retorna a Artacoana para encontrar a cidade baixa abandonada e a cidade alta reduzida a entulho. Em nossa ausência, os nativos haviam se rebelado e foram esmagados. A leste, nas colinas, o cerco ao Seio de Mãe chega ao fim. Alexandre e sua tropa de elite já seguiram ao sul, para Drangiana, em perseguição ao rebelde Barsaente e ao comandante da cavalaria, Spitamenes.

Foram os homens de Spitamenes, soubemos, que o nosso grupo de perseguição andou caçando. O massacre original foi obra dele. Por sua ordem, os nossos desafortunados conterrâneos foram traídos; por seu mando, eles foram entregues para mutilação.

Ele também é esperto, esse vilão. Enquanto nossos regimentos de perseguição se consumiam em sua pista falsa pelo deserto, ele já tinha feito o caminho de volta com sua força principal. Foi ele quem levou Artacoana a se rebelar.

Onde está ele agora? Fugiu novamente.

Eu nunca tinha visto uma cidade devastada. A viela onde ficava a loja de nosso sapateiro é agora pedras e cinzas. A área do curtume está em ruínas; milhafres e matilhas de cães selvagens habitam as vizinhanças dos abastados. Apenas os parques sobreviveram incólumes. Estão repletos de barracas de acampamento; criadas carregando água em cântaros de barro andam para lá e para cá do rio.

Nossa coluna de substitutos ainda não se juntou a Alexandre. Em vez disso, alcançamos o grosso das divisões sob o comando de Cratero, que havia retornado a Artacona, no rastro de Alexandre. O comboio do cerco está agora sendo carregado para seguir para o sul; foi sua artilharia que arrasou a cidade. Inspecionamos o resultado de seu trabalho. Metade das muralhas da cidade foi transformada em pó; os escudos de madeira permanecem, protegendo as trincheiras através das quais nossos engenheiros e as brigadas de baldes escavaram suas minas. Uma dúzia de catapultas, de 400 metros de alcance, jazem queimadas e quebradas, aparentemente o resultado de surtidas do inimigo. Todo o cume de pinheiros do Seio de Mãe fora queimado e transformado em cinzas.

A nossa turma ganhou dez dias para descansar e se reaparelhar. Tivemos permissão de subir à cidadela para dar uma olhada. Pode-se ver onde vielas foram barricadas pelo inimigo com carroças e barreiras de vime. Tudo agora é cinza. Os sucessivos baluartes, que não são de pedra, mas de tijolos de barro, jazem em pedaços como castelos de crianças. Esqueletos estorricados do inimigo entulham quartos tão negros como o interior da oficina de um ferreiro; nossos passos são trituradores sobre ossos quebradiços.

Viajamos, excursionistas, ao Seio de Mãe. Este é um afloramento espetacularmente defensivo, mais resistente do que a própria cidade. Densas matas esparramam-se pelos seus flancos. Escarpas íngremes fronteiam o oeste. Um curso seco de água marca a ladeira oriental, que é menos despenhosa; duas pontes abarcam isso. Podemos ver onde Alexandre mandou bloquear essas rotas de fuga para encurralar o inimigo, e concentrou suas próprias tropas ao longo dos rochedos. Ele esperou o vento rondar para oeste e então ordenou que seus sapadores queimassem os densos e secos pinheiros. Deixou uma viela de saída pelo flanco oriental, onde o chão afunilava o inimigo em fuga para uma garganta rochosa; ele postou seus arqueiros em terreno alto nas proximidades e sua cavalaria nos flancos mais distantes e abaixo. Suas ordens foram para não deixar ninguém escapar. Quando a cidade caiu, no dia seguinte, nossos colegas passaram na espada todos os homens em idade militar e venderam como escravas cada mulher e criança.

Cratero tem ordens, agora, de castigar uma região mais ampla pela sua cumplicidade na revolta. Nossa turma está integrada à sua unidade militar. Serviremos como força de bloqueio. Onze vilas se enfileiram no vale. A missão de nossa companhia é interromper rotas de fuga. Os homens de Cratero cuidarão dos aldeões.

Nunca tinha visto guerreiros tão terríveis quanto esses. São de uma natureza completamente além de Pendão, Tollo e Estéfano. Não fazem alarde de suas proezas. Para eles, isso é trabalho. São veteranos que aprenderam seu ofício nas Guerras dos Bálcãs sob o comando do rei Filipe; já eram velhos habilidosos quando Alexandre era criança. Seus braços romperam Atenas e Tebas e humilharam a poderosa Esparta. A Pérsia e seu império caíram diante deles. As vitórias do Granico, Issus e Gaugamela encontram-se entre seus troféus; foram eles que saquearam Tiro e Gaza, capturaram Babilônia e Susa e Persépolis.

Essas aldeias afegãs são restos de comida para eles. Cercam duas pela manhã e as transformam em cinzas na metade do dia. O inimigo cai diante deles como trigo. Não adianta o inimigo se esconder em depósitos ou silos; os homens de Cratero o arrancam de lá e o estripam ali mesmo. Os anciãos das aldeias os confrontam indignados, amaldiçoando os invasores numa língua que eles não entendem e para a qual não dão a mínima. Os macs forçam-nos a se ajoelhar e os abatem como se fossem porcos. É trabalho de fazendeiro. Massacrar.

Lucas e eu olhamos horrorizados de nossos postos na área. Mais aterradores são os clamores das mulheres, reunidas para o comboio de escravas. As matronas uivam como animais; nada é capaz de fazê-las parar. Preces ao céu ascendem em meio à poeira turbilhonante e colunas de fumaça negra. Arrebanhamos os fugitivos como gado. Os que fogem, deixamos para lobos e corvos. Moleques mudos encaram embasbacados com olhos negros como a morte, enquanto mulheres encarquilhadas, as cabeças cobertas com lenços negros, erguem palmas para o Todo-Poderoso, invocando a danação sobre nós.

A operação dura 11 dias. Quando voltamos a Artacoana, os engenheiros já projetaram uma nova cidade. A metrópole, a ser chamada Alexandria de Areia, é um modelo da astúcia de nosso rei e de seu reconhecimento da fraqueza e da ambição do inimigo.

Para nós, os arrasta-pés, todos os afegãos são parecidos; não distinguimos um do outro. Alexandre, porém, avalia mais cautelosamente. Ele vê esse país como um celeiro do diabo de clãs e *khels* competidores, que há séculos guerreiam uns com os outros. As tribos do sul de Areia há muito cobiçam esse vale, que, sob o domínio persa, foi ocupado pelos seus odiados rivais do norte. Por que não deixar os novos pretendentes tirarem uma casquinha dele? Por que nós, os macs, devemos gastar sangue e riquezas para esmagar os aborígenes? Que seus inimigos o façam para nós.

Alexandre faz a convocação, não apenas para pedreiros, carpinteiros e capatazes, a quem promete trabalho com soldo sem precedentes nesses reinos, mas também para colonos e pioneiros. Para estes, promete terra e pasto, direitos de passagem, garantias de exclusividade para ofícios e comércio. As tribos do sul afluem, delirantes com a perspectiva de assenhorear seus adversários nortistas. Em poucos dias o canteiro de obras está coberto por cada membro de tribo da região fisicamente capaz e por metade das mulheres respeitáveis, que servem como cozinheiras e alfaiates, lavadeiras, enfermeiras, vendedoras, costureiras (uma função vital, cerzir tendas e coberturas de fardos, rolos de chão, correias e cestos). Também chegam em revoadas mulheres desapossadas, *peshnarwan*, "aquelas deixadas para trás", para executar serviços rejeitados pelas suas irmãs mais afortunadas.

O plano de nosso rei funciona. O que fora, dias atrás, o local de um terrível massacre extenso como um vale tornara-se uma florescente cidade de rápido crescimento. Recém-chegados desalojaram os antigos habitantes, todos devendo sua boa sorte a Alexandre. O emprego é abundante. Salários e esperanças são altos. Por astúcia e não por força, o nosso rei colocou a cidade de joelhos.

Os componentes do exército não utilizados no fornecimento de segurança para a construção, ou seja, nós (as brigadas de Cratero tinham marchado para o sul a fim de alcançar Alexandre e os componentes da elite), são mantidos ocupados em incursões noturnas, removendo o resto da resistência. Atacamos vale abaixo, os mesmos povoados que os homens de Cratero devastaram antes, aos quais os jovens afegãos que se refugiaram nas colinas voltam, após escurecer, para visitar suas esposas e mães, cuidar dos ferimentos e receber comida e notícias. Arrombamos seus portões e os arrastamos para o escuro. Ordens foram dadas para não passar na espada os prisioneiros diante de suas esposas. É melhor levá-los para o deserto, deixar seu destino desconhecido; isso provoca um terror ainda mais permanente por causa da crença dos nativos em djins e demônios. O cheiro de sangue atrai lobos, que devoram os cadáveres. As alcatéias aprendem a nos seguir. Seus olhos amarelos brilham à luz das tochas. Não conseguimos afugentá-los, mesmo quando lhes arremessamos pedras.

É Lucas quem mais detesta esse serviço. Seus olhos ficaram sombrios e profundos.

— Nós somos mais civilizados do que o inimigo? — questiona certa noite, quando nós, os jovens, nos estatelamos exaustos à margem de uma trilha, durante a caminhada de volta de nossa faina noturna. — Por qual definição de virtude nós nos chamamos de soldados e aos inimigos de selvagens?

Boxer alerta Lucas para que fale baixo. Os oficiais podem ouvir e pensar que ele está do lado dos afegãos.

— Fodam-se os afegãos — diz Lucas. — Não dou um tostão furado por esses assassinos covardes. Estou falando da *gente*. Você e eu, Boxer... e Matthias e Trapo e todo jovem arrasta-pé lançado neste inferno. O que está acontecendo com a *gente*?

A verdade é clara, embora nenhum recruta, a não ser Lucas, tenha entranhas para dizer que penetramos num cadinho da alma, de horror da guerra, e que isso nos mudará. Já não somos os mesmos. Onde isso acabará? Quem seremos por essa ocasião? Eu mesmo, durante toda a noite, sinto seu peso dentro de minha cabeça, como exibições de carnificina representadas com tanto horror que nem mesmo ouso fechar os olhos.

— Parte de mim está morrendo — diz Lucas. — Algo mau cresce em seu lugar. Não sei o que é, mas o temo e o odeio. Temo e odeio a mim mesmo.

Lucas lembra a todos a nossa competição por um lugar na formação. Ele nos tem visto evitar a linha dianteira, onde ocorre a carnificina. Ele tem razão. O horror dessa guerra nos atingiu duramente. Muitos não conseguem dormir. Outros se recolheram ao silêncio e ao auto-isolamento.

— Estamos todos pensando a mesma coisa — afirma Lucas.

"Em que foi que eu me meti? Consigo agüentar? Isso vai me enlouquecer?" Vejo isso em todos os nossos rostos; fazemos planos em nossa cabeça: "Como conseguirei dar o fora? Que feito será necessário para que me mandem para casa?"

— Nem todos nós — diz Boxer. Trapo e Pulga o apóiam.

— E você, Matthias? O que faz você agüentar isso?

— Meu pai e meus irmãos — respondo, com honestidade, embora nem mesmo tenha pensado nisso antes daquele instante. Todos três são guerreiros e heróis. Eu preferiria morrer a me mostrar indigno deles. A vergonha do meu fracasso no primeiro povoado (e outros procedimentos de relutância e irresolução desde então) me tornou, no mínimo, mais duro comigo mesmo... para banir a dúvida, ser um soldado, rejeitar todos esses argumentos que meus amigos expressam agora. — Não podemos nos permitir pensar dessa maneira. Isto é guerra, Lucas!

— Sim — responde o meu amigo. — Mas que tipo de guerra?

LIVRO II

UM NOVO TIPO DE GUERRA

ONZE

Alexandre entra pela lateral e sobe ao palco com um único salto atlético. Um suspiro percorre o regimento. Ali está ele!

Vinte e seis dias de caminhada nos levaram a Prada, ao sul do Afeganistão. À nossa direita, a coluna margeia o Dasht-i-Margo, o Deserto da Morte. À esquerda, erguem-se os contrafortes do Paropamiso ("aquele por cima do qual a águia não consegue voar") e, mais longe, os ombros do Hindu Cush. Podemos avistar os picos a 160 quilômetros de distância, já cobertos de neve. Aqui, na rodovia militar, o pedregulho no chão causa bolhas nos pés. A noite se arrasta com cobras e escorpiões.

É outono. A Ventania de Cento e Vinte Dias começou. Por quatro dias em Prada, nossas companhias — os macs que serão integrados na unidade regular — são reunidas ao amanhecer para ouvir o discurso de nosso rei. Por quatro dias Alexandre não aparece. Cada vez, somos deixados à espera, acocorados miseravelmente diante das rajadas quentes como fornalha da ventania.

O que torna o Afeganistão tão desgraçado é que não há abrigo. O vento uiva das montanhas sem qualquer graveto que amorteça sua arremetida. O terreno é espetacular, mas sua beleza, se é que se pode chamar assim, é severa e implacável. Não há árvores para interceptar a chuva, que cai, quando cai, em volumes inimagináveis. Na estação quente, coloca-se coberturas em cada superfície de metal exposta ao sol. Tocá-las sem proteção empola uma pessoa até os ossos. Agora é a vez do vento.

Caminhar em meio a tal ventania é como marchar num túnel. O universo restringe-se ao cilindro entre seus olhos encobertos e a mochila do homem à sua frente. Onde estamos? Como de costume, ninguém nos diz. Numa vertente em algum lugar a leste do lago Seistan, um sujeito pitoresco, conduzindo um comboio com duas mulas, alcança a coluna. "Atenção, ó da estrada!", berra ele, na tentativa de usar seu impulso colina abaixo para atravessar o acotovelamento. Somos empurrados para o ombro. O excursionista é um cronista, um da coorte de correspondentes aproveitadores que se juntaram ao grupo de Alexandre, com o compromisso de registrar para a posteridade todas as façanhas da expedição. Os soldados amam e odeiam esses Homeros de meio-óbolo, a quem vêem como espectadores em segurança naquele palco onde elas, as tropas, derramam sangue de verdade. Entretanto, eles estão aqui com a gente, esses borradores, comendo a mesma poeira e sacudindo as mesmas serpentes de suas botas. Além do mais, eles sabem das notícias.

— Ei, rabiscador de cera!* — Tollo chama o sujeito. — Qual é a mentira?

O cronista se anima, ao ouvir o sotaque do sargento.

— Vocês são macs? — A coluna é toda de aqueus e lícios. — O que vocês estão fazendo aqui?

— Conte para nós, pois é você quem sabe.

— De onde são vocês?

Essa é a pergunta que todos os correspondentes fazem aos soldados. Isso nos faz parecer trouxas, como deve fazer a qualquer outra turma de arrasta-pés desmiolados. Gritamos o nome de nossas cidades natais, como se acreditássemos que o nosso novo cronista fosse registrá-las em seus despachos e nos tornar famosos.

O nome do correspondente é Costas. Ele tem a afetada aparência de ator ou músico; do tipo bem-apessoado, um sujeito loquaz que nunca lavrou um campo em sua vida. Igual a muitos de seus colegas, simula uma aparência soldadesca; veste uma capa militar e um boné de deserto com a aba caída.

— Por que não escreve um livro sobre nós? — grita Trapo para ele. — Nós somos o verdadeiro exército.

— Eu escreveria — ri o cronista. — Mas quem leria?

A coluna acelera para o sul de Prada. Finalmente, na quinta alvorada, aparece o estandarte do nosso rei. Pajens e cavaleiros reais da Guarda da Vida nos conduzem novamente para uma paliçada a sotavento de uma escarpa, lugar que fora uma arena para leilões de cavalos. A ventania abranda. Alexandre chega.

É como se o sol tivesse sido baixado por uma corda. Toda a escuridão é dissipada; a luz do dia, que era monótona e sem graça, torna-se um dourado reluzente. Eu não esperava que o nosso amo fosse tão bonito. Ele usa uma capa simples de cavalaria sem qualquer insígnia de posto ou realeza. É mais alto do que eu esperava. Penso: deve ter sido a mesma coisa ver Perseu ou Belerofonte, ou o próprio Aquiles. Irrompem expressões de louvor e estas não cessam, apesar dos braços estendidos do rei e seus pedidos de silêncio. Ele dá um sorriso largo. Ele parece incrivelmente jovem. Seu porte atlético amplia a impressão pueril e sua bela aparência imberbe aumenta a sensação de juventude e vigor.

— Cavalheiros! — Lemos seus lábios, pois nenhum som consegue ser ouvido acima do clamor. — Meus amigos, por favor...

Quando a gritaria diminui, Alexandre nos dá as boas-vindas e nos informa que não somos mais substitutos. Somos soldados da força expedicionária. Começaremos a receber soldo de combate desde o dia de nossa chegada a Artacoana, e todas as despesas da longa marcha serão reembolsadas. Seremos designados a regimentos. Testemunho pela primeira vez aquela aptidão dos reis, que tanto tem sido notada, isto é, seu conhecimento dos rostos e dos nomes dos soldados. Ele esquadrinha as fileiras mais à frente, cumprimenta companheiros pelo nome e sobrenome e observa, fazendo um afável gracejo, que irmãos mais velhos ou pais têm servido com a unidade desde seu começo, e os exorta, os recém-chegados, a viverem à altura da fama dos mais velhos.

— Acreditem-me, irmãos, ainda há bastante glória a ser conquistada... e bastante pilhagem!

O recinto explode novamente. Alexandre fala brevemente da atual campanha e esboça seu projeto para as operações futuras. A batalha, diz ele, terminará em breve. Tudo que resta é a perseguição de um inimigo, que já está em fuga, e a morte ou captura de comandantes que já foram derrotados. Deveremos sair daqui durante o outono, promete, e seguiremos para a Índia, cujas riquezas e saques farão parecer acanhado até mesmo o vasto tesouro da Pérsia.

— Dito isso — acrescenta Alexandre —, nenhum inimigo, por mais primitivo que seja, deve ser encarado levianamente, e não cometeremos esse erro aqui.

De imediato, sua expressão se torna grave. Avança para a proa da plataforma, que fora o estrado do leiloeiro, e vai até sua cornija, como se para ficar o mais perto possível de seus soldados neófitos.

— Meus amigos, por mais breve que tenha sido sua curta permanência nos reinos do Afeganistão, vocês não podem ter deixado de notar que, aqui, travamos um tipo diferente de guerra. Podem sentir, alguns de vocês, que não foi para isso que se alistaram. Estes não são os campos de glória com os quais sonharam. Entendam uma coisa: os procedimentos que adotamos nesta campanha são tão legítimos quantos os desempenhados em qualquer outra. Esta não é uma guerra convencional. É uma guerra não convencional. E devemos travá-la de modo não convencional.

"Aqui o inimigo não nos enfrentará em batalha renhida, como outros exércitos com os quais nos defrontamos no passado, salvo sob condições de sua própria escolha. Sua palavra para nós é sem valor. Rotineiramente, ele viola tréguas; trai a paz. Quando o derrotamos, não aceita o nosso domínio. Volta freqüentemente. Ele nos odeia com um ardor cuja intensidade só é superada pela sua paciência e sua capacidade de sofrer. Seus meninos e velhos, até mesmo suas mulheres, nos enfrentam como se fossem combatentes. Contudo, não fazem isso abertamente; ao contrário, se mostram inocentes, até mesmo como vítimas, procurando a nossa ajuda. Quando mostramos compaixão, atacam furtivamente. Todos vocês já viram o que fazem com a gente quando nos capturam vivos.

"Por favor, amigos, lembrem-se de que fiz boas e generosas ofertas aos povos nativos. Não pretendo lhes fazer mal. Só queria torná-los nossos aliados e amigos. Abomino esse tipo de combate. Se existisse uma alternativa, eu a aproveitaria de imediato. Mas o inimigo não a tem. Já vimos os seus métodos. Não temos escolha, a não ser nos adaptar a eles."

O rei fala de determinação — nossa e do inimigo. O inimigo, declara ele, não tem chance de nos derrotar no campo de batalha. Mas, se puder, ele mina a nossa resolução com sua obstinação, sua implacabilidade; se é capaz de nos intimidar com seus atos de crueldade, ele pode, se não nos derrotar, pelo menos evitar que o derrotemos. Nossa determinação tem de superar a do inimigo. O nosso propósito tem de exceder o dele.

— Os tipos de operações que agora somos forçados a empreender; os métodos de perseguição, de captura e interrogatório; o tratamento dos assim chamados não-combatentes; todas as ações que realizamos neste teatro... tudo isso também é guerra. E vocês são os guerreiros que precisam desempenhar esses atos. Dito isso, não sou insensível ao fato de que muitos de vocês têm pais e irmãos que procuraram e encontraram a glória em um tipo de guerra completamente diferente, e que talvez não tenham estômago para este tipo mais severo, menos nobre. Não é minha intenção obrigá-los. Nem forçarei uma votação a ser proclamada aqui, neste lugar, pois sei que, por causa da influência de seus companheiros, muitos talvez se manifestem com entusiasmo a favor de qualquer procedimento que eu sugerir, e isso intimidaria outros e os levaria, como um desses velozes rios afegãos, ao longo de um curso que, em seus corações, não desejam seguir.

"Portanto, encerremos esta reunião. Que passem a noite e o amanhã. Aproveitem o tempo, cada um de vocês, para consultar o próprio coração, para conversar com os companheiros. Decidam o que querem fazer. Então conversem em particular com seus sargentos e subtenentes. Se acreditarem que não conseguem participar desta guerra, a unidade militar encontrará outro meio de usá-los, ou no suprimento, na manutenção ou no serviço de guarnição, ou, se desejarem, poderão ingressar em uma das colunas que estão voltando para casa, sem qualquer ressentimento e com pagamento total pelo tempo de serviço, inclusive a viagem até a Macedônia. Para os que ficarem, pagamento total e bonificações."

Diante disso, a assembléia explode. Novamente, Alexandre pede silêncio.

— Mas, se optarem por ficar, meus amigos, saibam o que exijo de vocês: que se comprometam de todo o coração com essa incumbência. Sem resmungos. Sem impedimentos. Lutem ao lado de seus oficiais e companheiros; lutem ao lado de seu rei. Saibam que é meu objetivo o domínio de todas as terras mantidas outrora pelo trono da Pérsia. Isso significa a Índia. Significa o Afeganistão. Não cometam erros, este país é vital para a nossa causa. Ele constitui a passagem para o Punjab, a indispensável rodovia entre Ocidente e Oriente; precisa ser dominado antes de seguirmos em frente.

"Mais importante, talvez, a planície bactriana foi durante séculos a rota de invasão para os nômades citas. Esses bárbaros devastaram repetidamente este país, atravessando as Terras Selvagens em direção ao norte e fugindo de volta para elas. Ao longo dessa fronteira, duzentos anos atrás, Ciro, o Grande, erigiu um paredão de fortes para impedir a entrada desses selvagens. Aqui, ele mesmo caiu, derrubado pelos cavaleiros da tribo que chamamos de masságeta. Ele fracassou. Nós não fracassaremos. Perseguiremos o bárbaro em seus refúgios e desencadearemos um tal terror que ele implorará por paz. Este país precisa ser assegurado. É para fazer isso que vocês estão aqui, e é isso o que faremos. Quando o trabalho for feito, atravessaremos o Hindu Cush para a Índia, onde espero encontrar e entregar em suas mãos não apenas riquezas além até mesmo das que já possuímos, porém uma forma mais decente de inimigo e um tipo mais nobre de guerra.

"Mas, antes da Índia, vem o Afeganistão.

"Isso é tudo, meus amigos. Enfiem um pouco de carne em suas barrigas. Encontrem um lugar para descansar os ossos. Eu sei que as privações deste teatro não são o que esperavam. Mas vocês são filhos orgulhosos de uma afamada nação. Do mesmo modo que seus pais e irmãos superaram cada força humana ou da natureza, vocês, também, nada temerão. Descansem hoje. Amanhã, se juntarão aos seus regimentos."

DOZE

Fomos designados — Lucas e eu e nossos colegas Trapo e Pulga — para o regimento dos Parceiros de Infantaria sob o comando de Coeno e o senhor persa Artabazo, ou, mais exatamente, para ele e sua "coluna volante". No dia seguinte, entramos em forma para uma nova disposição. Alexandre já tinha partido; suas velozes unidades se distanciavam ao sul pelo vale Helmand e pelo que se tornaria a cidade de Kandahar.

A *taxis* de Coeno é a número dois do exército, atrás apenas das brigadas de elite de Alexandre. Os regimentos da falange situam-se numa hierarquia de procedência e prestígio. Em uma ordem convencional de batalha, a brigada mais importante ocupa o lugar de honra, na extrema direita da linha, adjacente à Guarda Real e à cavalaria dos Parceiros de Alexandre. Nessa nova guerra, lugares de honra significam conduzir mais árduas e mais arriscadas operações contra os componentes mais ferrenhos do inimigo.

Não é uma boa notícia. Para nós, recrutas, é pior. Empacados na linha 16, Lucas e eu somos condenados a comer poeira o dia inteiro na coluna, a chegar cambaleantes ao acampamento após escurecer, quando todo o grude quente já acabou e todo leito seco já foi ocupado. Na condição de "cebolas novas", somos escravos para cada soldado com graduação superior (o que significa o regimento inteiro) e obrigados a consertar seu equipamento, fornecer sua forragem e lenha e cumprir seu turno de vigília além do nosso. Para piorar, estamos doentes. Lucas está indisposto com hemorróidas e diarréia. Eu tenho vermes e as solas dos meus pés são finas como fitas. Para piorar nossa miséria, perdemos Pendão, Tollo e Estéfano, que foram transferidos para suas unidades originais. O que podemos fazer? Em desespero, procuramos o nosso novo sargento porta-bandeira, a quem os homens chamam de Sapê por causa do denso arbusto grisalho no topo de sua cabeça, e, chamando a atenção para o fato de que éramos cavaleiros superiores da renomada cavalaria de Apolônia, pedimos transferência para a unidade de batedores montados.

— Quer dizer então que são cavaleiros, hein? — indaga o nosso novo chefe.

Somos centauros!

— Formidável — diz ele. E nos nomeia muleteiros para cuidar da bagagem.

Agora estamos ferrados de verdade. Como vaqueiros, temos de acordar três horas antes do amanhecer para montar e equipar o comboio, andar no rabo da coluna o dia todo, e depois labutar até metade da noite para recolher as mulas e os asnos. A Ventania de Cento e Vinte Dias ainda tem, pela nossa conta, 91 para acabar. O desespero teria acabado com a gente, se não fosse o milagre que nos aguardava em Kandahar.

Meu irmão.

Elias me encontra na cidade. Ou, para ser exato, Estéfano o encontra. Juntos, localizam a mim e a Lucas no bazar.

Que alegria encontrá-lo! Elias está radiante.

— Será possível que esse é o nosso Pequeno Filósofo?

Segura-me à distância de um braço, admirado com o meu crescimento (Eu tinha 15 anos, quando ele me viu pela última vez), então me envolve num abraço de quebrar ossos. Meu irmão chora. Eu também.

— Não esperava — diz ele — ver você vivo.

— Nem eu a você.

O meu irmão é uma celebridade. Dois Leões de Prata e um de Ouro enfeitam sua capa escarlate da cavalaria dos Parceiros; seu cinturão de pele de cobra contém tantos "espetos" — rebites de ferro, um para cada inimigo morto — que parece feito de metal. Sua montaria (a sétima, informa, desde que deixou a Macedônia) é uma deslumbrante égua castanha chamada Meli, "Mel", com uma mancha branca na cabeça e quatro patas brancas. Ele tem duas mais em sua carreira, cavalos castrados ainda mais bonitos e, além disso, uma deslumbrante amante afegã. Vou conhecê-la esta noite, quando festejarmos. Elias, ao que parece, tem apenas mais um dia na cidade. Então ele e sua companhia — ele é subtenente de Operações Avançadas — devem seguir para o norte, vale acima do rio Arghandab, até as montanhas, em busca de alianças e garantia de suprimentos dos *maliks* locais.

— Então o exército *vai* atravessar? — pergunta Lucas, confirmando os rumores que vínhamos escutando havia dias.

A intenção de Alexandre, confirma Elias, é atravessar o Hindu Cush antes que a neve feche as passagens. Ele invadirá o Afeganistão pelo sul — e não pelo norte, como previamente planejado — e atacará Besso e Spitamenes na planície bactriana.

— Consiga uma manta de lã e resistentes botas de neve. O desfiladeiro mais baixo, segundo dizem, tem 3 quilômetros de altura.

Elias nos deixa na feira. Nossa tarefa, naquele dia, determinada por Sapê, é alugar 16 novas mulas. "Tragam-me animais que agüentem um carregamento", instruiu o nosso chefe a Lucas e a mim naquela manhã.

— Sim, sargento porta-bandeira.

— E, rapazes...

Demos meia-volta.

— Escolham uns que pareçam saborosos. Para o caso de precisarmos comê-los.

A coluna, do modo como está disposta agora, emprega 30 mil cavalos e mulas. Tudo, porém, sendo alugado em Prada e nas aldeias ao longo da rota ocidental. Seus proprietários não nos deixam levá-los além das montanhas, temendo perdê-los para o frio ou para bandidos, pois eles mesmos não vão lá com seus animais. Então a unidade avançada de batedores manda pedir mais. A região reage. No litoral diante da aldeia de Gram Tal, a feira de animais espraia-se por milhas. Tendas e *bichees* — barracas de três lados, feitas de couros de bode costurados — se estendem em avenidas como uma cidade. Cada mula, camelo e *yaboo* por 160 quilômetros foi trazido, com seus donos colocando-os para aluguel.

Qual é, perguntaria você, a diferença entre um cavalo e uma mula? A mula é mais fácil de apanhar. Isso não é pouca coisa quando se faz um descarregamento no escuro. Mulas são mais tranqüilas do que cavalos. Elas formam vínculos; você pode amarrar a líder e deixar as outras livres. As pernas da frente das mulas são mais compridas do que as dos cavalos; elas não empacam em declives, e seus ossos não se quebram tão facilmente. Mulas são menos propensas ao pânico. Um cavalo atolado num monte de neve estoura o coração agitando-se violentamente para se livrar; uma mula tem o bom senso de ficar parada e esperar por ajuda. Mulas, entretanto, são mais teimosas. Um cavalo é leal; se você cai e quebra uma perna, uma boa montaria permanecerá a seu lado. Uma mula lhe dará aquele olhar que diz, "Lamento, companheiro" — e vai embora num furioso trote.

Se você quer saber o que torna o exército de Alexandre superior a todos os rivais, a resposta, entre outras coisas, é esta: ninguém nunca lhe diz nada. Você tem de imaginar tudo sozinho. Isso favorece a iniciativa. Em outros exércitos, arrasta-pés como Lucas e eu ficariam parados diante de um combate, na falta de ordens superiores. Nas unidades de Alexandre, um sargento está tão pronto para assumir a responsabilidade quanto um capitão, e soldado raso, quanto um sargento.

Infelizmente, essa auto-iniciativa age agora contra nós, tendo em vista que cada oficial prático de retaguarda do comboio de bagagem, enviado para a mesma tarefa que nós, ou usa sua patente para fazer o que quer, ou simplesmente nos ignora. Somos novatos; os veteranos nos comem vivos. Para piorar, uma coluna de 12 mil soldados descansados, incluindo todas as quatro brigadas de falange de Ecbatana, alcançaram o exército aqui. Elas também precisam de mulas. Inundam a praça do mercado. Lucas e eu temos de voltar ao acampamento com 16 animais. Ao final do dia, nossa fileira totaliza oito dos pangarés mais exauridos da Ásia; não fazemos idéia de como conseguir os outros oito. A região sofreu uma limpeza. Para aumentar os nossos problemas, tivemos de desembolsar o dobro para um negociante de gado de nome Ashnagur, a quem chamamos de Ash, que nos engana majestosamente. Lucas e eu mal temos dinheiro suficiente para mais duas mulas. Como conseguiremos oito? Ash fica com pena da gente, nos convida à sua *bichee*, que ele divide com uma família de pelo menos vinte, para uma refeição de galinha e arroz, com coalhada e pedaços de chapatis, pão redondo achatado, servidos por sua esposa ou uma de suas filhas, não sabemos qual, pois tudo que vislumbramos são suas mãos quando ela passa a comida por uma aba semiaberta. Jantamos em cima de tapetes sobre o chão de terra batida.

— Mulas podem ser caras — observa Ash.

Dizemos a ele que estamos descobrindo isso.

— Mulheres são mais baratas.

Nós não entendemos.

Nosso anfitrião faz o gesto de erguer uma carga.

— Três mulheres conseguem carregar tanto quanto uma mula e comer apenas a metade. E à noite, no acampamento — abre um sorriso —, você pode montar.

Achamos nosso caminho para os aposentos do meu irmão duas horas antes da meia-noite. Elias e dois outros Parceiros tinham alugado uma casa em Gram Tal, a cidade que se tornará a metrópole Kandahar.

O lugar está apinhado, quando entramos, e retumbando com adufe e cítara. Círios iluminam a sala. Não conseguimos encontrar Elias. Em campanha, não existe essa coisa de *andron*, um quarto só para homens. Aqui, esposas e amantes jantam lado a lado com seus homens. Topamos com Costas, o jovem correspondente que encontramos na estrada proveniente de Prada. Ele se torna o nosso guia. Quatro banquetes* separados lotam os apartamentos; nossos conterrâneos são tão cegos e tão afáveis que levamos um quarto de hora para atravessar até o quarto dos fundos, onde meu irmão e seus companheiros recebem em seu salão.

O aposento é baixo e largo e disposto ao estilo afegão, sem sofás ou cadeiras, com todos sentados em tapetes sobre o chão. Macs em vários estágios de embriaguez se dispersam pelo quarto, alguns desmaiados nos cantos, outros esparramados contra paredes. O grupo principal cerca uma mesa baixa, numa conversa animada. Elias nos saúda. Somos enfiados ao lado dele e sua dama. Costas carrega um copo cheio de vinho até a borda, com o qual contribui para a *krater*, para os aplausos gerais. Os cavalarianos são todos da OA, Operações Avançadas; cada homem ostenta o lenço preto-e-bronze que o distingue como sendo um do Reconhecimento.

Meu irmão berra apresentações. Atrás dele, está um *shikari* afegão. A palavra significa "lobo montanhês". São guias, espécimes de aparência feroz que acompanham toda a cavalaria dianteira. Eu nunca tinha visto um deles de perto. O homem tem entre 50 e 60 anos, com grande bigode negro que ele mantém rígido com parafina. Suas calças são bojudas *khurgans*, enfiadas em botas de pele de cordeiro, com colete, casaco curto, e *pettu*, a comprida manta de lã que serve como sobretudo, abrigo do vento e rolo de dormir. Carrega as três lâminas-padrão afegãs, enfiadas numa faixa encarnada em volta da cintura, e porta também duas lanças de madeira de corniso com lâminas de ferro. Elias não o apresenta; fazer isso, aparentemente, violaria a formalidade apropriada. Sei, por suas cartas, que é extensa a familiaridade de Elias com as tribos do norte. Combateu com as cavalarias bactriana e sogdiana nas campanhas babilônica e persa, e, após a vitória, servindo a elas como correio e depois como enviado, ele cresceu em importância para se engajar em unidades especiais sob o comando de Alexandre. Elias conhece os dois grandes senhores, Spitamenes e Oxiarte, que cavalgam com o embusteiro Besso agora do lado bactriano das montanhas. Durante toda a noite, ele não fala nada a respeito disso, nem o noto trocar uma única palavra com seu guia, embora o homem permaneça às suas costas — de pé, nunca se sentando — a noite toda.

Peço a Elias que mexa os pauzinhos para conseguir que eu e Lucas sejamos incluídos em sua companhia; serviríamos até mesmo como cavalariços. Com uma risada, meu irmão rejeita o pedido, citando vários pretextos aparentes. Claramente, me protege. A Operações Avançadas é perigosa.

— Beba — grita ele. — Conversaremos depois.

Estou espantado com a grande quantidade de bebida que meu irmão ingere. Na Macedônia, Elias era sempre o mais moderado dos beberrões. Agora está completamente embriagado. Todos estão. A bebida é forte, destilada de centeio e cevada, poderosa o bastante para derrubar um cavalo. Tento me levantar, mas o aposento começa a girar. Meu irmão percebe e ri encantado. Encharcado como está, não perdeu o senso. Quando se levanta para servir uma bebida, não derrama uma só gota.

Com o desenrolar noturno da festa, tenho uma chance de observá-lo. Seus cabelos caem em cachos sobre os ombros, cobre matizado com grisalho, ocultando uma cicatriz que só pode ter sido originada por um golpe de sabre, descendo debaixo da orelha esquerda, metade da qual ceifada, e atravessando toda a mandíbula até o queixo. Faltam dois dedos em sua mão esquerda. O braço esquerdo está paralisado num ângulo permanente; quando ele alcança a jarra, tem de usar o ombro ou não consegue se esticar. Por duas vezes pede licença para ir esvaziar a bexiga. Ambas as vezes só consegue se erguer com a ajuda de sua amante, não por causa da embriaguez, creio, mas porque os tendões de suas costas se recusam a se soltar. Ele percebe que eu o observo e dá uma risada.

— Você desaprova por eu ser um bíbulo, meu irmãozinho! Mas amanhã, ao amanhecer, enquanto você geme na cama com os olhos fechados, eu estarei sobre a sela, pronto para qualquer coisa.

Acredito nele. Sua farda é surrada, sua pele feita couro pelo sol. Ele é um guerreiro. Seus companheiros também. Nenhum usa barba. Assim como

Alexandre, os Parceiros das Operações Avançadas são todos a favor da aparência de barba feita.

A amante de Elias ocupa o quadrado de tapete a meu lado, mas, assim como seu guia, meu irmão objeta em apresentá-la. Ela é adorável, uma pactian da região em volta de Gazni, mas só vim a saber disso depois. Que ela e as outras esposas e mulheres sejam incluídas no refúgio só para homens daquela bebedeira é uma violação do decoro impensável na Macedônia e digno de homicídio aqui no Oriente. Ninguém repara ou se importa. Durante as calmarias da festa, a noiva de Elias me ensina frases em dari. Seu grego é entremeado de blasfêmias dos soldados, as quais ela expressa com uma encantadora ingenuidade. Eu mesmo estou caindo um pouco de amores por ela. Não consigo fazer com que me conte como conheceu o meu irmão nem sob que circunstâncias vieram a se juntar. Ela, porém, se oferece para dar notícias de nosso irmão mais velho, Filipe. Ele voltou em segurança da Índia. Atualmente está com um destacamento de elite de comandos montanheses; estes já ultrapassaram o Hindu Cush para o norte do Afeganistão, atrás das linhas inimigas, buscando alianças tribais para Alexandre. Os fardos de seus cavalos de carga estão carregados de ouro.

Passada a meia-noite, Costas, o cronista, se envolve numa discussão com dois companheiros de Elias. Discordam sobre a recente trama contra o rei. Em Prada, Alexandre levou seu comandante da cavalaria dos Parceiros — Filota, filho de Parmênio — diante do exército sob alegação de traição. A corporação condenou o homem e levou-o à morte. Parmênio, o pai de Filota, 70 anos de idade e o general mais antigo do exército desde a época de Filipe, também foi executado, por ordem de Alexandre, embora nenhuma prova o ligasse ao crime de seu filho. Muitos no exército se declararam ultrajados por causa disso. Posteriormente, Alexandre agiu contra cerca de vinte outros oficiais que tinham vínculos com a família de Parmênio, executando alguns, demitindo ou aprisionando outros. Os companheiros do meu irmão defendem esses atos. Assim é a lei dos reis desde antes de Agamenon, declara um capitão chamado Demétrio.

— Se um homem trama contra o trono, não apenas deve pagar com a própria vida, mas também com a de cada homem de sua família, incluindo crianças. Caso contrário, os que forem poupados poderão procurar vingança, se não imediatamente, mas depois. Nunca tal procedimento foi mais imperativo do que atualmente, com o exército em guerra, numa terra inimiga.

Com um sorriso, Costas aplaude a opinião do capitão.

— Meu amigo, você cita a guerra entre nós e os afegãos. Não é essa a campanha que empreende. Sua guerra é *dentro do exército* entre as velhas corporações e a nova.

Os Parceiros não admitem que o nome de Alexandre seja contestado nem mesmo em pilhérias.

— Você ousa — diz o capitão — chamar o rei de conspirador?

— Eu apenas comentei — retruca o correspondente — sobre a conveniência dessas condenações.

Vocês já notaram, diz Costas, que metade do exército é atualmente de estrangeiros? A unidade com a qual a campanha se iniciou, praticamente toda macedônia, tornou-se mais forasteira do que nativa, mais mercenária do que voluntária, mais persa e média, síria, armênia, lídia, capadócia do que européia.

— Olhem em volta de vocês, irmãos. Dois terços de nossa cavalaria lutava *contra nós* um ano atrás. A quem esses estrangeiros são leais? Àquele homem, apenas, a cuja clemência devem suas vidas, e de cujos favores dependem suas esperanças e fortunas.

— Qual é a sua questão, amigo?

— Minha questão, bravo capitão, é que esta guerra, que todos nós acreditávamos que terminaria um ano atrás, está prestes a se tornar uma segunda guerra, cujo fim ninguém é capaz de ver. Você acha que nossos regimentos concluirão sua ação no Afeganistão e voltarão para casa antes do Festival do Gelo? Nunca! Nosso rei forma para si um novo exército, com o qual combaterá aqui e para leste eternamente. Derrubar o Império Persa foi a menor de suas conquistas. Ele subjugou *vocês*, e vocês nem ao menos percebem!

— Não condescenda conosco, seu obituarista.

É meu irmão quem fala. Todos se voltam para ele.

— Você nos disse para olhar em volta. Dizemos o mesmo a você. — O gesto de Elias abrange a bêbada e vasta companhia. — Aqui há homens, que malditos sejam os seus ossos, em cujos ombros repousa a Morte, mas que partirão com o alvorecer de amanhã para enfrentá-la. Que importa aonde o nosso rei nos conduza, ou contra quem? Ele é o nosso senhor!

Com isso, o quarto explode.

— Seu braço direito subjugou os nossos inimigos! Talvez ele nos tenha tirado da obscuridade para a fama! Por sua vontade, o vasto mundo foi colocado em nossas mãos! O que somos sem ele? Onde estaríamos, se servíssemos a outro?

O aposento estrondeia com comentário após comentário.

— Você conhece a *Ciropédia* de Xenofonte? — pergunta meu irmão ao correspondente.

Com você, não sentimos medo, mesmo na terra do inimigo.
Sem você, sentimos medo, mesmo de ir para casa.

Nós nos despedimos, Elias e eu, sob as estrelas. O amanhã o levará para as montanhas. Ele me aperta num abraço de despedida.

— Você não quer saber — pergunto — sobre mamãe e Eleni? — Nossa irmã mais nova.

Sim, sim, é claro.

Mas, quando lhe digo, vejo sua atenção vaguear. O *shikari* impulsiona a companheira do meu irmão para a sela. Ela espera. Eu paro.

Os olhos de Elias encontram os meus com uma expressão ao mesmo tempo afetuosa e severa.

— Não perca seu tempo pensando em casa, Matthias. Isso não ajuda e só faz doer.

TREZE

O exército parte para o Hindu Cush numa brilhante manhã de outono. Ash, o muleteiro afegão, de fato forneceu as mulheres de que precisamos para substituírem os animais que não pudemos alugar. Boas carregadoras, jurou. Fortes. Sem problemas.

Já estou há tempo demais no Afeganistão.

O plano parece bom.

Gosto dele.

A cidade de Kandahar, da qual parte o exército, foi feita totalmente do nada. Nós mesmos construímos o lugar durante vinte dias, sob as ordens de Alexandre, erguendo muros e paliçadas, dispondo ruas e escavando fossos defensivos. Atualmente, é uma cidade de tendas, mas em breve colonizadores e imigrantes farão uma de verdade. Foi instalada uma guarnição, constituída de mercenários gregos, veteranos inativos e macs que desejaram ficar por motivos próprios ou cuja saúde os deixou incapacitados para o serviço militar. A nova cidade dominará o rio e encruzilhadas do baixo vale Arghandab e os manterá abertos para comércio, comunicação e fornecimento às unidades militares.

O nome oficial da cidade é Alexandria de Aracósia. Os nativos já a chamam de Iskandahar, "Cidade de Alexandre", por causa de *Iskander*, a versão persa do nome de nosso rei.

Iskandahar é repleta de mulheres, a maioria jovens e todas famintas. São *peshnarwan*, párias, despojadas pela guerra.

O cinturão verde do sul do Afeganistão é um tormento de pulgas e mutucas, vespas, varejeiras e piolhos. O caminho para a montanha serpeia ao longo de canais de irrigação, dos quais se elevam sibilantes insetos de brejos, em nuvens fervilhantes. Eles o enxameiam em sua boca e seus olhos. Invadem sua bunda. Cavalos e mulas sofrem terrivelmente. Você marcha com equipamento completo, as pernas emplastradas de lama (que, de qualquer modo, os insetos conseguem atravessar) e uma rede feito capuz cobre sua cabeça. A trilha segue ao longo de Arghandab por cerca de 80 quilômetros, elevando-se sempre, antes de começar a subida total para os picos. Em um povoado chamado Omir Zadt, "Nariz do Mestre-escola", o caminho reto volta a ziguezaguear. A coluna move-se em fila por milhas. Acampa à noite dependurada na encosta da montanha. A chuva desce num minuto, chuva e granizo no seguinte, e depois tudo misturado. As mulas berram a noite toda. Elas farejam o inverno se aproximando; querem voltar para o estábulo, e não escalar sob o ar escasso e mais frio.

Nossa divisão, como disse, contratou mulheres carregadoras — 11 no total, para substituir nossas oito mulas — e mais duas que Ash, miraculosamente, descobre quando sabe que me resta meio *daric*. A nossa turma não é a única a recorrer a esse expediente. Cada brigada tem pelo menos duzentas, todas usando calças compridas com colete e *pettu*, e o calçado de trapos que os afegãos chamam de *pashin*.

O motivo pelo qual contratantes levam mulheres em vez de mulas para as montanhas é que, se uma mulher adoecer ou morrer, a perda é mínima. Uma mula é um investimento muito importante. Além disso, alguém passaria por mentiroso se dissesse que seu olhar não passeia por essas magras donzelas de olhos escuros. Uma delas, cujo nome verdadeiro é Shinar, foi apelidada de "Biscoitos" pelos macs porque não tem vergonha de levantar seu *pettu* e cagar na beira da estrada. Sua idade está entre a da minha irmã e a da minha namorada, cerca de 17 anos, e é a única, além de uma moça de pernas compridas chamada Ghilla, com a luz da inteligência nos olhos. É esbelta mas forte. Observo-a carregar um saco de gergelim que tem a metade de seu peso. Ela nunca fala. Na quarta noite, vou falar com Ash; quero que ele lhe pergunte como ela foi parar naquela vida de carregadora. Ash me repreende.

— Tais perguntas nunca devem ser feitas.

Sou levado a entender que o caso da jovem é comum. Os povoados dessas moças foram todos incendiados, declara Ash; todos os seus pais e irmãos expulsos ou mortos.

— Por macs?

— *Narik ta*? Que diferença isso faz?

A atitude do velho diante de suas mercadorias é que elas têm sorte de estar vivas. No seu modo de ver, ele é o salvador delas. Enche suas barrigas, lhes dá trabalho. Quem mais faria isso? Seus próprios deuses e ancestrais as abandonaram, por causa de crimes cometidos nesta vida ou em outra. Pergunto a Ash como ele sabe disso. Ele ergue a palma para o céu.

— Se Deus não quisesse assim, Ele não o teria feito.

Ash trata as mulheres como mulas. Orienta seus esforços não através de ordens verbais, mas por "iap" e "ooa", impelindo-as com chicote e detendo-as com socos e tapas.

Você nunca viu uma mula carregada até que tenha visto um afegão fazer isso. As pobres bestas ficam tão sobrecarregadas que mal conseguem trotar. Para as mulheres é pior. A elas não se fornecem nem armações para cargas nem correias, mas simplesmente lhes entregam um saco ou um engradado e apontam a trilha. Se vacilam, apanham; se ficam para trás, a carga é dividida entre as outras e são deixadas sozinhas para morrer.

A garota chamada Biscoitos é a primeira a ter uma reação. Tenho a chance de assistir a isso em um local onde a trilha atravessa uma torrente. Ela se aproxima e faz um discurso para Ash. O velho vilão não teria reagido com maior surpresa se uma mula propriamente dita tivesse falado. Ele apanha sua *chatta*, uma corda dupla com nós enroscados em suas duas extremidades. Eu nunca havia assistido a uma surra assim. Avanço para detê-lo. O nosso sargento Sapê me alcança.

— Essa moça é propriedade dele; você insultará sua honra, se se meter.

— Ao inferno com sua honra!

O velho continua atacando a garota. Sapê me agarra com firmeza. Pelos deuses, não consigo suportar isso. Ash nota o meu olhar e dá algumas açoitadas a mais, só para mostrar quem manda em sua caravana. Então ele pára. A moça está caída imóvel. Nenhuma de suas irmãs faz qualquer gesto para ajudá-la, nem eu tenho permissão para ir em seu auxílio.

Quando a coluna descarrega, meia hora depois, a garota continua no mesmo lugar. Claramente está morta. Entretanto, alguns quilômetros trilha acima, eu a vejo novamente. Suas irmãs dividiram sua carga e a transportam. Ela peleja para seguir em frente, muda como uma besta.

A coluna entrou agora nas montanhas. À noite, as mulheres dormem num amontoado, cobertas com nada além de seus surrados *pettus*. Certa meia-noite, Sapê faz uma incursão no acampamento delas, proclamando que suas bolas estão tão inchadas que montará uma mulher ou um asno, o que primeiro ele conseguir se colocar por trás. "Arre, que fedor!" E sai correndo de volta para cuidar sozinho desse assunto.

Continuamos subindo. Em outros exércitos, soldados têm criados. No de Alexandre, os ombros de um homem são seu equipamento; animais de carga são usados apenas para carregar cordas e tendas, ferramentas para abertura de estradas, armas e armaduras sobressalentes e sua própria forragem. Uma mula em três carrega apenas feno e grãos, com embornais amarrados em cima e palpitando como bandeiras numa ventania. Como a noite uiva nestas alturas! Quanto mais largo o vale, mais suportável o vento; nas gargantas, ele assobia de verdade. Em ocasiões a trilha forma um arco, literalmente entalhado na encosta da montanha. Agache-se ou quebrará a cabeça. A ventania sopra montanha acima, pela manhã, e montanha abaixo, à noite, exceto durante tempestades, quando vem de toda a parte.

Dou este crédito a Ash: Ele está certo em relação às mulheres. Elas são resistentes. Mais resistentes do que nós. Com as solas dos pés apenas com farrapos amarrados, elas caminham com segurança pelas pedras caídas que se acumulam na base dos penhascos e sobre monturos de gelo, mansamente como mulas. Lucas come várias com os olhos enquanto caminhamos.

— Já estou há tempo demais nesta trilha, Matthias. Algumas dessas garotas começam a parecer desejáveis para mim.

A indústria do Afeganistão é o banditismo. Cada vale é habitado por um clã diferente, e cada um arranca um pedágio do viajante. É política de Alexandre conquistar todas as tribos ao longo de qualquer rota que ele percorra. Isso significa enviar tropas para os cumes das elevações, ou seja, dominar o terreno alto para proteger a rota da marcha. Lucas e eu nos oferecemos como voluntários. Qualquer coisa para quebrar a monotonia.

Somos levados ao terreno alto como gatos a uma fábrica de queijo. Há escaramuças todos os dias. Os inimigos são, na maioria, esfarrapados tribais, armados não com arcos (naquela altitude, o vento manda as flechas para o inferno), mas com fundas, com as quais conseguem arremessar uma pedra, do tamanho do punho de uma criança, 400 metros colina abaixo. Se alguma delas furar um soldado acima dos olhos, ele não terá de se preocupar com o próximo pagamento. Nós caçamos esses bandidos. Eles recuam de proteção de monte de pedra para proteção de monte de pedra, descarregando imprecações e quebra-crânios, em seguida pondo sebo nas canelas quando nos aproximamos do seu raio de ação. Seus filhos, ágeis como bodes, agem como vigias.

Agora acampamos acima das nuvens. O terreno é todo uma grande extensão de neve. Nos trechos expostos, prados alpinos revelam tapetes de giesta e urze. Os dias ardem com o ofuscamento do sol; as noites são impiedosamente frias. Demora-se uma eternidade para aquecer uma tigela de caldo. Cozer um ovo é impossível. A respiração vem com dificuldade. Uma caminhada de 60 metros nos deixa ofegantes. Espantosamente, os insetos continuam com a gente.

Na quinta alvorada, topamos com Pendão, Tollo e Estéfano. Cada grupo postado nas alturas supostamente deve retornar à coluna, após cinco dias, para descansar. Que se dane! Não queremos nos livrar novamente do jugo de nossos mentores. A gente gosta daqui de cima. Ninguém nos dá ordens e, se conseguirmos evitar uma desmiolada causada pelas mãos-catapultas do inimigo, as chances de virarmos picadinho são remotas.

Entre os picos, até Ash se torna um bom sujeito. Vamos a acampamentos abandonados do inimigo. Nada poderia ser mais primitivo. Ash indica sinais de diferentes clãs, fronteiras que os *khels* jamais violariam em épocas normais. Agora, invadidas por Alexandre, as tribos são uma só.

Pergunto por Spitamenes. Ash o conhece, ou conheceu seu pai. O velho foi um herói que atingiu a glória combatendo os esquadrões de Alexandre, defendendo os Portões da Pérsia. O filho Spitamenes não foi criado para ser soldado, diz Ash. Quando jovem, ele era doente e gostava de ler. Seu instrutor foi um astrônomo e erudito zoroastriano.

— Bem, ele recuperou terreno rapidamente — comenta Pendão. Conta a Ash sobre as atrocidades executadas contra nossos homens sob as ordens do Lobo do Deserto. Ash dá de ombros. Pendão olha para ele. — Você também beberia o nosso sangue, não é mesmo, seu velho ladrão de ovelhas traidor?

— Com prazer — diz Ash, rindo.

Ele prediz que Spitamenes será o inimigo mais empedernido que Alexandre já enfrentou.

— Pois esse jovem é mais corajoso do que seu rei, e seu dom para a guerra vem de Deus. Observem como ele já arrastou seu exército pela metade deste país, mas vocês não estão mais perto dele do que estavam quando começaram.

Spitamenes escapou pelas montanhas, declara Ash; não o alcançaremos antes da primavera. Ele lutará contra nós como um lobo na escuridão.

— Quando vocês mudarem de direção, ele estará em outro lugar. Quando se cansarem, ele atacará.

Spitamenes nos deixará exaustos, prevê Ash, e usará nossa própria agressividade e impaciência contra nós.

— No final, seus próprios homens vão implorar para deixar este país. E seu rei aceitará qualquer paz que conseguir.

O clarão é terrível nesta altitude. Instruídos por nossos *shikaris*, preparamos "viseiras" de couro e madeira e as amarramos sobre os olhos. Caso contrário, teremos cegueira da neve. A luz, de qualquer modo, queima completamente. Abrasa através das paredes de pele de bode das tendas ou de um cobertor duplo de lã; furtamos crina de cavalo das catapultas por torção para fazer quebra-luzes que enrolamos no alto de nossas viseiras. Mantendo os olhos meio fechados, podia-se enxergar. A vista é espetacular.

— A que altura você acha que estamos? — perguntei a Pendão no topo de um espinhaço.

Ele apontou para um pico 60 metros abaixo.

— Na nossa terra, aquele seria o Olimpo.

Acredito nele.

Um estranho par se tornou amigo: Ash e Estéfano. Muleteiro e poeta podem ser vistos batendo papo a todas as horas. Certa alvorada, levantamos acampamento; Estéfano espirra água em nossos traseiros — "Boa viagem" em pactian.

O velho instrui o poeta em provérbios afegãos.

Deus é tímido, como um camundongo num buraco de parede.

O significado, explica Ash, é que devemos nos aproximar da divindade em silêncio e com humildade. Estéfano admira isso. Isso me causa aversão.

— O que Deus diz — pergunto ao canalha — sobre bater numa mulher até arrancar o couro?

— Por que não pergunta para Ele? — responde Ash.

— Estou perguntando a você.

— Talvez, Matthias — diz Estéfano —, você e eu possamos lucrar, numa terra estrangeira, se evitarmos fazer julgamentos.

Embora cego, Deus enxerga; embora surdo, Ele escuta.

O que, diabos, significa isso?

Reze a Deus de estômago vazio.

Sinto-me enojado. Que religião faz com que esses salafrários a reverenciem, que deixa que eles mutilem nossos soldados enquanto ainda estão vivos? Que deus repleto de piolhos é esse, a quem eles oram, que os prende na ignorância e na miséria?

— Cada preceito de sabedoria que se obtém — diz Ash — nos carrega para mais distante de Deus.

Ash nos diz que sua religião não tem nome, embora Estéfano tenha deduzido, através desse vilão e de outras fontes, que os afegãos são descendentes de Afegana, filho de Saul, filho de Jeremias, que era comandante de Salomão de Israel e que construiu o templo em Jerusalém. Nabucodonosor deportou um grande número de habitantes para a Babilônia, onde estes prosperaram e se misturaram por casamento com os seus senhores assírios e, posteriormente, com persas e medas. As tribos, finalmente, se estabeleceram no deserto de Gor, ao redor de Artacoana, chamando a si mesmas de Bani-Afghan ou Bani-Israel. Acreditavam num só Deus, criador do universo. Isso combina perfeitamente com a fé persa de Zoroastro (ele mesmo nascido na Cidade de Bactra, norte do Afeganistão), cujo Deus de Luz, Ahura Mazda, não estava muito longe do Jeová dos judeus.

De qualquer modo, diz Estéfano, os fiéis imediatamente desenvolveram uma boa relação. Surgiu uma nova raça, através do cruzamento com medas e tapúrios, daans, citas e gandaris, mas, na idéia de todos, eles eram afegãos, todos eles adorando uma versão do mesmo Deus afegão.

Essa coisa me parece um monte de tapeação. A religião de Ash, do melhor modo que posso conjecturar, corresponde à superstição tribal, em nada melhor do que os nossos montanheses de casa, que veneram o acaso, túmulos e ancestrais. Pergunto a Estéfano qual é a sua religião.

— A minha? — dá uma gargalhada. — Eu venero a poesia!

Eu daria um mês de soldo para ouvi-lo comentar sobre esse assunto, mas ele se esquiva de minhas indagações, o que continua durante a refeição da noite. Descubro uma coisa: Estéfano não é seu nome verdadeiro. A palavra significa "laurel"; ele o adotou, reconhece, por causa de uma coroa de louros que ganhou certa ocasião em Delfos.

— Então qual é o seu nome verdadeiro?

— Não me recordo.

— Com que nome você se alistou?

— Esqueci.

Ele me aconselha a também mudar o meu nome.

— Adote um nome de guerra, Matthias. Isso resolve uma porção de problemas.

As fogueiras, nesta altitude, são feitas de urze e tojo. A gente arranca as hastes da turfa; elas pegam fogo com dificuldade e fornecem tão pouco calor que dá até para enfiar a mão. Mas é tudo que temos para aquecer nosso bocado.

Pergunto a Estéfano como ele consegue ser poeta e soldado. Não são vocações conflitantes, até mesmo irreconciliáveis?

Novamente ele escapa da pergunta, retornando ao assunto dos nomes de guerra.

— Veja o nosso amigo Pendão aqui. Você sabia que antes ele era *mathematicos*?

Um professor de música e geometria?

— Ele não confirmará isso, Matthias — continua Estéfano —, mas já o vi pegar uma harpa de mão e tirar melodias tão doces quanto o néctar.

Pergunto:

— De onde você é, Pendão?

— Não me lembro.

— Ora, vamos!

— Escapuliu de minha mente.

Ash se empoleira a meu lado com sua pele de ovelha.

— *Narik ta*? — diz ele. Que diferença isso faz? (Literalmente, "E daí?")

Estéfano aprova com uma risada.

— Você compreende, Matthias, a profundidade e sutileza da religião afegã?

— Não.

— Quando o nosso amigo Ash pergunta, "Que diferença isso faz?"... ele não expressa desespero ou impotência, como você ou eu, ao empregarmos a mesma frase. Ao contrário, ele propõe uma pergunta puramente filosófica: Que diferença *isso* faz?

— Toda diferença do mundo! — retruco. — Não se trata de religião. A pergunta não oferece esperança; ela nega vontade própria, ação, iniciativa. É a antítese de tudo o que este exército representa, pois o que significa o feito heróico de Alexandre se não o poder da vontade de um único homem?

— E que feito heróico é este?

— Olhe à sua volta!

Com isso, a turma explode.

— Quer dizer então — pergunta-me Estéfano — que conquista é *sua* religião?

— A ação é. E a virtude. E você e Pendão e nosso rei personificam isso.

— Personificamos atualmente?

Os veteranos roncam sob seus amortecedores velocinos. Está ficando frio demais para manter esse colóquio.

— Sabe — observa Estéfano —, eu tenho prestado atenção em você desde o início. Devo lhe dizer por quê?

— Porque — diz Pendão — ele nunca cala a boca.

— Porque ele faz perguntas.

— Esse é o problema dele.

— E, algum dia, talvez consiga as respostas.

O bater de dentes força o final do simpósio. Estéfano levanta-se para fazer sua ronda dos postos de sentinelas.

— Você pergunta, meu amigo, como posso ser soldado e poeta? Eu respondo: Como alguém pode ser soldado e *não* ser poeta?

Dormimos naquela noite junto a um lago de cratera. Ao caminharmos, um carneiro montanhês e suas ovelhas nos observam de uma fenda acima. Quando jogamos pedras neles, o rebanho galopa pela encosta tão agilmente quanto você ou eu subiríamos um lanço de escada.

Nesse dia, entramos em contato com o inimigo. É uma batalha de verdade. Nela, Lucas mata o seu primeiro homem. O sujeito joga uma enorme pedra e depois corre para cima dele com adaga e espada. Lucas o empala com sua meia-lança. O inimigo leva minutos para morrer. Lucas agacha-se atrás do sujeito, aflito demais para prestar ajuda, berrando como uma criança.

QUATORZE

No nono dia, fizemos o revezamento e voltamos para a coluna. Um pacote me espera — pequeno e pesado —, entregue, dizem-me, por um mensageiro do Quartel-General da Força Expedicionária. A turma reúne-se à minha volta. Desfaço a laçada.

Para meu espanto, o pacote contém seis *darics* de ouro — metade do pagamento de um ano. Junto às moedas aninha-se um Leão de Bronze, a condecoração concedida a soldados feridos em batalha. Meu nome está nela.

— Só pode ser um engano.

Pendão lê a menção. A medalha é pela noite na aldeia cercada, quando fracassei tão vergonhosamente na cabana com o velho afegão. Só que os atos atribuídos a mim pelo quartel-general são excessivamente fictícios, pintando-me como herói.

— Bem, não posso ficar com isso — digo.

— Por que não? Você foi ferido em ação.

— Eu mesmo me feri!

— Que diferença isso faz?

O esquadrão uiva. Pendão e Tollo contêm o riso. Obviamente foram eles que me recomendaram para essa comenda forjada. Tollo divide o ouro, enfiando um *daric* na minha mão e distribuindo o resto com a turma.

— Um mês de pagamento pertence a você, meu rapaz, e o resto a seus companheiros. É o justo. Quanto ao Leão de Bronze, chegará a ocasião, acredite em mim, em que você merecerá um de verdade, e o exército, presunçoso como é, não vai dar nem mesmo uma cusparada por você.

E prende o medalhão na minha capa.

— Fique com ele agora, enquanto o tem.

USO O *DARIC* para comprar a liberdade da Biscoitos. Estamos de volta ao caminho, quando Ash, novamente, vai chicoteá-la. Não permitiria isso uma segunda vez. Eu o impeço, dizendo-lhe (um argumento que tenho ensaiado em minha mente) que não tem o direito de fornecer sua propriedade inaproveitável ao exército, que a contratou de boa-fé, e que, se incapacitar a moça, maltratando-a, providenciarei para que ele perca o pagamento de seu aluguel.

— Então, que se dane o exército — declara Ash. — É preciso que compre essa propriedade.

— Eu comprarei, seu vilão infame.

Pago-lhe o *daric* inteiro. Claro que o exército não iria aceitar. No final, sou disciplinado por exceder minha autoridade — ridícula, visto que os únicos elementos a quem sou superior são mulas e escravos — e suporto vários açoites superficiais, aplicados por Lucas, na qualidade de segundo-de-baixo-para-cima do grupo, para a grande satisfação de Ash.

— Agora — diz ele —, você ganhou uma boca para alimentar. Que ela coma toda a comida que você tem em casa.

No caminho, solto Biscoitos, encho seu equipamento com *kishar*, carne de bode seca, e lentilhas; Ash contribui com um rápido chute para fazê-la descer a montanha. Observo-a escorregar para longe e me congratulo pelo resultado de uma boa ação.

Dez minutos depois, ela está de volta à fila, carregando o mesmo saco de gergelim. Nenhuma ameaça de minha parte fará com que ela fuja.

A conclusão é que não é tão simples comprar a liberdade de uma mulher. Rigorosamente falando, Biscoitos não é uma escrava: ela não pertence a ninguém, nem a Ash, nem a si mesma. No léxico afegão do *tor* — questões relacionadas à honra de mulheres — cada fêmea precisa ficar *az hakak*, "sob a guarda" de um macho — seu pai, antes de se casar; em seguida, o marido; finalmente, irmão, tio, até mesmo filho, se o esposo morrer ou for morto. O resultado é que agora eu sou esse guardião.

— Você é o marido dela — Ash dá uma risadinha. — Ela é sua esposa.

Meu apuro torna-se uma fonte de divertimento para Pendão e Tollo, que alertam que eu infringi o código afegão de *nangwali*. Se os parentes masculinos da moça aparecerem, terei de matá-los ou eles me matarão. Meus companheiros encaram isso como uma ótima brincadeira.

— O que você precisa entender, meque (é assim que Ash nos chama, sua versão de mac, macedônio), é que uma mulher como essa — e ergue ambas as palmas como se expelisse uma praga — é *nawarzal*, impura, e *affir*, inaceitável.

— Então deixe-a trabalhar por um salário.

— Eu não passo de um homem pobre.

— Você é um pirata.

Que posso fazer? Largo Biscoitos com Ash e deixo que ele continue recebendo do exército por ela. Não consigo que ele lhe dê nem mesmo um décimo. Tal acordo, declara, estabeleceria "um pernicioso precedente".

No decurso desse conflito passo a apreciar o velho capataz. Ele começa dividindo sua mesa comigo, ou devo dizer sua pedra à margem do caminho. Não sou tão insensível para não perceber a cortesia.

Certa noite, escrevo uma carta para minha noiva. Ash observa.

— Você lhe conta tudo, meque?

— Tudo o que ela precisa saber.

E ele cacareja alegremente.

QUINZE

O exército inverna em Bagram, uma cidade fortificada construída séculos atrás por Ciro, o Grande, no alto vale ameno no sopé do maciço central. Dois rios, o Kophen (ou Cabul) e o Panjshir, banham uma planície rodeada de picos.

O local é um paraíso, por enquanto. Possui abundantes acantonamentos para o exército, forragem seca para os animais e terreno plano para exercícios. Os desfiladeiros ao norte, segundo nos dizem, já estão debaixo de 6 metros de neve. O acúmulo, na metade do inverno, atingirá vinte. Nem mesmo Alexandre é capaz de imaginar uma travessia para a Báctria. Como Ash previu, não chegaremos a Besso e Spitamenes antes da primavera.

Comboios de mulas e camelos continuam subindo, vindos de Kandahar, trazendo armaduras, armas, grãos e cavalos para o ataque que virá. A mulher de meu irmão Elias veio com uma das colunas. Seu nome é Daria. Sua beleza a torna uma espécie de celebridade, pelo menos entre os macs. Os afegãos a abominam — e a todas as outras filhas nativas que aceitaram o invasor. Ela e Elias alugam apartamentos na parte antiga de Kapisa, uma agradável alameda debaixo de amoreiras e ameixeiras. Montam um salão de recepção. Consigo colocar Biscoitos a serviço deles. Um peso fora de minha mente.

O exército treina e inicia a construção de outra cidade fortificada. Essa será chamada de Alexandria do Cáucaso.

Agora vemos o rei o tempo todo. Todos os dias ele faz a ronda dos regimentos em treinamento, acompanhado apenas por uma dupla de mensageiros e um ou dois pajens como guarda-costas. Ele desmonta e dá instruções pessoalmente aos soldados. As tropas o adoram.

Vivemos numa tenda para 16 soldados com chão de palha compactada. As mulheres cozinham e servem à mesa. Até mesmo Lucas já tem agora uma garota, a perna longa Ghilla. Sou o último de nossa turma a me manter sozinho, embora, confesso, tenha feito visitas ocasionais às diaristas. Sou infiel à minha noiva? Estou bebendo mais do que costumava fazer. É preciso, por causa do frio e do tédio.

Ash continua aqui. O exército paga pela forragem de seu rebanho. Na primavera, ele atravessará as montanhas conosco. As mulheres, ele demitiu. Por que alimentá-las, diz ele, se elas podem conseguir trabalho na cidade vizinha ou então se tornar "galinhas", o nível mais baixo de esposas de acampamentos.

Para minha surpresa, tornei-me bastante íntimo do velho vilão. Ele tem colegas em toda a parte. Como recrutas, Lucas e eu somos designados para cada destacamento que executa trabalhos árduos; nunca os terminamos antes do anoitecer. Acabamos fazendo mais ranchos com os afegãos incorporados ao exército do que com os nossos próprios macs. Em tempos normais, explica Ash, sua tribo, os dadicai, estariam brigando ferozmente com pelo menos duas ou três outras. Agora, com a invasão, são todas as melhores amigas — pactians, incluindo os apiratai e higenni; thiraoi e thamanai; maioni, sattagiadai, e centenas de outras. Pergunto a Ash como pode aceitar um emprego de Alexandre, visto que nos odeia tanto. "No final, nós vamos expulsar vocês, meques."

Ele dá uma gargalhada e me passa outro *chupattie.*

Lucas ainda sofre terrivelmente por ter matado o inimigo no desfiladeiro. Ele vivencia a vergonha pela sua inabilidade em liquidar o sujeito e, ao mesmo tempo, se sente censurável por não tê-lo ajudado a salvar sua vida. Os olhos do afegão, repreensivos, assombram o sono de Lucas. O pior, confessa ele, é a lembrança visceral, que não o abandona, de enfiar sua lança nas entranhas de um outro homem. Tento fazer com que ele se sinta menos só, avaliando sua aflição através de minha própria experiência inglória de assassinato: a sensação de horrível prazer no instante, seguido imediatamente por excruciantes remorso, repugnância e desgosto, consigo mesmo e com toda a raça humana, e a sensação de que você mudou para sempre, e muito, muito para pior. Nada, porém, que eu possa dizer ajuda; sou seu igual, tão inexperiente quanto ele. Lucas precisa ouvir isso de alguém mais experiente, alguém com conhecimento. É Tollo, dentre todos, quem ameniza a mágoa de Lucas.

— Furar o melão, isso é o mais difícil.

Ele quer dizer matar um homem com um golpe na barriga, também conhecido como "espalhar as compras". Trabalhamos certo dia na nova cidade, e paramos na metade do dia para um grude.

— Todo soldado raso empaca nisso. Eles seguram a lança com as duas mãos, como empregadas domésticas atacando um rato com uma vassoura. Para se enfiar uma lâmina no bucho de um homem vivo... é preciso coragem. E a sensação nunca abandona a gente.

Isso ajuda Lucas. Tollo percebe.

— O soldado disciplinado — afirma Tollo — ataca com ambos os pés plantados, olhos no inimigo, ombros retos. Enfia a arma e fica parado. Você agiu certo, lá na garganta, Lucas. Eu assisti. Senti orgulho de você.

Meu amigo enrubesce. Tollo sorri.

— Acha que você agora é um soldado? — E soca Lucas afetuosamente. — Mas você não é mais um menino!

Treinamos e continuamos a construção da nova cidade fortificada. Eu nunca estive em treinamento numa força comandada por Alexandre. Temos mais dias de folga do que qualquer unidade militar de que tenha ouvido falar. Nada de toque de recolher, nada de checagem de leitos. O exército todo pára o trabalho de meio-dia até duas horas depois. O vinho é abundante e barato. Soldados são dispensados do serviço para participar de caçadas (aliás, o treinamento é freqüentemente substituído pela caça) e têm tempo livre para treinar nos ginásios, que são as primeiras estruturas que os engenheiros erigem, mesmo antes de capelas e refeitórios. Mulheres têm permissão de freqüentar todo o acampamento, ao contrário da velha corporação sob o comando de Filipe e a força expedicionária original de Alexandre; elas podem dormir em acantonamentos com seus amantes oficiais (e nas tendas conosco, os arrasta-pés) e podem acompanhar a coluna no campo. Esses são os privilégios de se servir numa unidade comandada por Alexandre. Agora, a parte difícil.

Todas as unidades em treinamento estão em formação e armadas duas horas antes da alvorada. Nenhuma marcha diária tem menos de 45 quilômetros e muitas superam 60. O percurso consome 30 quilômetros antes do meio-dia, e essas não são excursões de um dia, mas de cinco e freqüentemente dez. Nenhum bocado além daquele que você carrega; se acabar, você passa fome. Deus ajuda o soldado que desenvolve bolhas ou lombrigas. No treinamento em casa, os sargentos orientam a gente. Aqui é cada um por si. Alexandre não transmite ordens. Simplesmente age. Ele marcha ao lado dos soldados, a pé, com armas e armadura, e nenhum fortudo do exército consegue ficar à sua frente. Ele treina em qualquer tempo, dia e noite. Um oficial que se destaca jantará na tenda do rei, ao lado dos grandes Cratero e Hefestion. Castigo corporal não existe no exército de Alexandre. Nosso senhor força a nossa obediência com ameaças de exclusão da corporação e de seu próprio favorecimento, junto com qualquer destino diante do qual a morte não faz sentido. Um olhar de reprovação de Alexandre faz cair violentamente a reputação do veterano mais condecorado, ao passo que um sorriso ou uma palavra de elogio leva o renome ao mais desprezível.

Os homens estão apaixonados por Alexandre. Não se trata de um exagero. Os soldados ficam atentos a seus movimentos, momento a momento, como uma matilha de cães diante de um lobo garanhão. Os soldados gravitam em torno de sua aparição e se alimentam só de vê-lo, como um amante de sua amada. O exército sente isso, mesmo a uma distância de milhas, e reage com temor e aflição, que não são aliviados até verem novamente o seu senhor e se satisfazerem ao saber que ele está incólume.

As unidades militares agüentam qualquer coisa pelo seu comandante. Os exercícios mais tediosos são tolerados sem uma praga ou um resmungo. Exercícios para os quais nenhum propósito pode ser discernido são executados com determinação. A uma ordem do quartel-general, desmontamos acampamento, despindo o local com 8 quilômetros até deixá-lo nu. Chega uma nova ordem: desempacotamos e montamos tudo novamente. Ao construir a cidade, os soldados passam o dia todo capinando grama congelada, e bebendo e fornicando a noite toda. São magros como leopardos e igualmente ansiosos por ação.

O rei tem meia centena de unidades de Operações Avançadas trabalhando nas montanhas. Meu irmão Elias e seus companheiros formam uma delas. São grupos de elite, compostos inteiramente por Parceiros, os mais altos e mais belos, montados nos animais mais espetaculares. Seu trabalho é negociar com as tribos. Carregam presentes de honra — taças de ouro, espadas damascenas — e são autorizados a falar e a negociar em nome de Alexandre. Têm guias dos panjishiri, salangai e pactians do Khawak, membros de tribos que habitam os altos vales e desfiladeiros que o exército precisa tomar na primavera. Os clãs resistirão à nossa passagem? Dizem que seu número é entre 125 mil e 175 mil, incluindo os *khels* e sub-*khels* dos vales e entorno. Nenhum invasor, inclusive Ciro, o Grande, jamais fez com que eles se sujeitassem.

Nosso treinamento é claramente escalar esses morros. Cada batalhão tem sua artilharia de pontos altos, para dominar essas alturas e seus regimentos de lançamento de projéteis. Treinamos com botas de neve e empacotados em velocinos. Engenheiros e pioneiros mantêm livre a trilha de saída de Kapisa, o caminho todo até o topo do Panjshir.

Vemos o inimigo constantemente. Centenas invernam aqui, com suas famílias, no vale de Cabul. Milhares mais desceram para elevações mais moderadas em volta. Suas oficinas de espadas enfileiram-se nas vielas da cidade de Bagram. Todos têm montaria e todos estão armados até os dentes.

Muitos conseguem emprego no exército. Temos vários em nosso rancho extra-oficial. Travo conhecimento com dois, Kakuk e Hazar, irmãos, com mais ou menos a minha idade. A primeira palavra que me ensinam, indicando eles mesmos, é *tashar*, que significa jovens cervos selvagens. Ambos são excelentes sujeitos, vistosos como leões, o primeiro com cabelos louros, o outro, negros, ambos com enormes barbas cerradas das quais são mais vaidosos do que galos de briga. Não ligam nada para o pagamento e rotineiramente gastam o salário de um mês numa noite de farra. Juntam-se a nós pela novidade e pela aventura. Sua farda é o gorro de feltro bactriano com orelheiras, pesadas calças de lã enfiadas em botas de pele de ovelha, túnica, colete e *pettu*. As faixas que envolvem suas cinturas são de cores tribais; nelas, enfiam comida, remédio e três pontiagudos massacradores de ferro — curto, médio e longo. São tão curiosos quanto gatos. Não se cansam de ouvir sobre minha terra natal. Cada costume que relato faz com que eles rolem de tanto rir. Não se poderia imaginar companhias mais cordiais, embora seja evidente que eles, ou seus companheiros afegãos, cortarão os nossos fígados por causa da questão de honra mais trivial, e que, quando o exército marchar na primavera, violando a integridade de seu território, eles se lançarão contra nós com toda a violência que possuem. O orgulho dos panjshiris, descubro, é seu grande vale, que é para eles lar e paraíso. Será que Alexandre pagará o preço para marchar com *badraga*, escolta oficial? Ciro pagou. Ou nosso rei tentará forçar a passagem? Ele jamais se curvou à extorsão. Assim como Ash, os irmãos, Kakuk e Hazar, não vêem contradição entre trabalhar para Alexandre e aguardar ansiosamente para estripá-lo.

É impossível desgostar desses sujeitos. Descubro-me invejando sua vida altiva, livre. Labuta é desconhecida para eles. Seus pôneis pastam na grama viçosa no verão, forragem seca quando o desfiladeiro fecha. Suas esposas e irmãs tecem suas roupas, preparam seu *dal* e *ghee*. Famílias se abrigam em casas de pedra, uma propriedade que, segundo seu relato, recua vinte gerações, cujas únicas partes removíveis são portas e telhados (para o caso de evacuação devido a rixas entre famílias). Cada grupo familiar tem duas residências, para verão e inverno. Se um clã rival ataca, os *khels* os expulsam através do conhecimento superior que têm do local. Se uma potência estrangeira entra à força, como Ciro no passado ou Alexandre atualmente, as tribos retiram-se para fortalezas mais elevadas, enviando mensagens para esferas mais amplas de parentes até reunirem o número necessário; então eles atacam.

Nangwali é o código guerreiro afegão. Seus princípios são *nang*, honra; *badal*, vingança; e *melmastia*, hospitalidade. *Tor*, "preto", cobre todos os aspectos concernentes à virtude das mulheres. Uma afronta à honra de uma irmã ou esposa não pode se tornar *spin*, "branca", de modo algum, através de uma morte breve. Rixas sangrentas, contam-me os irmãos, começam por *zar*, *zan* e *zamin*: dinheiro, mulher e terra.

Em caso de *badal*, a vingança é feita por pai ou filho. Em *tor*, é o marido, exceto no caso de mulheres solteiras; nesse caso, todos os machos da família não descansam até a justiça ser cobrada. O código de *nangwali* proíbe furto, estupro, adultério e falso testemunho; condena covardia, abandono de pais ou filhos, e usura. O código prescreve ritos para nascimentos e mortes, armistícios, indenizações, orações, atos de caridade e todas as demais ocorrências da vida. Pobreza não é crime. Reverência por idosos é a virtude fundamental, seguida por paciência, humildade, silêncio e obediência. Condições de higiene são rigorosas, juram os irmãos, embora, se houvesse alguma a ser seguida, não devo ter percebido. A percepção da vida é a de uma solene resignação ao destino. Deus determina tudo, acreditam os afegãos. Não se pode fazer nada exceto ser um homem e manter-se firme.

Quanto à minha guarda da Biscoitos, isso me causará problemas, declaram os meus amigos. A moça tem pelo menos um irmão vivo, um capitão da cavalaria servindo agora com Spitamenes. Kakuk e Hazar conhecem o homem, herói de uma tribo rival. Se eu topar com ele devo atacar sem hesitação. Em questão de *tor*, sangue é tudo. Um morto sempre pode ser vingado.

Certa manhã, acordo e descubro que Kakuk e Hazar sumiram. Todos os demais panjshiri do acampamento também fugiram. A primavera se aproxima. As amoreiras estão em botão. Batedores informam sobre tribais às centenas retornando para os vales altos, por rotas conhecidas apenas por eles mesmos. Questiono Pendão sobre as últimas notícias. “Os desfiladeiros”, diz ele, “ainda estão debaixo de 6 metros de neve. Nada que não tenha asas consegue passar pelo menos durante mais um mês.”

Ash, porém, conta uma história diferente. Os fornecedores com seus comboios de carga estão empacados, informa ele. Não levarão suas mercadorias a Panjshir, se os clãs tiverem tempo de chegar em casa e se organizarem em exércitos.

Naquela noite, Alexandre ordena outra debandada. Desarmamos as tendas e carregamos o comboio, como já fizemos nas dezenas de treinamentos anteriores.

Dessa vez não é um exercício. Duas horas antes do amanhecer, componentes da liderança do exército iniciam a marcha, com o rei à frente, de subida para Panjshir.

DEZESSEIS

A altitude de Cabul é de 2 mil metros. No segundo dia, a coluna está a 2.700. O cume, no Desfiladeiro do Khawak, será de 3.600. A data é 6 de Artêmis. Cedo. Muito cedo.

O sol queima forte nessa altitude, tão forte, aliás, que, no primeiro dia em que despimos as nossas capas de inverno, caminhamos banhados em suor. A fileira é de uma mula por homem; metade dos animais não carrega nada além de forragem, e cada paneiro de soldados é de bocado em grande parte. Cada montaria da cavalaria está lotada; elas carregam as botas de neve, cobertores e agasalhos. O exército não carrega bagagem pesada e tem apenas poucos dependentes. Estes seguirão numa ocasião mais segura. As mulheres carregadoras caminham com a gente. Alexandre dobrou seu salário; o excesso de mercadorias será pago a elas e não a seus manipuladores. Biscoitos caminha comigo, Ghilla com Lucas.

A coluna marcha com quatro divisões. A vanguarda abre o caminho. São os engenheiros do exército. Sua divisão conduz 3 mil camelos, carregados com postes e vigas de madeira, cabos, cordas, pranchas e encaixes; eles fabricarão pontes para se estenderem sobre torrentes e gargantas na enchente. A vanguarda também conduz ovelhas e bois, não apenas para arrastar troncos para as construções, mas para socar o caminho — e para serem mortos pela sua carne. Para proteger o pessoal da dianteira, os engenheiros têm arqueiros, fundibulários e lanceiros, as cavalarias mercenárias de Lídia, Armênia e Média, com afegãos do oeste contratados, bandos das montanhas que odeiam os panjshiri, e os nossos próprios pioneiros macs. Estes são os malfeitores do exército, desprovidos do privilégio de portar armas, os quais, em vez disso, carregam machados e enxadas. Os pobres arrasta-pés desobstruem o caminho através de depósitos de neve medindo de 6 a 10 metros de altura. Alexandre e as unidades de elite vêm em seguida, a *agema* dos Parceiros, a Guarda Real, batalhões de exímias brigadas de Perdicas e Cratero, com lanceiros agrianos, arqueiros cretenses e outras companhias especializadas em montanhas, inclusive engenheiros de combate com operadores de balistas e catapultas. Essas divisões atacarão o inimigo com toda a força, aqui no Panjshir, se os tribais contestarem nossa passagem, e nas planícies da Báctria, mais além, quando o rei tomar a dianteira das cavalarias de Besso e Spitamenes. A seguir, vêm as brigadas de falanges principais, inclusive a nossa, as de Hefestion e Ptolomeu, e os batalhões não agrupados das cavalarias de Besso e Spitamenes; depois, as seções pesadas; em seguida, as brigadas ligeiras de Erígios, Átalo, Górgias, Meleager e Polipercon, juntamente com as cavalarias mercenária e iraniana. A bagagem, quando existe, vem entre eles e a retaguarda, composta de contigentes estrangeiros e tropas leves nativas.

Vamos acima. O inverno abrandou com uma vingança; torrentes de primavera irrompem garganta abaixo, com cor de lama. O cume será alcançado supostamente em 13 dias. A trilha atravessa o Panjshir. Cento e dez quilômetros. Um grande número de vales tributários se ramifica desse eixo central. Cada qual contribui com sua elevada catarata, gerada por geleiras, e cada qual desce com ensurdecedora fúria. Nenhum não-panjshiri jamais esteve nessas fortalezas naturais.

— Quando atingirmos o topo — Trapos repete o falatório do exército —, estaremos a 3.600 metros. O desfiladeiro do Khawak começa aqui. Setenta e cinco quilômetros de comprimento.

A primeira tempestade ataca no terceiro dia. Primeiro granizo, depois neve, então granizo novamente. Pedras do tamanho de projéteis de funda nos fazem usar escudos e elmos, sob os quais nos acocoramos, de joelhos em qualquer afloramento que conseguimos encontrar, enquanto as mulas e os cavalos se agrupam num mudo sofrimento até cessar a sova. A trilha virou gelo. Cada corda e linha está envolvida pela coisa; as encostas resplandecem, diáfanas e traiçoeiras. Um vento frio açoita no rastro da tempestade. Estamos encharcados, cada um de nós, e tremendo como potros. "Subindo, rapazes! Mexam-se!"

A coluna penetrou no Panjshir propriamente dito. O vale é lindo, mais amplo do que eu imaginava, e não é, apesar de sua elevação, particularmente "montanhoso". Grandes terraços estão entalhados, nos conta nosso guia, por baixo da neve; no outono, os nativos colhem arroz, cevada, pepino, lentilha e favas nas luminosas encostas que agora ofuscam a vista. Pomares inteiros se escondem sob a camada de neve — amoras e pêras, pistache, ameixas, e mais damascos, nos dizem, do que é possível carregar em nossas mulas e levar para a feira.

Acampamos cedo, no meio da segunda tempestade. Não podemos espalhar forragem para os animais; granizo e chuva com neve a encharcam instantaneamente. Nós os alimentamos usando embornais, eles próprios congelados, presos a cabrestos congelados. Não há lenha, portanto, não há fogueiras. O grude é *kishar* frio, carne de bode, e o coalho vira gelo. Engasgo ao engolir uma dura bola de cebola congelada. "Terceiro dia", sorri Pendão. "Apenas mais dez até o topo."

Dormimos acotovelados, as mulheres também, usando as mulas presas como escudos contra o vento. Duas vezes durante a noite ouvimos ataques ressoarem a uma certa distância da coluna. Estamos cansados demais até mesmo para nos mexer. Estou imprensado entre Biscoitos e Lucas, quando sinto movimentos ritmados em algum lugar ao sul de minhas solas.

— Tollo, seu porco! — Seguem-se risadas.

— Só tento impedir meu corpo de congelar, amigo.

Ninguém dorme nessa noite nem na seguinte. Cada alma reza pelo amanhecer, que chega tarde porque os picos bloqueiam o calor do sol até metade da manhã. Por volta do meio-dia, os soldados estão nus, apesar do frio, exceto pelas botas. Marchamos, com as roupas encharcadas estendidas sobre os fardos com equipamentos, deixando a ventania açoitá-las para secá-las.

— Você não está de fato molhado — decreta Tollo — enquanto a racha da bunda não estiver encharcada.

— Está encharcada!

— Então que os deuses o abençoem.

Estéfano encoraja os soldados prevendo vitória na Báctria. Pegaremos Besso e Spitamenes, jura ele, com seus testículos ao vento. Por quê?

— Porque eles são homens inteligentes. Está além de sua imaginação acreditar que alguém em seu deslavado juízo perfeito atravessaria estas montanhas nesta estação.

Quinto dia. Marchamos, agora subindo por 3 quilômetros. Tempestades assolam pela manhã e pela noite, despejando neve e granizo, depois dispersando-se em vapor, seguindo-se um sol violento. Agora vem o derretimento. A montanha inteira chora. Mil córregos e riachos descem manando da rocha, correndo juntos em torrentes tributárias, e então mergulhando como cataratas para o rio abaixo. A pedra tem sido fragmentada há milênios; é toda ela cascalhos acumulados nas bases, equilibrando-se para escorregar. Se pisar em falso, você está nos livros,* como dizem os soldados. É a mesma coisa o caminho todo para o Khawak, segundo soubemos, sempre para cima e cada vez pior. Nessa altitude, aproximando-se dos 5 quilômetros de altura, rios transformam-se em geleiras, margeados por instáveis morenas como ardósias, as únicas vias de passagem. Nos próprios campos de gelo, 800 metros de largura, rachados por fissuras, frestas e fendas, e terminando numa grande mixórdia de torres de gelo, é impossível caminhar.

Na quinta lua, os carregadores machos se revoltam. Cerca de cem servem em nossa divisão: lançam suas cargas por terra e se recusam a subir mais longe. Querem receber mais. Estéfano é o comandante de nossa divisão. O que pode fazer, massacrá-los? Ele capitula e paga da própria bolsa (os carregadores recusam vales do exército).

A noite toda, neve e granizo martelam o acampamento; pela manhã, leva-se horas para arrancar os rebeldes de suas tocas. Agora os muleteiros também se revoltam. Ash é um dos líderes. Eles não são guerreiros! Não se registraram para tal provação!

Ash quer suas mulas de volta. Todos querem. Estéfano e os demais oficiais gastam metade da manhã negociando. A coluna se divide. O pessoal da frente avança sem nós. Abrem-se espaços vazios. Atrás de nós, outras revoltas devem estar em curso, pois nenhuma divisão nos pressiona pela retaguarda. Por volta do meio-dia, Estéfano consegue subjugar a insurreição. O sol retornou; o otimismo reacende. Uma hora depois, porém, baixam nuvens roxas, a temperatura despenca, dilúvios de cascalhos e granizo se abatem ruidosamente. A ventania é tão feroz que não se consegue avançar um só passo diante dela; mesmo as mulas tombam e cambalhotam no chão traiçoeiro. Montamos acampamento três horas antes de escurecer, simplesmente porque é impossível seguir adiante.

Procuro Ash. Ele desapareceu. O mesmo aconteceu com os outros muleteiros. Abandonaram seus animais, seu meio de vida, preferindo se arriscar, sozinhos e a pé, pela trilha que leva para baixo.

A escuridão desce. Nossos ossos chocalham com o frio. As mulheres resistem a ele, sem reclamar. À noite, Biscoitos dorme descalça, com as faixas de envolver os pés em volta do peito, para secar, enfiando as solas, para aquecer, debaixo da barriga de outra garota, a quem, sob o seu próprio *pettu*, ela faz o mesmo favor. Ela me faz proteger as minhas mãos debaixo das dobras de seus braços. Aprendemos a situar nosso buraco de dormir fora das gargantas estreitas, onde a ventania uiva. É melhor nas partes mais amplas do caminho, ou a sotavento de um afloramento, se você consegue encontrar um antes de seus companheiros. As noites são insuportáveis, não importa o que se faça.

— Apenas despertar mais oitos vezes — diz Pendão.

Alvorecer: Estéfano manda os macs se armarem. Acordamos os carregadores homens em seus buracos na neve. Antes que possam emitir seu próximo ultimato, Estéfano divulga o seu: Fora! Que o inferno leve vocês — e suas cargas. Sob ponta de lança, empurramos a multidão de volta para o caminho de descida. Eles querem comida. Certamente, responde Estéfano, tenho certeza de que querem. Nós queremos nossos velocinos e nossos abrigos, gritam eles. "Venham pegá-los", retruca Estéfano, citando Leônidas.

Os carregadores cedem. Estéfano arenga. Apressem-se para o Khawak! A partir de lá, é só descida! Bonificações para todos na Báctria!

Fazemos um bom dia, e outro depois desse. Cadê o cume? Perdemos o contato com as colunas de frente e de trás. Nossos *shikaris* são inúteis; eles não conhecem a montanha. Cada tempestade enterra mais fundo o caminho. O sol é pior. Seu calor gera avalanches. Nenhuma ainda ameaçou a nossa divisão. Mas suas grandes quedas, mergulhando adiante, destroem o caminho. Leva-se horas para abrir um novo e, quando emergimos do outro lado, apenas rezas nos tranqüilizam que não perdemos o nosso caminho.

No sétimo dia, acaba a forragem para as mulas e os cavalos. Nós mesmos estamos a meia ração desde a quarta alvorada. Minha barriga ecoa como um tanque vazio. Cada passo se tornou uma agonia.

— Tollo — pergunto, labutando a seu lado —, devemos começar a nos preocupar?

— Tenha fé — diz ele — nos deuses benevolentes.

— Achava que você não acreditava nos deuses.

— E não acredito.

Não ouvimos mais conversa de motim. Os carregadores caminham firmes a nosso lado. Morreremos ou viveremos juntos.

É desse modo que o perigo nos alcança. Um palmo de cada vez. De repente, você está nele. Olho para Lucas. Mesmo com sua viseira, encapado como um urso, leio sua apreensão. A questão não é mais a guerra. Tornou-se a sobrevivência.

Sétima noite: Dois patrulheiros cambaleiam no interior do acampamento, enviados de volta da divisão à frente da nossa para nos guiar. Uma aldeia! Apenas 5 quilômetros adiante! Os depósitos dos nativos, sob o gelo, contêm comida e forragem. Sobrevivemos a outro interminável cerco de escuridão, ajudados pela esperança.

Durante todo o dia seguinte a divisão caminha sob uma constante ventania. Isso é bom; significa que estamos perto do cume. Por volta do meio-dia, avistamos sepulturas recentes. Nossos próprios conterrâneos, das divisões adiante. Envergonhados, recebemos a visão com alegria. Significa que ainda estamos no caminho. Enjôo de altitude acrescenta-se às nossas aflições. Ninguém consegue comer; não se consegue manter nada engolido. Estamos fracos e desorientados. A tarefa mais simples se torna monumental. Você se lembra, digamos, de um naco de carne-seca em sua farda. Então tenta pegá-lo. Retirar a luva da mão demora até a contagem de cinqüenta. Por essa ocasião, você já se esqueceu por que a tirou. Dois sujeitos colocam suas viseiras e esquecem de baixá-las; a luz refletida pela neve os cega. Precisam ser amarrados e conduzidos.

Baixamos a cabeça e marchamos. Cada soldado some no interior de seu próprio cilindro de dor. Você enxerga seus pés e ouve o triturar de seus passos. Cadê os nossos guias? Os patrulheiros nos dizem que foram postados soldados ao longo da trilha para nos esperar e nos guiar. Lucas me alcança na caminhada.

— Há algo errado — aponta ele para o sol. — Seguimos para nordeste.

— E para onde deveríamos seguir?

— Não sei. Mas não é para lá.

A trilha serpeia em tantas direções, subindo em ziguezague e atravessando ombros e atravessando elevações. Quem pode afirmar alguma coisa?

Ao atravessar tal deserto, você se descobre batizando pontos de referência. Uma saliência igual ao fio de uma navalha: "O Varal". "Duas Torres". "A Casa de Gelo". Cadê a aldeia? Haverá realmente bocado adiante? Teremos uma fogueira?

Passa do meio-dia. Caminhamos por uma elevação de ardósia e cascalho. Uma morena, retalhada pelo grande rio congelado que corta esta bacia. O clarão é terrível; brechas se abrem repetidamente na coluna. O acontecimento torna-se normal, sem provocar qualquer alarme. Estamos mesmo cegos.

De repente, uma agitação adiante. A aldeia? Uma fileira de nossos conterrâneos passa agitada na direção oposta.

Direção errada, irmãos.

Perdemos o caminho.

Subimos o vale errado.

— Brilhante trabalho, companheiros!

— Que gênio está encarregado da porra deste ninho de cegos?

Homens e animais passam velozes por nós, voltando pelo caminho por onde viemos. Seguro Lucas.

— Isso é sério.

Ninguém ainda entrou em pânico. Mas sentimos o caos se aproximando. Viramos para descer pelo caminho. A coluna torna-se ainda mais desconjuntada, à medida que alguns desgarrados marcham em sentido contrário, atravessando a linha que acelerava de volta pela morena. O azar nunca chega sozinho. O céu fica roxo; a ventania uiva; o frio nos atinge como uma parede de gelo.

Homens são empurrados e erguidos. Tropas passam acotoveladas em meio ao crescente terror. As mulas e os cavalos também captam o medo. "Alto!", berra Estéfano, caminhando a passos largos ao longo da coluna. "Controlem-se, irmãos!" Chama companheiros pelos nomes, intimando-os à ordem. Funciona. A integridade da marcha é restabelecida.

As mulheres são as mais fortes. Nenhuma deixa cair sua carga ou faz um gesto de fuga. Biscoitos e Ghilla se mantêm bem juntas a mim e Lucas. "*Ka'neesha?*", grito no meio da ventania. Vocês estão bem? Elas acenam que sim, encapotadas dos pés à cabeça. A coluna recomeça. Três horas até o escurecer. Nenhuma ordem foi dada, mas cada homem entende: precisamos retomar o caminho e encontrar a aldeia. Ninguém sobreviverá uma noite nessa tempestade.

Descemos. Passamos pela Casa de Gelo. Passamos pelas Duas Torres.

Agora, o Varal. Uma saliência como espinha dorsal exposta, quinhentos passos de uma extremidade à outra. Uma nuvem de neve explode literalmente, empurrada pela ventania. Precisamos caminhar a sotavento, o que significa ficar às cegas no temporal. "Amarrando-se! Sem exceções!"

A coluna transpõe a espinha dorsal pelos degraus cortados no gelo durante a nossa travessia anterior. Use sua meia-lança. Mergulhe-a, primeiro o lado da ponta, no declive; conte até dois para se assentar; então arraste o corpo para a frente. Dois passos, e então plante-a novamente e amarre o companheiro atrás de você. Todos juntos. Espantosamente, conseguimos.

— O caminho!

A alegria reverbera por toda a coluna. Nossos guias gritam lá da frente. Abrigo! Abrigo ao cair da noite! Cheios de júbilo, batemos nos ombros carregados e nas costas uns dos outros. Chamada! A coluna entra em formação para recomeçar.

— Cadê Tollo?

É Pendão, checando a lista.

— Eu o vi — diz Ruivo apontando para trás — pouco antes de atravessarmos.

— Onde está ele agora?

Ninguém sabe.

Pendão caminha de volta ao longo da coluna. Retirando cachecóis e viseiras. Examinando cada rosto.

— Ele estava amarrado? Quem o viu amarrado?

A coluna agora superou o cume. Livre da ventania. A face da montanha nos protege. Nós nos sentimos quase aquecidos.

Atrás de nós o Varal uiva a céu aberto.

Pendão retorna. Não encontrou Tollo.

— Mexam-se! — ordena, nos impelindo adiante, na direção da aldeia.

— E você, Pendão?

— Continuem andando!

Lucas e eu paramos. Podemos ver Pendão e Ruivo falarem um com o outro. Não conseguimos ouvir muita coisa. Ruivo aponta a face de gelo.

— ... se Tollo estiver lá, ele já deu baixa!

Pendão afasta-se. Podemos vê-lo tirar corda e uma machadinha do fardo de uma mula. Ruivo volta para a coluna, que avança. A multidão arrasta os pés adiante, na direção da aldeia. Lucas e eu nos entreolhamos.

— Eu fico — diz ele.

Olho em seus olhos. Ele está pior do que eu. Vai congelar em uma hora.

— Não. — Sou um idiota. — Vá você.

Um empurrão dá partida em Lucas.

— Guarde algo quente para mim.

DEZESSETE

Pendão e eu encontramos Tollo 150 metros abaixo, vivo e delirando. Ele não sabe quem somos nós. Sua viseira sumiu. Ele está cego. Ordena que a gente volte pelo mesmo caminho.

Eu quero ir. Eu iria. Mas não é tão simples. Pendão e eu levamos duas horas descendo os 150 metros. A face é íngreme como uma escada e lisa como muco nasal congelado. Minhas botas são farrapos, como tábuas, endurecidas pelo gelo; as solas brilham com o gelo.

A escuridão baixou. A doença do frio pegou Pendão. Vômito congelado se acumula em seu peito; sua fala é arrastada; não consegue mais fechar as mãos.

Agarramo-nos numa saliência com a largura não maior do que a sola de um sapato. Tollo está esparramado 10 metros abaixo. De cabeça para baixo, pendurado num afloramento por uma corda amarrada em volta do tornozelo. Sua outra perna, do joelho para baixo, está virada para trás.

— Quem está aí? É você, Matthias?

Terei de descer até onde ele está. Ao se avaliar, a distância não parece nada. No verão, uma criança seria capaz de percorrê-la facilmente numa corrida. Mas agora, na escuridão e no frio precipitante, com nossas próprias exaustão e botas endurecidas pelo gelo, o declive parece tão distante quanto a Lua. Eu deixarei Tollo. Estou prestes a retornar pela face da montanha. Então vejo Pendão, com suas mãos enluvadas entorpecidas pelo gelo, preparando-se para descer. Praguejo num linguajar que, sob circunstâncias mais tranqüilas, me valeriam a forca.

Não posso deixar que ele desça.

Tem de ser eu.

Consigo, de algum modo, amarrado na corda que Pendão baixa da elevação.

Tollo não me reconhece. Mesmo quando grito em seu ouvido. Sua perna está virada completamente para trás. Quando toco nela, está tão dura quanto um bloco de pedra.

— Meu casquete — diz ele. — Consegue ver o meu casquete?

Ele perdeu seu casquete com presa de javali. Deve ter caído, diz ele. Está ali. Aponta-o para mim. Cerca de 3 metros mais distante, do outro lado do gelo.

— Pode pegá-lo para mim? — pergunta, com uma voz tão fraca que preciso botar o ouvido bem diante do buraco no gelo que há em sua barba e, mesmo assim, mal consigo ouvi-lo. Ele é como uma criança. Meu coração se aperta. Ao mesmo tempo, eu o odeio. Eu o odeio por ter caído. O sacana egoísta vai me matar. Minha vida terminará nesta encosta e tudo o que ele quer é o maldito do seu casquete.

— Deixe para lá, Tollo.

— Meu casquete. — Ele diz que precisa dele.

— Para quê?

Ele tosse algo que não consigo entender.

O quê? Grito para ele.

— No inferno — diz ele. Será falta de respeito aparecer sem um chapéu.

Claro, por que não? Por que eu não deveria morrer pela porra do seu casquete?

Eu o apanho. Coloco-o em sua cabeça, debaixo de seu capuz de lã. Pressiono minha boca em seu ouvido.

— Vamos dar a porra do fora daqui.

Amarramos Tollo por debaixo dos braços, Pendão e eu. As costas de sua capa são gelo maciço; forma um trenó. Se subirmos, pouco a pouco, poderemos içar Tollo atrás de nós. Um nível de cada vez. Começamos. Um obstáculo. Dois. Só que agora Pendão também está enfraquecido. Não consegue falar. Temo pelas suas extremidades. Ainda consigo sentir as minhas. Eu estou bem. Juventude. Juventude é tudo.

— ...a crista... — Pendão consegue grasnir. Ele quer dizer que precisamos tornar a alcançar o caminho.

— Por quê? Para que possamos morrer lá em vez de aqui?

Entrei num estado de ira tão grande que palavras não conseguem expressá-lo.

— Tollo! — grito para baixo. — Que tal puxar seu peso? Use seus braços, maldito seja!

— Cale-se — late Pendão.

— Por que ele não se amarrou? Vamos nos ferrar por causa desse imbecil.

— Cale-se.

Continuo balbuciando. Sei que estou endoidando, mas não consigo parar. Uma parte de mim passou a delirar e sei disso, mas outra parte permanece surpreendentemente lúcida. Calculo que disponho de meia hora antes de perder toda a sensação nas mãos e nos pés. Depois disso, o que mais? Uma hora até eu congelar da cabeça aos pés. É particularmente irritante ir para os livros dessa maneira porque, dentro de vinte dias, haverá flores nesta encosta. Será primavera. Em um mês, panjshiris estarão pastoreando ovelhas aqui em cima. Eles vão despir os nossos cadáveres e dançar sobre nossos ossos — nossos e de quaisquer muitas outras centenas de compatriotas que cairão de peito* antes de a coluna superar estas montanhas.

— Acorde!

Olho pasmado para Pendão como alguém emergindo de um pesadelo. Ele berra no meu ouvido:

— Precisamos alcançar o caminho!

Não sei dizer se foi ele que enlouqueceu ou fui eu. O que nos espera no caminho? Nada. A coluna já avançou. Na escuridão, não seremos capazes de alcançá-la e, certamente, não conseguiremos arrastar Tollo num trenó. Nossa única esperança é se a divisão que vinha atrás de nós já subiu. Mas eles seriam malucos para fazer isso. Atravessar o Varal nesse frio e nessa escuridão? Nunca. Devem estar amontoados num acampamento em algum lugar lá embaixo.

— Certo — grito de volta. Voltar ao caminho. Ótimo plano.

O modo como escalamos é com a ponta de nossas meias-lanças. Enfie a ponta no gelo, puxe seu peso usando a haste. Joelho primeiro, depois o pé; quando tiver certeza de que é sólido, jogue a corda por cima do ombro, a tal que iça Tollo; então impulsione com essa perna.

Em alguns lugares, a encosta não é ruim. Conseguimos cortar degraus no gelo. Escalamos 30 ou 300 metros? Sei que estou alucinando. Parece que ouço a voz de Biscoitos. Em grego. Um excelente grego também. Ela estava à nossa espera. A coluna se foi, mas ela continua lá, no caminho. É uma boa alucinação. Gosto dela. É como um daqueles sonhos que se tem, quando você, diz, Pelos céus, isso é que é imaginação! Olho para Pendão, imaginando se ele vê a mesma miragem que eu. Aparentemente não. Ele apenas continua escalando. Pelos colhões de ferro de Zeus, ele tem coragem. Que soldado! Sinto-me orgulhoso em caminhar para o inferno a seu lado.

— Ei! Pendão! — Vou lhe dizer que o amo; não me importa o quanto isso seja antimilitar.

— Cale-se!

Quero lhe contar sobre Biscoitos. Onde ela aprendeu grego tão bem? Deve ter sido com os macs que a tinham antes de surgirmos em cena. Ela está acima de nós, gritando para baixo. Algo sobre uma corda. "Agarrem-na! Usem-na para se içar!" Estou realmente impressionado com o grego dela.

Pendão peleja para agarrar a corda. Que estranho. Como ele pode ir atrás da corda que está em *minha* miragem?

Agora eu seguro a corda. De algum modo, alcançamos o caminho. Rastejando. De bruços. Deslizando por cima da beirada, impulsionados pelos nossos joelhos. Ficar de pé? Não consigo. Biscoitos e Pendão puxam a corda que pareço lembrar que está amarrada em Tollo. Ocorre-me que isso talvez não seja um delírio.

— Ei!

Biscoitos fica acima de mim, ajoelhada. Estou com a cara no gelo; ela me desvira.

Ei.

O que foi?

Ela me agarra pelos cabelos e me sacode com tanta força que eles quase saem pelas raízes.

— Ei! — grita ela no meu ouvido. — Você é idiota?

DEZOITO

O que salva as nossas vidas são o velocino e a capa militar de Tollo. Com eles, cobrimos a cova rasa que Biscoitos cavou no gelo. Eu pelejo, conta-me ela depois, para puxar Tollo para junto de nós. É preciso Pendão me bater com os cotovelos (ele não sente mais as mãos) para eu entender que o nosso sargento porta-bandeira está morto.

— Ele morreu lá no fundo — declara Pendão.

Fico furioso. Por que não disse antes? Ele fez com que arrebentássemos as nossas costas. Mas também estou admirado com ele. Meu Deus, que soldado! Que amigo.

— Dispa o cadáver! — grita Biscoitos acima do vento. Sem a farda de Tollo, nós três não conseguiremos sobreviver à noite.

Nunca! Grito. E deixá-lo nu?

O absurdo me atinge. E a Pendão também. Começamos a rir. Não conseguimos parar.

Levamos dez minutos para separar as roupas de Tollo de sua carne congelada. Pendão e eu permanecemos agitados de tanto rir. Pendão retira o casquete com presa de javali. Isso induz outra descarga de hilaridade. Lágrimas congelam em volta de nossos olhos; gelo matiza nossas barbas.

O pobre Tollo jaz nu. Azul de gelo. Escorregadio. Temos de atracá-lo, como um escaler, a uma meia-lança plantada no gelo, para evitar que ele mergulhe novamente beirada abaixo. Estamos envergonhados de nossa histeria, mas não conseguimos parar.

Resistimos à infindável noite em nosso buraco no gelo, Biscoitos e eu, com Pendão entre nós dois. Os pés dele pressionam minha barriga; ela enfia as mãos dele nas axilas. Pela manhã, somos salvos por membros da coluna que vem subindo atrás da nossa. Eles nos resgatam de nossa sepultura, rígidos como mortos. Incrivelmente, o dia fica quente. Por volta do meio-dia, quando nos reunimos com Artelho e Ruivo, enviados de volta por Estéfano para nos procurar, o sol queima tão furiosamente que precisamos tirar nossas capas. Nós as amarramos no alto do trenó de couro de boi no qual arrastamos o corpo de Tollo.

A descida para a planície leva mais nove dias. É nessa extensão, nos flancos setentrionais (sem sol) do Hindu Cush, que o sofrimento do exército aproxima-se de seu apogeu. Atravessamos o desfiladeiro do Khawak durante seis dias. Parece que nunca mais sairemos. Trinta e cinco quilômetros para o cume, mais 37 para a Trilha do Contraforte. Pendão jurou transportar Tollo o caminho todo até a planície; não quer ver seu amigo enterrado num covil congelado qualquer, para ser desonrado na primavera por lobos ou afegãos. Mas não temos força para arrastar seu peso. Muitos outros labutam como a gente, arrastando em trenós os corpos de companheiros perdidos no frio. No final das contas, enterramos Tollo sob um monte de pedras com mais trinta. Pedras enormes, que predadores e bárbaros não conseguem afastar.

Cada dia se inicia com sombras profundas. O sol sai, mas os picos o bloqueiam. Barrigas estão vazias; as pernas parecem chumbo. A coluna levanta acampamento. Por volta do meio-dia, o calor do céu ataca os picos acima. Agora vêm as avalanches. É primavera. O cume derrete e solta a massa de neve grudada à encosta. Várias e várias vezes, deslizamentos enterram o caminho. Demora uma eternidade cavar através deles. No primeiro dia no desfiladeiro, percorremos 5 quilômetros. No terceiro, menos de um. Os *tiris* nativos, depósitos subterrâneos onde os habitantes locais escondem seus estoques de inverno, não podem ser localizados, nem com os nossos guias lhes pagando fortunas. O pior é que a grande parte do que alijamos em nossa situação extrema foi de comida. Nada resta. Roemos cera e madeira; comemos nossos sapatos sobressalentes. O exército também tem treinado, em Cabul, para tanta magreza; não há gordura em nossos ossos. E há muitos mal-equipados em roupas e calçados. Ao lado do caminho, soldados deitam e não se levantam, fecham os olhos e nunca voltam a abri-los.

Com fome, a disciplina da coluna se degrada. O ritmo exasperador de se apressar-e-parar, comum a qualquer fileira de soldados apertados um atrás do outro, torna-se tão letal quanto os deslizamentos de neve que dividem colunas em divisões separadas umas das outras. Quem quer que tenha um fragmento de comida se vê sob cerco de companheiros famintos. Um pote de mel vale seis meses de salário. Óleo de gergelim para passar no corpo contra o frio (todo o azeite já acabou) alcança o valor de um resgate de imperatriz.

Essa era a carga de Biscoitos, mas ela largou-a no Varal para ajudar a içar Tollo. Vem a ordem para matar os animais de carga, um por companhia. Não há lenha para fazer fogueira; engolimos a carne crua mesmo.

No sexto dia, Alexandre aparece. Incrivelmente, o nosso rei percorreu milhas de volta da coluna de vanguarda, acompanhado por Hefestion e alguns pajens de sua comitiva. Sim, as tropas amaldiçoaram o seu nome. Ao verem companheiros perecerem, não foram poucos os que condenaram o nosso senhor por sua precipitação em se arrojar nesse deserto tão no início da estação. Agora, ao vê-lo, são atingidos pela vergonha. Aqui, diante de nós, com sua simples capa de cavalariano, encontra-se o nosso soberano, que poderia estar jantando na calidez da planície, mas que, em vez disso, escolheu voltar até nós e suportar o sofrimento ao nosso lado. Ele não cavalga. Caminha. Não tem comida. Nem para nós, nem para ele mesmo. Quando a coluna pára para acampar, o nosso senhor escava raízes de sílfio debaixo da neve com a lâmina de seu próprio pique, e essa forragem para cabras torna-se seu jantar. Ao ver um homem caído, Alexandre levanta-o com as próprias mãos. Soldados nas colunas adiante, diz-nos ele, dentro de três dias estarão colhendo pêras de pomares das planícies aquecidas pelo sol da Báctria. Coragem, companheiros! Resistam! O sofrimento que suportamos agora, por mais amargo que possa ser, se transformará em contentamento por causa das vidas de companheiros que serão poupadas quando descermos na retaguarda do inimigo, onde ele não nos espera e onde não preparou defesas.

O inimigo fugirá, garante Alexandre, assaltado pelo terror de nossa aparição, com toda a força, através desses desfiladeiros cruéis, cujo feito acreditava-se ser impossível nesta estação, até nós o realizarmos.

LIVRO III

A PLANÍCIE BACTRIANA

DEZENOVE

A planície bactriana, para a qual o exército desce agora com alegria, é um oásis de área verde e fartura. O ânimo dos soldados se revigora à visão de pomares de pêras e ameixas, e terraços de campos de arroz e cevada. Os bactrianos são civilizados; têm cidades, e não aldeias. Em outras palavras, algo para perder. Quarenta posições se rendem em 11 dias. Os soldados avançam a passos largos sob o cálido sol, sobre boas estradas, para a região que alimenta de grãos o Afeganistão.

A jogada de Alexandre deu certo. Besso e Spitamenes fogem para o norte, a fim de colocar o rio Oxo entre eles e seus perseguidores macedônios. Vestígios do apressado desmonte do acampamento do inimigo estão por toda a parte. O inimigo tentou botar fogo na área, mas os plantadores locais (cujas propriedades Besso e Spitamenes transformariam em fumaça), através de um vigoroso esforço, salvaram seus bens. Eles nos cobrarão o dobro ou o triplo, mas não ligamos; a gente se sente tão feliz em estar aquecido e vivo.

Em Drapsaca, os engenheiros do exército montam uma enorme tenda-hospital para tratar os milhares de casos de ulceração pelo frio e exposição às intempéries. A farda do exército está em farrapos; metade dos soldados marcha descalça. Nossos animais estão pele e osso. Mesmo assim, Alexandre e as brigadas de elite estão prontos para prosseguir. Estéfano reúne nossa turma. Somos livres, diz ele, para baixar hospital. "Mas, se fizerem isso, podem dar adeus à sua carreira. Alexandre agora persegue o inimigo e lembrará do nome de cada homem que marchar com ele."

Pendão tem dois dedos das mãos pretos e lhe falta um dedão do pé. Ele mesmo os corta fora com uma marreta e a cunha de serrador. Centenas fazem o mesmo por todas as unidades, ou pedem a companheiros que o façam. Os homens prefeririam morrer a entrar na tenda de um médico.

O exército atravessa o Deserto de Pedra numa atribulação de calor e sede. Morrem mais trezentos, além de setecentos cavalos. Alexandre alcança o Oxo dois dias depois do inimigo. O rio tem mil metros de largura. Besso e

Spitamenes o atravessaram e depois queimaram seus barcos. O exército mac monta acampamento e começa a construir pontes e balsas.

Nossas mulheres continuam com a gente. As provações de montanha e de deserto as transformaram. Ganharam o nosso respeito e o delas próprias. Agora temem apenas que a tropa faça alto, quando os soldados talvez decidam que não precisam mais delas. Biscoitos pinta minhas solas pustulentas com vinagre e as envolve com fustão. Ghilla cuida dos ossos. Outra garota, Jenin, inicia o negócio de fornecimento de nazz e pank para a turma. As mulheres se tornam indispensáveis. Até Pendão as defende.

O nosso sargento também mudou, desde as montanhas. A morte de Tollo o atingiu bem fundo. A dor torna Pendão mais humano. Ouço-o usar a palavra "filho", ao se dirigir a Lucas. Em Drapsaca, foi agraciado com um Leão de Prata, o quarto. A citação vem com meio talento de prata. Pendão paga o enterro de quatro mulheres que morreram nas montanhas e providencia um aborto seguro, em hospital, por um médico do exército, para uma quinta. O restante envia para casa, para os parentes de Tollo.

Passei a conhecer esse homem a quem, antes, eu via mais com espanto e medo do que com respeito. Agora, vejo-o por inteiro. É um soldado no mais nobre sentido da palavra. Duro, abnegado, resignado.

— Tome, isto é para você. — Ele me puxa para o lado, na cidade de Taloqan, e enfia em minha mão o casquete com presa de javali.

Não posso usá-lo.

Não mereço.

Mas, por insistência de Pendão, eu o enfio na minha sacola.

— Fantasmas dão sorte — diz ele.

Reúne metade de nossa tropa. A segunda turma terá um novo Número Um: eu.

Estaria ele brincando?

— Você foi promovido a cabo, Matthias. Parabéns.

A partir daquele dia, compareço às reuniões de instruções de comando. Sinto-me ridículo. Não sei dar ordens a Trapos ou Artelho ou Lucas. "Aprenda", ordena Pendão. Ele agora me inclui em seus pensamentos e suas deliberações particulares. Cada ruído* que capta da cadeia de comando ele divide comigo. Agora posso ir até Estéfano e me dirigir a ele como se fosse um amigo. Aliás, ele se torna rude comigo, se não faço isso.

Pendão entrega as botas e a capa de Tollo a Biscoitos, juntamente com dez dracmas (o salário de um ano de um carregador) da bolsa de nosso companheiro tombado. Ela mereceu.

— Que presente — pergunta a ela, em nome do pelotão — você gostaria de ganhar de nós?

Diga, concordam os nossos companheiros, e nós lhe daremos, se pudermos.

— Eu gostaria que todos vocês — declara ela — parassem de me chamar de Biscoitos.

VINTE

O europeu não é capaz de avaliar a desgraça do lugar de uma mulher sozinha no Oriente. Tal criatura está abaixo de um cão, pois o animal pelo menos tem uma valiosa utilidade na vigilância do acampamento. Uma mulher desprotegida não é digna, aos olhos de seus conterrâneos afegãos, nem mesmo de ser violentada e assassinada. Preferem apedrejá-la. Ela é uma pária, abandonada por Deus e seus ancestrais. O azar se prende a ela, e os membros do clã não temem nada tanto quanto a má sorte.

Apesar de nós mesmos, nos tornamos guardiães das nossas mulheres. As provisões do exército, que seriam carregadas em lombo de mulas, em vez disso, vão para o de nossas mulheres. Elas ficam encantadas por carregá-las.

Portanto, não é mais Biscoitos. De agora em diante, Shinar. Um belo nome. Significa "santuário" em dari.

— Nas aldeias de Gor, de onde viemos — diz Ghilla —, há sempre uma casinha de pedra, às vezes apenas uma pilha de pedras com um telhado, construída nas colinas acima da cidade. Esse lugar pertence a todos. Qualquer um pode se abrigar ali, mesmo o criminoso, e ninguém pode tirá-lo contra a sua vontade. Esse santuário é chamado *shinar*.

Você deve imaginar, suponho, o que acontece à noite entre mim e Shinar. Exatamente o que você pensa que acontece. Isso quer dizer que sou infiel à minha prometida? O exército tem um ditado:

> *Quem derrama seu sangue por rei e pelotão*
> *come de graça em praia estrangeira.*

Significa que as minúcias de casa não valem aqui. Isto é guerra. Talvez fosse melhor pedir a um soldado que lute sem bebida ou ópio do que suportar essa vida sem mulheres.

Não acho que serei assim. Permanecerei fiel a Danae, creio eu. Serei o primeiro em todos os tempos.

O Oxo, como disse, tem mil metros de largura. Enquanto os engenheiros do exército montam pontes flutuantes e as tropas preparam balsas e sacos de *bhoosa* (pano impermeável de tenda recheado com palha e serragem) para a travessia, nosso pelotão é enviado juntamente com uma porção de outros à procura de povoados acima e abaixo da margem. Nossas ordens são para trazer de volta qualquer coisa que flutue e tudo o que o exército possa montar ou comer. As mulheres ficam para trás, para fazer o serviço do acampamento e trabalhar na manufatura de cordas para amarras.

Na primeira noite vale abaixo, fico de guarda juntamente com Lucas.

— Como é que é — pergunto-lhe — entre você e Ghilla?

Ele pergunta em que sentido.

— Você sabe. Na cama.

Meu amigo reflete sobre isso.

— Bom — diz ele.

Isso é embaraçoso. Paro.

— Por quê? — quer saber Lucas. — O que você está pensando?

Hesito.

— Há afeto entre você e Ghilla? Isto é, vocês conversam... ou riem?

Claro, responde Lucas. Ele não tem certeza se entende aonde quero chegar. Nem eu.

— Com Shinar — digo —, não há uma só palavra. Nada. Nem antes, nem durante, nem depois. É como se nem fosse eu para quem ela abrisse as pernas. Poderia ser qualquer um.

— Quer dizer que ela é fria?

— Não, o contrário. Ela me esgota. Mas a sensação toda da coisa é de...

— De quê?

— ... de vergonha. Ela se odeia depois. Mas, na noite seguinte, está de volta, mais faminta do que nunca. — Encaro os olhos de Lucas. — Eu só queria saber se todas as mulheres afegãs são assim.

Pendão se aproxima, checando as sentinelas. Perco a fala. Só com Lucas consigo falar sobre essas coisas.

Nossa coluna avança vale abaixo. A região ao longo do Oxo é completamente diferente da que circunda a Cidade de Bactra. Ali, na planície central, erguem-se cidades que se poderiam chamar de jóias. Aqui, é tudo pau-a-pique. Região de invasores. Os homens são todos guerreiros; cada elevação é uma fortaleza. Se você é menino, parte ao amanhecer, com os seus bodes, em direção aos arbustos de acácias. Meninas se acocoram e tecem. Almoço é *khisma*, nozes e amoras secas. O queijo da região é *naffa*, salgado como salmoura e duro como pedra. Conserva-se por cinco anos. Os homens já sumiram faz muito tempo, quando entramos em um povoado. Ao interrogarmos as velhas, elas colocam as mãos em concha sobre os ouvidos.

— Todo mundo é surdo nesta região — observa Artelho.

— Surdo e idiota — acrescenta Ruivo.

Temos um guia hebraico chamado Elihu; ele observa o *pessach*, mas segue Zoroastro. Um sujeito interessante, fluente em farsi, dari e grego. Mora em Halicarnasso e fez uma peregrinação Nilo acima. Pergunto sua opinião: Quando esta guerra vai acabar?

— Nunca — diz ele com uma risada.

Caminhamos até o topo de um promontório de arenito. Consegue-se ver por 75 quilômetros.

— Somente nesta área — Elihu aponta o atoleiro deserto — governam sete chefes guerreiros. Cada qual é um reizinho sustentado pelo seu próprio exército. Eles distribuem justiça, forçam tréguas, presidem conselhos tribais; defendem viúvas e órfãos, abrigam os idosos e os enfermos. Em batalha, lideram a linha de frente. Odeiam-se uns aos outros, porém odeiam muito mais vocês, os macedônios.

Elihu desenha um mapa na terra. — Belasari, Miamene e Petene governam entre o Oxo e a Cidade de Bactra. Oxiarte governa o sul e o leste. A base de Spitamenes e Dataferne ficava no oeste, entre Artacoana e o desfiladeiro de Bamian, mas agora seguiram para o norte e se aliaram com chefes além da fronteira. Choriene, Catane, Melpanor, Histane; são esses os chefes do norte e leste da Sogdiana. Sob suas ordens circulam centenas, milhares de subcapitães e comandantes. Isso sem contar os daans, sacas e massagetas a norte do Iaxartes. São dezenas de milhares e são mais ingovernáveis do que esses afegãos.

Com Elihu aprendi a lei tribal de *A'shaara*, que regula a conduta das mulheres.

— *A'shaara* significa "convenção". É isso que liga o indivíduo à família, à tribo e aos ancestrais. O mais importante são os ancestrais. Quando eles lhe dão as costas, Deus também vira de costas.

Conto-lhe sobre Shinar e o fardo de vergonha que ela parece suportar. Ele confirma isso.

— Você deveria tê-la matado — declara ele — em vez de protegê-la.

O crime que eu cometi, explica Elihu, é chamado em dari de *al satwa*. Os hebraicos também têm um termo para isso — *tol davi*. Significa causar vergonha a uma pessoa por executar um ato de responsabilidade que ela mesma deixou de executar.

— Se um estranho pára no portão do meu pai — diz Elihu — e meu pai não tem comida para oferecer, isso é uma infelicidade, mas não é um crime. Se, porém, o nosso vizinho fornecer uma refeição para o estranho, ele cometeu *al satwa* contra meu pai. Entende, Matthias? O vizinho envergonhou meu pai diante do estranho. Essa é uma transgressão terrível em nosso país. O crime é até mesmo pior em seu caso, pois socorreu uma irmã quando deveria ser o irmão dela que deveria fazer isso. Você o envergonhou mortalmente, percebe?

— Ora, onde diabos estava *ele* — pergunto —, quando Shinar precisou? Eu não teria feito nada, se ele estivesse presente para cuidar dela!

— Exatamente.

— Ele deveria era me agradecer! Eu não defendi sua irmã? Não salvei a vida dela? Pelos deuses, meu ardente desejo é apenas devolvê-la em segurança a ele.

Não, diz Elihu.

— Você envergonhou os parentes dessa mulher ao fazer por ela *o que eles deveriam ter feito*... e, por causa disso, eles nunca poderão perdoá-lo. Quanto a Shinar, ela é o veículo dessa vergonha. Os ancestrais testemunharam. Isso que ela vivencia agora, estar com você. E se você despertar sentimentos nela, sua vergonha é dobrada.

— Em outras palavras — digo eu —, para um afegão, seria preferível que Ash, o muleteiro, continuasse a bater e abusar de Shinar, até mesmo matá-la, do que eu ajudá-la?

— Decerto.

— Ou que Tollo ou algum outro arrasta-pé a estuprasse e a ofendesse. Isso também seria melhor.

— Exatamente — confirma Elihu.

Tudo o que posso fazer é sacudir a cabeça.

— E vou lhe dizer mais uma coisa — anuncia o nosso guia. — Cada ato de bondade que você faz para essa mulher apenas vai afundá-la ainda mais na vergonha. Para Shinar, você precisa entender que ela é indigna. Ela infringiu a convenção de *A'shaara*. Por causa disso — afirma Elihu —, Deus lhe virou as costas.

— Ora, que tipo de deus é esse?

— Não sou nenhum pregador, Matthias.

— Não é deus coisa nenhuma. É um demônio.

Elihu vira as palmas para cima — o mesmo gesto que Ash executou, o que equivale a um dar de ombros macedônio.

— Este é o país do demônio — afirma ele. — E vocês estão combatendo a guerra do demônio.

Outra das tarefas de nossa coluna é fazer prisioneiros. Caçar coelhos, como chamam os soldados. Temos de agarrar qualquer macho em que consigamos botar as mãos, quanto maior a posição, melhor, e entregá-lo vivo e ileso aos oficiais de Alexandre.

Cercamos povoados, arrancamos avós e esposas da cama. Cadê o seu filho? Entregue-nos seu marido! É uma missão inútil. Quando pegamos um homem, ele banca o surdo-mudo, ou interpreta o papel do inocente insultado. Você sabe que ele é o inimigo; todos o são. Mas que pode fazer?

Nossa companhia mantém a boa disciplina na captura, por causa de Estéfano, que não permite brutalidade. Mas muitos de outros grupos jogam duro. Não é da nossa conta detê-los. Para eles, nós é que somos omissos. A aniquilação do impotente, porém, é repugnante de se ver — e, é claro, faz os afegãos nos odiarem ainda mais — principalmente quando é executada diante da mulher, mãe e filhos do prisioneiro.

— Você pensa em sua própria mãe? — pergunta-me Lucas certa tarde, após termos perturbado três povoados desde a manhã.

— O tempo todo. E em minha irmã. E em Danae.

Ameaçamos outra aldeia naquela tarde, e descobrimos outra enfiada de depósitos subterrâneos. Eis os estoques de arroz e lentilha de três famílias. Nós os tomamos. As mães agarram-se a nós, berrando que vão morrer de fome. Pendão redige "C.C."s, certificados de compensação. As donas de casa olham fixo, sem entender.

— Entreguem isso ao intendente. Os oficiais pagarão vocês quando eles chegarem.

Elihu traduz. As matronas pestanejam, sem ouvir.

— Pagam duas vezes o que sua mercadoria vale.

As velhas não entendem.

— São todas surdas e idiotas.

VINTE E UM

Nosso grupo volta da caçada aos coelhos para encontrar quatro quintos do exército através do Oxo. O acampamento ferve de excitação. A guerra pode acabar em breve! Spitamenes e Oxiarte enviaram mensageiros a Alexandre. Eles mantêm o embusteiro Besso sob custódia. Vão entregá-lo à justiça macedônia se o nosso rei lhes oferecer paz. Claro que ele vai. O tratado pode ser assinado daqui a alguns dias.

Uma bonificação a mais nos espera: cavalos.

Em nossa ausência, vale abaixo, Alexandre deu baixa, com honras, a três esquadrões de cavalaria da Tessália, 660 homens. Está mandando-os para casa mais ricos do que príncipes. Suas montarias serão vendidas. Estamos todos duros demais para comprar um, é claro. O exército se adianta; ele pagará o valor. O preço é um surto: 18 meses a mais de serviço. "É pegar ou largar", diz Estéfano. Ele pega e nós também. Atravessamos o Oxo como infantaria montada.

Nossas ordens, agora, são para vasculhar a região atrás de animais de montaria para substituir os que se perderam nas montanhas e no Deserto de Pedra. Alexandre quer 7 mil montarias e remontas, prontas para cavalgar, no outono. Por essa ocasião, o Afeganistão estará incorporado ao império. O exército atravessará de volta o Hindu Cush, dessa vez para a Índia, antes da primeira neve.

Adoro a minha montaria. Ela é uma égua niséia — cor de leite, com uma mancha na anca direita na forma de uma pantera. Seu nome é Chione, "Neve". Custou três talentos de prata, quando seu cavaleiro original a comprou em Média. Consegui-a pela metade. Uma pechincha. Ela tem nove anos e ostenta mais ferimentos do que Alexandre. Sua conformação é apenas comum, embora tenha um pescoço forte, pernas longas e um peito intenso, vigoroso. Ela tem idiossincrasias. Gosta de ser alimentada de uma manjedoura; não toca forragem, nem mesmo aveia, espalhada no chão. Assusta-se com qualquer coisa branca. Ela morde. Dá marradas. Não deixa que lhe coloquem freios nas patas. Tem pavor de abelhas. Adora pêra e é capaz de comer amoras até ficar enjoada.

Ela é também uma montaria de primeira classe da cavalaria. Dispara velozmente de um ponto de partida, mantendo uma linha reta como a régua de um carpinteiro, e não empaca diante de qualquer vala, muro ou obstáculo. Também é capaz de manter-se em formação a todo galope, sem ser capitaneada — procurando sempre exceder a montaria a seu lado — e, numa cunha, torna-se como uma andorinha numa revoada. É a melhor montaria que já possuí, e eu a amo tanto quanto minha própria mãe.

Como soldados da infantaria montada, recebemos o mesmo subsídio para alimentação e cuidados, chamado de golpe,* que os cavalarianos normais. Nós usamos isso para contratar cavalariços, isto é, nossas mulheres. Ghilla fica com Lucas; Shinar continua comigo. Nosso golpe de um dracma por dia cobre tranqüilamente as despesas e a melhor parte é que, numa região de estepe, onde nossas montarias podem pastar, o que sobra enfiamos em nossa bolsa.

E fazemos um grande sucesso financeiro no comércio de cavalos.

Os tribais sabem que a guerra está quase acabando. Cada bandido quer descarregar seus pôneis. Em meio mês, o nosso negócio adquire mais animais do que conseguimos arrebanhar e mais novos amigos para os quais conseguimos bancar os anfitriões. Ao retornar da pradaria a leste de Maracanda, escoltamos 310 cavalos e quase a mesma quantidade de homens — bactrianos, sogdianos, até mesmo alguns violentos daans e massagetas — todos ansiosos para se registrar com Alexandre para pagamento. Os ânimos estão altos. Todos nos tornamos os melhores amigos.

Certa noite, ocorre um incidente.

Um guerreiro dos sogdianos se engraça para Shinar. Ele lhe oferece um excelente potro. Claramente, espera que eu concorde. A hora se aproxima da meia-noite; o assentamento é o nosso acampamento macedônio, dentro do qual grande número desses corações selvagens se congregaram, todos tortos pelo *khoumiss* — leite de égua fermentado — e lúbricos como garanhões. A situação não pede pequenas delicadezas. Ofender o sujeito (que tem o apoio de uma quantidade de seus companheiros igualmente imbecilizados) poderia precipitar uma confusão, até mesmo um banho de sangue.

Explico ao sogdiano, com respeito, que Shinar é minha esposa.

Isso provoca um estrondo de gargalhadas. Aos olhos do afegão, a garota é claramente uma rejeitada. Ele pretende, está claro, distribuí-la entre seus colegas como se fosse o mimo de um banquete.

— Que defeito você vê no meu potro? — pergunta ele, referindo-se ao preço que oferece.

— Nenhum. É um excelente animal.

Ele vira as palmas para cima, como se dissesse "Então vamos fazer negócio".

— A mulher — repito — é minha esposa.

O guerreiro agora acha que estou brincando com ele. Eu o desrespeito. Afrontei seu orgulho.

Pendão aparece e acalma a situação. Ele compra o potro por três vezes seu valor. O brabo e seus comparsas, satisfeitos, levam seu grupo para outro lugar.

Só que, agora, Shinar está furiosa. Vai embora indignada. De que modo eu a ofendi? Não faço idéia. Ghilla vai atrás. Nem mesmo ela consegue trazê-la de volta.

Ao amanhecer, quando a coluna parte, Shinar está desaparecida. Alguém encontrou seu cabelo, cortado e jogado no chão. O que isso significa nem começo a desconfiar.

Durante as duas noites seguintes, Ghilla procura me esclarecer. Que o fato de o brabo afegão querer degradar Shinar como prostituta foi um insulto suficiente, lembrando-lhe, como o fez, da terrível vulnerabilidade de sua situação. O fato, porém, de eu tê-la chamado de minha esposa, visto que não o era (e, mais decisivamente, quando seus conterrâneos afegãos *sabiam* que não o era) é insulto em cima de insulto.

Não entendo. Eu não a defendi? Não estava disposto a derramar sangue por sua causa?

Ghilla suspira.

— Como pode ser tão cego para não ver o que ela sente por você?

— Ora, por favor. Não me diga isso.

— Quando você falou que ela era sua esposa, mas não é e não pode ser, esfregou o nariz dela em sua cara amargurada.

No dia seguinte, Shinar está de volta. Retoma suas tarefas como minha cavalariça, mas não fala nem faz contato visual comigo. Não me diz por que cortou o cabelo. Tudo bem. Estou num cenário de guerra a 5 mil quilômetros de casa. Já é drama suficiente. Recuso-me a participar de mais uma outra cena.

Dois dias depois, nossa coluna chega a Adana, a primeira da série de Sete Fortalezas. Faz alguns dias que Alexandre esteve aqui; o lugar rendeu-se e foi bem-recebido na congregação. O próprio Alexandre tem se apressado em direção ao Iaxartes, o derradeiro posto avançado do império da Pérsia.

Ali, nosso rei vai parar.

Ali, naquela fronteira, Alexandre marcará o limite de seu avanço para o norte.

Uma guarnição mac controla Adana. As seis outras Cidades Fortalezas, segundo soubemos, caíram sem sequer um grito. Nossos companheiros também as controlam com guarnições. Agora que Besso foi preso, seus aliados daans, sacas e massagetas fugiram para sua estepe nativa ao norte do Iaxartes; seus bactrianos e sogdianos se dispersaram em suas aldeias. Os chefes guerreiros concordaram com a paz. Alexandre presenteou Spitamenes e Oxiarte com valiosos cavalos de batalha niseus e mandou buscar na Cidade de Bactra mais oferendas honoríficas. Ele participará de um congresso no Iaxartes. Ali, numa cerimônia, vai tornar seus parentes os nobres afegãos e incorporar ao exército, com altos salários, quaisquer filhos e príncipes seus que queiram se alistar para a presente aventura. Os próprios chefes guerreiros, se desejarem, cavalgarão com os Parceiros de Alexandre quando o exército avançar para a Índia.

A nossa companhia alcança o Iaxartes dois dias depois. Novos currais de animais foram construídos do lado de fora do acampamento de Alexandre. Intendentes registram os nossos 310 pôneis (outras companhias trouxeram cerca de 4 mil, mantendo mais 3 mil, segundo soubemos, nas Sete Fortalezas). Mais dez dias e a corporação compensará todas as suas perdas em animais de carga e montaria.

Nossa parte é uma bela fortuna. A turma está radiante. Pago minhas dívidas e sobra o bastante para renovar o meu equipamento e até mesmo enviar algum para os adoecidos pela neve. Os rapazes se reúnem para uma farra ao longo do rio. O acampamento das prostitutas foi tomado pelo exército; temos as delicadas flautistas, para aqueles sem mulheres, e bastante pank e nazz para serem adequadamente consumidos.

Colho um buquê de tremoços para fazer as pazes com Shinar. Ela não o aceita. Vai embora, rio abaixo.

Mas que diabos.

— Sou um animal para você? — Ela me enfrenta, quando eu a sigo. — Eu ouvi o ditado de vocês, soldados, "Quem derrama seu sangue por rei e pelotão..." Você acha que eu não sei o que isso significa?

Digo-lhe que ela não *me* ouviu dizer isso.

— Significa — diz ela — que somos animais para vocês. O que vocês fazem nesta terra estrangeira não significa nada. Ghilla não é nada para Lucas e eu não sou nada para você.

— Foi por isso que cortou o cabelo?

— Foi.

— E porque fugiu?

— Foi.

Você teria preferido, pergunto, se eu a tivesse entregado para aquele homem dividir você com seus comparsas?

Ela me acusa de distorcer tudo.

— Eu deveria ter deixado você com Ash? Eu deveria ter ido embora e deixado você machucada na beira da estrada?

— Eu não sou sua esposa!

— O que isso quer dizer? Está aliviada ou zangada? — Seguro-a pelos ombros. — Shinar. Shinar...

— Você devia me respeitar. Eu salvei a sua vida!

Respeitar? Lembro a ela que fui eu quem comprou sua liberdade.

— Eu não quero liberdade! O que posso fazer com liberdade?

Não entendo.

— O que você quer de mim?

— Nada. Não quero nada de você.

Ela começa a juntar suas coisas. Já vi outros macs em centenas de farras com mulheres afegãs. Agora banco o idiota. Não dá para entender.

— Aonde você vai?

— Que lhe importa?

Novamente, espanto-me com seu grego.

— Onde aprendeu a falar tão bem?

— Com você.

A irritação me domina. Ordeno que ela volte ao acampamento. Ela me enfrenta com os braços cruzados.

— Não entende, Matthias? Eu perdi tudo. Nada tenho além de você.

E ela cai no choro. Tomo-a nos braços. Pela primeira vez não reage a mim.

— Shinar — digo-lhe —, quando eu a vi pela primeira vez nas montanhas, fiquei impressionado com a sua beleza. Seus olhos, sua pele. O modo como o vento soprava seu cabelo no rosto...

Não sou um amante. Não sou bom nessas coisas. Tudo que posso fazer é lhe dizer o que ela me faz sentir. Pouco a pouco, ela cede. Faço-a prometer que não vai fugir novamente.

— Você se sentiu infeliz, quando eu sumi? — pergunta ela.

— Sim. Não tinha ninguém com quem brigar.

Subimos a colina de volta ao acampamento com os nossos braços em volta um do outro. A noite esfria depressa naquela região; sua calidez de mulher a meu lado é uma boa sensação. Já estou ansioso para o fim do anoitecer.

Mas, quando chegamos à fogueira, em vez de um banquete* correndo solto, encontramos Trapos e Ruivo chutando areia nas cinzas mortas. Cavalos sendo selados para a ação, armas e armaduras sendo carregadas.

— Ruivo, o que aconteceu?

— Nosso querido amigo Spitamenes — diz ele. — Não deixou que terminássemos a nossa festa.

O Lobo, informa Pendão, atacou traiçoeiramente outra vez. Atravessando o Iaxartes à noite, com 4 mil, atacou e devastou todas as Sete Fortalezas. Massacrou as nossas guarnições. Toda a região foi engolida pelas chamas.

Pendão me atira os meus apetrechos.

A guerra, ao que parece, não acabou. Acaba de começar.

LIVRO IV

O LOBO DO DESERTO

VINTE E DOIS

Cada soldado no acampamento do Iaxartes recebe ordem de carregar rações para sete dias. Unidades avançadas são despachadas na escuridão para a mais próxima das Sete Fortalezas. Suas ordens são isolar os locais, sem permitir que qualquer homem do inimigo escape para alertar os outros. Divisões suplementares são enviadas, assim que amanhece, para cercar as fortalezas mais distantes. Alexandre manda buscar o comboio de sítio. Este e um outro transportando material pesado ainda não chegaram ao Iaxartes. Miraculosamente, a coluna escapou dos saqueadores de Spitamenes; caso contrário, também teria sido massacrada. Dois esquadrões da cavalaria ligeira são despachados para localizar esses soldados e desviá-los na direção das Sete Fortalezas. Aríetes, catapultas e balistas nunca são transportados montados. São pesados demais. Apenas os encaixes de ferro são carregados, com as hastes e rodas de lingüeta dos cabrestantes, e as faixas de torção feitas com cabelo humano. Peças de madeira da artilharia são cortadas e fabricadas no próprio terreno com madeira do local. É uma maravilha a rapidez com que os engenheiros conseguem aprontar as peças e montar as máquinas e prepará-las para disparar. Elas destruirão completamente as muralhas das Sete Fortalezas. Todas, exceto a da maior, Cirópolis, são de tijolos de barro. Arrebentarão como confeito.

A ordem é transmitida quando os marechais-de-campo deixam o acampamento do Iaxartes: Pela primeira vez Alexandre permite que os soldados levem mulheres e crianças capturadas pessoalmente por eles e as vendam para lucro próprio.

O rei dirige-se à nossa brigada ao longo dos currais, quando o céu começa a clarear. Cai uma garoa, fazendo os soldados, cujos cabelos e roupas estão sujos da poeira da arrumação da noite, parecerem homens feitos de lama. Cavalos permanecem freados, com os embornais nos focinhos; mulas zurram quando seus criadores as arrebanham em comboios.

— Meus amigos, muitos de vocês têm companheiros e amigos nas guarnições das Sete Fortalezas. Desistam de qualquer esperança de encontrá-los vivos. O Lobo do Deserto não tem qualquer motivo para conter sua própria selvageria ou a de suas tropas. Agora me respondam, irmãos, e digam a verdade. Conseguirão colocar seus corações no ataque? Conseguirão combater como soldados e não como bestas selvagens? Se não conseguirem, digam isso agora e os deixarei aqui. Não se deixem enganar, eu pretendo que nenhum homem do inimigo escape à nossa vingança. Mas faremos isso como um exército e não como uma turba. Vocês conseguirão se controlar? Posso contar com vocês?

Adana caiu em uma manhã. Alexandre não dirige as ações a distância. Sobe em uma escada na primeira investida. Dentro da cidade, até mesmo rapazes e velhos são passados na espada. Na metade do dia, as tropas haviam percorrido as seis milhas até a segunda fortaleza, Gaza, já cercada pela brigada de Polipercon. Nossa companhia, sob as ordens de Pendão e Estéfano, desmonta; deixamos os cavalos no cordão de isolamento e entramos para tomar o lugar de assalto.

No interior dos portões, o combate é casa a casa. Os defensores furam passagens através das paredes divisórias; quando nossos companheiros vasculham um aposento, o inimigo passa para o seguinte, despejando uma cascata de tijolos e entulho atrás de si. Se forçamos perto demais, ele dá a volta e ataca por trás. Ele aprendeu a atirar pelas janelas e disparar flechas e setas das alturas.

Você vasculha casas em equipe — um elemento de penetração, um elemento de ataque, um elemento de segurança. Um ou dois soldados arrombam a porta. Seus companheiros, usando armaduras, invadem, espadas à frente, virando-se para cobrir ambas as paredes. As casas afegãs são todas iguais: um pátio que se divide em dois corredores com aposentos ao lado de cada; às vezes, um segundo piso, com escada e telhado. A equipe de ataque precipita-se através da abertura inicial, então vasculha a casa, aposento por aposento. Se há duas portas, a equipe segue por ambas. O inimigo, porém, está pronto para isso. Ele preparou vigas do teto para desabarem sobre nós e assoalhos para cederem sob nossos passos. Suas mulheres e crianças duelam conosco dos telhados, atirando telhas e pedras.

Se atacamos de um telhado e um homem se ferir, é um inferno tirá-lo de lá. Se invadimos pelo solo, você luta morro acima numa escuridão total. Os aposentos internos não têm janelas. Irromper dentro deles é mergulhar num armário. Poeira sufoca tudo; o inimigo espreita de trás de biombos e se acocora dentro de buracos-armadilhas. Em uma casa, Dados levou uma lança bem nos ovos. Tirá-lo de lá custou a Ruivo sua orelha e uma seta *machate* — uma flecha de junco com uma ponta particularmente perversa — debaixo do queixo. Tivemos de cortar fora a parte superior com alicate de ferro e puxar a coisa ao contrário pela ponta, a um triz de sua carótida. O inimigo é um mestre em bancar o morto. A gente passa por um cadáver num corredor escuro e, de repente, ele ganha vida, pulando sobre você com adagas em ambas as mãos. O inimigo dispara nafta dentro de cântaros com pavio de trapos; quando estes quebram contra uma parede, pintam com chamas qualquer arrasta-pé azarado no qual o líquido espirra.

Há apenas uma resposta para tal resistência, que é a de não deixar nada com vida. Feridos são abatidos onde caem. Prisioneiros são arrebanhados para cercados, a fim de serem posteriormente assassinados com os punhos amarrados para trás e seus *pettus* ensacados sobre suas cabeças. As tropas mac queimam um bairro do mesmo modo que um cirurgião cauteriza carne apodrecida. Quarteirões inteiros são esterilizados, reduzidos a cinzas. Você sabe que uma posição foi neutralizada, declara o nosso coronel Touro, quando não resta nada para alimentar uma chama.

Em cinco dias, o exército toma todas as sete cidades. Ouço que são 15 mil o número de massacrados do inimigo. Pendão diz que um capitão do estado-maior do rei contou-lhe que são 20 mil. O próprio Alexandre é gravemente ferido, ao amanhecer, em Cirópolis, pela pancada de uma enorme pedra. Ao meio-dia ele está recuperado, pelo menos o bastante para aparecer e comunicar aos soldados que não afrouxem seu ataque.

No sexto dia, a região inteira foi reduzida a pó. O tempo todo não consegui evacuar, a não ser de medo. Meus olhos são cavidades. Sangue coagulado endurece nas rachaduras de minhas mãos e de meus lábios. Cada polegada de carne está lacerada, esfolada, contundida. Não podemos sentar; é uma agonia ficar de pé. Ninguém pode comer, cuspir ou mijar. Desabamos como troncos derrubados e dormimos como blocos de pedra.

Costas, o cronista, nos encontra em meio aos escombros. Nós o odiamos. Odiamos todos aqueles que não irrompem pelas portas ao nosso lado. Para seu crédito, o correspondente reconhece isso e age com gentileza. Sua presença continua sendo insuportável.

— Sabe o que detesto em vocês, os rabiscadores de cera? — Lucas se dirige ao escritor num tom que eu nunca tinha ouvido sair de sua alma dócil. — São as frases falsas que usam para fazer esta merda parecer que faz sentido.

Meu amigo mudou nesses seis dias. Todos mudamos. Tivemos de matar homens a sangue-frio, homens desarmados, amarrados e vendados. Não há opção. O inimigo não pode ser preso. Não pode ser solto. Além do mais, nós o odiamos e o tememos. Nós o enfileiramos, em grupos de vinte lado a lado, e o mandamos para o inferno mais depressa do que um cozinheiro de acampamento cuida de um par de pombas ou de tordos. Lucas não resiste mais a isso. E toma parte. Assim como eu, carrega uma faca *khofari* afegã, curvada para cortar gargantas, e usa sua pedra de amolar numa tira de couro cru pendurada no pescoço.

— Que frases? — pergunta Costas.

— Subjugada a região — responde Lucas. — Que beleza. Adoro essa.

Todos pensamos em Dados e Ruivo, e que nenhum cronista escreverá um parágrafo sobre qualquer um dos dois e que, se o fizerem, eles o forjarão para se adaptar a alguma falsa impressão de horror ou integridade. Pensamos no aprisco dos prisioneiros afegãos cujas gargantas cortamos ontem. Ou teria sido anteontem? Não é justo jogar isso em cima de Costas, que é um sujeito decente, se fosse para falar a verdade. Não ligamos.

— Por que não consegue contar isso direito? — indaga Lucas.

Costas responde que o público deseja apenas certos tipos de histórias. Não há procura pelos outros.

— Você quer dizer o tipo verdadeiro — diz Lucas.

— Você sabe o que eu quero dizer.

Pendão surge no vão da porta, ou o que foi um vão de porta e agora é escombros.

— Não seja duro com o homem, Lucas. Ele apenas tenta ganhar a vida.

Costas defende-se. O que ele, ou qualquer outro correspondente, deseja?

— Apenas conquistar um modesto renome, voltar para casa levando histórias de terras distantes e apresentá-las em leituras e recitais. O que há de errado nisso?

— O que há de errado, seu sacana — rebate Lucas —, é que palavras *têm significados*. As pessoas acreditam no balde de lavagem que você despeja. Elas pensam que é assim, principalmente os jovens, que são uns trouxas quando se trata de histórias de glamour e glória. Você tem a obrigação de *lhes contar a verdade.*

A frase que Lucas mais detesta, diz ele, é "levar à morte".

— O que significa isso? Que demos tapinhas nas costas desses ladrões de ovelhas e eles escapuliram para tirar uma soneca?

Eu nunca tinha visto Lucas dessa maneira. Sinto admiração por ele. Todos sentimos. A cada palavra cuspida entre seus dentes, tudo o que podemos fazer é evitar de aplaudir. Ele percebe isso e continua disparando.

— A linguagem importa, Costas. As palavras significam algo. Como você ousa pintar com belas frases os atos de horror que nos transformam, os que precisam executá-las, de soldados em açougueiros e de homens em animais? Olhe meus pés. Essa cor preta não é de terra. Posso esfregar minha pele com lixívia e soda cáustica: o sangue humano nunca sai.

"'Levar à morte?' Por que não diz isso claramente? O modo como encapuzamos esses sacanas azarados com suas próprias mantas, amarramos seus membros e colocamos curvados e enfileirados, cu-com-umbigo, com seus companheiros. Deixar o pescoço nu, ordens do sargento. Um golpe, amigo. Cuidado com a mão, ou você se corta. Cadê essa imagem em todas as suas crônicas? Cadê a fila de homens vivos, ajoelhados na terra com as mãos amarradas para trás? Cadê os aventais que usamos, como os açougueiros do ossuário, e como, quando tudo chega ao fim, lançamos no fogo cada peça de roupa, de tão intenso que é o fedor? Você não conta isso, conta? Nem como os homens que massacramos se debatem no chão, se contorcendo para longe do fio da lâmina, como precisamos prender seus pés entre nossas pernas, ou que isso requer dois de nós. Que chance é dada a essas vítimas? Quanto menos, melhor; nenhuma, se possível. Quando nos aproximamos delas, estão tão embrulhadas que é como se estivéssemos massacrando pacotes. Os soldados os chamam de "sacos". Sacos de sangue. Sacos de entranhas. Meu Deus, que fedor quando os intestinos abertos de um homem são expostos ao ar. Isso não aparece nos seus despachos, não é mesmo? Não lemos nada sobre o som que faz o "resultado", ao se percorrer com um porrete a fileira de homens com as gargantas cortadas, esmagando crânios como nozes, enquanto as vítimas ainda vivas rezam sem voz ou nos maldizem em meio ao sangue gorgolejado ou imploram por suas vidas.

Os silenciosos são os mais pavorosos. Homens corajosos. Melhores do que nós."

Pendão permaneceu imóvel durante o longo discurso de Lucas, sabedor do quanto um jovem soldado pode sufocar de terror e que precisa de uma chance de cuspir tudo fora. Mas ele não tolera uma só palavra em favor do inimigo.

— Eles são melhores, Lucas, quando esfolam vivos os nossos conterrâneos ou os jogam sobre brasas?

— Odeio o afegão — retruca Lucas. — Ele é um animal e um covarde. Mas o que mais odeio é ele nos arrastar abaixo para seu nível. Você é capaz, Pendão, de defender os massacres que executamos? É essa a honra macedônia?

Os lábios de nosso sargento se deslocam num sorriso sombrio.

— Não há honra na guerra, meu amigo. Apenas em poemas sobre a guerra.

— Então o que *há*?

— Vitória.

O grupo fica em silêncio.

— Vitória — repete Pendão, dirigindo-se a todos nós. — Nada mais importa. Nem decência, nem bravura. Olhem a guerra na cara. Vejam-na como ela é. Se não fizerem isso, vão enlouquecer.

Volta-se para Lucas.

— Eu o admiro, Lucas. Você é um bom soldado e mostrou coragem ao dizer o que pensa. Mas, com todo o respeito, meu amigo, sua posição é a de uma mulher. Suas palavras são as palavras de mulheres. Você devia ter vergonha de si mesmo, só de pensar isso, como eu sei que seu pai e seus irmãos sentiriam vergonha, se soubessem. O papel de um homem é lutar, realizar, conquistar. Em que era foi diferente? A vocação de um homem, se ele *é* homem, é exercer sua supremacia ou morrer tentando. Como Sarpédon dirigiu-se ao seu amigo Glauco, conduzindo-o à batalha no campo de Tróia,

Vamos alcançar a glória para nós mesmos, ou concedê-la a outros.

— Glória — rebate Lucas — anda em falta por aqui.

Pendão rejeita isso.

— Um leão hesita? Uma águia se contém? Qual é a vocação de um coração heróico, exceto a de aspirar a enormes feitos? Esse é o modelo que Alexandre coloca diante de nós. Por Zeus, homens ainda por nascer, daqui a mil anos, vão amaldiçoar o amargo destino de não terem podido caminhar a nosso lado. Eles nos invejarão, aqueles que labutaram em tal causa e forjaram tais feitos que nenhuma tropa armada jamais voltará a realizar.

— Como cortar gargantas de homens desarmados?

— Preferiria que estivessem armados, Lucas?

— Não sou covarde, Pendão. Lutarei com qualquer um, inclusive você. Mas não vou massacrá-lo. Não amarrarei suas mãos e o matarei como a um porco e chamando isso de heroísmo. E se é capaz de realizar tais feitos em sã consciência, você é pior do que uma mulher, você é um animal.

Pendão levanta-se de seu assento. Salto para a frente dele.

— Deixe Lucas em paz, Pendão. Ele é homem e grego para pensar e fazer perguntas, para questionar o que é certo.

Num instante, Pendão recupera o autocontrole.

— E o que *é* certo, Matthias? Ou você também passou para o lado do inimigo?

— Quando éramos meninos — digo —, cavalgávamos de escuridão a escuridão, treinando para o ataque e a perseguição. Sonhávamos em aparecer diante de nosso rei como cavaleiros e heróis. Ainda sonho. — Virei-me para Lucas e os outros. — Deve haver algum modo de ser um bom soldado numa guerra pútrida.

Boxer solta uma risada.

— Quando descobrir, Matthias, não deixe de nos contar.

VINTE E TRÊS

Às brigadas em Cirópolis são concedidos três dias de descanso. Os soldados precisam demais disso, mas a folga é ainda mais crítica para os cavalos e as mulas, que precisam de forragem verde ou definham. O comboio do sítio já alcançou o exército. Com ele vem o correio. Recebo 12 cartas de Danae, todas em um pacote. A mais recente é velha de sete meses. Pendão me concede meia hora para saborear essa correspondência. "Depois, volte para o acampamento e se apronte para ir em frente."

Encontro um pedaço de sombra sob uma parede de tijolos. Na praça à minha frente, nossa divisão e uma outra amarram mulheres e crianças prisioneiras. Como disse, Alexandre permitiu nesta campanha, pela primeira vez, que soldados fizessem prisioneiros e os vendessem para lucro próprio. Claramente o objetivo de nosso rei é menos colocar dinheiro na bolsa dos homens do que estimular o nosso entusiasmo em recolher até a última matrona e moleque para que nem mesmo um ser insignificante escape para levar esperança a seus compatriotas. Nós nos juntamos, a nossa divisão e a outra, e combinamos dividir os lucros do quinhão do dia.

Enterro-me na poeira com as cartas de Danae. Como todo arrasta-pé, primeiramente as arrumo na ordem — a mais recente em cima. Desse modo, saberei logo se minha namorada enviou-me um "Sinto muito, querido".

Sem dúvida, enviou.

Outro homem. Danae teme desperdiçar sua juventude. Ela me ama, mas...

Como todos os soldados, eu temia esse momento. Eu o ensaiara e me reforçara para ele, acreditando que ia me devastar. Agora que aconteceu, não sinto aflição. Não sinto nada.

Do outro lado da praça, os traficantes de escravos marcam suas propriedades. São todos árabes, esses vilões; conhecem uma safra inferior quando vêem uma, e esses moleques e megeras afegãos são certamente isso. Insolentes, ignorantes, apaixonados pela sua liberdade, conseguem ser domesticados tanto quanto uma matilha de chacais. No caminho, fugirão ou morrerão.

A mensagem de Danae tem sete meses. Ocorre-me que, por essa ocasião, ela já deve estar casada. Provavelmente com filho.

Um impulso perverso me faz abrir e ler as outras cartas, as mais antigas, quando a minha noiva ainda é minha. São essas que dilaceram meu coração. A realidade está visível, nas linhas não escritas, que Danae conheceu e cada vez mais se afeiçoa a esse homem que agora me substitui em seu afeto. Posso censurá-la?

Eu estou com Shinar.

Tenho estado há meses.

Fui eu quem traí, e não Danae.

Os traficantes de escravos avaliam seu estoque como se fossem cavalos ou mulas. Verificam dentes e pés. Tomam cuidado quando espancam sua mercadoria (o que o fazem com uma crueldade que supera a dos próprios afegãos) para não causar ferimentos que danifiquem a carga.

Volto ao acampamento e encontro um banquete em andamento. Soldados não se entristecem após um massacre. Bebem e contam piadas. Haverá recompensas? Haverá uma bonificação ou uma promoção? Se perderam um amigo, isso aumenta seu ódio pelo inimigo. Eles não sentem remorso. Cumpriram um excelente dia de trabalho.

Como um grude com Artelho e Lucas. Não digo nada sobre a carta de Danae. Meus companheiros determinam o valor das mulheres e das crianças de acordo com a cotação do dia. Boxer está fora, negociando com os árabes. Artelho lembra Lucas e a mim do vexame de nossa primeira vez em combate, distantes meses atrás, na aldeia com os apriscos.

— Vocês percorreram um longo caminho.

— Apodreça no inferno — diz-lhe Lucas.

Pendão aparece com as ordens. Devemos estar prontos para partir duas horas antes do amanhecer. Faremos parte da coluna que seguirá para o sul em perseguição a Spitamenes. Alexandre seguirá para o norte, em marcha forçada, para lidar com as tribos além do Iaxartes. Artelho se levanta e se coça.

— Quanto Boxer conseguiu? — Refere-se aos escravos.

Pendão não responde.

— E aqueles garotos? — Artelho cita três jovens saudáveis que capturamos em uma pedreira. Doze ou 13 anos de idade. Valem um bom dinheiro.

Pendão dá uma olhadela em direção às montanhas.

— Na cidadela — diz ele —, alguns de nossos companheiros toparam com o local onde os afegãos massacraram a nossa guarnição.

O que ele quer dizer é que todos os prisioneiros, em represália, serão passados na espada. Lá se vai o nosso dinheiro de escravos.

— Que guerra — comenta Artelho.

VINTE E QUATRO

O Muitas Bênçãos é o rio de Maracanda. Nossa coluna substituta marcha ao longo dele, apressando-se para alcançar Spitamenes, que sitia a cidade. Onde o rio emerge das alturas a nordeste das muralhas, ele o faz torrencialmente, trovejando abaixo por uma fenda chamada de Garganta das Irmãs (em memória de duas virgens afegãs que, reza a lenda, saltaram para a morte num gesto de desafio contra algum antigo invasor); depois se nivela ao chão e desce para o subterrâneo. Quando se passa sobre ele, pode-se ouvir a água correndo sob a terra. Perto da aldeia de Zardossa o fluxo volta a emergir, afunilando-se abaixo para outro desfiladeiro, dessa vez um alagado, em um vau chamado Barranco do Conselho. Ali, o rio já se expandiu para 800 metros de largura e se torna tão raso que pode ser vadeado por uma criança. Numerosos bancos de areia e ilhas, chamados pelos nativos de "viajantes", guarnecem o canal. De uma margem mal se consegue ver a outra. A praia e as ilhas são cobertas de salgueiros e choupos, o tipo de coisa que medra perto de águas subterrâneas. Nesse dia, no outono, as sementes felpudas planam ao vento.

Nossa coluna é de 2.300, três quartos infantaria, todos mercenários, sob as ordens de Andrômaco, chamado de Costeleta por causa de sua densa barba ruiva, e Menedemo, um vistoso e brilhante comandante cavalariano com 27 anos de idade, o qual, aos 19, ganhara a coroa do pentatlo na Olimpíada. Meio esquadrão sob as ordens de Pendão e Estéfano é designado para segurança dos flancos; nós cavalgamos na ala direita dianteira, alerta para emboscadas. É uma sacudida* de quatro dias, movimentando-se depressa, através de um semideserto povoado por arbustos esparsos, acácias e tamargueiras. Caminho, todo o segundo dia, com o poeta.

Estéfano é um dos poucos macs que não leva, como diz o termo, uma mulher de acampamento. Em casa, tem mulher e filhos, embora ninguém o tenha ouvido falar neles; sabemos apenas que ele lhes envia uma carta todos os dias. Isso, porém, revela pouco, visto que o poeta mantém simultaneamente correspondência com uma porção de outros colegas, atores, filósofos, músicos e sabem os deuses quem mais. Quando o exército toma uma cidade estrangeira, é hábito de Estéfano alugar ali um apartamento, por sua conta, ainda que a corporação lhe tenha determinado acampamento ou acantonamento. Ele faz isso para escrever. É fácil esquecer o quanto ele é famoso. Constantemente, é convidado para banquetes e solenidades (às quais o exército está sujeito por causa do interesse de relações locais), aos quais ele comparece com farda militar de gala, normalmente acompanhado por uma das damas da alta sociedade da cidade, geralmente elas mesmas poetisas, ou então patronas das artes. Meu fascínio pelo sujeito, no mínimo, tem aumentado à medida que cresce o nosso relacionamento. Ninguém o conhece realmente. Mesmo embriagado, não bota as coisas para fora. Descubro-me observando-o quando não percebe que estou olhando. Estudo de que modo ele bebe e janta; o menor detalhe de sua conversa me cativa. Ele louva um autor? Percorro o acampamento atrás do livro desse sujeito. Ele expressa desconfiança sobre um certo oficial? Nem chego perto desse homem.

Desde as montanhas, o poeta tornou-se um paladino para as nossas mulheres afegãs. Durante a marcha, arrumava motivo para se colocar ao lado delas, conversando em farsi ou dari ou, com Shinar, em grego. Defende a causa delas junto ao exército. Eu o tenho visto ensinar Shinar a ler. Ele acha que não tenho apreço por ela, e me deixa saber disso.

— O que você deve ter em mente, Matthias, é que essa jovem que compartilha os perigos de sua vida... e todas as suas irmãs que fazem a mesma coisa com nossos colegas... percorreu mares de alma que você e eu não conseguimos nem começar a sondar. Em suas aldeias, mesmo um olhar de relance por um estrangeiro lhes custaria uma surra. Falar com um deles significaria suas vidas. Agora elas estão aqui conosco. Você acha que essas mulheres deixaram para trás essa desonra? Isso queima a cada hora em seus órgãos vitais. Cada migalha de prazer que dividem conosco elas pagam com a moeda da vergonha secreta. Contudo, elas nos amam. Essa moça ama você. Você, alguma vez, já a ouviu falar em nome de Deus? Não pode, pois, em sua visão, ela e suas irmãs foram desterradas do céu, banidas para um exílio do qual jamais poderão voltar. "Que você veja as costas de Deus" é a mais cruel maldição afegã. Assim é também o pão amargo de sua namorada, o qual ela deve engolir mais uma vez a cada alvorada.

Pergunto, ele compôs versos para essas moças? Não me responde.

— Soldados e suas mulheres — declara o poeta — não são tão rudes quanto imaginam os seus superiores. Ao observar o seu irmão Elias e sua amante, a gente é capaz de acreditar que está vendo um nobre e sua dama, tão solícita é a felicidade de um para com o outro. Até mesmo Pendão, que prefere devassas, não as trata mal. E, já que estamos no assunto, o que dizer desse pelotão de cafetinas e prostitutas que acompanha o exército debaixo de qualquer tempo? Elas se tornaram irmãs para nós. Em casa, nenhuma dama ri tão alegremente como elas, ou se entrega totalmente a prazeres tão simples tais como tomar banho num rio, brincar de brigar na neve. O exército produz bebês aos milhares. Quem cuida deles? Essas meretrizes desdenhadas por todos. Elas podem ter começado como putas; elas se tornaram mães e irmãs e esposas. O quanto deve ser doloroso para elas a angústia de saber que o homem, a quem chamam de marido neste país, vai abandoná-las quando chegar a sua dispensa e ele voltar para casa, para a mulher e os filhos verdadeiros, e nunca mais voltar a falar dessa matrona e de seus moleques com quem compartilhou as alegrias e as tristezas mais intensas de sua vida. Você se lembra, no Oxo, quando os tessálios dispensados vendiam seus cavalos? Como foram pungentes as separações! Entretanto, no dia seguinte, os mesmos homens também se livraram de mães e filhos. Como se sentem os abandonados? Eles sofrem menos do que a gente? Cada légua que percorremos, eles marcham conosco. Sofrem baixas como nós. Sucumbem de fadiga e penúria, de sede e doença. Levam coices de mulas; escorregam em encostas de montanhas; o frio leva seus membros. Também não são imunes à ação do inimigo, pois o adversário sabe muito bem como atacar o nosso acampamento e, aliás, os procuram, particularmente os saqueadores das Terras Selvagens: daans e sacas e massagetas... para quem a pilhagem e o saque são uma segunda natureza. Essas mulheres também sabem como lutar. Cada qual leva um cravo no cabelo e avalia todos os lugares macios para enfiá-lo. Essas mulheres mal-afamadas e amantes de homens casados são as padroeiras desprezadas de nossa causa. Sem elas, não conseguiríamos durar um mês.

A coluna faz a substituição em Maracanda sem incidentes. Spitamenes, que manteve a cidade brevemente, dá no pé à nossa aproximação. Os nativos alegam que essa fuga era o desejo deles; temem a vingança de Alexandre, se o rei acreditar que a cidade abrigou seu inimigo. Ou talvez essa seja apenas a história que contam. De qualquer modo, assim que Andrômaco e Menedemo sabem disso (antes mesmo que os nossos companheiros desmontem), a coluna é mandada em perseguição. Como sempre, ninguém nos diz nada. Nosso meio esquadrão, que constituíra uma ala da vanguarda, só recebe ordens quando um mensageiro enviado por Andrômaco se aproxima, na metade daquele dia ventoso de ar lanuginoso, e nos instrui para ficarmos parados enquanto passa a coluna de contramarcha, de volta ao lugar de onde veio, depois somos recolocados na proteção da retaguarda. Em outras palavras, nada de bocado para nós ou para os nossos cavalos.

— Que gênio imaginou essa façanha?

Estou com Trapos, Boxer e Artelho onde a rodovia faz a curva abaixo das muralhas da cidade. Quando a nossa turma fica sabendo que não vamos entrar, um gemido se ergue de todos. A cidade significa grãos e água doce para os nossos animais, catres para nós, ou pelo menos uma cagada atrás de paredes e a chance de metade de uma noite de sono. Agora, em vez disso, temos de partir, sem alimentação, sem descanso, com a noite caindo dentro de poucas horas, numa região cortada por centenas de gargantas laterais, qualquer uma capaz de ocultar um regimento, ao longo de um rio, com sua densa vegetação e ar lanuginoso, que nos deixarão cegos como se estivéssemos em uma neblina cerrada, de modo que o inimigo talvez possa surgir tanto da vegetação quanto do deserto, nos empurrando para dentro da névoa, ou vindo do baixio do próprio canal.

— Crianças — diz Estéfano —, não estou gostando da aparência disso.

Marchamos de volta, seguindo a mesma rota por onde viemos. Há um risco em servir sob as ordens de um comandante tão audacioso quanto Alexandre e o risco é este: quando o rei não está presente em pessoa e outros comandam em seu lugar, esses oficiais sentem vergonha de agir com menos audácia ou ousadia do que pensam que ele seria capaz. Isso pode te envolver numa enrascada. Soldados sentem isso. São capazes de farejar uma tempestade de merda se aproximando.

— Retirar capuz! — brada Pendão, a meio-galope ao longo de nossa dianteira. Ele se refere a despir as mangas de couro de boi da ponta de nossas lanças. — Polvilhem elas! — Ele se curva para apanhar um punhado de areia para esfregar na haste e poder segurá-la melhor. Sinto um tijolo descendo pelas minhas tripas. Eu daria dez dias de soldo para parar e cagar. Marcas de cascos do inimigo marcam uma rodovia a leste. O rastro é tão fresco que a bosta dos cavalos está praticamente fumegante. Ele é um mentiroso, numa trilha tão quente, quem não alegaria que seus toletes recuaram para o lombo?

Nossa posição é em ambas as alas, na retaguarda. Passamos pelo povoado de Zardossa; o rio corre à nossa direita, largo e raso, estrangulado por giestas e salgueiros. A esquerda é toda de chaparreiros e tamargueiras. Região de mato; dentro dela, não se consegue enxergar 30 metros adiante. A cada 180 metros penetra outra ravina, como uma estrada passando por uma via pública. Duas horas para escurecer. Os cavalos freiam a cada tributário; estão com sede, querem baixar o focinho. A ordem é se apressar. Nós os atravessamos com chicotadas.

A disciplina da marcha impõe que uma coluna em uma região tão favorável a emboscadas deve proceder com extrema prudência. Alas de cavalaria devem vasculhar a mata com intervalos de 50 metros. Cada ravina seca deve ser protegida antes de a coluna passar. A luz do dia, porém, age contra nós. E a mata é tão densa que demoraria uma eternidade para vasculhar até mesmo um espaço de 400 metros. A ala de segurança também deveria percorrer o lado do rio. Somos dois esquadrões, e não duas metades, e eles precisariam vasculhar todas as ilhas, as mais distantes da margem oposta (o que não podemos fazer por causa dos intrometidos "viajantes", a mata densa e a neve de algodão).

Uma hora para o cair da noite.

Longe demais de Maracanda para pedir ajuda.

Subitamente surgem cavaleiros atrás de nós. Seu número é parelha com o do nosso meio esquadrão da retaguarda; assim como nós, avançam no trote, cerca de 200 metros atrás. Mostram-se tão arrojados que, a princípio, pensamos que deviam ser dos nossos.

Artelho solta um apito penetrante, alertando Pendão, que cavalga adiante na ala. A seu lado, no caminho da ribanceira, marcham duas companhias de mercenários a pé. Pendão envia um cavaleiro aos seus capitães. Já podemos ver a infantaria se organizar para combate. Nosso comandante mete as esporas e volta, fazendo sinais para formarmos em cunhas.

Somos oitenta. Fazemos uma divisão em grupos de vinte. Meu posto de ataque é o décimo na extrema esquerda. Coloco Artelho no ponto (que significa a traseira) e cavalgo, eu mesmo, para a ala. A esquerda, a ilha mais próxima fica a cerca de 90 metros. Tenho uma péssima sensação sobre ela.

Lucas passa esporeando o cavalo, e toma seu lugar na cunha.

— São nossos? — grita, referindo-se aos cavaleiros atrás de nós.

Pendão solta uma gargalhada.

— Cavalgue de volta e verifique!

Já podemos sentir a coluna comprimir. As vozes dos homens são gritadas adiante. Há algo acontecendo na frente. Através do ar lanoso, vislumbramos companhias se formando à esquerda, de frente para o mato, e à direita, em direção aos baixios.

Penetramos numa área de escarpas. Altas ribanceiras erguem-se à esquerda. Surgem cavaleiros em cima delas. Arqueiros. Não são nossos. Não temos arqueiros. Os cavaleiros que vêm atrás já alargaram sua linha de frente. A superfície plana com tamargueiras entre o rio e as ribanceiras tem cerca de 200 metros. Eles a preenchem toda. Atrás, surgem mais homens montados. Cavalgando em duplas — cavaleiros e soldados de infantaria. Tínhamos ouvido falar dessa prática, mas nunca a tínhamos visto. Em ação, o inimigo larga o segundo homem, durante o galope; esse sujeito se junta ao ataque a pé.

Estéfano puxa as rédeas em seu posto na cauda.

— Filhos-da-puta! — esbraveja, indicando o inimigo. — Eles armaram isso desde o início.

Ele quer dizer que a fuga de Spitamenes de Maracanda foi totalmente falsa. A emboscada foi preparada há dias. O inimigo teve tempo de ensaiar. Sem dúvida, preparou o terreno, cavando armadilhas mortais e quebra-pernas, bloqueando rotas de fuga com mato e troncos caídos.

Grito para Pendão para me deixar checar a ilha. Tarde demais. Sem um som, a fileira de árvores ganha vida. Arqueiros montados emergem numa linha de frente. Não desperdiçam seus mísseis, nem atacam; simplesmente avançam para a beira da água e mantêm sua posição. É o suficiente. Toda a nossa companhia está agora paralisada. Não podemos atacar os cavaleiros à nossa retaguarda, pois colocaríamos em perigo as tropas a pé as quais fomos postados para proteger, e não podemos investir contra a ilha, pois deixaríamos a nossa retaguarda exposta. Lucas amaldiçoa as nossas alas dianteiras por não terem descoberto esse óbvio esconderijo. Talvez eles o tivessem descoberto, mas o encontraram vazio. O inimigo, escondido atrás das ilhas mais distantes, poderia facilmente ter avançado rapidamente, sem ser visto, assim que os nossos batedores tivessem passado.

Que outras surpresas teria o Lobo planejado para nós? A ilha esconde cerca de duzentos homens. Quando a nossa infantaria investir, quantos mais se materializarão?

Soldados são treinados para reagir sem ordens a certas situações. Ao enfrentar uma frente avançada de cavaleiros, a cavalaria ataca em cunhas. Emboscada pelo flanco, a infantaria ataca diretamente. Nossas tropas são da mais alta qualidade. Conseguem executar tais evoluções mesmo dormindo. Contudo, nenhuma quantidade de habilidade ou coragem pode nos ajudar agora. Estamos na armadilha e as mandíbulas se fecham.

Toda a glória para Spitamenes. O Lobo do Deserto nos tapeou como se fôssemos uns matutos. Utilizou o terreno e a hora do dia, a duração da marcha e a falta de água e forragem; usou a nossa arrogância e a nossa ignorância. Ele nos fez lutar em seu terreno, pelas suas regras.

Nossa força é igual em número à do inimigo. Somos mais bem treinados e disciplinados, com armaduras e armamentos superiores. Mas estamos enfileirados como patos na água. O Lobo vai nos "enxamear". Investirá suas alas sobre a cabeça e a cauda de nossa coluna, prendendo e imobilizando os nossos companheiros no centro. Então dividirá a coluna em partes. Seus arqueiros montados cercarão cada elemento isolado, dando voltas e voltas a galope, despejando suas setas diretamente sobre nós, em seguida fugindo apressadamente para sair do raio de ação, enquanto tentamos uma luta em contato direto. Não temos tropas de lançamento de projéteis. Se a nossa infantaria deixar o quadrado de seu abrigo, armada apenas com lança e espada, o inimigo montado vai liquidá-la e massacrá-la inteiramente. Se nós, no lombo de cavalos, tentarmos a mesma façanha, os homens de Spitamenes recuarão até não ousarmos seguir mais adiante. De um modo ou de outro, estamos perdidos.

É evidente o que a nossa retaguarda precisa fazer, tão óbvio que os nossos comandantes nem mesmo param para transmitir o comando. Simplesmente avançam para seus postos, sabendo que cada homem se movimentará ao sinal. Este vem. Pendão lidera as nossas duas cunhas diretamente contra os cavaleiros que se aproximam por trás. Simultaneamente, a nossa infantaria mercenária adjacente entra em formação, cem de largura e quatro de profundidade, e avança rio adentro procurando agarrar os arqueiros montados da ilha. Estéfano contém nossos cavalarianos restantes, cerca de quarenta, enquanto os nossos comandantes a pé retêm seu próprio estoque, mais ou menos 150. Todos nós sabemos que o inimigo vai recuar antes de nossa investida e, então, nos atacar pelo flanco, com componentes escondidos, quando estivermos bem afastados de nossa base. Não há nada que possamos fazer a respeito. Temos de atacar primeiro ou o Lobo nos empurrará ainda mais fundo para a armadilha.

Adiante, nossa coluna de infantaria se estende ao longo do rio por bem mais de um quilômetro. Da nossa posição podemos ver que o inimigo já começa a enxameá-la. Essas táticas são tão antigas quanto o próprio inferno. Mas funcionam. Correr em círculos em volta do inimigo preso na armadilha, disparar contra ele na corrida; quando ele ataca você, recua; quando vira em roda, ataca novamente. Contra uma infantaria sem quaisquer flancos protegidos, como os nossos ao longo desse rio raso, a vitória é apenas uma questão de paciência e de tempo. Podemos ver os auxiliares de Spitamenes cavalgarem apressadamente ribanceira e rio acima, levando mulas e cavalos carregados com flechas suplementares. As hastes vão amarradas em maços como feixes, para que os arqueiros montados possam agarrá-las durante o galope e retornar à batalha com as aljavas de suas selas recarregadas.

Na retaguarda, o inimigo não espera para receber o ataque de nossas cunhas. Sua linha de frente, enquanto ainda estamos a 60 metros de distância, se dispersa para as ribanceiras de um lado e para o rio do outro. Não temos tática para combater isso. Não podemos romper formação para perseguir esses bastardos homem a homem. Mas, manter o ataque passando pela linha de frente original do inimigo significa ser atacado pela retaguarda por eles quando voltam à forma, o que fazem tão rapidamente quanto andorinhas, e, num flanco próximo, seus companheiros escondidos à espera, a quem vemos agora, às centenas, emergem de trás dos ombros dos aluviões que descem dos rochedos. Nossa unidade foi incumbida do reconhecimento; não temos capacidade para determinar tais números. O Lobo sabe disso. Novamente, ele nos superou em inteligência. Enquanto Trapos e eu controlamos as nossas dezenas, a linha de frente do inimigo se reúne e galopa atrás de nós, procurando nos separar do corpo da coluna. Nada podemos fazer exceto dar meia-volta e correr de volta o mais depressa que conseguimos.

Estamos mortos e sabemos disso. A sensação é como um jogo de xadrez contra um mestre, no qual cada movimento que você faz, não importa quão correto ou corajoso, só leva você cada vez mais para o interior da armadilha. Nossas mentes movem-se com rapidez, à procura de alguma manobra ou estratagema que nos devolva à iniciativa. Mas estamos presos como tordos em visgo, e, quanto mais nos empenhamos, mais violentamente ficamos imobilizados. Os acontecimentos desenrolam-se com tal rapidez que os nossos sentidos não conseguem imaginar qualquer plano exceto voltar ao básico: entrar em formação, enfrentar o inimigo, preparar-se para resistir e morrer.

Enquanto isso, o Lobo usou a mesma armadilha contra a nossa infantaria de retaguarda que atacava a ilha. Nossos companheiros avançam, com a água do rio até a panturrilha. Agora o inimigo traz mais cavaleiros do flanco. Atalha os nossos soldados e os enxameia. Suas montarias são pesados pártias, 17 palmos, cujos enormes cascos nos baixios espirram água para cima, ofuscando a luz do fim de tarde. A visão seria bela se sua conseqüência não fosse tão calamitosa. Mais cavaleiros rodeiam nossa retaguarda. Pendão e Estéfano levam suas cunhas direto para eles.

A batalha segue exatamente como temíamos.

O inimigo cai sobre a nossa infantaria em duas colunas — uma em terra, paralela às ribanceiras, a outra na beira e dentro do rio. Em outras palavras, ele alcança ambos os lados de nosso eixo. Em intervalos de uns 400 metros, ele ataca transversalmente e divide a coluna. Atrás, não conseguimos ver isso. Mas ouvimos. Não há som no mundo igual a uma cavalaria blindada se chocando com uma infantaria pesada. Os bactrianos e sogdianos de Spitamenes são soldados disciplinados, as unidades da tropa principal recrutadas e treinadas por oficiais persas. São treinados para combater em colunas e cunhas; são capazes de explorar lacunas nos quadrados de infantaria tão eficientemente quanto qualquer cavalariano do mundo. Os daans e massagetas do inimigo são simplesmente selvagens. Não têm tática além do enxamear. Isso é o que basta. Os massagetas acolchoam o peito de suas montarias com placas de feltro grosso e bronze chamadas de "trouxas" e blindam as próprias pernas do quadril até o calcanhar. Deixem um cavalo tão pesado assim combater de perto com a infantaria, e os soldados no chão não têm a mínima chance. Dito isso, os nossos mercenários sob as ordens de Andrômaco estão entre os soldados mais obstinados e mais disciplinados da tropa. São gregos — arcadianos, aqueus e mantinéios, com seus próprios oficiais e oficiais espartanos — todos veteranos, muitos deles com mais de 50 anos de idade. Combateram ao lado do trono da Pérsia, primeiro sob as ordens dos esplêndidos comandantes Menon de Rodes e seu filho Thimondas, depois sob Glauco e Patron, dois extraordinários capitães de infantaria, que serviram a Dario até o fim — e só procuram Alexandre, aceitando pagamento para servi-lo, quando a causa do rei persa está totalmente perdida. Esses guerreiros lutaram durante cinco anos por 5 mil quilômetros e suportaram todo tipo de ação imaginável, na vitória e na derrota. Sua arma é a lança de 4 metros, uma terrível arma anticavalaria, e sua destreza é sem par. A carnificina na água, naquele dia, ultrapassa qualquer ação da guerra afegã, fora batalhas definitivas e massacres, pois nenhum dos lados se renderá. Os daans, sacas e massagetas tribais do Lobo lutam por pilhagem e glória, para destruir o odiado invasor, ao passo que os mercenários pelejam simplesmente para sobreviver.

Onde o nosso meio esquadrão cavalga, na retaguarda, não conseguimos ver nada disso. Nada sabemos das outras batalhas que se desenrolam à frente ao longo de três quartos da coluna. Fomos separados. Somos oitenta a cavalo e quatrocentos a pé. Se alguém sair com vida, todo o crédito deve ir para Pendão e Estéfano, os quais, no meio da escaramuça, adivinham que a intenção do Lobo, preparando a emboscada, é empurrar nossas tropas em qualquer uma das duas direções, a da retaguarda ou a do rio (cujas rotas parecem oferecer a única esperança de forçarmos caminho para a liberdade) e que, ao longo dessas rotas, ele, Spitamenes, havia ocultado mais concentrações de homens a cavalo e a pé para nos massacrar. Nossos comandantes, em vez disso, nos levam para as escarpas. Ali o inimigo nos espera no lugar certo para nos atacar com lanças e pedras arremessadas. Mas é melhor do que enfrentar formações em linha após formações em linha nas outras direções. Se as nossas montarias estivessem mais descansadas, se tivéssemos tido um repouso de pelo menos uma hora durante o dia, o grosso da companhia talvez conseguisse atravessar e, uma vez nas escarpas, conseguisse fugir.

O inimigo, porém, está descansado, e nós estamos exaustos. Nossos membros e os de nossos cavalos não têm força para subir a encosta. Cascos perdem ponto de apoio na areia; cavaleiros são cuspidos e tombam. Os que desmontam são atropelados onde caem; cavalarianos que ainda se mantêm nas selas exaurem suas montarias e caem ao lado delas. Apenas um punhado consegue passar. Quando nossa linha de frente cede, o inimigo se derrama sobre nós de ambos os flancos e começa a nos empurrar, infantaria e cavalaria, como uma grande massa de volta para o rio.

Lutar e vencer agora está fora de questão. A única esperança é fugir. Levo os meus dez, ou o que restou deles — Lucas, Ruivo, Boxer, Trapos, Artelho e dois irmãos chamados Tocha e Tartaruga —, para forçar uma brecha do lado do rio. Lucas vai na ponta. O inimigo é todo formado de arqueiros montados, armados com possantes arcos compostos de chifre e osso. Disparam em nossos cavalos. Vejo o Intrépido de Lucas levar duas setas simultaneamente, uma no peito e outra no pescoço. O cavalo nem mesmo diminui a velocidade, mergulha para a frente; as hastes das flechas quebram com a pressão de seus grandes músculos, ao mesmo tempo que seus olhos reviram aterrorizados para o branco. Lucas enfia sua lança na garganta do arqueiro daan. Estou à sua esquerda e vejo a cabeça do sujeito estalar para trás como a de uma boneca e rasgar e abrir a goela. A lança de Lucas estremece, treme, quebrada pelo peso do inimigo; ele quase cai por causa do súbito deslocamento. Minha própria meia-lança já lascou há muito tempo; tudo que tenho é meu sabre, inútil como uma vara contra o inimigo pesadamente armado. Um daan com enorme bigode bloqueia minha fuga. Vejo que sua maça perdeu a bola; vou atrás dele com meu sabre, mas, quando o levanto para atacar, algo bate em meu braço e o detém. Fui atingido. Uma seta do tamanho de régua de carpinteiro e tão grossa quanto um polegar entrou por trás do meu ombro direito e atravessou-o totalmente. A ponta da flecha se quebrou, mas a haste lascada estende-se 10 centímetros diante de mim. Isso refreia o ombro. O braço fica inerte. O sabre cai. O membro desaba como uma marionete cujos cordéis foram cortados. Estou torturantemente ciente de que quem disparou a flecha continua bem atrás de mim, e muito próximo, a julgar pela força com que a flecha atravessou. Ele me acertará novamente, se eu não escapar. Giro Neve em direção ao rio. Bem diante de mim surge outro arqueiro afegão, a pé. Ele dispara. Posso ver ambas as extremidades do seu arco saltarem à frente. Haste e cabeça investem direto para o centro do meu peito. Por baixo do corselete uso um velho peitoral de ferro que fora do meu avô e o qual amaldiçoei milhares de vezes por seu peso e falta de jeito. Por várias e várias vezes tentei passá-lo adiante para ingênuos arrasta-pés a um preço de pechincha; ninguém foi idiota o bastante para tirá-lo de minhas mãos. Esse peitoral, uma peça de antigüidade, agora salva a minha vida. A seta me atinge direto no plexo solar. O som repercute no ferro como o de um sino. Mas a cabeça da flecha não penetra. O impacto me joga para trás sobre o quarto traseiro de Neve.

Todo som cessa. A luz fica estranha. Não consigo mexer os membros. Estou morto? Isto é o inferno?

É água.

Estou no rio.

O instinto me faz agarrar as rédeas do cavalo. Mas, ao cair, segurando-me nessa linha de vida, Neve crava seus cascos e recua; o couro rompe. Precipito-me abaixo. O inimigo está por todo o canto. Dessa vez vou com certeza para os livros.* O inimigo nos pisoteia nos baixios. Trata-se de uma tática; eles a executam com destreza. Um casco pisa minhas costas. Inalo um bocado de lama. O peso de minha armadura me puxa para baixo. Não distingo acima ou abaixo. Abro os olhos debaixo da água. Hastes de flechas rasgam através do sedimento cinzento-esverdeado. Os homens do Lobo estão bem acima de nós, disparando diretamente sobre nós. Os que têm lanças nos empalam como peixe. Sou assolado pela louca idéia de que devo salvar meus companheiros. Agarro um mercenário que não conheço e o arrasto para a superfície com o braço bom. Fico furioso por ele não fazer o menor esforço para ajudar. Ocorre-me que ele está morto; isso aumenta o grau de minha raiva. Ergo-me para a superfície. Ali, na corrente, balança o meu colega Trapos. Três hastes de flechas ressaltam de sua barriga. Seus olhos são da cor de vidro. Ele submerge, morto; um daan corta seu escalpo.

Sou dominado pelo terror. Mergulho. O joelho de um cavalo bate com força em minha cabeça; ouço tanto quanto sinto o osso rachar. Impulsiono-me acima, em busca de ar. Um mercenário desaba no caldo diante de mim. Um tribal o força para baixo com o cavalo, empala-o com a lança enfiada na espinha dorsal. O selvagem desmonta na corrente e escalpa o grego ainda com vida, então vira-se, uivando, erguendo o seu troféu. Incrivelmente, o mercenário se levanta, sangue escorrendo de seu crânio dilacerado e nu. Com sua última força, enfia a haste quebrada de sua lança de 4 metros no fígado de seu assassino. A essa altura, mais três membros de clãs correm para cima dele; o mercenário inverte a arma e a enfia na própria garganta; enquanto ele ainda está vivo, os daans cortam fora sua cabeça.

Cenas de horror semelhante são representadas por toda a coluna. Minha última visão antes de a inconsciência baixar sobre mim é de minha linda egüinha ser levada embora por um afegão vistoso e belamente guarnecido. O guerreiro não se vangloria nem se exibe como seus selvagens conterrâneos, mas simplesmente trota para longe, como um satisfeito freguês de feira que acaba de fazer uma astuta negociação.

VINTE E CINCO

A noite já caiu quando volto a mim. Lucas me ampara. Estamos acocorados no rio, nós dois, escondidos debaixo de uma erosão numa ribanceira, com apenas olhos, nariz e boca acima da superfície.

Lucas fora ferido a sabre de lado a lado da testa. Perdeu um olho. O ferimento todo do lado esquerdo de seu rosto, coberto, é uma massa emaranhada de sangue, cabelo e carne. Várias costelas estão fraturadas, embora eu ainda não saiba disso; seu joelho direito semi-rompido, pisoteado por um cavalo. Ele segura por trás, braços em volta do meu peito para evitar que eu mergulhe. Minha cabeça repousa em seu ombro. Raízes e galhos protegem o nosso esconderijo. Pelejo para falar, para lhe agradecer. Ele sibila para eu silenciar.

Mais além, na corrente, o inimigo pilha os cadáveres. Buscam sobreviventes — seus parceiros, para resgatar, e os nossos para assassinar e saquear. Carregam tochas. Quando um deles percebe movimento, ergue seu tição; juntos, ele e seus companheiros, convergem para o local.

Estou congelando. Uma sede terrível me atormenta. Minha cabeça é perfurada com tal agonia que praticamente me deixa cego. A haste da flecha foi extraída de meu ombro. Lucas salvou a minha vida. Sinto uma culpa implacável. Imploro para que ele vá embora, que salve a si mesmo. Ele me silencia com dois dedos.

— Você perdeu a cabeça, Matthias.

Desmaio novamente. Quando volto a mim, a lua, que estivera sobre o meu ombro esquerdo, agora mergulha abaixo do direito.

— Você consegue agüentar o seu próprio peso?

Encontro uma raiz e desabo sobre ela. Lucas se liberta. Sabe Deus quanto tempo esteve me sustentando.

O rio se esparrama denso de corpos. Cadáveres foram empilhados contra uma concentração de troncos e galhos caídos. Os daans e os massagetas escalpelam um homem, depois despem-no de tudo que tem valor. Deixam os cadáveres nus. Os macs e mercenários mortos chocam-se na corrente como um comboio de troncos flutuantes. São os nossos amigos. Pendão e Estéfano podem estar entre eles. Trapos, eu sei que foi para os livros. Vi Artelho fugir. Pulga, a última vez que o vi, tinha uma lança atravessada num quadril e uma flecha enfiada em sua traquéia.

Ratos do rio encontraram um banquete; correm sobre o comboio de carne, o pêlo molhado reluzindo à luz das tochas.

O inimigo acendeu fogueiras ao longo de ambas as ribanceiras. Poder-se-ia imaginar que, a essa altura, por serem selvagens, estariam entregues à desordem e à licenciosidade. Mas ou estão possuídos de uma forte disciplina nativa ou seus oficiais são feitos de material mais severo do que imaginávamos. Sentinelas foram postadas. As montarias também recebem cuidados. Até os grupos que saqueiam os cadáveres no rio o fazem com formalismo, mesmo com imponência, de magistrados dividindo uma herança. Um protocolo regula o despojamento. Podemos ouvir os guerreiros. "Você matou esse? Não, acho que é um dos seus." Pelo menos é o que imaginamos que dizem — antes de as pontas de suas lâminas de escalpelar descreverem o semicírculo de orelha a orelha, em seguida a mão do ganhador do troféu formar um tufo com o cabelo da vítima e, com uma rápida e experiente torção, arrancar o couro cabeludo. A intensidade do horror que se vivencia ao testemunhar isso é impossível de ser descrita por meio de palavras. Você se sente nauseado; seu ser, em cada víscera, se revolta. O mais torturante é estar inválido e desarmado. E, é claro, você sente medo. Sente nojo de si mesmo, por ser obrigado, em seu coração, a rogar tão desavergonhadamente aos céus, em cuja clemência não apenas nunca acreditou como assiduamente zombou e ridicularizou. Mas você não consegue se deter. Seu peito lateja, provocando um tal estrondo, você tem certeza, que o inimigo não poderá deixar de ouvir e ser atraído, por esse rufar de tambor, ao buraco onde está escondido. Contudo, você também não é capaz de conter isso, mais do que consegue suprimir o ofegar sufocado que se faz passar pela sua respiração.

Rio abaixo, o inimigo enfileirou uma barricada através do seu leito. Guerreiros em lombo de cavalo e a pé formam uma linha de piquete, de margem a margem. Inspecionam cada tronco e galho flutuante. Um mac que tenta seguir pela corrente esbarrará neles.

Lucas me mostra, pela marca que fez na raiz, que o rio está baixando. Ao nascer do sol, o nosso ninho ficará exposto. Temos de cavar.

Eu disse antes que a vergonha é maior do que o terror. Contudo, mesmo a vergonha tem um senhor, que é a fadiga. Estamos tão exaustos, Lucas e eu, para sentir orgulho ou medo. O torpor é tudo o que resta. Grupos de busca percorrem a ilha acima de nós. Se encontrarem a nossa trincheira, nos esfolarão vivos. Nós nos entocamos na sujeira, silenciosos como sapos num brejo.

Mesmo exausto, ainda consigo valorizar o brilhantismo da emboscada e do massacre, os quais o Lobo do Deserto orquestrou como um mestre de guerra. Foram caixas dentro de caixas, rodas dentro de rodas. A cada vez que ele mostrava aos nossos capitães os elementos de seu projeto, eles reagiam com o contraponto apropriado, até mesmo agressivo. Cada evolução, porém, apenas empurrava os nossos companheiros ainda mais fundo na cilada. Participar era como assistir a uma tragédia no palco, onde cada cena se revela em seqüência, só que o drama é a morte e nós somos os seus atores.

Em Spitamenes, o inimigo encontrou seu gênio — um comandante de astúcia, crueldade e audácia, que conhece não apenas as táticas de Alexandre como o coração por trás delas e está, de verdade, à frente de nosso rei, tanto em concepção quanto em execução.

A lua continua sua descida; o inimigo encerra sua busca por sobreviventes. Num determinado instante, um homem passa a cavalo, na corrente, bem devagar, pelo nosso esconderijo, cercado por um séquito de cavaleiros bactrianos e sogdianos. Seria Spitamenes? O Lobo em pessoa? Se é, é mais jovem do que eu imaginava, não mais do que 40 anos, o nariz curvado e os olhos de falcão, esguio como um talo. Sua montaria é um alazão árabe, não muito grande, mas de perfeita estrutura, pescoço forte e altivo e tronco como o de um corredor.

Durante a contagem até cinco eu olho bem o rosto do Lobo. Se é realmente o próprio, e não um comandante subordinado, ele não é, como ouvimos dizer, nenhum selvagem, mas um homem de erudição e cultura. Parece mais um estudioso do que um guerreiro, e mais um sacerdote do que qualquer uma das duas coisas. Suas vestes são ao estilo bactriano, exceto pelo *tarbousse* persa — o gorro que cobre orelhas, testa e queixo — com uma capa de cavalaria de cor parda sobre calças e blusa. Suas botas são de couro de boi como as dos cavalarianos, e não um calçado de pele de novilho como os dos almofadinhas. Seu solitário emblema de comando, se é que se trata de um, é uma adaga de cabo de marfim do tipo damasquino, pendurada em uma correia em volta do pescoço e dos ombros. Seu aspecto é grave, e seus acompanhantes espelham isso. Você me acusará de deslealdade, se eu confessar que senti atração pelo homem? Uma atração irresistível. O sujeito possuía aquela qualidade, natural a todos os comandantes natos, de propósito evidenciado e impositivo. Os paladinos à sua volta eram todos de superlativa beleza, todos montados em animais espetaculares. Contudo, não me recordo do aspecto de qualquer um deles. Minha atenção foi atraída apenas para esse comandante.

Nos últimos estágios da campanha, o mito em torno de Spitamenes expandiu-se e aumentou. Repetidamente, ouvia-se falar em seu dedicado zoroastrismo; da modéstia de sua criação; de sua piedade e austeridade; de devoção à escritura; que ele não usava nenhum cavalariço além do seu filho de 14 anos, Derdas, e cuidava de seus próprios animais; que ele dormia no chão, junto com seus guerreiros e não fazia uma refeição até que fosse saciada a fome de todos os demais. Seu ódio pelo invasor macedônio era lendário, como o era a sua coragem em batalha. Embora suas origens tribais fossem da Anah de Sogdiana, por parte de mãe, ele mereceu o respeito de todas as nações, mesmo dos daans, sacas e massagetas, por sua dedicação à causa comum. Repetidamente, ouvimos falar de sua reverência pelos santuários de seus ancestrais, sua eloqüência em se dirigir aos companheiros, e sua superioridade à avareza. O Lobo era, diziam os homens, um parceiro de Alexandre. Entretanto, a percepção que tive daquele rápido vislumbre no rio foi que, se os acontecimentos não tivessem imposto o contrário, ele teria preferido a vida de contemplação à de ação, e que seu coração era mais de um asceta do que o de um guerreiro. Nisso ele diferia de nosso rei, que era, antes de tudo, um combatente e um conquistador e que, desprovido da glória e da alegria da guerra, preferiria abandonar a vida mais cedo do que se adaptar a um modo inferior de vivê-la.

A lua se põe. Faltam duas horas para a alvorada. Podemos ouvir criados guardando as coisas no acampamento do inimigo. Ao amanhecer, Spitamenes partirá. Talvez Lucas e eu sobrevivamos, afinal de contas.

Mas o céu iluminado revela o fim das nossas esperanças.

Aldeões.

Mulheres e meninos, uma coluna se aproximando de Maracanda. Vêm marchando para recolher os ossos do invasor. Enxameiam às centenas. Para eles, é um dia festivo.

Lucas e eu escavamos uma mina na ribanceira. Em seu interior, nos entocamos como ratos. Mas os aldeões e seus cães fuçam por todo o canto. Em minutos, seremos descobertos.

Mulheres e meninos se aglomeram nas imediações de nosso esconderijo, praguejando e jogando pedras. Somos içados por lanceiros das brigadas sogdianas de Spitamenes. As matronas e os jovens nos arremessam pedras e nos batem com paus. Meu braço bom quase é arrancado de sua junta. Somos feridos a faca, nossos olhos e cabelos são gadanhados por unhas. Duas palavras são gritadas sem cessar, *utan* e *qoonan*, as quais, soubemos depois, significam comedores de merda e patifes. Não oferecemos resistência. No mínimo, tentamos parecer mais enfraquecidos e surrados do que estamos. Não dá certo. Os abusos redobram. No final das contas é o exagero dos aldeões que nos salva, pois os lanceiros, que pelo menos são soldados presos à disciplina, nos escudam e nos levam para longe, presos, para sermos interrogados pelos seus superiores.

Spitamenes já se afastou a cavalo, com os componentes da dianteira. O resto da coluna monta. Ninguém sabe o que fazer conosco. É feita uma reunião, da qual Lucas e eu nada conseguimos decifrar, exceto que ninguém quer o fardo de nossos cuidado e custódia. Ao que tudo indica, eles vão nos largar com as megeras e os moleques. A febre dos guerreiros de obtenção de troféus passou; não querem os nossos cabelos, não há honra nisso, e não temos armas ou armaduras para saquearem. "Resgate!", grito, com um audacioso tom de voz, o mais alto que permite a minha surrada caixa torácica, em parte em favor dos sogdianos, na esperança de que aceitem a idéia, mas principalmente por causa de Lucas, para ele se recuperar e lhe dar esperança. Por causa de minha tentativa levo uma martelada na cabeça com uma maça de pedra. Ao proteger o rosto, levo mais golpes nas costas e nos braços. Sinto minha cabeça como se um cravo tivesse sido enfiado nela. Para meu espanto, descubro que esse cativeiro me reanimou. Uma bolha de ódio se ergue dentro de mim. Eu a recebo com agrado. Homens são mentirosos natos e eu também. Já decidi não dar nada a esses soldados de retaguarda, aprender tudo que posso sobre eles e usar cada fragmento disso para lhes causar mal, o mais rápida e impiedosamente possível. Nenhum inimigo entendeu o "resgate", é claro. Mas a idéia parece lhes ter ocorrido sozinha. Pelo menos é isso que depreendemos que os machões debatem de um modo tão caloroso. Enquanto isso, as rameiras e os traquinas continuam a cuspir na gente através do cordão de isolamento de nossos defensores; as mulheres até mesmo mijam nas mãos em concha e jogam a urina em nós. O parlatório se encerra. Somos entregues a dois guerreiros de aparência rude, com não mais do que 16 anos, que amarram os nossos pulsos adiante de nós e prendem as correias de couro cru nos rabos de dois pôneis de carga da coluna. Os animais são açoitados para se colocarem em movimento e nós também. Lá vamos nós em furioso trote. Pedras e torrões de terra nos perseguem durante 800 metros estrada abaixo, com a matilha de matronas e miúdos uivando pelo nosso sangue. Durante todo esse tempo, Lucas e eu nem chegamos a esboçar uma olhadela, nem mesmo desviamos o nosso olhar do chão. As coisas ficaram ruins e ficarão piores.

VINTE E SEIS

Os guerreiros de Spitamenes originam-se de cinco nações. Bactrianos e sogdianos formam sua força principal. São afegãos legítimos, membros de tribos entre o Hindu Cush e o Iaxartes; eles combatem como cavalaria tradicional, sob o comando de civilizados persas e de oficiais treinados pelos persas. O Lobo também tem uma infantaria tribal do sul, dos vales do Panjshir, Cabul e Gorban, de Gazni e Kandahar e das planícies tão distantes ao leste quanto Artacoana. Essas são suas verdadeiras unidades afegãs. O restante de seus combatentes são citas. Estes são totalmente selvagens. A primeira nação, os sacas, são gente da montanha e do deserto que subsistem de seus rebanhos e manadas e acompanham o capim sazonal. A segunda, os daans ("assaltantes") ganham a vida como salteadores. Os daans não são tão numerosos quanto os sacas, mas são mais belicosos. Ambos são nômades das estepes ao norte do Iaxartes, as assim chamadas Terras Selvagens, os quais durante séculos têm perseguido cada monarca imperial que tentou fazê-los ceder. A terceira e mais temível das nações citas são os massagetas. Essa é uma verdadeira raça de guerreiros, que rejeita o trabalho físico e vive apenas de ataques e saques. Os combatentes dos massagetas só desmontam para dormir. São os cavaleiros mais espetaculares do mundo. A eles pertence a glória de, duzentos anos antes, ao defenderem sua estepe nativa, terem massacrado em batalha Ciro, o Grande.

É a esses demônios que Lucas e eu somos entregues. Eles já mantêm meia dúzia de outros prisioneiros macs. A força se divide. Spitamenes e seus bactrianos cavalgaram na direção de Maracanda. Os sacas e os daans se dispersam para suas aldeias, ou mais exatamente para os bivaques migrantes onde suas mulheres e filhos esperam com as carroças fechadas que formam seus lares. Os massagetas, nossos captores, seguem para o norte, para o Iaxartes. Esse avanço, de modo algum, se faz em um bando. Ao contrário, os vários clãs e grupos se separam, cada qual disparando em sua própria direção. Lucas e eu fomos encapuzados, junto com os demais prisioneiros, mas os capuzes são tão esfarrapados que podemos furtar uma olhadela por entre o tecido. Mesmo vendados, é possível calcular o número da cavalaria, pelo som, e a direção pode ser deduzida acompanhando a posição do sol. Estimo em 2 mil essa turma de massagetas (a nação, nos disseram, supera os 100 mil), que se separa em nada menos do que uma centena de bandos. O nosso grupo tem cerca de quarenta guerreiros. O encarregado de nos vigiar fala bem dari e superficialmente o grego. Conseguimos nos comunicar. Seu método de interrogação é direto. Berra perguntas através dos sacos sobre nossas cabeças; se respondemos insatisfatoriamente ou com insuficiente presteza, ele golpeia nossas costelas, joelhos e rins com um porrete que não vimos mas que, pela pancada, parece um bastão de campanha.

Sofro terrivelmente por causa da minha cabeça e do meu braço. É pior para Lucas, cujo ferimento no rosto escorre sangue sem parar; com o calor e os infernais insetos afegãos, o capuz sobre sua cabeça torna-se um forno no qual ele assa. Suas costelas e os joelhos claudicantes o torturam ainda mais. E, para nós dois, há o terror da morte.

— Se eu morrer — me diz ele, quando paramos na primeira noite —, não deixe que o exército invente uma história falsa. Conte ao meu pessoal o que aconteceu realmente.

Quanto ao meu próprio fim, não tenho tanto escrúpulo.

— Conte a eles a maior mentira fantasiosa que possa inventar.

No caminho, os massagetas sobrevivem de coalhos e sangue. Este último, extraem das veias de seus animais utilizando um afiado junco; fecham o ferimento com saliva e lama. Ninguém faz qualquer objeção a isso, muito menos os animais. Os guerreiros suplementam essa iguaria com uma espécie de arroz ou painço, não muito diferente de nosso "farelo", que eles comem frio com uvas-passa, lentilhas ou nozes. Como bebida alcoólica, eles carregam *khoumiss*, leite de égua fermentado. Como nós, eles caçam a pé, para que a carne da abetarda ou do bode selvagem encontrem seu caminho para a panela. Os massagetas acendem fogueiras apenas durante o dia, quando interrompem a marcha. Voltam a viajar novamente à noite. Nessa estação, os dias são escaldantes e as noites, frias, de chocalhar os ossos. Nenhuma parada dura mais do que poucas horas, exceto em certos cumes defensáveis e complexos de cavernas. Ali, a tropa dorme o dia todo — homens e pôneis.

Durante a marcha, os massagetas cantam. Uma cantiga acompanhando o ritmo zune durante horas, liderada primeiramente por um guerreiro, depois outro, até cada facínora da coluna ter sua vez. A não ser no declive mais íngreme, nenhum homem nunca desmonta. Os massagetas fazem tudo a cavalo, inclusive as exigências da natureza. No seu léxico, andar é coisa de mulheres e cachorros. Lucas e eu e os outros somos empurrados até não conseguirmos mais cambalear; então somos arrastados. O cuidado é reservado apenas aos pôneis que nos rebocam. Quando o nosso peso se torna demasiado para ser puxado, somos presos sentados nas costas de nossos *yaboos*, com varas enfiadas sob os cotovelos e os pulsos amarrados à frente, os tornozelos atados por baixo da barriga dos animais. Quando perdemos o equilíbrio e tombamos para o lado, o que fazemos repetidas vezes, somos deixados pendendo de cabeça para baixo. Nossos crânios se chocam com as pedras ao longo da trilha. Sangramos nos tornozelos, pulsos, boca e orelhas. Ao atravessar riachos, nossas cabeças ficam mergulhadas na água, isto é, quando não atingidas por tudo quanto é toro e pedra que os nossos animais empurram contra nós. Espantosamente, invertidos, conseguimos suficiente água suja para não morrermos de sede. Quando o grupo acampa, nossos capuzes são removidos; temos permissão de comer, depois deitamos de costas, braços e pernas esticados, e somos presos com estacas ao chão. Na primeira noite, surge um dos sujeitos de aparência nada ignorante e fica parado acima de mim, sem nada dizer. Claramente, ele me avalia como um exemplo do invasor europeu. Estuda o meu rosto com profunda concentração, depois se abaixa e apanha uma pesada pedra. Preparo-me para ter os meus miolos esmagados, mas ele apenas levanta o meu pescoço e, delicadamente, desliza por baixo o travesseiro.

Durante a viagem, mantenho a imagem de Shinar diante de mim. Isso me dá forças. O que ela pensaria, se soubesse? Isso lhe agradaria? Será que a notícia do massacre chegou a ela? Será que ela teme pela minha vida?

Decisões têm de ser tomadas. Faço acordos com o céu. Se eu sair disto com vida, juro... o quê? Cuidar melhor de Shinar? Descobrir alguns meios de eliminar o abismo entre nós?

Por seis dias o bando segue para o norte. De tempo em tempo, outros grupos de guerreiros cruzam o nosso caminho; há parlamentações, troca de notícias. Claramente há algo em ação ao norte e ao leste. Os tribais conferenciam com ávida animação. Depois, os bandos seguem seus caminhos.

As terras devolutas afegãs, que parecem estéreis e sem traços característicos aos olhos europeus, contêm, para esses membros de tribos, redes de estradas e vias tão inconfundíveis quanto a rodovia Atenas-Corinto ou a Estrada Real Persa. Para eles, o deserto contém tavernas e caravançarás, locais de adoração, praças e feiras. Eles conhecem cada curva dele, onde se encontram as fontes de água doce, e pastos verdes, e cada pernoite distante da ventania. O bando vai de um esconderijo de provisões enterradas a outro. A noite cai; o grupo desmonta e cava. Nosso chefe (a quem Lucas e eu, entre nós, chamamos de "Gancho", por causa de seu nariz) vigia. De um abrigo, surgem *bichees* e gazela charqueada, *ghalla* (coalho seco de feijão), armas, roupas e vinho. Ao se preparar para partir, no alvorecer seguinte, o clã enterra todo o equipamento e grude de sobra — *kishar*, lençóis à prova d'água para se estender no chão e rédeas extras — para qualquer grupo que venha a seguir. "*To dal Iskandera chounessi*", diz o nosso guarda. "Alexandre não tem isso."

Os interrogatórios evoluíram para além das rotineiras surras noturnas. Já apreendemos, Lucas e eu, algumas palavras. E o nosso guardião, Ham, mostrou que conhece muito mais grego do que deixou perceber a princípio. Somos escorados contra pedras em grupos de quatro, com as mãos livres, mas os tornozelos presos à terra com estacas. O cabeça, Gancho, agora nos assa. Quer saber por que seguimos Alexandre. Somos da mesma tribo? Aparentados por sangue ou casamento? Quando respondemos que não, sua incompreensão aumenta. Por que viemos aqui? O que procuramos? Ele gesticula para o deserto. "Vocês viajaram milhares de léguas para roubar a nossa pobreza?"

O nome de Gancho é Baropamisiates, Homem das Colinas.

Ele quer saber sobre o nosso país, a Macedônia. Criam-se cavalos lá? Quantas esposas pode possuir um homem? É verdade que, a oeste de nossas fronteiras, o céu mergulha no mar?

Acima de tudo, Gancho está curioso sobre Alexandre. O fato de nosso senhor ser de altura menor do que a média causa perplexidade e enfurece o afegão.

— Se os deuses tivessem determinado que a altura corporal de seu rei fosse igual à sua ganância, a própria terra não conseguiria contê-lo, mas, com uma das mãos, tocaria o sol nascente e, com a outra, o poente. Que tipo de homem deseja o que jamais consegue alcançar? Da Europa, ele passa para a Ásia e, da Ásia, para a Europa. Montanhas e desertos não conseguem detê-lo, nem os possantes mares conter seu avanço.

Gancho nos faz uma preleção sobre a insensatez dos monarcas do passado, que levaram a guerra às pessoas livres das planícies — Semíramis, o valente Sargão, Ciro, o Grande.

— O arrogante tirano, que se intitulava o Escolhido de Deus, cujos criados carregavam diante dele uma imagem em ouro do sol... seus ossos encontram-se agora misturados com o nosso pó e suas entranhas foram espalhadas, um banquete para cães e gralhas.

Os afegãos, declara Gancho, têm dois aliados invencíveis: o tamanho de sua terra e sua desolação. "O seu rei pode nos derrotar, mas jamais dominará esses aliados."

É um falso juízo imaginar o deserto como uma planície nivelada, plano como o tampo de uma mesa, sobre o qual viajar é apenas uma questão de direção e velocidade. Pelo contrário, a vastidão é um labirinto de ciladas e armadilhas naturais, costões e gargantas sem saída. Rios de areia movediça surgem em meio a escarpas rochosas; pântanos salgados se materializam no meio das areias nuas. Fendas de 400 metros de profundidade surgem do nada e não podem ser contornadas. Um inimigo que conhece seu caminho através de tal região leva uma insuperável vantagem. Em fuga, pode levar seus perseguidores para elevações ou promontórios sem saída, dos quais a volta é apenas o caminho por onde se veio, ou atrair você para labirintos de gargantas e ravinas, dos quais ele consegue sair, mas você não. Ele pode fazer uma pessoa se perder, andar em círculos. E sempre há água, ou falta dela. Navegar por tal ermo sem conhecimento exato de suas fontes e poços é suicídio. Uma unidade militar não consegue avançar mais do que dois dias em qualquer direção; homens e cavalos simplesmente não conseguem carregar água suficiente para ir e voltar. Guias nativos são inúteis. Todos trabalham para o inimigo. Um afegão que ajuda o invasor volta à sua aldeia e encontra sua esposa e filhos massacrados, ou à espera para massacrá-lo. O inimigo superado em uma batalha escapa facilmente enquanto, na perseguição, você precisa lidar com um emaranhado de desfiladeiros e leitos secos, sabendo sempre que esse adversário é exímio em fingir uma fuga e dar a volta para uma emboscada.

Nisso tudo os nossos captores têm o trabalho de nos instruir. Capuzes e vendas agora já foram dispensados. Nossos carcereiros querem que vejamos o que nós e o nosso rei vamos enfrentar. Quando o grupo atravessa o Iaxartes (à noite, em sacos de *bhossa*, com os cavalos nadando ao lado), não somos nem mais vigiados. Para onde podemos fugir?

Ao norte do rio, uma sucessão de elevações denteadas cruza a planície. Estamos agora nas Terras Selvagens. O bando escala as colinas, seguindo por uma trilha tão precária que até mesmo esses inigualáveis cavaleiros precisam desmontar e caminhar. Imagino que nem mesmo escorpiões conseguem viver nesse inferno. Então contornamos uma pedra e surge o pequeno acampamento mais lindo que se possa imaginar. Moças e matronas de impressionante beleza se lançam nos braços de pais e maridos; rapazes de aparência altiva cuidam dos cavalos dos guerreiros e daqueles capturados no massacre do rio. Lucas e eu somos empurrados, os braços presos para trás, para um estreito sem saída entre pedras altas. Matronas e moleques selvagens nos cercam.

Seremos agora esquartejados?

O nosso interrogador nos abandona. Seus companheiros fazem o mesmo. As mulheres e os meninos começam a nos esquadrinhar. Puxam nossos cabelos e enfiam os dedos em nossos ouvidos. Alguns cutucam a barriga com varas, outros nos beliscam. Nossas pálpebras são abertas à força. Uma velha enfia a pata na minha boca; quando recuo, ela apanha uma pedra e me atinge entre os olhos. Outra mulher apalpa meus testículos. Grito. O nome do nosso interrogador, como disse, é Ham. Aterrorizado, berro esse nome.

Em momentos, o jovem aparece, seguido por meia dúzia de seus conterrâneos. Eles se contorcem de tanto rir. Ham nos faz entender que disseram às velhas e aos moleques que todos os macs não são homens, mas demônios; eles estão apenas verificando para se certificar.

Durante todo o dia seguinte, as matronas ficam em cima da gente. Elas nos jogam pedras e golpeiam nossas costas e nossas pernas com porretes. Nossos pulsos foram amarrados para trás. Ao descermos desfiladeiros rochosos, as mulheres chutam por baixo de nossos pés; elas uivam de alegria quando quebramos a cabeça na queda. Lucas sofre terrivelmente com seus olhos e costelas; as matronas descobrem isso e o atormentam sem parar. Elas não nos odeiam, não há fúria por trás de sua crueldade. Para elas, somos de fato demônios. Nosso cabelo cor de palha e nossos olhos castanhos são os sinais, para essas mulheres tribais, não de uma raça de humanos semelhantes, mas, de uma concepção do inferno. Quando começa a escorrer um líquido escuro do olho de Lucas, as mulheres o cutucam e lambem o sujo das pontas dos dedos, desconcertadas por descobrirem que nós, os macedônios, vertemos sangue exatamente como elas. Finalmente, perto do anoitecer, elas ficam entediadas e nos deixam.

— Por Zeus — grasna Lucas —, eu não sobreviveria a mais uma hora.

Apenas uma donzela do bando absteve-se de participar dessa selvageria — uma moça com 15 anos, os olhos como obsidiana e cabelos negros como as asas do corvo. Agora, quando nós, os prisioneiros, estamos presos a estacas para passar a noite, ela desliza até nós por entre as sombras, ajoelha-se ao lado de Lucas para limpar seu olho com um pedaço dobrado do pano de seu *pettu*, o qual ela molhou em água fria da fonte. Estou estaqueado a um metro de distância, ao lado de outro prisioneiro chamado Medon; sinto o peito inchar de emoção, ao assistir a tal ato de piedade naquele lugar terrível.

De repente, um homem surge da escuridão. Põe a moça de pé com um puxão e passa a esbofeteá-la violentamente. Suas imprecações a acusam de algum delito que não somos capazes de decifrar; a donzela não esboça defesa. Em questão de momentos, metade do grupo guerreiro está reunido. Os membros do clã berram; Lucas e eu e os outros prisioneiros gritamos de volta. A moça não fez nada! Soltem ela, seus filhos-da-puta! O homem segura a criança pelos cabelos diante de si; os homens da tribo rugem em concordância. O bruto vira-se em direção a nós, os prisioneiros. Um *khofari*, um punhal de lâmina curva, lampeja em sua mão. Ele o mostra para nós, lenta e deliberadamente, e então arrasta a lâmina pela garganta da moça, cortando tão forte e profundamente que quase rompe sua espinha. Estou gritando. Estamos todos. O homem larga a moça no chão diante de seus pés. Ele não se demora, nem mesmo o tempo em que se conta até vinte, que é quanto leva para o sangue da moça formar um lago na pedra. Simplesmente vira-se e afasta-se a passos largos, cercado pelos seus companheiros que proclamam sua aprovação.

— Deus Todo-Poderoso! — berra Medon. — Quem é esse homem? Por que ele fez isso?

Ham e seus comparsas olham abaixo para a moça assassinada.

— É o pai dela.

Mulheres arrastam para a escuridão o corpo da moça. Ela violou, nos diz Ham, o código de *A'shaara*. O crime não foi nós, os macs, termos sido ajudados, mas o fato de a moça nos ter ajudado. A brusquidão e monstruosidade do ato nos deixou mudos. Como pode ser possível tal coisa? Pode um pai assassinar a própria filha?

Dormir está fora de questão. Nós nos aconchegamos, tremendo em nossos farrapos. Por volta do segundo turno de vigia, nossos captores nos chutam para nos levantarmos. Ficamos na expectativa, todos nós, de sermos abatidos como a moça de cabelos da cor do corvo. Nossos carcereiros, porém, a esqueceram completamente. Ham e um brabo mais velho puxam Lucas e a mim até uma elevação com um raio de vista de 50 quilômetros. O restante do bando já se reuniu. Ham aponta para uma fileira de fogueiras a distância — tantas, ao que parece, quanto as estrelas no céu.

— Iskander — diz ele.

O acampamento de Alexandre na margem sul do Iaxartes. Olho para Lucas. O que nossos captores querem agora de nós? Confirmar que as fogueiras são mesmo de Alexandre? Especular sobre as intenções ou direção de marcha de nosso rei? Mas não, os afegãos não querem nada. Apenas nos mostrar a magnitude de nossos conterrâneos. É isso que querem esses demônios. O que eles estavam esperando.

Em questão de minutos, o acampamento de Gancho é desfeito e está pronto para partir. A noite toda, o bando avança à velocidade de vôo. Esposas e filhos são largados sem cerimônia; os contingentes somem, cursos secos de água acima e para dentro de vales pedregosos. Após a meia-noite, vinte novos guerreiros reforçam o bando; pela manhã, mais dois grupos, de sessenta e noventa homens, ampliam ainda mais o total. Minha cabeça está em fogo, à procura do significado de Alexandre no Iaxartes. Se a soma de fogueiras é verdadeira e não um ardil para enganar o inimigo sobre a quantidade de seus soldados, então o nosso rei reuniu o grosso de seu exército ao longo do rio, inclusive o próprio comboio de cerco. Isso só pode significar uma coisa: Spitamenes veio de Maracanda para o norte e atravessou as Terras Selvagens. Caso contrário, Alexandre teria seguido direto para a cidade, a fim de vingar o massacre do Muitas Bênçãos, o qual, sem dúvida, já deve ter sido informado a ele.

Na segunda noite, a força que segue com o bando de Gancho já chega a quase mil, com cavaleiros indo e vindo continuamente entre esta e outras divisões. Claramente aproxima-se uma batalha. O inimigo se reúne em massa para enfrentar Alexandre.

Agora são trazidos mais prisioneiros – outros sobreviventes do Muitas Bênçãos, que escaparam do rio apenas para serem apanhados em colinas e no deserto. Os bandos os arrastam em grandes e andrajosas quantidades. São cerca de trinta, no todo. Parecem piores do que nós. O oficial superior é Aéropo Neoptolomeu, capitão da cavalaria dos Parceiros. Conheço o homem de fama; foi o oficial comandante do meu irmão Elias em Kandahar. É jovem, ainda nem tem 30 anos. Foi um dos *sintrophoi*, colegas de escola, de Alexandre, tutorado pelo filósofo Aristóteles junto com o nosso rei e seus outros companheiros, quando garotos. Os afegãos cegaram ambos os olhos de Aéropo. Ele é conduzido por um outro prisioneiro.

Somos arrebanhados para um cercado perto do centro do acampamento. Apesar da cegueira, Aéropo comanda. Pede todos os nossos nomes, memoriza-os e nos organiza em uma unidade militar com um objetivo — resistir unidos — e uma cadeia de comando. Para minha surpresa, o inimigo permite isso.

— Eles vão matá-lo — comenta Lucas.

A noite está caindo; membros de clãs às vintenas e centenas continuam a aumentar o acampamento.

— Primeiro, vão exibi-lo — prevê meu amigo —, depois massacrá-lo diante de nossos olhos. — Lucas procura imediatamente Aéropo e, com todo o respeito, informa-o de seu temor.

O capitão não demonstra surpresa. Comenta apenas que bárbaros, tradicionalmente, se encorajam antes de uma batalha abusando do mais fraco entre eles.

— Esta noite — diz ele —, serei eu.

Recomenda a Lucas e a mim que rezemos para quaisquer deuses que acreditamos serem os mais capazes de nos ajudar a conter os nossos intestinos.

— Pessoalmente — frisa ele —, o meu favorito é Ódio.

Meia-noite. Aéropo é levado diante da assembléia, cujo chefe guerreiro mais antigo (suplantando Gancho e os demais pequenos *maliks*) chama-se Sadites, ao ar livre sob escarpas de basalto. A noite está tão luminosa quanto o meio-dia. Os bandos reunidos agora já totalizam milhares, com mais e mais cavaleiros chegando a cada hora. O acampamento ocupa a base de toda uma montanha.

Aéropo serve de substituto de Alexandre. Seu papel nessa noite é ser arengado e brutalizado. Sadites está parado na base das escarpas. Uma agitação fora de nossa vista distrai sua atenção. Surgem mais cavaleiros. Em volta de Sadites, a parte da frente dos bárbaros incha para fora e começa a se dividir. O chefe vai adiante na direção de Aéropo, que espera, seguro por dois homens, no centro do terreno plano iluminado por tochas.

— Deus o poupou esta noite — declara Sadites. Ele aponta o ombro da montanha. Dali, montado em seu belo árabe, cercado pela sua guarda de honra de cavaleiros, avança para a vista o nosso nêmesis e agora salvador Spitamenes.

VINTE E SETE

— Digam-me, macedônios e mercenários, que atravessaram desertos e mares para trazer guerra à nossa gente empobrecida: Que mal fizemos ao seu rei? Nossos exércitos pisaram dentro de seus domínios? Nós matamos seus rebanhos? Afrontamos suas mulheres? Nem mesmo a nós, que habitamos as regiões inóspitas, é permitido ignorar sua glória?

O Lobo do Deserto dirige-se a nós, prisioneiros, mas seu discurso é para os ouvidos de seus companheiros. A multidão lota cada centímetro quadrado da parte de baixo da montanha. Sua clamorosa reação interrompe várias e várias vezes o discurso de Spitamenes. A turba bate hastes de lanças contra escudos e golpeia a terra com a extremidade de seus porretes e maças.

— Seu senhor Alexandre — prossegue Spitamenes para nós, os prisioneiros — conquistou a Lídia e a Síria; o Egito e a Mesopotâmia curvam-se diante dele; a Pérsia ele possui; os afegãos da Báctria cederam ao seu poder. Agora ele estende suas mãos insaciáveis para nossos rebanhos e manadas. O mundo não é vasto o bastante para conter sua ganância?

Novamente, estrondosa aclamação força o Lobo a parar. Ele ergue o braço, pedindo silêncio. Lucas e eu podemos vê-lo claramente. É, de fato, o homem que vimos de relance no Muitas Bênçãos. Mais de perto, parece mais velho e mais magro. Seus olhos, porém, à luz das tochas, disparam faíscas de ardente inteligência e sua voz transmite facilmente poder e autoridade. O cabelo de minha nuca se arrepia. Eis um adversário. Eis um inimigo de gelar o sangue.

— Macedônios, seu rei não é capaz de perceber que, enquanto subjuga os bactrianos, os sogdianos se revoltam, e, quando ele volta, na tentativa de que estes se ajoelhem, os daans e os sacas saltam em sua garganta? Todos os outros tiranos se fartam com conquistas. Apenas para o seu, a vitória é motivo de mais avareza! Ele não pode continuar vencendo eternamente. Vêem como nossas tribos se unem para enfrentá-lo? O ódio a ele tornou irmãos o lobo e o leão e levou o corvo e a águia a planar no céu como companheiros.

Durante dias, Spitamenes informa à assembléia, Alexandre tem reunido seu exército, preparando-se para atravessar o Iaxartes. Agora, está em condições de invadir até mesmo as Terras Selvagens.

— Em breve essa espúria pequenez aprenderá o quão distante se estendem as raças da Cítia, contudo jamais conseguirá alcançá-las. A nossa pobreza será mais rápida do que seu exército, que carrega a pilhagem de tantas nações. Como pode lutar corpo-a-corpo conosco? Quando acredita que estamos bem longe, ele nos vê em seu acampamento. Quando seus olhos dizem que estamos diante dele, estamos às suas costas. Nós somos a nuvem e os fantasmas da noite. Ele não consegue nos abater com fogo nem nos prender num lugar com pedra. Pois perseguimos e fugimos com a mesma rapidez. Ouço dizer que a solidão dos citas é motivo de gracejo em provérbios gregos, mas vamos atrás de lugares que são desertos em vez de cidade e campos férteis. Por quê? Por liberdade! Preferimos jantar uma refeição ordinária em liberdade do que nos banquetear com bolos melíferos acorrentados.

Com isso, toda a montanha parece levitar de sua base. A multidão brada pelo nosso sangue e o sangue de nosso rei.

Spitamenes vagueia sob a luz das tochas. Despiu seu *tarbousse*; caminha com a cabeça descoberta. O grisalho risca seu cabelo, que é cerrado e cai abaixo dos ombros. Seu andar é coxeado; sua pele parece pálida. Estará adoentado? Apenas em sua voz e nos olhos ele parece controlar uma força inquebrantável. Fala da presunção de Alexandre em atacar através do Iaxartes.

— Assim como nossos guerreiros, apenas poucos dias atrás, massacraram o inimigo nos baixios do Muitas Bênçãos, iremos agora massacrar Alexandre e os assassinos a seu soldo, quando tentarem tomar o Iaxartes. Deus não permitirá que esse blasfemo pise em solo sagrado. Pela espada do Todo-Poderoso, que o nosso rio se torne vermelho, manchado com o sangue do invasor!

Assim como Gancho em suas arengas anteriores, Spitamenes matraqueia a relação de pretensos conquistadores a quem, no glorioso passado, a coragem de afegãos e citas levou à desgraça. Que Alexandre não confie em sua louvada boa sorte, pois o vento, que começa a soprar do norte, ronda e sopra do sul. O Lobo volta a se dirigir a seus prisioneiros.

— Seu rei acredita que somos selvagens e ignorantes, mas aprendemos uma coisa que ele não aprendeu: a medida apropriada da parcela do homem sob o céu.

"Grandes árvores demoram a crescer mas não caem em uma única hora. Mesmo o leão vira comida para o menor dos pássaros, e a ferrugem consome o ferro. Portanto, digam ao seu rei para agarrar sua sorte com mãos firmes; ela é escorregadia e não pode ser confinada contra sua vontade.

"Finalmente, se o seu senhor Alexandre é um deus, deveria conceder benefícios à humanidade, e não privá-la dos poucos que ela tem. Mas, se ele é um mortal, que se lembre de seu lugar no plano do Todo-Poderoso. Pois o que é realmente loucura, a não ser lembrar-se daquelas coisas que fazem alguém esquecer de si mesmo?"

Duas alvoradas depois, Alexandre investe através do Iaxartes. Nosso grupo de prisioneiros observa de um cume que contempla do alto a vasta planície desprovida de árvores.

O rio tem 300 metros de largura. Na margem mais próxima, reúnem-se 30 mil bactrianos e sogdianos, daans, sacas e massagetas. O bando enegrece a margem por uma extensão de 3 quilômetros, denso como um formigueiro. Não consigo nem mesmo olhar de relance para Lucas. Que chance têm nossos companheiros em invadir uma margem hostil contra tal quantidade?

As balsas e bóias de Alexandre se lançam na travessia. Podemos ver cavaleiros, enviados por Spitamenes, galoparem até as tropas dispostas nos flancos direito e esquerdo, chamando-as para avançar. A linha de frente do inimigo se contrai. Sua profundidade e densidade concentram-se naquela parte da ribanceira, mil metros de lado a lado, na direção em que avança a armada de Alexandre. O Lobo posta seus arqueiros à frente, na própria beira da praia. Numerosos arqueiros avançam por conta própria para o rio, com a água nas coxas, tão ansiosos que estão para disparar suas setas contra os nossos homens. O compacto arco massageta é curvado com um pé prendendo-o à terra; lança flechas do tamanho da metade de lanças. Tais mísseis conseguem voar 100 metros com força suficiente para penetrar numa armadura.

Como Alexandre atravessará o trecho final nas garras de tais salvas?

No meio de nossa primeira fila de prisioneiros que observam do cume está Aéropo. Podemos ouvir seus companheiros narrarem a ação para ele. Nossas tropas, pergunta ele, fizeram algum tipo de movimentação para os flancos? Esse ponto de travessia é apenas um ardil? Nosso rei enviou a cavalaria rio acima ou abaixo para atacar e superar o inimigo pelo flanco e pela retaguarda?

Cada olho se concentra.

Nada.

E as nossas embarcações? Aéropo amaldiçoa sua cegueira. Há barcaças ou balsas? Quantas são?

O ataque mac avança em ondas. Balsas transformadas em casamatas. Bóias carregando vinte, trinta, cinqüenta homens, equipados com proteções laterais e escudos na proa. A frota totaliza pelo menos 5 mil. Ela atravessa em fileiras, compactas como enxames. Um grande número de pontes flutuantes foi montado previamente. Estas se estendem dois terços rio adentro, desde a margem macedônia — o máximo que ousaram, sem ficar no raio de ação dos arcos citas. Dessas plataformas fixas, ancoradas no canal, centenas de cabos seguem de volta para a ribanceira de embarque. De nosso cume, mal conseguimos enxergar esses fios, tão grande é a distância, mas claramente os nossos companheiros não impulsionam suas embarcações com remos (ou veríamos a correnteza desviando seu curso). Em vez disso, atravessam as embarcações puxando as cordas presas no canal.

— Nossos companheiros devem estar rebocando as naves palmo a palmo — comenta Aéropo quando isso lhe é descrito. — Que distância do canal eles já atravessaram?

Metade do caminho, dizem-lhe. Mais 50 metros os deixariam ao alcance dos arcos citas.

— E os cavalos?

Estão atravessando a nado. Seguem atrás das balsas e das barcaças. A infantaria ligeira, em dezenas de milhares, nada atrás dos cavalos, flutuando suas armas e armaduras sobre *bhossas*, sacos de couro de cabra recheados com palha.

— Onde está Alexandre? Conseguem vê-lo?

Na frente, é claro. Mesmo em nossa extrema distância, conseguimos distinguir o lampejo de sua armadura e o clarão de seu elmo duplamente emplumado, de ferro polido como prata.

As primeiras barcaças macs chegaram à marca dos dois terços. Nas pontes flutuantes. Arqueiros dos citas começam a disparar suas saraivadas da praia. Podemos ver as salvas arquearem no espaço e patinharem a poucos metros de nossa embarcação dianteira. Gritos ruidosos elevam-se do inimigo. Podemos ver os tribais lançando-se à frente. Milhares apinham-se na beira da água. Centenas se comprimem na correnteza em seu ardor de se atracar com os macs que avançam.

Em nosso cume, Ham e os guardas vieram para a frente. Também querem assistir ao espetáculo. Captores e prisioneiros ocupam lugares lado a lado, paralisados pelo drama que, abaixo, avança para um clímax. Posso ver o queixo de Ham se mover e seus pés marcarem no chão os compassos de uma dança.

— Agora — diz ele a Lucas e a mim —, veremos seu rei sufocar no próprio sangue.

— Não aposte nisso — rebate Lucas.

A primeira onda de embarcações de ataque dos macedônios fica parada. A segunda pára logo atrás, depois uma terceira e uma quarta. Unidas, formam uma massa sólida, mil metros de lado a lado e 75 de profundidade. A cento e poucos metros de distância delas, as hordas citas saltitam na beira da praia, bradando maldições e insultos. Todos nós prendemos a respiração.

De repente, uma flâmula ergue-se na embarcação de Alexandre. Ao longo da costa macedônia, situa-se uma centena de quadrados em forma de tenda, as quais nós (e o inimigo) supusemos que fossem alojamentos para o exército. Agora, ao sinal de nosso rei, as peles e os tecidos são atirados fora. Pessoal e máquinas surgem abaixo.

— O que é isso? — grita Aéropo.

— Catapultas! — grita um dos nossos companheiros. — Lançadores de setas e bolas de fogo.

Uma rajada de mil bolas de fogo é disparada da praia macedônia na direção do céu. Rastros de fumaça mancham o espaço. Trajetórias se incendeiam como parábolas de fogo.

Cada olho se esforça. Mal conseguimos enxergar as máquinas, a distância é muito grande. Mas não há como se confundir as salvas de fumaça e fogo disparadas da costa macedônia.

Potes incendiários.

Nafta ardente.

— Pedras e setas! As barcaças também as estão lançando!

Agora as barcaças de ataque lançam-se à frente. Elas também têm catapultas. Cada barcaça é uma casamata armada com uma máquina lançadora; a linha de frente de mil metros é uma enorme plataforma para a artilharia.

Os bárbaros se apinharam tão densamente na beira da água que é impossível para os nossos artilheiros errarem. Uma segunda salva arqueia acima. Antes que esses mísseis atinjam, nossas catapultas disparam uma terceira. Pedras, setas e fogo chovem sobre o inimigo. O caos se apodera da praia inimiga. Cada seta empala um homem ou um cavalo dos citas, cada pote de fogo explode no meio de um aglomerado de guerreiros e animais.

O afegão não tem conhecimento de artilharia moderna. Ham certamente não tem. Horrorizado, ele arregala os olhos diante do espetáculo que se desenrola abaixo. Aquele som, que é diferente de tudo — o clamor de homens e animais cedendo ao pânico —, ergue-se com tal amplidão que o ouvimos perfeitamente, por mais distante que estejamos. Os arqueiros do inimigo que se encontravam na dianteira deram meia-volta e debandaram, levando a desordem aos guerreiros montados que estavam atrás deles. Enormes brechas abrem-se nas hostes dianteiras do inimigo. Podemos ver suas alas dispararem à direita e à esquerda e sua retaguarda fugir. Na confusão, cavaleiros atropelam soldados a pé, a infantaria leva o caos aos bandos a cavalo.

A primeira onda de Alexandre avança, 50 metros da costa. Catapultas disparam bem próximo. Onde está Spitamenes? O estado do inimigo só pode ser descrito como pandemônio. As ondas de ataque macs seguem a toda velocidade para a margem. Sobre suas cabeças corre salva após salva de fogo e ferro. A linha de frente de mil metros do inimigo, que estivera tão densamente acarpetada com guerreiros, agora se dispersa e se desfaz como fumaça ao vento.

Nós, os prisioneiros, gritamos de júbilo. Ham e seus companheiros continuam paralisados. Então acontece a coisa mais estranha. Embora os nossos captores sejam tão numerosos quanto nós e estejam armados, e apesar de estarmos diante deles com as mãos vazias, eles é que são dominados pelo terror e é a nós que cabe tomar a iniciativa.

O primeiro a descer na praia é Alexandre. Só soubemos disso mais tarde. Mas podemos ver os enxames de nossos conterrâneos lançando-se dos baixios, enquanto o inimigo joga fora seus escudos e suas armas e foge em desordem.

No cume, avançamos contra os nossos captores. Antes de darmos três passos, Ham e seus comparsas já fogem montanha abaixo.

Ao cair da noite, a planície abaixo esvaziou-se completamente, pois o inimigo fugiu para o norte, em direção às Terras Selvagens, perseguido pelas brigadas de Alexandre, a pé e a cavalo.

VINTE E OITO

Vinte e um dias depois, o exército da Macedônia volta ao Muitas Bênçãos, dessa vez em grande número e com Alexandre no comando. Nosso rei caçou Spitamenes centenas de quilômetros estepe a dentro antes de a água podre envenená-lo e forçar o rei a interromper a perseguição. O Lobo fugiu. O outono se aproxima. Alexandre retorna à cidade de Iaxartes. Nós, os prisioneiros, fomos transferidos para lá, para o hospital de campanha. Um mês depois estamos todos bem o bastante para viajar. A tropa volta ao local do massacre inicial.

Ambas as margens do Muitas Bênçãos foram ocupadas, dias atrás, pelas brigadas de Antígene e Cleito Branco e pelo Comando Montado de Hefestion. Administradores do Registro de Túmulos recolheram os restos mortais que conseguiram recuperar de nossos colegas abatidos. O número oficial de mortos é 1.723. O exército tem um dia para inspecionar o local à vontade e saber de nós, os sobreviventes que foram separados por ordem de Alexandre para esse propósito, que ultrajes foram aplicados para o sofrimento de seus conterrâneos, não apenas pelos afegãos e citas servindo sob as ordens de Spitamenes, mas pelas matronas e moleques e aldeões do vale.

É erigido um monte funerário. Ao amanhecer, o exército se reúne. Honras militares plenas são prestadas aos mortos. Em regimentos, o exército passa em desfile pelo túmulo, sobre cujo cume adejam no ar as cores de seus batalhões sepultados.

Alexandre conduz pessoalmente as exéquias. O rito é executado inteiramente em silêncio. No intervalo em que normalmente o Elogio dos Mortos seria lido para a tropa, uma chama solitária é acesa pela própria mão de Alexandre, novamente sem discurso. Essa muda encenação provoca uma forte e torturante dor e uma terrível firmeza de propósito.

Quando, finalmente, o rei fala, é para pronunciar apenas cinco linhas, não de um cânone funerário, mas de *Prometeu*, de Eurípedes. Na cena que encerra a tragédia, Odisseu, em suas andanças, alcançou o rochedo sobre o qual o titã está preso, por decisão de Zeus, a fortes correntes. Odisseu pergunta a Prometeu se há algo que ele possa fazer para aliviar seu sofrimento. O prisioneiro recusa agradecido e pede apenas um gole de água para abrandar sua sede. Então oferta ao andarilho certa sabedoria que ele obteve de sua revolta contra o céu.

Mesmo na extremidade da Terra,
O Todo-Poderoso Zeus reina.
Homens fogem em vão de sua justiça,
da qual nenhum rochedo é tão distante
e nenhuma fortaleza é tão remota.

Esse é todo o discurso de Alexandre. Ele se vira e se retira.

Aquela noite transcorre como nenhuma outra. Não há bebedeira nem jogatina. Os soldados esperam ordens. Percebem o que seu rei quer dizer com "justiça". Ali, na extremidade da terra, eles a aplicarão. Cada vez que o mensageiro aparece, os soldados se levantam, ansiosos para receberem sua missão.

Lucas e eu ainda estamos adoentados demais para participar. Mesmo assim, precisamos participar, ou nunca mais voltaremos a encarar os nossos companheiros. As ordens são transmitidas na manhã seguinte. Com elas vem a correspondência de casa. Essa é do esposo de minha irmã Eleni, Agathon, um capitão de infantaria condecorado, que perdeu a mão direita em Issus em guerras anteriores e mais nobres de Alexandre.

Matthias, saudações de Agathon,

Sinto que posso falar com você, agora que está fora há algum tempo e já sabe como é isso. Estou agora sentado, observando o meu bebê, que é filho de sua irmã, brincar na luz do sol do quintal. Você sabe, caro irmão, que meu desfiguramento ficou tão fortemente marcado em minha imaginação que, quando esse menino nasceu, eu esperava que ele, como eu, tivesse um coto em vez de um membro. Quando o vi inteiro e perfeito, eu chorei. Através desse bebê, sinto que o mundo inteiro se renovou.

> *Volte para casa, irmão! Conheço bem a sedução da guerra e da raiva e do medo! Quando o seu período expirar, não se deixe levar pela insensatez. Venha para casa para nós, antes que seja tarde demais!*

Lágrimas respingam no tufo de minha barba, ao ler essas linhas. Voltar para casa? Como posso?

Estarei cego pela loucura da vingança? Não sou capaz de imaginar exércitos e exércitos, recuando nos séculos, cada qual gritando o mesmo coro indigno de desforra e vingança?

Enrolo a carta de Agathon e coloco em minha bolsa. Ela permanece ali, enfiada embaixo do saco de lentilha e cevada torrada, quando a tropa marcha pelo vale abaixo, aldeia por aldeia, aplicando a justiça de Deus, até não restar nada mais com vida em toda a região, exceto velhas e gralhas.

LIVRO V

ALOJAMENTOS DE INVERNO

VINTE E NOVE

O exército inverna na Cidade de Bactra.

Alexandre retomou Maracanda; o Lobo do Deserto fugiu para o norte, para as Terras Selvagens. A intenção de Spitamenes ainda não é enfrentar de imediato os macedônios. O inimigo se dispersa, à espera da primavera.

O Afeganistão — assim que as passagens se fecham — torna-se seis nações diferentes, cada qual isolada das outras. Susia e Artacoana no oeste ficam separadas de Bamian no centro, e esta isolada de Prada (agora chamada de Prophthasia, "Antecipação") e Kandahar no sul, e de Cabul, na região central do Paropamiso. Do Planalto Areiano, uma força resistente pode tomar a estrada de caravana do sul via Deserto da Morte e retornar subindo os vales do Helmand e do Argandab para Gazni e Capisa e Bafram, mas dali não há como subir pelo Panjshir, pelo Khawak ou qualquer outra passagem ao norte para a Báctria. Na Cidade de Bactra, fica-se separado do sul, pelo Hindu Cush, e, do nordeste, pelo Cáucaso cita. Ao sul do Oxo, os sogdianos tribais se dispersam para suas fortalezas. Quanto à estepe além do Iaxartes, o local torna-se tão inóspito no inverno que os próprios daans, sacas e massagetas se afastam para alojamentos mais amenos.

Lucas e eu estamos confinados em um hospital da Cidade de Bactra. Nós odiamos isso. Ninguém que nunca tenha sido soldado pode entender o imperativo de estar de volta em sua unidade. Quando Pendão ou Boxer e Ruivo nos visitam, nosso tormento redobra. Nossos companheiros gracejam conosco sobre "passagens para casa". O próprio inferno não é capaz de nos fazer ganhar uma.

— Está maluco? — diz nosso amigo Pastoso para Lucas. — Você perdeu um olho!

— Um olho não é o bastante.

O hospital não é uma tenda montada, mas uma propriedade de um nobre bactriano adaptada. Temos redes, fontes e ameixas no pátio. A correspondência chega, e o grude vem quente e na hora certa.

Estamos longe de nos recuperar, Lucas e eu.

— A gente não sente tanto, enquanto está acontecendo — comenta o meu amigo. — Só se percebe depois.

Lucas às vezes fica me observando. Eu também o observo. Nós rimos, quando um pega o outro olhando.

— Você está bem? — pergunta ele.

Rimos novamente, mas isso não é nada engraçado. A equação entre nós foi alterada. Antes, Lucas e eu dividíamos todos os segredos; ninguém se intrometia entre nós. Agora ele coloca Ghilla antes de mim. Diz-lhe coisas que não me dirá. É assim que deve ser; estou contente por ele. Deus sabe que não posso fazer o mesmo com Shinar. Mas, de qualquer modo, é uma desavença. Agora estou mais chegado a Pendão. Estou preocupado com Lucas. Ele nunca foi de meditar; sempre foi de botar tudo para fora. Ainda faz isso, mas é diferente. Não se pode dar um nome a isso. Ele apenas... não é mais o mesmo. De uma coisa tenho certeza: eu morrerei antes de deixar que algum mal lhe aconteça. A seta que o empalar terá de atravessar primeiro a minha carne. Sinto o mesmo em relação aos demais de minha turma, inclusive os novatos, chegados recentemente de casa, os quais ainda nem mesmo vi. Sondo Pendão sobre isso.

— Você está se tornando um soldado — diz ele.

Lucas e eu não conseguimos conversar sobre o Muitas Bênçãos. É doloroso demais. Em vez disso, falo com Pendão. Perdi meu esquadrão lá, e meu cavalo e minhas armas. Apenas a sorte e o heroísmo de Lucas evitaram que eu perdesse a vida.

Depois dessa situação, não posso colocar macs novamente servindo sob as minhas ordens. Não deixarei que oficiais, ainda que bem intencionados, levem a mim e aos meus soldados a correrem perigo sem dizer o que penso. Eu empacarei, se for preciso. Enterrei Trapos e Pulga e Artelho, e os irmãos Tocha e Tartaruga. Eram garotos, todos eles, mas também eram homens. Bons homens. Agora, em uma mesa debaixo de ameixeiras, escrevo cartas para seus pais e mães. É a coisa mais difícil que já fiz.

— Na guerra, as coisas mudam a gente — diz Pendão. — Nem sempre as coisas que se espera.

Para Lucas, posso dizer, não é a perda de um olho ou a provação da prisão. Ele aceitou ambas espantosamente bem. É a evolução, diz ele. O acúmulo. Nós dois já estamos 25 meses longe da Macedônia. Parecem 25 anos.

— Sonhar em voltar para casa mantém um soldado firme — observa Pendão. — É isso que Lucas tem feito, contar os dias. Agora ele se dá conta de que os dias não têm fim.

No hospital, estimo Pendão mais do que nunca. Toda a vez que penso que o alcancei um pouco, me dou conta de que ele continua léguas à minha frente. Conto-lhe o que é se sentir à mercê dos massagetas.

— Sempre imaginei que essa experiência difícil tornaria você mais forte e menos medroso. Mas é o contrário. Ela o corrói porque você sabe o quanto é vulnerável e o quanto as coisas podem ficar ruins.

Quando me lembro agora de ter ficado prisioneiro, acordo com os ossos chocalhando. Dez vezes por dia meus joelhos se desconcertam. Eu nunca fiz muita carga sobre os deuses. Agora começo a pensar nisso.

Um soldado nunca deve pensar. Pendão não precisa dizer isso; ouço sua voz em minha cabeça. "Foi por isso que Deus fez pank e nazz."

Bebemos. Agora eu entendo a sede. Ficamos inebriados. A dormência é boa. Ajuda a sarar.

Meu ombro direito continua deslocado. Ergo o copo cheio até a borda com o lado esquerdo. Os cirurgiões dizem que o meu crânio foi fraturado; eu deveria ter me juntado à maioria três meses atrás. Quanto tempo levará para sarar? Eles não sabem. Eu sei que posso sentir cada passo no chão de tábuas da nossa enfermaria. Quando penduro minha capa num gancho, miro para um lado, depois a escorrego para o outro. Caso contrário, erro totalmente. Minha cabeça parece uma cebola que alguém deixou cair no chão.

Lucas foi agraciado com um Leão de Bronze por causa de seus ferimentos. Recebi o meu segundo. Lucas é condecorado com uma Grinalda do Rei por bravura. É promovido a cabo. Nossos prêmios são um ano de salário e perdão de todas as dívidas com o exército. Isso é menos uma sorte inesperada do que parece, pois ambos teremos de comprar novas montarias e substituir todo o nosso equipamento.

Nossas mulheres nos alcançaram. Elas caminharam ida e volta da Cidade de Bactra a Maracanda. Ghilla está grávida de Lucas, de antes, do início do verão. Pode-se notar até mesmo por baixo de suas roupas. Diz a todos que ela e Lucas vão se casar. Se algum parente seu do sexo masculino souber de seu estado, nenhuma força sob o céu evitará que ele retalhe sua barriga. Ela não se importa. Já deixou para trás sua tribo e seus códigos cruéis. Essa é uma coisa ao mesmo tempo magnífica e aterradora de se assistir.

As outras garotas abandonaram Ghilla. Sua revolta as amedronta. Apenas Shinar continua sua amiga. Ela conseguiu emprego no hospital. O trabalho lhe é conveniente. Seu grego tornou-se fluente e ela não se melindra com coisa alguma. "Sua garota", diz-me o cirurgião-chefe, "tem capacidade". Ele a promove da lavanderia para a enfermaria, pagando-lhe um óbolo por dia, um quarto do salário de um enfermeiro — uma fortuna em comparação com qualquer coisa que ela já conheceu. Ele a equipa com o uniforme apropriado do hospital e não permite que nenhum homem, oficial ou soldado, se dirija a ela a não ser de um modo respeitoso.

Shinar prospera. E também está mudando.

Por todo o outono e início do inverno, Alexandre despacha divisões para distantes quadrantes do país. Não deixará que Spitamenes descanse no inverno. Além do mais, a Cidade de Bactra não é capaz de abrigar o grande número de tropas que afluem. Dezessete mil reforços chegaram da Macedônia e da Grécia. Dependentes do exército, vivandeiros, fornecedores, e a multidão costumeira, somam mais de 60 mil. O acampamento tornou-se a quarta maior cidade do mundo, atrás apenas de Babilônia, Susia e Atenas.

No dia em que o exército se dispersa para suas posições de inverno, Alexandre reúne toda a tropa e se dirige a ela no que talvez seja o discurso mais extraordinário já pronunciado por um rei da Macedônia. Dá o passo sem precedentes de transcrever o discurso e o distribuir para cada unidade em cada posto através do país.

Citando o massacre do Muitas Bênçãos, ele não responsabiliza suas tropas ou comandantes subordinados, mas a si mesmo.

"Toda a culpa reside comigo, meus amigos. Cometi o pecado capital do comandante: subestimar o inimigo. O Lobo do Deserto não derrotou vocês que cavalgaram naquela coluna; derrotou a mim. Por Zeus, acreditei que, em questão de meses, daríamos uma sova nesses demônios. Julguei-os selvagens ignorantes, incultos na arte da guerra moderna e que não seriam parelha para a nossa força, que já conquistou o império mais poderoso da terra. Eu estava errado. Claramente, o inimigo nos compreende, ao passo que não o compreendemos. Ele nos fez dançar pela sua música. Ele tem respostas para cada tática que lhe lançamos. Ele é mais astuto do que nós. Ele nos superou em batalha e superou a mim em tática."

Por todo o verão, declara Alexandre, os soldados treinarão novas táticas. A campanha afegã entra agora em sua segunda fase. Ordens detalhadas se seguirão, mas, por enquanto, é o bastante que a tropa toda entenda que as operações-de-praxe acabaram.

Como parte de seu novo programa, oficiais do serviço secreto de informações de Alexandre entrevistam todos os sobreviventes do Muitas Bênçãos. Questionam Lucas e a mim no hospital. Tudo que conseguimos lembrar do massacre e o que aconteceu depois é registrado para ser examinado pelo nosso rei. Anotamos nomes e descrições de nossos captores, fazemos esboços aproximados de suas rotas, na tentativa de localizar suas fontes e depósitos de suprimentos.

No Dia do Solstício, meu irmão Elias chega à Cidade de Bactra. Sua mulher Daria viaja com ele; alojam-se perto do rio, na cidade de Anahita, com dois outros oficiais de Operações Avançadas. Passo as noites com eles, quando Shinar está de serviço na enfermaria.

— Você avisou a mamãe dessa situação? — Elias caçoa de mim. — Ela não agüentará perder outro filho para as ardilosas e atraentes mulheres estrangeiras!

E abraça sua amante.

Elias, por causa de seu papel em Operações Avançadas, participa das reuniões do mais alto nível. Ele sabe de tudo. Seu interesse em relação a mim é me manter fora de perigo. Sua influência continua me forçando a abandonar toda a minha pretensão ao reconhecimento. Ele também se preocupa com Lucas.

— O que há com o seu amigo? — pergunta. E não aprova que eu beba. — Você vai acabar como eu, se não tomar cuidado. — Sua intenção é me meter medo. Eu a vejo como um elogio.

Todas as noites em que me permitem, deixo-me ficar com Elias e seus companheiros. São os sujeitos mais formidáveis que já conheci, semelhantes a Pendão e Estéfano em coragem, destreza e senso de solidariedade, e mais do que eles em ímpeto e vivacidade. Vejo como sensato o modo pelo qual eles encaram seriamente o inimigo.

— Este lugar é pior do que a Pérsia — declara Demétrio, colega de Elias.

— Vai pôr cada soldado à prova — concorda Arimas, um capitão —, e mais do que todos o nosso rei.

Os Parceiros temem que Alexandre ainda não avalie com precisão o que terá de enfrentar. Para eles, precisamos evacuar toda a região. Deportar toda a população, homens e meninos, como Ciro fez na Jônia e Nabucodonosor na Palestina.

— Nada menos do que isso — afirma Demétrio — subjugará este país.

A ruína causada pela guerra afegã está levando o inimigo a reagir e lutar. Somente uma medida o obrigará a isso, acredita Alexandre, que é persegui-lo com uma força e bloqueá-lo com outra. Portanto, o segundo passo de nosso rei: reconfigurar as tropas em divisões autônomas. Para cada comandante de brigada seu, Alexandre agora entrega um exército em miniatura, dotado de todos os elementos de combate e apoio — cavalarias e infantarias ligeiras e pesadas, artilharia e comboio de sítio, reconhecimento, informações, suprimentos e órgãos de logística. Entrando em contato com o inimigo, Ptolomeu ou Pérdicas ou Coeno, na esperança de ficar com toda a glória, não mais o perseguirão sozinhos. De agora em diante, uma divisão empurrará o inimigo em direção à outra. Então ambas o liquidarão.

Esses passos são sólidas inovações. Muito mais polêmico é o terceiro: a integração às tropas de números maciços de batalhões afegãos. Isso, acreditam os companheiros, é rematada loucura.

— Há dois anos, cavalgamos com *shikaris* afegãos — declara Arimas. — Não há um que não nos comeria vivo, se achasse que poderia escapar ileso.

Alexandre, porém, está decidido. No acampamento, já vemos montanheses do Panjshir, infantaria de Gazni e Bagram, cavalarianos tribais sogdianos e bactrianos, como também os recém-contratados contigentes de incursões rápidas em território inimigo de daans, sacas e massagetas. Pagar salário a esses bandidos, raciocina Alexandre, pelo menos evita que eles se juntem a Spitamenes.

O nosso senhor pretende, a todo custo, tornar a cidade igualmente civil e militar. Sua inovação mais arrojada é o sistema *oikos* ("família"). Por decreto, institui "incentivos de sítio". O que isso significa é que soldados do exército, que antes recebiam soldos apenas como indivíduos, de agora em diante receberão seu pagamento e subsídios como famílias. Em outras palavras, sua namorada está incluída. Um homem recebe um extra pela mulher que carrega.

Além disso, Alexandre decreta: os filhos de uniões ilegítimas entre macs e esposas estrangeiras são agora considerados cidadãos macedônios. Eles podem receber as pensões de seus pais e ser educados às custas do Estado. Isto é sem precedente. É revolucionário. De um só lance, liquida com mil anos de costumes e *nomos*.

O decreto indigna as tropas das velhas corporações. Não é exagero a profundidade do conservadorismo entre os soldados. Têm repugnância a mudanças. Reverenciam o velho e desprezam o novo. E se recusam a enxergar os matizes do cinzento. Para eles, uma questão é certa ou errada. O que Alexandre propõe com a introdução do pagamento por família é um tapa na cara de todas as matronas decentes da Macedônia, nossas esposas e mães, que têm mantido a nação unida com sua devoção e fidelidade. (Claro, esses mesmos macs têm se aproveitado de cada prostituta estrangeira em que conseguem pôr as mãos.)

Os soldados, porém, sentem-se ameaçados por um motivo mais pessoal. Vêem o sistema *oikos* como um instrumento para separá-los emocionalmente de casa. Claro que é. Pagamento por família força novos soldados como eu e Lucas a se juntarem a esposas "aqui". E pior, do ponto de vista das velhas corporações, a ter em mente o nosso futuro aqui.

O que os soldados mais temem é isto: que Alexandre nunca volte para casa. Nunca *os* lidere de volta para casa. Visivelmente, o nosso senhor detesta essa guerra afegã. Mas não é assim com os soldados. Eles querem acabar logo com ela e voltar para a Macedônia; ele quer acabar e continuar em direção leste.

No final das contas, os veteranos não conseguem continuar zangados com Alexandre. Para eles, ele é sol e lua. Ficaram atormentados com essa revolução de seu comandante, no entanto, por serem sujeitos simples como o são, eles sabem apenas se empenhar mais, lutar mais bravamente, mostrar que continuam indispensáveis. Acima de tudo, anseiam conquistar de volta o seu amor. Alexandre, é claro, está perfeitamente atento a essa coisa e sabe como a explorar ao máximo. Agora acrescenta mais um elemento para excitar o país.

Dinheiro.

A riqueza despejada no Afeganistão pelo exército da Macedônia deformou a economia da região inteira. No mercado da cidade, uma pêra custa cinco vezes mais do que costumava. Os habitantes locais não podem pagar. Enquanto isso, desenvolveu-se uma segunda economia — a economia do acampamento, a economia no interior dos portões macedônios, onde a pêra pode continuar custando cinco vezes o seu preço real, mas pelo menos pode-se pagar por ela. Os nativos enfrentam a opção entre fome ou submissão a essa nova economia, igualmente como fornecedores ou criados, ambas as ocupações abominadas pelo orgulho afegão. Pior ainda, o sistema *oikos* atrai suas jovens mulheres. Os soldados avaliam cada moeda de sedução capaz de lhes conseguir sua iguaria, seu figo, seu clique. Agora têm mais um prêmio para se apegar: casamento. Os patriarcas nativos procuram trancar suas filhas. Mas a atração do acampamento mac é irresistível, por causa de dinheiro, aventura, novidade, e agora até mesmo a perspectiva de conseguir um marido. Os regimentos macs desfilam, repletos de jovens capitães e sargentos de pendão, a cavalo e a pé, tornados resplandecentes pelos ornamentos de latão de suas túnicas e o ofuscamento de suas armas reluzentes. Donzelas escapam por janelas à meia-noite para consumar encontros amorosos nos braços de seus ardentes amantes de olhos castanhos. Quando delegações de pais da cidade apelam a Alexandre para ajudar a controlar esse tráfego, ele faz todos os ruídos adequados, mas nada providencia. Ele quer a infiltração das moças. Seu objetivo é enfraquecer, até mesmo cortar, os laços de família, clã e tribo. Persegue isso deliberadamente. É sua política.

Quanto a Lucas e a mim, até mesmo nossas mulheres começam a agir de modo estranho. Ghilla, grávida, não arreda da cola de Lucas com seu andar de pato. Se ouso sair do hospital, os olhos de Shinar disparam adagas sobre mim.

Isso, também, é como Alexandre quer. O que o ferro e o ouro não executam, ele obtém pela carne. Vai colocar este país de cabeça para baixo e sacudi-lo até ele desistir.

O mês é o afegão Saur, final do inverno. Shinar deixou de falar comigo. Não dorme mais em nossa tenda.

— O que houve agora?

— Nada.

Ela permanece dia e noite na área do hospital. Quando trabalha, usa um véu ou, mais exatamente, cobre seu penteado até os olhos. O mesmo fazem Ghilla e as outras mulheres. Nenhuma delas me dará uma resposta verdadeira.

Procuro Jenin, a moça que fornece nossa ala com pank e nazz.

— Por Zeus, o que está havendo?

A mulher aponta para a nova tropa afegã de passagem pelo acampamento.

— Irmãos — diz ela — e primos.

Não entendo.

— Irmãos que reconhecem irmãs. Primos que reconhecem primas.

Havia um rapaz no acampamento, conta Jenin, da aldeia nativa de nossas mulheres. Ele as viu. Falou com elas.

— Ele nos disse que o meu pai e o irmão de Shinar estão aqui na Cidade de Bactra.

— Quer dizer, fazendo parte do exército de Alexandre?

— Eles vão cortar as nossas gargantas, se nos encontrarem.

— O que nós podemos fazer?

— Matá-los — diz Jenin.

TRINTA

No último mês do inverno, Lucas e eu estamos bem o bastante para cavalgar. Reingressamos na nossa companhia, com as novas unidades afegãs. A brigada de Coeno foi aquinhoada com duzentos "voluntários", na maioria daans, com alguns gazais e pactians. As ordens de nosso coronel Touro são para devolvê-los aptos a operar juntamente com as forças macedônias — solucionar problemas de língua, pagamento, manutenção, alimentação, alojamentos e assim por diante. E também treiná-los e seus pôneis a lutar como nós lutamos.

Eu gosto desses jovens capangas afegãos. Faço amigos. Por intermédio deles, faço uma sondagem, na tentativa de descobrir o irmão de Shinar, cujo nome ainda não sei. Certamente, nós dois conseguiremos conversar. Como pode culpar a irmã de se juntar aos macs, se ele mesmo fez a mesma coisa?

Mas não consigo fazer esses sujeitos falarem. Será que confiam em mim? Sim. Como eu confio neles? Certamente. A árvore genealógica afegã de tribos, clãs e *khels* pode ser rastreada como num diretório para se localizar qualquer pessoa. Mas eles não o fazem. Dois irmãos que conheci em Bagram se alistaram aqui com a brigada de Meleager — os panjshiris Kakuk e Hazar.

A dupla se oferece para matar por mim o irmão de Shinar. Sua tribo está em guerra com a dele; resultará em glória para eles cortar sua garganta. Agradeço, mas recuso.

— E se eu pagar uma indenização? — pergunto. Um preço de sangue, como para um assassinato. — O irmão aceitará sua irmã de volta?

Aceitará, diz Kakuk.

— Então a matará.

A mente afegã, começo a entender, não se alterou um traço em mil anos. Esses membros de clãs residem no passado muito mais do que nós, os macedônios. Fora da Cidade de Bactra, existem áreas de exercícios, o Crescente, o Véu de Viúva e o Cabo de Panela. Neles, Touro, Estéfano e nossos outros oficiais preparam nossas companhias daans, tentando lhes ensinar a cavalgar em formação de cunha e atacar lado a lado. O exercício é desenhado; é feito um ensaio; todos confirmam que entenderam o desenho. Então soa a corneta e os afegãos voltam da tática de homem a homem para a de multidão que sempre usaram — circundando o inimigo a galope, uivando e disparando flechas e dardos. Nossos comandantes empregam todos os incentivos para fazer com que eles cavalguem como a cavalaria moderna. Suspendemos seu pagamento. Cortamos seu grude. Eu nunca tinha visto Estéfano perder o controle. Mas esses sujeitos o levam à apoplexia. O conceito de unidade coesa permanece alheio para eles. Lutam como guerreiros individuais, cada qual buscando a glória aos olhos de seu chefe. O mais enfurecedor de tudo é a brandura com que aturam os sermões de nossos capitães. Não se consegue fazer com que eles fiquem furiosos. Continuam sorrindo. Os que falam um pouco de grego reproduzem as nossas ordens palavra por palavra. Não adianta. A corneta toca e eles saem novamente em disparada, estrondeando em círculos.

Kakuk e Hazar me explicam o problema. Não são eles que não querem aprender as táticas macs. São seus cavalos. Seus cavalos não deixam.

Aprendo a mente afegã e o modo tribal de expressar um pensamento. Os irmãos não querem dizer que seus cavalos não deixam. Querem dizer que seus corações não querem. Lutar ao estilo macedônio, como uma unidade, para os olhos de um afegão não é viril. Carece de honra. É afeminado. Para os tribais das estepes, o objetivo do combate é desferir um golpe, destacar-se aos olhos de seus companheiros. Os daans têm uma frase, "beijar a boca da morte". Esse é o seu ideal de guerreiro. Não se consegue beijar a boca da morte a não ser como um indivíduo. Portanto, não lutam em cunhas. Não atacam lado a lado.

Quando falo com Estéfano sobre isso, ele entende. Há uma reviravolta. Deixamos de tentar mudar os nossos afegãos. As implicações não são desconhecidas pelo poeta ou por mim.

— O que você *vai* fazer — pergunta ele — em relação ao irmão de Shinar?

Meus colegas, também, se oferecem para colocar o sujeito fora do caminho. Não precisa haver derramamento de sangue, diz Estéfano. Basta encontrá-lo e levá-lo para fora do acampamento. Afinal de contas, ele trabalha para o Lobo; todos trabalham.

Não, não quero desse jeito. Posso dar um outro jeito.

Durante o inverno, fiquei mais íntimo de Estéfano. Ele reúne, para o serviço de informações do rei, uma lista de tribos, clãs e *khels* daans. Eu o ajudo. Sou o único capaz de entender um pouco a língua.

Daan significa "assaltante" em persa. Para o afegão da Cidade de Bactra ou Cabul, que pode citar Zoroastro, essas tribos nortistas são a escória da terra. Estéfano e eu, porém, as achamos corajosas, decentes e honradas. Os massagetas (meus antigos captores sob as ordens do chefe guerreiro Gancho) são uma pura cultura de reide, arrogantes e altivos, que chicoteiam suas mulheres e praticam a tortura. Os daans são igualmente selvagens, mas não tão cruéis. Habituados à mais medonha pobreza, divertem-se em dias de pagamento como marinheiros em farra. O dinheiro escorrega pelos seus dedos. São incapazes de avareza. O conceito de emprestar não existe para eles. Peça e eles dão, sem nunca pensar em pagamento. A noção de amanhã está distante deles. O momento é tudo. Nunca vi ninguém tão bêbado quanto esses sujeitos. E são bêbados alegres. Para eles, calor e frio são a mesma coisa, como o são dor e prazer, penúria ou opulência; eles se gabam, mas não se queixam, vingam-se, mas não guardam rancor. De vigia, uma sentinela daan guarnece seu posto até o céu desabar ou, enviado sozinho para percorrer uma centena de quilômetros de deserto, mata a si mesmo e sua montaria antes de desistir. Embora nos odeiem por nossa incursão em solo sagrado, são capazes de, numa batalha, cavalgar ao nosso lado e não nos trair. Assim é o mundo deles. São leais e alegres e amáveis e tão corruptos que nem mesmo se consegue ficar com raiva deles. Para eles, um suborno é simplesmente uma questão de boas maneiras, e pagar alguém por fora, nada mais do que amizade e consideração. Pode-se sentir amedrontado ou intimidado por eles, mas é impossível não respeitá-los.

Sinto-me bem o bastante para participar completamente dos exercícios finais do inverno. As tropas, em seu todo, tomam parte; Alexandre em pessoa comanda. A simulação de combate é tão real que uma porção de homens e cavalos se machuca e meia dúzia é mortalmente ferida. Nosso amigo Dados recebe em cheio, na proteção de pescoço de seu elmo, uma seta disparada por uma balista. Tenho de acompanhá-lo à Cidade de Bactra em uma ambulância de campanha.

Shinar está ausente do hospital, quando chego lá. Ninguém me diz aonde ela foi. Temendo que seu irmão a tenha encontrado, galopo para nossos alojamentos. Também não está lá. Encontro-a depois da meia-noite, na casa de Elias, no chão da cozinha de Daria. Ghilla e Jenin acocoram-se acima dela. Shinar está deitada de lado, envolta num cobertor, tremendo, com sangue embebendo o tapete.

Seu irmão não a encontrou.

Ela fez um aborto.

Jenin é a garota em nosso setor que executa esse serviço.

Percebo o que aconteceu.

Sofro. Pela criança não nascida, por Shinar, mas, acima de tudo, pelo fato de a minha mulher ter agido em segredo para esconder isso de mim, para fazer isso enquanto eu estava longe, e, agora, por causa da parede de silêncio e evasivas que sei que ela e suas irmãs erguerão no instante em que eu tentar ajudar.

— Você está bem, Shinar? Por que fez isso? Por que não me contou?

Porque, diz ela, achava que eu começava a colocá-la de lado. Ela chora. Ajoelho-me a seu lado.

— Shinar — ouço minha voz dizer isso com uma ternura que me surpreende. — Shinar.

Ghilla a ampara. Jenin comprime uma compressa de linho onde ainda vaza sangue.

— Diga-me a verdade. Você está bem?

— Não — responde.

Minha mente se agita. O que usar como padiola. Como levá-la ao hospital. Acaricio sua testa suada. Lembro de outras ausências suas.

— Já fez isso antes?

Ela não responde.

Confronto Ghilla e Jenin.

Todas ficam caladas. Que mundos podem estar mais separados do que o de Shinar e o meu?

— Não quero que faça isso, nunca mais.

Olho fixamente para as outras duas mulheres, depois novamente para a minha.

— Você entende, Shinar? Se fizer isso, eu *deixarei* você.

Ela perdeu muito sangue. Temos de levá-la para ser socorrida. Por que ela se deixou engravidar? Mulheres do exército sempre têm meios de evitar isso. Por que engravidar, afinal? Isso a sujeitaria às ameaças furiosas de seu clã e de seus conterrâneos, e ela não tinha como contar com qualquer compromisso ou garantia de minha parte. O oposto na verdade; pois ela acredita claramente que estou prestes a deixá-la.

Será que essa mulher sente amor por mim?

Rejeito por completo a possibilidade, não por parecer remota (afinal de contas, ela esteve em minha cama por mais de um ano), mas porque faz muito sentido — e toda vez que penso em algo que faz sentido com ela, sua reação me deixa perplexo.

E o meu próprio coração? Eu me via no controle de meus sentimentos por ela. Entretanto, me descubro abraçando-a com rara delicadeza.

— Você agora vai me deixar? — pergunta.

Abraço-a mais apertado.

— Você vai — diz ela.

— Não. — Surpreendo-me com a certeza com que afirmei isso. — Mas você precisa fazer uma coisa para mim.

— O quê?

— Tem de me deixar ajudá-la.

O hospital a interna. O cirurgião-chefe é seu protetor; todos os demais médicos a conhecem e gostam dela. Não podem colocá-la na enfermaria dos soldados, mas a deixam na ala dos habitantes da cidade, que é tão boa quanto. Os cirurgiões já viram milhares de abortos induzidos. Toda a resistência abandona seu corpo.

Ela diz:

— Acho que não consigo andar.

— Não vou deixar você, Shinar. Não estou zangado. Apenas preocupado com você, e com essa pobre criança — não consigo dizer *nossa* — que perdemos porque outras pessoas nos odeiam.

Ela se segura em mim e tenta ficar de pé.

— Ajude-me — pede.

LIVRO VI

A GRANDE INVESTIDA

TRINTA E UM

Como se sabe que uma região foi subjugada? Quando seus povoados têm comida para você.

Por todo o inverno, as unidades de Operações Avançadas parlamentaram com as aldeias afegãs ao longo das rotas do exército projetadas para o norte, planejando depósitos de provisões para serem estocadas para o avanço.

Agora, quando chegamos lá, nenhum foi providenciado.

Ao entrar em uma aldeia antes do avanço principal, rogamos aos anciãos, pelo seu próprio bem, que fornecessem algo, qualquer coisa, para o exército. Isso ou então fugissem. Os jovens das aldeias já fugiram com cada item de valor; foram lutar ao lado de Spitamenes. Somente os velhos ficaram. Eles se recusam a abandonar suas casas. O que acontecerá com eles?

— Nada — afirma Estéfano — que não lhes tenha acontecido antes.

O Afeganistão ao sul do Oxo é nervurado com montanhas escarpadas, ocreadas, separadas por uma poeirenta região de áridas ravinas. Cada vale contém vintenas de fortalezas — antigos baluartes de clãs, utilizados pelos nativos em guerras tribais. Os engenheiros macs tomam posse deles. Locais que poderão ser úteis são reconfigurados, guarnições instaladas. Os que não serão, são arrasados. Nossa turma leva dois dias com uma companhia de engenharia em um dos vales altos. Seu capitão nos mostra como o fazem. Eu nunca tinha me ocupado muito com fortalezas. Uma boa, aprendemos, é ligada por campos de visão a baluartes irmãos, para que sua guarnição possa ir em sua ajuda ou, por sua vez, ser ajudada. O local do fortim deve dominar a área, controlando toda aproximação. O capitão nos mostra como seus homens projetam bastiões ligados, acima e atrás um do outro, para que, se o inimigo atacar um posto mais baixo, ele fique vulnerável a bombardeio e contra-ataque de seus companheiros acima. A ciência é bastante engenhosa e necessita apenas de poucas mulas, o prumo de um pedreiro e um guincho para pedras.

Nossas colunas avançam para o norte, dominando seus setores. Não há estradas nessa região; trilhas serpeiam ao longo de *wadis* secos e canais esculpidos em arenito pelo vento. Por esses caminhos, refugiados fogem para o sul. Passamos por mulheres em colunas, encapotadas até os olhos, equilibrando seus pertences em trouxas sobre a cabeça. Seus pirralhos maltrapilhos e seus cães seguem atrás na poeira; transportam seus anciãos em carrinhos de mão ou os arrastam em liteiras atrás de asnos macilentos. No ano anterior, o exército os teria arrebanhado e vendido como escravos. Este ano, nem mesmo tentamos. Quem iria comprá-los? Após ser enviado para 800 quilômetros adiante, o afegão retorna. Ele é ou estúpido ou teimoso. *Narik ta*? Que diferença isso faz?

Alcançando um cume, puxamos as rédeas e olhamos para trás. Fumaça se ergue de uma porção de assentamentos arrasados. Tentamos convencer os aldeões adiante a se salvarem. Eles também não obedecem. Seus olhos lhe dizem.

Os olhos de Shinar são como os olhos desses aldeões. Quando a abracei no chão, na cozinha de Daria, vi o mesmo olhar. Você o enxerga nos rostos das matronas afegãs, quando nós, os macs, as acordamos à meia-noite, para amarrar seus filhos e os arrastar para a escuridão — um olhar de ira mas principalmente de resignação, de submissão àquele poder incompreensível que chamamos de Carência e eles chamam de Deus. É um olhar mais adequado a um animal do que a um ser humano, e mais apropriado a uma pedra do que a ambos. Sentir pena desses animais irracionais é loucura, pois eles nos detestam até os ossos. Procurar remediar sua condição é arrogância, pois, em seus corações, eles estão, se não felizes no sentido que nós do Ocidente entendemos, pelo menos, de acordo com seu destino. Quem somos nós para instruí-los de outro modo?

Pendão trota a meu lado.

— Você está pensando novamente.

Rio.

— Em sua garota, hein? — Ele soube do aborto de Shinar. Todos souberam. — Por que não se casa com ela?

— É, nós daremos um excelente casal.

— Consiga uma "passagem para casa" — diz Pendão. Referindo-se a um ferimento incapacitante. — Leve-a de volta para a Macedônia.

Trotamos por uma bacia, tão privados de tudo que sustenta a vida que nem nós nem nossos cavalos nos permitimos ao luxo de ter fome ou sede.

— Eu a pedi em casamento, sabia? — Gesticulo em direção à aridez. — Prometi levá-la para longe de tudo isto. Fui sincero.

Pendão sorri.

— Eu também sou sempre sincero.

— Não — digo. — Eu falo sério.

Ele ri.

— Eu também falo sério.

TRINTA E DOIS

O exército avança em direção ao norte em cinco colunas espalhadas por 450 quilômetros. Os comandantes são Hefestion, Ptolomeu, Pérdicas, Coeno e Artabazo conjuntamente, e o próprio Alexandre. Áreas entre os dois extremos são "lugar de lobo", território inimigo, onde ele se movimenta impunemente. Comandantes de brigadas enviam patrulhas para esses desertos. Essas operações são de três tipos — sondagem, penetração e reconhecimento de forças em vigor. A primeira pode ser realizada por apenas dois ou três homens, a segunda e a terceira, por centenas. Todos objetivam a mesma coisa — encontrar e rastrear o inimigo, fazer prisioneiros, conseguir informações de qualquer tipo que permita às nossas colunas cercar e se bater com o inimigo.

Antes da Grande Investida, Alexandre reúne o exército. A força se agrupa na Cidade de Bactra abaixo da grande fortaleza de Bal Teghrib, "Montanha de Pedra", cujas ladeiras são ocupadas por 100 homens.

— Irmãos, vocês estão cansados desta guerra?

Os soldados urram.

— Eu estou! — grita Alexandre. — Pelos rios do inferno, eu estou!

O nosso senhor compara o Afeganistão a um grande soalho empoeirado. Ele pretende varrê-lo para limpá-lo. Começamos aqui, na Cidade de Bactra e seguimos para o norte, conquistando cada povoado e acampamento, por mais remotos, e subjugando cada fortaleza ao avançarmos. De fato, Alexandre reconhece, levaremos à submissão a mesma região que conquistamos na campanha passada. Dessa vez, a deixaremos doente.

— Notem isto, oficiais que ditarão despachos e relatórios da situação. Há uma frase que não quero nunca ler: *bolsões de resistência.*

Novamente o exército ruge.

— Não teremos bolsões de resistência. O inimigo não subjugado... homem, mulher ou criança... deverá ser conduzido à nossa frente, para o norte, em direção ao Oxo e após a travessia do Iaxartes. Pelo caminho, deveremos encontrar uma poderosa cadeia de fortalezas. Interromperemos as linhas de retirada do inimigo. Quando ele se abrigar, nós o aniquilaremos totalmente. Tornaremos todos os afegãos, entre aqui e as Terras Selvagens, hostis ao inimigo. Ele não encontrará uma porção de verde para pastar seu rebanho e nenhuma sombra para seus soldados saírem do sol. Esse será o nosso serviço de verão, meus amigos. E, quando estiver terminado, não iremos para alojamentos de inverno. Perseguiremos o inimigo em seus refúgios. Vamos caçá-lo e matá-lo. Eu não pretendo passar outro inverno neste círculo do inferno, e vocês?

Os soldados respondem com o ruído de lanças batidas contra escudos.

— Spitamenes! Ele é a cabeça da hidra. Ao matá-lo, a serpente morrerá. Cada ação que executarmos deverá ter este objetivo: trazer o Lobo para a batalha!

Alexandre salienta uma questão final: que, nessa campanha, colunas e unidades individuais serão, se necessário, dispersadas por centenas de quilômetros e, assim, ficarão sem comunicação com o alto-comando.

— Trabalhem então por isto, homens, e eu nunca falharei com vocês: Encontrem o Lobo! Empurrem-no na direção de nossas colunas unidas! Irmãos, prometo nesta noite seu peso em ouro para o homem que me trouxer Spitamenes... o homem vivo ou a sua cabeça!

Um trovejar atravessa a planície, como acontece nessa estação. A ovação do exército se junta à tempestade numa turbulenta gritaria.

Sento entre Pendão e Estéfano quando Alexandre encerra.

— Parece fácil, não? — observa o poeta.

Pendão levanta-se coçando o traseiro.

— Nada de mais.

Na manhã seguinte, as colunas deixam a Cidade de Bactra. As divisões do rei pegam a pista da extrema direita, a antiga trilha de camelos através dos contrafortes do Paretaces em direção a Ciropólis. Nossa coluna, sob as ordens de Coeno, segue paralelamente ao seu avanço, 90 quilômetros a oeste. A oeste de nós vem a brigada de Ptolomeu, depois a de Pérdicas e a de Hefestion. Leva o dia todo para a força completa deixar a cidade e mais cinco dias para cada divisão atingir seu eixo designado. Os espaços vazios entre as colunas são tão grandes — dois dias de cavalgada em alguns pontos — que os elementos de reconhecimento existentes não conseguem percorrer todos eles. Novas companhias precisam ser formadas.

Nosso setor sob as ordens de Estéfano se torna uma delas. É uma boa notícia. Significa bonificações e pagamentos de risco, e nos livra da disciplina de coluna. É também, de longe, a função mais perigosa das quais nos encarregamos.

Não é pouca coisa se lançar por tal região com cinco ou dez homens, guiados por *shikaris*, os quais, em sua maioria, certamente trabalham para o inimigo e, se não trabalham, estão prestes a fazê-lo a qualquer momento. Quando é feito contato com o inimigo, cavaleiros devem ser enviados de volta à coluna. O afegão sabe disso. Deixa você localizá-lo, então abate o solitário mensageiro ou os dois que galopam um à frente do outro. Se seu grupo é numeroso o bastante, ele cuida de sua patrulha inteira. Fica atrás de você, desvia você do caminho por onde veio. O inimigo adora atacar ao nascer ou ao pôr do sol. Nas montanhas, vales e até mesmo sombras podem ocultar batalhões. Em região de pradaria, tempestades de poeira que se formam no fim do dia fornecem proteção atrás da qual o inimigo manobra e ataca. Os tribais surgem ao longo de sua pista, de onde você imagina que são apenas seus próprios homens que vêm. Ele sabe como usar clarão para ofuscá-lo e areia e chuva para ocultar suas quantidades. De repente, ele está em cima de você.

O inimigo tem outros truques. Um deles é atrair para uma dificuldade um destacamento menor, depois emboscar uma coluna mais numerosa enviada em sua ajuda. Outro artifício é o comboio falso. O inimigo usa como isca para nossas patrulhas uma lenta caravana ou um rebanho de ovelhas ou de cavalos. Quando a nossa ganância sobrepuja a cautela, o inimigo ataca de um esconderijo. Ele enriquece com os nossos comboios. Cada ponto alto que os macs fortificam precisa ser guarnecido e abastecido. O comboio que leva seu bocado é um pato na lagoa. Nesse deserto, você se depara com "registros" — massacres sobre os quais nada pode ser feito exceto redigir um relatório.

Nos 43 dias que a coluna leva para avançar da Cidade de Bactra para Nautaca, nosso setor realiza 21 sondagens e penetrações. Nove vezes fazemos contato e instalamos posições de bloqueio, postos de observação, emboscadas. Contudo, o inimigo sempre descobre nossas intenções e, ou escapole ou vira a mesa. Leste e oeste, ninguém consegue encontrar Spitamenes. Seria possível pensar que tal ermo é desabitado; na verdade, o deserto abriga uma surpreendente densidade populacional — nômades e pastores, "acampamentos escondidos", povoados de bolso. Aqui, cada pastor de cabras é um vigia e cada cameleiro uma sentinela. Onde quer que Spitamenes esteja, ele sabe de nosso avanço com dias de antecedência. Seriam nossas forças capazes de rastreá-lo? Nós mesmos nunca alcançamos a trilha onde ele se encontra. O deserto é muito vasto, engole exércitos como pedras no mar.

Sob tais condições, o moral sofre um revés. Não tanto no nosso caso, nos destacamentos de reconhecimento, que podemos nos manter em movimento e, desse modo, espantar o tédio, mas no caso das colunas do centro, cuja experiência de campanha é nove décimos de tédio, nos quais suportam a longa caminhada, o calor e a poeira, o vento constante, noites geladas e dias escaldantes, e um décimo de pandemônio, no qual são acordados de um sono profundo para se armar e formar em marcha acelerada e então penetrar na terra devastada à velocidade de vôo, sem bocado, sem bonzo*, água ruim, onde devem preparar um ataque ou assumir uma posição de bloqueio, apenas para a crise malograr por terem chegado, cedo ou tarde demais, ao lugar errado, ou porque o inimigo se mandou bem diante de seus narizes e eles estão exaustos demais ou muito sedentos para uma perseguição.

A sinceridade me força a citar outro fator que aumenta a frustração e a irritação dos soldados. Refiro-me a bebida e droga. Numa guerra convencional, os comandantes sabem quando a batalha está próxima; os intendentes têm dias, se não meses, de preparativos, através dos quais podem armazenar estoques de bebidas para aliviar a ansiedade dos homens. No Afeganistão não existe tal luxo. Aqui, a ação pode irromper a qualquer momento. O resultado são homens se doparem em cada chance que conseguem. Aprendemos com os nativos. Nossos afegãos aliados vivem de nazz preto e de *juto*, uma planta do deserto, cujas folhas espinhosas produzem um sumo que mantém a pessoa acordada dia e noite. Essa droga pegou entre os macs. Eu mesmo a uso. Todos usamos. Você pode comprar juta* dos daans e dos sacas ou colher pessoalmente no deserto. Ela o emagrece. Suas bochechas ficam fundas, você perde músculo. Mas é capaz de ficar acordado para sempre e nunca sente fome. Nessa desolação onde um homem precisa carregar migalha de bocado que cozinha para seu jantar, a essas vantagens é difícil resistir.

* * *

No qüinquagésimo primeiro dia longe da Cidade de Bactra, dois de nossos batedores avistam um comboio inimigo seguindo seu caminho pelas terras desoladas. A caravana do inimigo é composta de quarenta mulas, que viajam à noite e descansam durante o dia, escoltada por um igual número de cavaleiros tribais. Nós somos 32, contando com dois *shikaris* e quatro muleteiros afegãos. Estéfano decide não atacar o comboio, mas enviar um pedido de ajuda à coluna. Escolhe dois macs — nossos colegas Torre, assim chamado pela sua altura, e Pastoso, por causa de seu aspecto flácido — e um guia de nome Hakun. Suas ordens são seguir o inimigo em segredo, enquanto o nosso grupo principal continua paralelamente ao flanco mais distante de um contraforte de 15 quilômetros. Naquela região, a poeira denunciaria um grupo tão pequeno como de três ou quatro.

Nossa companhia, na manhã seguinte, sai além do contraforte de 15 quilômetros. Nem sinal de Torre ou Pastoso. Em vez disso, onde deveria aparecer o comboio inimigo, notamos uma área de terra escavada formando um descolorido X. Pisoteadas de cascos. Nossos *shikaris* se recusam a seguir em frente. Estéfano envia cavaleiros a todos os lados, antecipando uma emboscada, enquanto ele e Pendão cavalgam adiante. Sua busca não dá em nada, além daquela terra violentamente pisoteada por cascos.

Vários corvos são vistos bicando um pedaço de terra escura.

Estéfano e Pendão desmontam. Descobrem, plantados em pé na terra, os corpos decapitados de Torre e Pastoso. O batedor Hakun desapareceu. Assassinado pelo inimigo? Ou bem recebido por ele, traindo os homens que devia proteger?

O inimigo enterrou os nossos companheiros vivos, com somente as cabeças emergindo da terra, e então os atropelou ou os usou para algum tipo de horrendo esporte a cavalo.

— São esses selvagens — comenta Estéfano — que nosso rei pretende contratar, para lutar ao nosso lado.

A despeito de tais tragédias e infortúnios, a Grande Investida está funcionando. Na rodovia ao sul de Nautaca, nossa companhia encontra Costas, o cronista. Esse sujeito merece crédito; atravessou o deserto, por conta própria, desde a Cidade de Bactra, ajudado apenas por dois criados e um guia daan. Ele nos fala sobre batalhas a leste e oeste. A coluna de Hefestion matou oitocentos em um só encontro, e Alexandre bloqueou um grande número de bandos consideráveis que tentavam escapulir dando a volta por seu flanco ocidental. Em breve, também teremos ação.

Ao longo da pista de caravanas para Maracanda, existe um amplo vale gramado chamado To'shoma, "os Lagos", porque se torna isso com as chuvas de inverno. Aqui, no segundo mês do avanço, alas da brigada de Coeno e da de Ptolomeu cercam componentes do inimigo e os liquidam numa grande carnificina.

Em guerra no deserto, perseguição é tudo. É assim que se fazem matanças. A caçada pelos Lagos dura dois meses. Nossos setores sob as ordens de Estéfano são reintegrados ao batalhão comandado por Touro; agora nos tornamos um componente de uma unidade de formação em linha.

Nosso encargo é perseguir o inimigo para onde quer que ele fuja. "Voltem com matanças", diz-nos Touro, "ou não voltem." Surge uma terrível competição entre companhias de um mesmo batalhão. Para não voltar de mãos abanando, matamos qualquer sacana azarado que vemos. Cada aldeia que ajuda o inimigo é dizimada. Não fazemos prisioneiros. Cada homem que pegamos, matamos. Forçando um bando a ir para as montanhas, nós o perseguimos até não restar uma só alma. Nada nos detém. Contigentes de fugitivos são perseguidos através das estepes por centenas de quilômetros.

O instrumento de guerra de contraguerrilha é o massacre. Seu objetivo é o terror, fazer de si mesmo algo tão pavoroso que o inimigo deseje jamais enfrentá-lo. Essa prática funcionou, para o exército da Macedônia, por toda a Ásia. Aqui não funciona. O afegão é tão orgulhoso, tão habituado à privação e tão apaixonado pela liberdade que prefere a morte à capitulação. Quanto mais terror usamos, mais inflexível se torna essa decisão. Suas mulheres e filhos são piores do que o inimigo. Eles nos odeiam até as entranhas. Por causa de todo o sangue que derramamos no solo afegão, não conseguimos nem quebrar o desejo de resistência do inimigo nem separá-lo de cada uma das tribos, mas, em vez disso, atiçamos em seu peito uma raiva e uma rebeldia insaciáveis e os unimos contra nós numa frente de mil tribos, clãs e *khels* que antes guerreavam entre si.

Quando a perseguição pelos Lagos termina, nossa companhia está num estado além da exaustão. O cabelo por debaixo de nossos chapéus está tão emaranhado com pó, gordura e suor que não conseguimos tosá-lo nem mesmo com uma navalha. As unhas dos dedos foram reduzidas a nacos. Nosso equipamento não pode ser despido. Temos de cortá-lo fora. Fedemos. Estamos tão sujos que rios não conseguem nos deixar limpos.

Os nossos cavalos estão pele e osso. Nós também. Não conseguimos comer. Esquecemos o que é dormir. Temos vivido à base de nazz e de juta há tanto tempo que mal conseguimos ingerir um único nabo. Vinho, quando conseguimos, escorre através de nós como água. Falar tornou-se supérfluo. Quem precisa disso? Pendão sabe o que estou pensando. Durante o galope, olho de relance para Lucas através de uns 30 metros de estepe. Ele sabe. Até mesmo os nossos cavalos sabem.

Guardamos as cinzas de Torre e Pastoso. Certa noite, numa elevação ao norte dos Lagos, surge um local adequado. Nossas urnas funerárias são sacos de couro. Nós as sepultamos, não com um monte de pedras em cima como marco, pois o inimigo poderá achá-lo e profanar o túmulo, mas sob pedras com nossos nomes e unidades identificados na parte de baixo. Ofertamos o Hino dos Caídos. Estéfano compõe estas linhas:

Na caça ao Baz
Os rapazes precisam de nazz
Carentes de sopa, droga e esperança; sem vapor, sem bocado,
Alcançamos o inalcançável, apoiados pela crença
no inacreditável.

Lucas tem mantido um registro. Ele não diz a ninguém onde o guarda. Finalmente, esta noite, ele o revela.

Chama-o de *Cartas que Nunca Envio para Casa.*

O documento diz o que fazemos num dia. Não é uma história. Apenas uma lista.

— Quando saímos da Macedônia — diz Lucas — marchar era a nossa vida. Era tudo o que fazíamos. A gente achava que não era nada. Vocês se lembram.

— Agora, acordamos pela manhã e matamos pessoas. Nós as matamos o dia todo e, no dia seguinte, matamos mais algumas. Essa é a nossa vida. É tão comum para nós que achamos que não é nada de mais.

Ele fala sem parar sobre as caçadas que fizemos nos dois últimos dias. Os outros logo pedem para ele parar.

Ele não pára.

— Como você sabe que já foi longe demais? Quando escrevemos cartas para casa. Tentem contar às suas famílias o que andam fazendo. Não conseguem. Nem mesmo ao seu velho, ele próprio um veterano condecorado. Ele não consegue entender; nenhuma palavra é capaz disso. Portanto, você escreve nessa prosa maluca que diz menos do que nada.

Gargalhadas sombrias agora. Lucas não ri.

— Você olha nos rostos dos seus companheiros, garotos de 20 anos que parecem ter 50, e sabe que é assim também a sua aparência. Mas você não tem 50 anos. Tem 20. Tem 25. Coisas que achou que nunca faria, você já fez, e não pode contar a ninguém...

Dados arremessa um punhado de seixos.

— Pare com isso, Lucas.

— ... nunca conta a ninguém, a não ser aos seus companheiros. Só que não precisa lhes contar. Eles sabem. Eles conhecem *você*. Melhor do que um homem conhece sua esposa, melhor do que ele conhece a si mesmo. Eles estão ligados a você e você a eles, como lobos numa alcatéia. Não se trata de você e eles. Você *é* eles. A unidade é indivisível. Um morre, todos morremos. Mente individual? Isso não existe mais. Nós nos tornamos incapazes de pensar independentemente ou de qualquer pensamento, exceto quando será o próximo bocado, o próximo bonzo, a próxima sacudida. Cadê o inimigo? Um dia nós o caçamos nas montanhas, no dia seguinte, na planície. Isso é tudo que sabemos. Isso é tudo que fazemos. Isso é tudo...

Isso *é* o bastante. Até eu falo para Lucas parar.

Ele levanta a vista.

— Por que algum correspondente não escreve sobre *isso*? Estéfano, você é um literato. Por que não transforma parte disso em estrofes?

Nosso líder ergue-se acima do círculo. Diz a Lucas que sua arenga já durou tempo demais.

— Você está cansado, meu amigo.

Os olhos de Lucas brilham à luz da fogueira.

— Você não faz idéia — diz ele — do quanto estou cansado.

TRINTA E TRÊS

O exército chega a Maracanda no dia 28 do mês desius, solstício de verão. Uma carta de meu irmão Filipe, da Cidade de Bactra, está à minha espera.

Elias morreu.

> *Sua mulher Daria o envenenou. Eu sei, também não consigo acreditar. Ela foi apanhada colocando acônito nas rações de outros do hospital. Aparentemente, ela o andou administrando a Elias em pequenas doses durante todo o inverno. Estou com as cinzas dele. Vou enviá-las para casa, para mamãe. Não o deixarei aqui.*

Fico paralisado, ao ler isso. Não pode ser verdade! Forço a vista diante da carta, para me certificar de que é mesmo a letra de Filipe. Como Elias pode estar morto? Ele estava bem! Estive com ele apenas noventa dias atrás!

> *Perdoe-me, meu irmão, por lhe comunicar por correio essa triste notícia. Mas precisa saber disso de imediato. O regulamento do exército permite que um irmão acompanhe até em casa as cinzas de outro. Você precisa fazer isso, Matthias. Eu já coloquei o processo em andamento através do quartel-general da Cidade de Bactra. Estou certo de que a aprovação não será negada.*

Casa? Sei de imediato que isso está fora de questão. Não posso deixar Lucas e Pendão e Estéfano. Não posso deixar meus companheiros.

Preciso me sentar. A carta foi entregue por mala postal, juntamente com a correspondência de todos, no acampamento no Muitas Bênçãos. Entrego a carta a Pendão. Ele a esquadrinha em silêncio e a passa adiante. Todos a lêem.

Meus companheiros estão tão abalados quanto eu. Não apenas pela morte de Elias (ele era um predileto de todos), mas pela forma como ocorreu. De repente, a guerra parece mais invencível do que nunca.

Notícias piores chegam por relatório verbal. Há uma razão para as nossas tropas não terem encontrado Spitamenes todo o verão. O Lobo do Deserto esteve atacando em nossa retaguarda. Atravessou o Oxo dois meses atrás, seguindo para o sul com 6 mil cavaleiros daans, sacas e massagetas, a despeito da saturação de nossa cobertura na região. Ele capturou Bani Mis e ambos os complexos de carga da região de Bactra, construídos no último inverno. Mais massacres. Nosso general Cratero defende a parte central do Afeganistão com quatro brigadas; ele perseguiu o Lobo, mas o perdeu, como sempre, ao norte, na região de estepes.

Respondo de imediato a Filipe, recusando respeitosamente sua oferta.

Elias.

Devo agora falar de meu irmão no passado? Devo dizer "era"?

Elias era o queridinho de mamãe; como ela suportará sua perda? Como a suportará a nossa irmã Eleni? Filipe lhes contará sobre Daria?

Os dez dias seguintes passam como se fossem uma centena. A dor se apossou de mim. Eu tenho me desviado dela há tempo demais. Desde papai. Tollo. Trapos, Mosca, Artelho, Tocha e Tartaruga, Torre e Pastoso.

Agora Elias.

Tudo isso me alcança.

Vi meu irmão pela última vez pouco antes de a Grande Investida começar. Ele estava na enfermaria dos oficiais, na Cidade de Bactra. Um ferimento no pé, causado não em ação, mas por pisar num prego a caminho da latrina. Isso é uma grande piada para ele. Os cirurgiões o sangram para protegê-lo do tétano. Funciona. Visito-o duas vezes. Seu ânimo parece excelente. Passo seis semanas no campo, treinando. Quando volto, um bilhete me informa que Elias foi transferido do hospital para uma casa particular. Vou direto para lá.

Quando entro, vejo sua perna direita erguida. O pé foi amputado. O coto começa 20 centímetros abaixo do joelho.

— Nada de me invejar, irmão — profere Elias alegremente. — Consegui o sonho de todo soldado... uma passagem para casa.

Daria está com ele. Ela dorme num velocino ao lado de seu leito. Conversamos sobre tudo, exceto sobre o que está à nossa frente. Cada vez que olho para o meu irmão, lágrimas jorram.

— Por favor, Matthias, quer controlar isso? Não é digno de um soldado.

Daria traz chá e bolos de gergelim. Assistir à ternura com que ela cuida de Elias faz meus olhos arderem.

Meu irmão me aconselha. Quer que eu saia de uma companhia de tropas regulares. O exército lhe deve, diz ele. Pode me conseguir um trabalho num quartel-general. Discutimos. Eu lhe asseguro que estou com uma turma capacitada; estou mais seguro do que em minha própria cama em casa.

— Isso não é um jogo, Matthias...

Eu lhe asseguro que estou ciente disso.

— ... nem superaremos o inimigo, como fizemos com todos os outros.

Meu irmão perdeu o seu primeiro amor, o exército. Sua dor lhe fornece uma espécie de clareza.

— Ouça-me, Matthias. Vou lhe dizer como combater nesta guerra. Você fará o que eu lhe disser, pois sou seu irmão mais velho e também comandante.

Ele me faz prometer. Seus olhos são parecidos com os de nossa mãe, da cor de ferro.

— Não tenha piedade do inimigo. O que ele lhe diz é mentira. Tema suas mulheres mais do que seus homens e aja com elas com grande crueldade. Vão lhe dizer para fazer prisioneiros e vendê-los como escravos. Não faça isso. Mate-os. Essa é a única maneira de você sair vivo daqui.

Meu irmão me olha com gravidade.

— Eu conheço você, Matthias. Quanto mais conhecer este país, mais compaixão sentirá pelo inimigo. Vai admirar suas qualidades como guerreiro e respeitar seu amor pela liberdade. Você o verá como um ser humano, não muito diferente de nossos montanheses e, portanto, digno de respeito.

"Esqueça isso. Por mais legítimos que possam ser esses sentimentos, se você os tolerar, eles lhe causarão desgraça. Estamos aqui e precisamos vencer. Quanto mais cedo chamarmos o inimigo à razão, será melhor para nós e para ele.

"Agora, ouça com muita atenção, pois o que vou lhe dizer é o mais decisivo de tudo.

"É um erro estarmos aqui. O inimigo é melhor do que nós, e sua causa, a liberdade, é justa. Nunca diga a si mesmo o contrário. Se fizer isso, enlouquecerá. Lute contra o inimigo como se lutasse contra o próprio inferno. Não procure a honra em lugar nenhum. Você não a encontrará. Se puder, consiga uma 'passagem para casa'. E, se não conseguir, mate o inimigo até o último homem."

TRINTA E QUATRO

Chegam dois pacotes de Shinar enquanto estou em Maracanda. Ela não sabe escrever, por isso envia coisas. Confeitos, bordados com contas, um pônei entalhado em chifre de órix. Minha emoção ao receber essas caixinhas de presente me surpreende. Registrei Shinar na minha *oikos*. Ela recebe metade do meu salário. No seu segundo pacote, há um bilhete riscado em couro batido, com o sinal de um escriba do mercado. O grego arrevesado é dele, não dela.

> *Vim para Maracanda. Filho de Ghilla nasce. Os soldados mata Daria pelo seu irmão. Devolvo seu salário. Se você encontra nova mulher, eu sigo meu próprio caminho.*

Então Lucas já é pai. Ghilla ainda não enviou uma carta. Ele fica feliz em saber, da maneira que pode. Assamos um ganso para festejar.

— Sabia — confessa Lucas — que eu ainda escrevo para a minha noiva em casa? Sou um patife asqueroso.

Sua prometida é minha prima Teli, uma moça adorável que o idolatra.

— Perdoe-me, Matthias. Eu vivo esperando ser morto. Desse modo, posso evitar de lhe dar a má notícia.

Ele *é* um cachorro por causa dessa negligência. Mesmo assim, damos risadas. Todos nós esperamos ser mortos.

Lucas reconhece que é feliz com Ghilla. O fato o surpreende.

— Quem poderia prever isso? Mas olhe só para ela. Ela é linda, cuida carinhosamente de mim. Posso falar com ela, ela entende. Não preciso fingir que o mundo é diferente do que é ou que sou um homem melhor do que sou. Mesmo assim, ela fica. Por quê? Alguma das nossas garotas de casa faria o mesmo?

Eu penso: Elas nos envenenariam? Mas mordo a língua.

— Essa mulher — diz Lucas com sinceridade — não faz exigências para si mesma, no entanto está disposta a morrer a meu lado. Só por estar comigo é um risco à sua vida, por parte de sua família e sua tribo e até mesmo de estranhos. Mesmo assim, ela permanece. — Sacode a cabeça. Ele me promete escrever para Teli, ficar limpo.

Dados pergunta:

— Algum dia você voltará para casa, Lucas?

Nosso salão de festa são as ruínas de uma casa de fazenda.

— Estou em casa — diz ele.

TRINTA E CINCO

Maracanda é a principal cidade de Sogdiana. É o mesmo lugar por onde Alexandre perseguiu o Lobo duas vezes. O mesmo lugar que ele, Spitamenes, capturou o mesmo número de vezes. O mesmo lugar onde a nossa coluna de mercenários foi substituída quando o Lobo e seus citas sogdianos fizeram picadinho de nós.

Mesmo assim, é um belo lugar. Um contraforte das montanhas Ocre projeta-se do oeste, não alto o suficiente para capturar nuvens e trazer chuva, mas dotado de uma qualidade rugosa, quase escultural, que adorna os arredores da cidade como uma jóia. Aproximando-se do sul, a sensação é de entrar, se não num reino encantado, pelo menos num civilizado e agradável oásis. A cidade incorpora dois bairros satélites, Ban Agar e Balimiotores, que flanqueiam o rio 800 metros abaixo da cidade alta. Ban Agar é uma feira de cavalos. Balimiotores, que os soldados chamam de Pequena Maracanda, é a favela.

A cidade alta fica situada no cume de uma escarpa denteada, cujos acessos foram construídos e fortificados durante séculos. Não seria uma tarefa fácil atacar o local. A região contém um palácio do governo com residências reais, erigido pelos persas, no interior de um enclave tipo parque que permanece surpreendentemente fresco mesmo sob o escaldante sol afegão. Alexandre e seu séquito o ocuparam. O exército propriamente dito espalhou-se pela planície e ao longo de ambas as margens do rio sinuoso, cor de barro, cuja largura no verão varia de 100 a 400 metros. Um cachorrinho é capaz de atravessá-lo a passos rápidos sem molhar as ancas. Não é necessário dizer, não se pode beber dele.

Por que estamos aqui, em vez de reagrupar as tropas durante o solstício do verão como prescrevem as ordens operacionais? O local não é capaz de nos abrigar. Não abriga uma tropa com um quarto do nosso tamanho. Mas os soldados precisam ficar protegidos do vento. Os homens precisam de vinte dias para se limpar do deserto e se embriagar, e as montarias precisam enfiar na barriga mais do que mato e acácia. Sua bagagem pesada já pode vir agora do Oxo. E nossos salários.

Comboios de mula transportando ouro sobem seu caminho para a zona protegida que as cinco colunas desobstruíram em varredura pelo norte. Isso, pelo menos, foi feito. A frustração é que nenhum integrante das forças de Alexandre, ou todos coletivamente, foi capaz de forçar o inimigo a um confronto com a tropa principal. Tudo que fizemos foi empurrar as tribos para o norte.

Esse é o progresso até agora. Tendo em vista, porém, que Spitamenes mostrou que é capaz de fazer passar por nós grandes formações para atacar sem ser reprimido em nossa retaguarda, a sensação por todo o acampamento de Maracanda é de vexame, exasperação e mesmo alarme de que a alardeada Grande Investida não realizou coisa alguma.

A bebedeira, que nunca foi moderada entre os macs em campanha, aqui tem atingido proporções heróicas. O rei está reunido com seu conselho no cume da cidadela. Cada explosão de embriaguez encontra seu caminho até as tropas abaixo. Alexandre pragueja contra seus oficiais. Operações Avançadas é a escolhida para a repreensão. Onde está Spitamenes? Como foi que ele passou por nós? O objetivo desse avanço para o norte, declara o rei, é privar o inimigo de iniciativa. Em vez disso, o Lobo a tem agarrado e jogado de volta em nossa cara.

Não é do estilo do rei culpar os outros. Ele sempre toma a responsabilidade para si mesmo. Os soldados o adoram por isso. Mas agora a frustração corrói suas entranhas. "Este lugar", comenta Pendão, "também o está afetando".

Outra pedra vai parar debaixo do calcanhar de Alexandre. Essa na pessoa de Cleito Negro, ex-comandante da cavalaria do Esquadrão Real dos Parceiros, que agora divide com Hefestion a responsabilidade sobre as brigadas montadas de elite de Alexandre. Cleito tem 53 anos e é velha corporação até os ossos. Chegou tarde ao teatro de operações afegão (convocado por Alexandre, que o designará governador da Báctria), por ter ficado hospitalizado durante um ano, 1.700 quilômetros a leste, em Ecbatana. Ali, a guerra ainda "parece persa" — no sentido de convencional, do tipo que um soldado da velha corporação pode entender. Ali, o exército é todo grego e macedônio. Cleito não está preparado para a cavalhada miscigenada que compreende as divisões em Kandahar e Cidade de Bactra e, agora, em Maracanda.

Ele vê persas e medas em postos de poder. Formações de cavalaria, outrora todas encarnadas de macs, agora resplandecem com mantos de pele de leopardo de Hircânia e estandartes de serpente da Síria e da Capadócia. Alexandre começou a integrar coortes bactrianas e sogdianas — os próprios afegãos contra os quais lutamos — e, pior, para os olhos de Cleito, selvagens daans, sacas e massagetas, também nossos inimigos, e a valores de salário além do que os nossos conterrâneos recebem em guarnições na Grécia.

Na juventude, Cleito serviu como pajem do rei Filipe. Teve a honra de segurar o bebê Alexandre em seu batizado. O braço direito de Cleito salvou a vida de Alexandre na batalha do rio Granico.

Cleito não contém a língua. Detesta o que vê e deixa que o exército escute. Deixa que Alexandre escute.

Quem conhece a história sabe da bebedeira de meia-noite na qual Cleito insultou o nosso senhor; como os companheiros do ofendido o arrastaram, bêbado, para fora da tenda do banquete; como ele voltou uma segunda vez para difamar ainda mais violentamente o seu soberano, chamando-o de príncipe insignificante e de criado, que nada teria conseguido sem comandantes como ele mesmo e outros — Parmênio, Filotas, Antípater, Antígono, o Zarolho — a quem ele, Alexandre, agora colocava fora do caminho, sem outro motivo a não ser o de satisfazer a sua vaidade.

Você agora já soube que Alexandre, forçado para além da tolerância por esse abuso, apanhou a lança de um dos seus servidores e a enfiou na barriga de seu antagonista, em seguida, recuando horrorizado por causa desse homicídio cometido pelas suas próprias mãos, lançou-se sobre o cadáver de Cleito, primeiro suplicando aos céus pelo seu ressuscitamento, depois procurando com a mesma lança desonrada com sangue dar fim à própria vida. Você sabe como Hefestion, Ptolomeu e os outros colegas do rei o dominaram e o carregaram, somente com extremo esforço, para seus aposentos, para o interior do qual ele se recolheu, recusando qualquer comida ou bebida por três dias, até que seus amigos e servidores, desesperados com a situação do exército privado de sua presença e liderança, conseguiram, finalmente, arrastá-lo para fora de seu retiro.

Não é meu objetivo, aqui, nem perdoar o ato de Alexandre (quem pode tirar o peso de um assassinato?), nem atenuar o papel de Cleito em seu próprio final alcoolizado. Trato apenas de seu efeito sobre o exército.

Vou falar francamente. Nenhum homem da tropa dava a mínima para Cleito. Ele mereceu o fim que teve. Recebeu o que queria.

Quando finalmente emerge de seus aposentos, Alexandre parece um fantasma de si mesmo. Não se dirige aos soldados nem permite que um substituto o faça em seu nome. Ele faz oferendas. Enterra com honras o corpo de Cleito. Realiza a cerimônia.

É o suficiente. Sargentos, e até mesmo coronéis, choram. Soldados se ajoelham no chão dando graças.

O rei vive!

Estamos protegidos!

De repente, Maracanda, nosso jardim e nosso oásis, tornou-se odiosa para nós. Não vemos a hora de partir. Para onde o Lobo fugiu? Encontrem-no. Matem-no. O exército precisa voltar ao que era.

Será que consegue?

— Este país — diz Pendão. — Este país abandonado por Deus.

LIVRO VII

TERRITÓRIO DO LOBO

TRINTA E SEIS

Ao sul do Iaxartes, onde os picos do Cáucaso cita ascendem da planície do rio, situam-se três inexpugnáveis fortalezas naturais chamadas Tora Giraya, as Barbas Negras. Cada qual é uma montanha propriamente dita. Todas têm cumes amplos com pradarias, fontes que duram o ano todo e flancos intransponíveis. Entre essas fortalezas, segundo nossos espiões, Spitamenes está refugiado. Tem consigo 7 mil cavaleiros bactrianos e sogdianos e todos os seus bens e mulheres.

Alexandre batiza a operação de Trovão de Verão. Comanda-a pessoalmente, convocando de suas próprias formações de guerra as brigadas de Ptolomeu, Poliperchon e Coeno e metade do comboio de sítio sob as ordens de Bias Arimas, substituto de Cratero. Essa força combinada supera 24 mil homens. Tudo, fomos instruídos, depende de velocidade. Precisamos chegar às Barbas Negras antes que o Lobo tenha tempo de fugir ou de preparar uma armadilha.

Entre as unidades que se apressam em direção ao norte, saídas da Cidade de Bactra, está a Escudos de Prata, a elite da infantaria pesada da Guarda Real de Alexandre. Com ela, acompanhando sua cavalaria de escolta, cavalga o meu irmão Filipe.

Ele me encontra no acampamento ao longo do Pequeno Politimetus, um escoamento alcalino em meio a creosoto e tamargueiras, a meio caminho entre Maracanda e as Barbas Negras.

Não via Filipe desde que eu tinha 15 anos.

— Devo lhe dizer — diz ele, após nosso abraço emocionado inicial — que estou muito zangado com você.

Filipe é 14 anos mais velho. Sua capa da cavalaria dos Parceiros ostenta a águia prateada de tenente-coronel. É mais alto até mesmo do que eu me lembrava. Sinto-me intimidado por ele. Descubro-me chamando-o de "senhor", e ele nem se dispõe a me mandar parar.

Filipe está chateado por eu ter recusado o seu pedido para levar as cinzas de Elias para casa. Sua raiva nada tem a ver com Elias. Seu objetivo é *me* proteger, me tirar do Afeganistão. Quando repito o que disse em minha carta, que não posso deixar meus companheiros, Filipe suspira frustrado.

Percebo que ele me ama. Meus olhos formigam.

— Perdoe-me, Filipe. Mas o próprio Elias teria se esquivado dessa missão.

Pela primeira vez meu irmão sorri. Sua barba, observo, ficou grisalha. Seu cabelo, outrora da cor do corvo, tem a cor do ferro. Noto pelo seu modo de andar que ambos os joelhos ficaram inflexíveis (por causa de ferimentos, talvez, ou quedas, que não são incomuns entre cavaleiros). Trouxe-lhe vinho de presente, e um pato num saco. Para mim, Filipe traz a faixa regimental de Elias, de lã tingida de preto e bronze.

Conta-me como Elias morreu e o que aconteceu a Daria.

— Presa, a mulher tentou dar um fim em si mesma, engolindo um veneno que ela conseguiu passar escondido dos guardas. Os cirurgiões lhe deram uma lavagem em suas tripas, para que ela pudesse ser devidamente executada. Foi a primeira mulher afegã a ser acusada por um tribunal militar. Ela não se defendeu e se recusou a fazer qualquer tipo de declaração. Eles a crucificaram.

Meu irmão também viu Shinar.

— Ela me procurou nos meus alojamentos na Cidade de Bactra. Pensei que fosse alguma pastora de ovelhas. Quando abriu a boca e de lá saiu um grego perfeito, quase caí duro. Então ela me mostrou seus documentos da *oikos* com o seu nome neles. — Dá uma risada. — Eu disse para mim mesmo: "Meu irmão caçula cresceu."

É através da mediação de Filipe que Shinar (e Ghilla e o bebê de Lucas) recebem documentos oficiais para seguir para Maracanda. Eles chegarão, com o grosso da bagagem, provavelmente em dez dias. Tarde demais para mim; nessa ocasião, estarei 160 quilômetros a oeste, lá em cima, nas Barbas Negras.

— Quanto tempo — pergunta meu irmão — lhe resta de serviço militar?

Digo-lhe quanto.

— Por quê?

— Vamos eliminá-lo. Quero você fora de perigo.

Ele fala sério. Pode mexer os pauzinhos.

— O que faz você permanecer neste inferno? Por favor, me poupe de oraculações sobre a questão da honra macedônia. Dinheiro? Deixe-me adivinhar: Você deve ao exército mais do que já ganhou durante todo o seu serviço militar. — Encara-me irritado. — Não entendo você, Matthias. É seu objetivo jogar fora a sua vida?

Pergunto por que isso é tão importante para ele.

— Não vou — afirma — perder outro irmão.

Temos de sair da via pública. Estamos chamando a atenção. Ao longo da margem do rio há uma subida onde os muleteiros desenrolam suas cordas novas; por centenas de metros não há nada a não ser cordas úmidas estendidas ao sol.

— Filipe — digo, depois de nos afastarmos —, você sabe que não posso abandonar os meus companheiros. Não quando ainda há combate para ser travado.

Meu irmão me olha com um infinito aborrecimento.

— Deixe-me lhe dizer algo que talvez não saiba. Esta guerra acabará em breve. Apesar de todas as nossas frustrações, o plano de Alexandre está dando frutos. As novas fortalezas cortaram o caminho de Spitamenes para o norte; a devastação que levamos às aldeias deixou-o sem suprimentos; o fato de contratarmos tropas de nativos secou sua fonte de novos recrutas. Oxiarte e outros chefes guerreiros — todos, exceto o próprio Lobo — vêem o fim se aproximando. Todos eles enviaram secretamente garantias a Alexandre. Neste exato momento, há acordos em andamento. Poderemos ter paz assim que chegar o outono. E deixe-me desiludi-lo de outra fantasia que pode estar alimentando suas esperanças de um futuro no exército: as riquezas da Índia. Eu estive lá. Não há nada na Índia a não ser chuvas de monções, cobras venenosas e faquires seminus.

Vá para casa, me diz Filipe. Se cumprir seu tempo de serviço, acabará aleijado ou morto.

— Eu soube o que aconteceu com sua namorada Danae. Você está livre. O que impede? Leve sua garota afegã. Cultive a terra de papai.

— É a sua terra, Filipe.

Ele me encara exasperado. Passam dois comboieiros, verificando suas cordas; esperamos até estarem fora do alcance do ouvido. Meu irmão se levanta.

— Perdoe-me, Matthias. Quando ouço sua voz, que parece tanto com...

Ele não consegue pronunciar o nome de Elias.

— ... e, depois, vê-lo como soldado. — O cabelo comprido de Filipe caiu-lhe sobre o rosto; ele o arrasta de volta com dedos escuros, queimados de sol. — Você era apenas uma criança.

E chora.

Caminhamos ao lado do rio. O sol mergulha; o céu se torna da cor de pérola.

— Sabe — diz Filipe —, Elias e eu costumávamos conversar sobre você. Mais do que você possa imaginar. — Ele sorri, devido a alguma lembrança. — Nossas próprias vidas significavam pouco para nós. Mas a sua sempre pareceu incrivelmente preciosa. Talvez porque você fosse o caçula.

Meu irmão se abaixa e apanha um punhado de pedras achatadas, do tipo que se joga para quicar em uma superfície de água.

— Dizem que um homem fica velho — diz ele — quando a maior parte de seus amigos reside abaixo da terra em vez de acima dela.

— É como você se sente, Filipe?

Ele não responde. Apenas me passa metade das pedras. Formamos trilhas saltitantes.

— Não acabe como Elias ou eu.

Meu irmão despede-se, os olhos encarando a água negra.

— Ser soldado — diz ele — não é uma profissão digna. Quem age como um animal *é* um animal.

TRINTA E SETE

A coluna parte no dia seguinte, em marcha forçada para alcançar as Barbas Negras. Filipe cavalga à frente com os Escudos Prateados.

Deixe-me falar do estado de espírito do exército em conseqüência do fracasso de Cleito e deixar claro, se eu puder, através dos seguintes pequenos mas significativos incidentes, o amor não diminuído dos soldados pelo seu rei.

Ao despachar as brigadas de Ptolomeu e Poliperchon para dar a volta pelo ombro ocidental da cadeia cita, Alexandre seguiu direto para lá, com suas próprias divisões, das de Coeno e daquela parte do comboio de sítio que viera de Maracanda. Essa força fez uma boa marcha durante dois dias. Mas, na terceira manhã, ao subir um desfiladeiro chamado An Ghojar, "o Barbeiro", a coluna foi detida em seu caminho. Uma cachoeira alimentada pelo derretimento de neve de fim de verão alagara metade do vale. Eu cavalgava, entregando despachos, no instante em que todo o avanço foi reduzido à imobilidade.

A garganta abaixo da catarata se estende, ribanceira a ribanceira, mais larga do que a distância de um disparo de arco. Onde a queda-d'água mergulha nas pedras no meio do canal, cada qual do tamanho de uma casa de dois andares, o impacto envia gêiseres com espuma cor de barro a 15 metros espaço acima. O estrondo é tão ensurdecedor que soldados, mesmo dezenas de metros acima do declive, só conseguiam se fazer ouvir gritando direto nos ouvidos dos colegas. Como atravessar? A alternativa, retornar pelo caminho por onde viemos, demoraria dias e liquidaria toda a vantagem da velocidade e surpresa que Alexandre trabalhara duramente para conseguir. Qualquer comandante inferior teria escolhido essa opção. E até mesmo o nosso senhor, diante da torrente, pareceu levá-la em consideração. Sua presença no próprio local, no entanto, levou as divisões à ação.

Sem esperar por ordens, os engenheiros de combate começaram a inspecionar a subida do declive, à procura de pontos onde poderiam ser iniciados desabamentos de pedras. Equipando grupos de mulas e montando grandes troncos como alavancas, sapadores e baldeadores conseguiram desalojar várias pedras críticas. Metade da encosta da montanha veio abaixo, diretamente para o rio. O desabamento não cobriu a inundação, mas pelo menos aproximou as ribanceiras. De uma posição elevada no topo de um promontório recém-formado, arqueiros atravessaram com disparos uma porção de cordas leves, cujas pontas em laço de duas voltas, após infinito esforço, se prenderam em volta de afloramentos de pedra na ribanceira do outro lado. Através desses filamentos, os quais, na escala da cena, pareciam não mais robustos do que linhas de coser, dois jovens e atléticos voluntários despiram-se para ficar o mais leves possível, seguiram palmo a palmo o seu caminho. Imediatamente, a coluna se aglomerou como espectadores dos jogos em Olímpia. Os jovens balançaram perigosamente sobre a torrente (e até mesmo escorregaram uma ou duas vezes para dentro dela), enquanto as emoções de seus conterrâneos espectadores se alternavam entre a postura extática e o excruciante suspense. Alexandre prometera um talento de ouro para o homem cuja sola pisasse primeiro a outra margem e um talento de prata para o segundo. Quando o campeão, finalmente, encontrou apoio para os pés e se virou, erguendo os braços em triunfo, o bramido pôde ser ouvido até mesmo acima do ruído da catarata. Cordas mais pesadas foram puxadas para o outro lado. Por volta do meio da tarde, uma ponte de cordas havia sido preparada. No amanhecer seguinte, um vão de troncos já fora instalado, robusto o bastante para que mulas carregadas — encapuzadas e protegidas por anteparos laterais para não enxergarem a distância até embaixo — pudessem ser atravessadas.

Foi isso o que a simples presença de Alexandre significou.

O resultado foi que duas de nossas quatro colunas surgiram na retaguarda do inimigo até mesmo dias antes de que o Lobo poderia ter antecipado. A divisão de Coeno atacou a menos bem defendida das Barbas Negras, forçando os seus ocupantes a se refugiarem nas outras duas. A segunda Barba ficava separada por uma fenda cavernosa do único local sobre o qual se poderia juntar elementos suficientes para um cerco. Sob as ordens de Alexandre, porém, os soldados, trabalhando em turnos, conseguiram despejar no abismo uma tal tonelagem de pedras e carroças de terra e mato que, no quarto amanhecer, o intervalo fora reduzido o bastante para que se pudesse estender um tosco molhe sobre seu dorso. Dessa vez, os engenheiros, auxiliados por centenas de carpinteiros e mecânicos recrutados das tropas para ajudar, haviam construído uma torre de sítio redonda, com 20 metros de altura, escudada por anteparos móveis revestidos de couro e dotada de um sistema de talhas e cabos com os quais ela pôde ser puxada através da abertura e arremessada contra a face do rochedo.

Que o Lobo tenha distanciado em segurança suas forças, e até mesmo suas mulheres e crianças, deve ser registrado como um feito de brilhantismo tático semelhante a qualquer outro nessa campanha. Sua fuga se deu por trilhas remotas desconhecidas dos sitiantes, ocultando sua retirada na escuridão e utilizando-se do ardil de centenas de fogueiras de vigília, as quais meninos e rapazes mantiveram acesas a noite toda para simular a aparência de um acampamento em um alerta habitual.

Entretanto, o inimigo enfrentou uma tremenda derrota moral. Nosso amigo cronista, Costas, avaliou-a no seguinte relato, que percorreu seu caminho em menos de três meses, segundo me disseram, via Sídon e Damasco até Atenas:

> *As tropas tribais do inimigo não conseguem perceber a utilidade de uma retirada tática, executada aqui com muito brilhantismo pelo seu comandante Spitamenes. Para eles, trata-se de uma* ashan, *ou "fuga", uma expressão de vergonha. Quem é o inimigo? Seu tipo existe às centenas. É um soldado sogdiano; é um pastor de ovelhas; é um selvagem, um lojista. Lutou sob as ordens de Dario, treinado por oficiais persas; é um menino armado com funda e pedra. Os alistados do Lobo contêm assassinos e bandidos, patriotas à procura de glória e oportunistas em busca apenas de ouro. O inimigo é alguém cujo filho matamos, cuja aldeia incendiamos, cuja irmã ultrajamos. Ele se alista na primavera e desaparece no outono. Às vezes irmãos se revezam no serviço, utilizando um único pônei e o único estojo de armas que a família possui. Isso é uma fraqueza num exército? Não do modo como Spitamenes o conduz. Pois o que todos têm em comum é o ódio ao invasor. O nativo não está indo a lugar nenhum, mas nós estamos — e ele sabe disso.*

> *O afegão também não luta como nós, nem pelo que nós lutamos. Ele vive para se distinguir como um campeão individual. Por natureza, é um pirata, incansável, ávido, constantemente almejando emoção e oportunidade para pilhagem. Os bactrianos e os sogdianos e, em especial, seus aliados dos selvagens daans, sacas e massagetas, não são soldados no sentido grego ou macedônio, isto é, homens disciplinados dotados de paciência, ordem e coesão. São mais como crianças travessas, impacientes, exaltadas, facilmente enfadadas. Spitamenes, que entende seus corações mais do que eles mesmos, sabe que precisa realizar em breve um golpe redentor contra seu nêmese Alexandre, ou perderá uma parte da confiança que suas audaciosas e piráticas coortes puseram nele.*

O verão termina com mais vitórias macs, nenhuma conclusiva, mas todas coletivamente reduzindo a liberdade de manobra do Lobo. A divisão de Hefestion construiu e guarneceu não menos do que 47 fortalezas e pontos fortificados, formando uma cadeia ao sul do Iaxartes. Muitos desses não são maiores do que uma dúzia de meros poleiros sobre um cume de pedra. Toda vez que Spitamenes enfiar a cabeça para fora, um desses postos avançados soará o alarme.

Enquanto isso, a construção se aproxima do final em uma nova cidade-guarnição — o bastião de Alexandria do Iaxartes. Paliçadas e valas estão prontas; a força armada estará no local por volta do outono. Oxiarte e os outros chefes guerreiros afegãos se retiraram para o sul, pelo inverno, para se proteger no Cáucaso cita, inacessível após as primeiras nevadas. Alexandre reúne suas brigadas de elite, com a de Pérdicas, a de Ptolomeu e a de Poliperchon, e institui uma base de prontidão em Nautaca. Dali, ele pode cavalgar rapidamente em ajuda a Cratero, no sul, ou a nós, no norte. Esse é o seu plano.

A iniciativa passou para os macedônios. Alexandre incumbe a nossa brigada de forçar a saída de Spitamenes de seu refúgio além do Iaxartes. Ele reforça Coeno ao colocar sob seu comando Meleager e seu regimento de infantaria móvel, fortalecido com quatrocentos cavaleiros dos Parceiros sob as ordens de Alcetas Arrideu; todos os lanceiros montados de Hircânia; e os bactrianos e sogdianos aliados que foram anexados à brigada de Amintas Nicolau (o próprio Amintas nomeado governador da Báctria, o posto que teria pertencido a Cleito Negro). As instruções de Alexandre a Coeno são para caçar e acossar Spitamenes.

"Expulsem o Lobo de seu covil" é a ordem do nosso rei afixada por todo o acampamento de Maracanda. "E eu acabarei com ele a céu aberto."

TRINTA E OITO

Nessa operação, encontro o irmão de Shinar pela primeira vez. Aconteceu assim:

A brigada acelerou ao norte para Alexandria do Iaxartes, preparando-se para atravessar as Terras Selvagens na caçada a Spitamenes. Vários dias antes, entretanto, o inimigo havia desfechado um ataque contra as pontes flutuantes que ali se estendiam sobre o rio. Atacando de rio acima, usando balsas incendiárias e correntes de troncos embebidos em piche, o inimigo conseguiu destruir ambas as extensões. Engenheiros macs no próprio local estão sobrecarregados, disputando contra o inverno para terminar a construção da cidade-guarnição. Conclusão: temos de reconstruir as pontes.

Cada arrasta-pé capacitado do acampamento é recrutado para as turmas de trabalho, inclusive três companhias de irregulares afegãos sulistas que estavam à mão à espera de ordem para se juntar à brigada de Ptolomeu no sul.

Exceto que os afegãos se recusam a trabalhar. Para eles, tal serviço é para mulheres. Eles não o fazem.

Os afegãos estão sob o comando de capitães macedônios, mas as ordens desses oficiais precisam ser passadas através dos *maliks* abaixo deles, pois somente eles ordenam a obediência às tropas efetivas. Você pode imaginar com que paciência o nosso comandante Coeno julga essa prática.

Ele convoca os dois chefes afegãos responsáveis e, quando estes novamente desafiam suas ordens, manda acorrentá-los. A brigada é reunida para assistir ao castigo. Não há dúvida de que Coeno pretende açoitar os sujeitos, se não até a morte, pelo menos até chegar a um centímetro disso. A catástrofe é evitada no último instante pela interferência de Agátocles, o chefe do serviço de informações, o mesmo que havia entrevistado Lucas e a mim após o nosso cativeiro. Ou talvez todo o espetáculo tenha sido encenado em favor dos afegãos. De qualquer modo, tudo terminou com um conselho tribal, ou *jurga*, para o qual é chamado um mac que fale o dialeto do sul.

Sou eu.

Conheço o dialeto por causa de Shinar.

Meu contraparte na reunião me diz que sabe quem eu sou. Ele é o primo de Shinar. Seu primo do sexo masculino — o irmão de Shinar — também serve na mesma companhia.

Na afobação dos acontecimentos, dou pouca atenção a isso. Somente dias depois, quando o conserto da ponte está perto do fim, me ocorre que essa é uma oportunidade que preciso aproveitar — sentar-me com o irmão e fazer as pazes.

Você não entra simplesmente num acampamento afegão. Eles o matam se fizer isso. Você deve, primeiro, enviar o seu *dashar* (uma espécie de cartão de visitas), anunciando sua presença e pedindo permissão para ser acompanhado ao seu interior.

Vou com Pendão e Lucas. O dia está claro e faz um frio de rachar. Todos estamos armados até os dentes. Dados, Boxer e três outros amigos nos apóiam do lado de fora.

O irmão nos encontra em um campo de trevos de inverno. Está acompanhado do primo que conheci e de outro primo. Todos encapotados até os olhos e portando estripadores e lanças de ferro, cujo uso aprenderam conosco. Uma dúzia de afegãos armados nas margens mantém o conclave à vista.

O irmão não é aquilo que eu esperava. É jovem, apenas poucos anos mais velho do que Shinar, mas com os olhos frios como os de um idoso. Está todo vestido de preto. Embora sua capa *khetal* esteja surrada, seu cinturão e sua funda são guarnecidos com espetos de prata — troféus de matança de inimigos. Digo-lhe meu nome e estendo a mão. Afegãos não compartilham a nossa admiração por um aperto de mão. Tocam sua palma como se achassem que você segura algo contagioso. Os asiáticos também não acreditam em olhar nos olhos e falar clara e firmemente. Eles murmuram e desviam a vista. Não se apresentam. O irmão não me diz seu nome.

Sinto Pendão enrijecer a meu lado. Ele odeia esses sacanas. Lucas, do meu outro lado, aceita tudo com uma disposta e aberta receptividade.

A entrevista acaba assim que começa. O irmão, visivelmente, não quer tomar parte nela. Continua olhando para o grupo de homens mais velhos, que observa a distância, e cuja presença, fica claro, obriga-o contra sua vontade a esse encontro.

Digo-lhe que Shinar está bem e que espero devolvê-la a ele e à sua família. Ele faz uma careta, como se eu tivesse acabado de enfiar um cravo em suas entranhas.

— Será que você não entende — diz ele em perfeito dari — que não desejo essa obrigação?

Não entendo.

— Refere-se a aceitá-la de volta?

— Você deveria tê-la matado.

Ele fala sério. Penso no nosso ex-guia Elihu. Meu crime, aos olhos dos afegãos, segundo entendo, não foi ter dormido com Shinar, nem a engravidado, ou levá-la para o meio de estrangeiros. O que nunca poderá ser perdoado é o fato de eu ter feito algo — salvar sua vida numa trilha das montanhas — que, pelo código *nangwali*, só podia ter sido feito pelos seus próprios parentes.

Os primos me odeiam. Seus olhos falam claramente.

O irmão é diferente. Sua expressão parece... condenada.

— Você imagina, macedônio — diz ele —, que desejo causar dor à minha irmã? Tenho 22 e sou responsável por 41pessoas, a maioria mulheres e crianças. — Aparentemente, ele se refere a seus familiares diretos, cuja proteção recaiu sobre ele por causa de mortes dos mais velhos ou de outros infortúnios. — Tenho de servir à causa do inimigo apenas para encher as barrigas daqueles a quem devo prover.

Para minha surpresa, descubro-me respeitando o sujeito. Examino seu rosto inteligente, de feições finas.

— O sangue que será derramado por causa dessa questão — diz ele — é seu, e não meu. Pois, embora você e seus conterrâneos nos chamem de bárbaros, são vocês que são animalescos e educados para o mal... e cegos a todo conceito de orgulho e honra. Você deveria tê-la matado — repete o irmão, girando nos calcanhares. Em poucos instantes atravessa a passos largos os trevos marrons.

Pendão vira-se para mim e Lucas.

— O que quis dizer com isso?

Os primos permanecem. O ódio irradia de sua postura.

— Qual é — pergunto — o nome de seu primo?

O mais velho me encara.

— Baz.

TRINTA E NOVE

A divisão de Coeno atravessa o Iaxartes na manhã em que as Plêiades se põem, o primeiro dia do inverno. Está frio. Uma pulverização de neve uiva através da estepe congelada. Nossa ordem, como disse, é caçar Spitamenes. A sensação é de aproximação de um clímax.

O Lobo foi avistado a 120 quilômetros a leste, na fronteira, perto de uma aldeia chamada Gabae. Trata-se de um posto fronteiriço de comércio freqüentado por membros da tribo dos massagetas. Eles se reúnem ali, na primavera, antes de fazerem incursões no sul. Será que Spitamenes fará com que saiam durante o inverno?

Aliás, deve estar acontecendo algo: Costas, o correspondente, cavalga conosco. Como também Agátocles, o chefe da inteligência.

— Por Hades — exclama Pendão —, todos os camundongos saíram de suas tocas.

Patrulhas percorrem o norte e o leste da terra deserta. Nossa companhia divide-se em três para fazer a varredura mais ampla possível. Uma porção de penetrações são feitas por outras turmas. A cada dia descobrimos sinais da passagem de um grande número de cavalos, não em formação como um leque aberto, a maneira que os tribais costumam cavalgar, mas em colunas, para ocultar seu número. O inverno chegou inclemente. Tínhamos acabado de montar acampamento ao longo de um riacho congelado, quando chega a galope um mensageiro de Coeno com ordem para levantarmos acampamento e segui-lo depressa.

A oeste da região em que fazemos as buscas fica uma área de pasto assolada pela ventania chamada Tol Nelan, "o Nada". Ali, uma sondagem de uma de nossas companhias irmãs topou com um acampamento com várias centenas do inimigo, em viagem, sem carroças ou mulheres. A patrulha permaneceu escondida, sem ser localizada, e enviou de volta um pedido de ajuda à coluna. Nosso setor está entre as unidades convocadas para o reforço.

Cavalgamos durante uma noite e um dia, juntando-nos a outra patrulha chamada de volta e duas companhias de infantaria montada enviadas por

Coeno. Batedores da patrulha original nos apanharam 16 quilômetros antes do local e nos conduziram por uma volta mais ampla. Assumimos posições ocultas.

Nossa força consiste de três patrulhas, cerca de sessenta homens, e as duas companhias enviadas da coluna. Coeno a fortaleceu com artilharia, duas balistas — lança-pedras — e meia bateria de catapultas leves para lançamentos de setas, do tipo capaz de ser desmontada e transportada, uma delas sobre duas mulas. Nosso comandante é Leandro Arimas, um capitão dos Parceiros, enviado com as duas companhias. Costas, o cronista, veio com ele. Como também Agátocles. Aparentemente, esperam um espetáculo. Leandro determina um acampamento-base montado sobre um curso de água congelado a duas milhas do acampamento inimigo, então divide nossa tropa em componentes de ataque e uma força de bloqueio.

Pela primeira vez, um plano funciona de verdade. Duas horas antes do amanhecer, nossas companhias posicionam duas alas de trinta cavalos, cada qual em posição, do lado do acampamento inimigo voltado para a estepe. Lucas e eu cavalgamos com o braço sulista. A tropa propriamente dita surge ao amanhecer, caminhando sob o pálido sol. Ao mesmo tempo, a companhia de infantaria, que tomara posição à noite nas elevações adjacentes, cai rapidamente sobre o adversário.

O inimigo foge pelas trilhas cobertas de gelo. Seus cavalos levam dois, até mesmo três fugitivos. Quando o inimigo atinge o leito do rio, a artilharia mac abre fogo. Uma balista é capaz de arremessar uma pedra de 5 quilos a 200, 300 metros colina abaixo. Quando esses mísseis estrondeiam no meio das rochas e dos fragmentos de gelo do rio congelado, o pânico domina o inimigo. Nosso capitão Leandro cai, atingido por uma de nossas próprias pedras. A luta é acirrada e violenta. Quando chega o fim, o prêmio são sessenta pôneis e quarenta homens. E uma bonificação inesperada:

Derdas, o filho de 14 anos de Spitamenes.

QUARENTA

Irrompe uma luta corporal por causa dessa presa. Nossos daans gadunham uns aos outros como gatos de celeiro (reconhecem o rapaz da época em que lutavam ao lado de seu pai), acreditando que a cabeça do garoto lhes renderá um balde de ouro. Estéfano e outros oficiais mac ordenam que o rapaz fique preso separadamente. Enquanto isso, apesar dos desesperados esforços para salvá-lo, o nosso capitão Leandro sangra até a morte. Três outros macs receberam ferimentos fatais; uma dúzia mais foi cortada seriamente durante a feroz defesa do inimigo. O garoto contempla com olhos frios, inteligentes.

O filho de Spitamenes está vestido ao estilo massageta, com botas e calções com perneiras, comprida capa *khetal*, e gorro com orelheiras. Nada o diferencia de seus companheiros menos ilustres, a não ser uma adaga com cabo de ônix, a qual dois de nossos daans retiraram da camisa do jovem quando ele e os outros foram desarmados. Inicia-se uma rixa pela propriedade desse troféu. Na confusão, alguns inimigos conseguem fugir, a cavalo, antes que nossos companheiros consigam fazer um cordão de isolamento em volta do local da captura.

Esses fugitivos voarão sobre asas até Spitamenes, cujas forças devem estar tão próximas quanto além da próxima cadeia de montanhas. Onde quer que esteja, o Lobo não terá dó, virá correndo para se desforrar — e salvar o seu filho.

Estéfano e dois tenentes pelejam para manter a ordem. É convocada uma reunião. Como somos cabos, Lucas e eu participamos. Estéfano declara que a composição mista do grupo inimigo — daans e massagetas com força principal de bactrianos e sogdianos — só pode significar que o inimigo está se agrupando.

— Quando se dispersam, esses sacanas se dividem em bandos tribais. Somente cavalgam em um grande agrupamento quando estão concentrando tropas.

Lucas e eu confirmamos isso. Vimos com nossos próprios olhos, quando estivemos presos.

Costas confirma a suposição de Estéfano.

— Oficiais treinados pelos persas — quer dizer, Spitamenes — levam seus filhos quando acreditam que estão entrando em um combate até a morte. O jovem precisa estar por perto para testemunhar o heroísmo do pai, em sua vitória... ou, na derrota, proteger da profanação os seus restos mortais.

Em outras palavras, algo grande está por vir.

Um cavaleiro deve ser despachado de volta até a coluna. Começa uma discussão por causa disso. Agátocles, o oficial de informações, exige a custódia do filho de Spitamenes. Seja qual for o significado da presença do rapaz, sua pessoa física deve ser entregue imediatamente a Coeno e, posteriormente, a Alexandre. O garoto representa uma ficha significativa no jogo de guerra e paz. Agátocles levará pessoalmente o prêmio. Ordena que Estéfano destaque uma escolta.

Estéfano se recusa.

Agátocles, declara o poeta, será alcançado pelo inimigo, em poucas horas, sozinho na estepe com apenas poucos homens.

— Precisa ficar com o grupo principal, senhor.

Ambos os tenentes submetem-se a Estéfano, apesar de patente superior à dele, por causa de sua experiência de guerra e de sua fama como soldado. O poeta ordena que a coluna se organize, que os presos sejam amarrados e os nossos feridos tratados. Avançaremos como um todo, assim que pudermos.

Agátocles insiste em partir imediatamente com o filho de Spitamenes. O tempo, alega ele, é essencial. Exige um guia e oitos homens em cavalos velozes.

Estéfano ri em sua cara. Mesmo sem expressá-lo, nosso comandante menospreza o motivo não mencionado do oficial de inteligência: reivindicar para si a glória dessa captura.

— Não vou discutir com você, sargento porta-bandeira — diz Agátocles.

— Nem eu com você — rebate Estéfano. Ele não arriscará a perda de um prisioneiro tão valioso, nem de qualquer mac enviado pela estepe para protegê-lo.

Costas se adianta.

— Eu vou.

Estoura uma discussão. Pendão aponta para o descampado.

— Eles derramam sangue ali, correspondente, e não tinta.

Para seu crédito, o correspondente finca pé.

— Então escreverei minha história com ele.

A paciência de Agátocles esgotou-se.

— Já que se recusa a me fornecer soldados, poeta, venha você mesmo. Proteja-me. Ou será que lhe falta estômago?

Raramente tinha visto Estéfano perder o controle. Mas agora Agátocles leva-o a isso. Pendão e Lucas precisam interferir para conter Estéfano.

Agátocles ordena que lhe tragam o seu cavalo. Seu assistente seleciona soldados para formar uma escolta. Vários são daans, jamais confiáveis; os macs que se apresentam podem, com tolerância, ser chamados de oportunistas. Olho para Lucas. Algo precisa ser feito.

— Eu vou — digo.

Meu amigo bloqueia o meu caminho.

— Você foi com Tollo.

Ele quer dizer que é sua vez de arriscar o pescoço sem um bom motivo.

Estéfano barra todo mundo.

— Ninguém vai!

Agátocles, porém, já está na sela. Sua patente é de capitão pleno; Estéfano é apenas sargento porta-bandeira. Os outros cavaleiros trazem preso seu prêmio. Lucas apanha suas armas e equipamento; monta; Agátocles, novamente, ordena que Estéfano se lembre de seu posto.

Seguro a rédea de Lucas. Empurro para o interior de seu alforje meu capote e um saco de *kishar* e lentilhas. Ele segura a minha mão.

— O que quer que aconteça comigo, irmão — pede ele —, conte a verdade.

QUARENTA E UM

Leva seis dias, pressionando nossos animais e nossos prisioneiros, para nos reunirmos com a coluna principal. Isso ocorre em Gaba, o acampamento de comércio na fronteira entre Sogdiana e as Terras Selvagens. Alcançamos o comboio de sítio; os elementos de combate já seguiram para o norte. Os membros da tribo do Lobo, conta-nos um batedor, estão se agrupando além da fronteira. "Parece que pretendem uma carnificina daquelas."

Nenhum batedor viu Lucas ou Costas ou Agátocles. A captura do filho de Spitamenes é novidade para eles. Nada ouviram e nada souberam.

Largamos nossos prisioneiros e nos apressamos ao norte ao longo da rodovia militar, ou que se tornou a rodovia militar. Comboios de mulas com centenas de animais carregam rações e equipamento pesado. O quanto Coeno está à frente? Ninguém sabe. Onde está Spitamenes? Os idiotas de retaguarda nos encaram inexpressivos.

Nossos animais também estão pregados demais para manter o passo. Precisam de um dia. Cavamos um acampamento, ao lado da coluna que se arrasta penosamente, em um charco congelado no meio do nada. A ventania geme. Cortamos torrões de terra para usar como quebra-vento. Ao enfiar minha lança na grama, puxo uma caveira. Pendão escava um fêmur. O local é um túmulo. Um antigo monte fúnebre.

Soldados são supersticiosos.

— Não vou bonzar aqui — diz Dados.

Dormimos com os muleteiros. O desjejum é vinho e mingau de painço, ambos congelados. Nós o dividimos com um esquadrão de lanceiros peônios — a elite de batedores de Alexandre — que cavalgaram três dias desde Nautaca, sem descanso.

— Onde está o rei?

— Vindo depressa, companheiros. E trazendo tudo quanto é desocupado e surtado!

Os lanceiros devoram seu mingau, em seguida esporeiam seus cavalos para o norte e deixam para trás a coluna de suprimentos.

Depois da metade do dia, passa a cavalaria mercenária de Alexandre. Boatos dão conta de que seu Esquadrão Real de Parceiros — e ele mesmo — já passaram rapidamente por Gabae pela pista oriental de caravanas. Já estão à nossa frente.

Nós mourejamos. O comboio de suprimentos tem bastante forragem seca, mas seus sargentos não nos deixam pegar. Cada fardo está etiquetado com o nome de uma unidade de frente. Não temos nada para os nossos pôneis. A estepe estende-se cinzenta e congelada; a grama é uma palha dura de gelo. A bosta de nossos cavalos jorra como sopa.

Ninguém ainda tem notícia de Lucas.

Minha mente procura motivos.

— Você está pensando novamente — observa Pendão.

Nessa multidão, raciocina ele, qual é a chance de se ter notícia de um soldado? Além do mais é quase certo que Lucas conseguiu.

— Eles são heróis, ele e aquele capitão. Foi o relatório deles que colocou em movimento todo esse espetáculo.

Quero acreditar. Faz sentido; o *timing* disso parece correto. Neste momento, Lucas provavelmente está num acampamento com componentes de vanguarda. Está com Coeno e Alexandre, embebido de glória.

Avançamos. Começa um derretimento. A estepe se transforma num brejo. Mulas carregadas afundam até a metade de seus jarretes; carroças atolam às vintenas. O caminho de passagem da coluna parece um campo arado por bois. É tão ruim que a própria morte parece férias. É melhor do que dormir outra noite nessa lavagem.

Chove o dia todo, o décimo e o décimo primeiro. Nossos cavalos são esqueletos. Nós parecemos fantasmas. Então, no décimo segundo, a temperatura cai. Os céus despejam granizo, depois neve. Chegamos a uma elevação. Adiante: uma área de agrupamento. Intendentes nos encaminham para fora da estrada, para trás de uma cadeia de colinas.

Alcançamos a linha de frente. Tendas e cozinhas de campanha. A infantaria mac com milhares, todos se armando para batalha. Nada de meia-lanças. *Sarissas* inteiras. Estéfano me manda procurar alguém da brigada de Coeno para me apresentar. É impossível. O local se estende por quilômetros. Estamos entre componentes da cavalaria mercenária de Alexandre. Seus cavalos fazem os nossos parecerem cachorros. Antes de conseguir avistar um rosto familiar ou um estandarte que eu reconheça, o assistente de um coronel nos manda montar e cavalgar. A luta não é amanhã, é agora.

Ninguém ainda viu Lucas.

QUARENTA E DOIS

Eu nunca tinha visto homens tão ávidos por batalha. Vinte e sete meses de frustração deixaram os nossos macs mais do que um pouco doidos. Querem quebrar cabeças. Anseiam por fazer viúvas.

Nossas companhias entram em formação diante de Touro em um vale ao longo de uma fila de catapultas sendo engatadas em suas carretas. A força da unidade deveria ser de 256. A contagem chega apenas a 91. Ninguém liga. Onde quer que um soldado se encontre, que escolha um batalhão e ingresse nele.

Estéfano percorre a meio-galope a fileira, formando-nos em cunhas. Apoiaremos a cavalaria mercenária.

— Não acredito — comenta Pendão — que alguém tenha recebido algo como ordens de verdade.

Estéfano aponta para os mercenários.

— Façam apenas o que eles fazem.

A cavalaria contratada são frígios e capadócios. Pode-se perceber pelos seus gorros pontudos. Nem mesmo falamos a mesma língua. Dados freia o cavalo ao lado de Boxer e Ruivo.

— Bem-vindo à curra! — Ele dá gargalhadas.

Os mercenários partem em colunas de cunhas. Parecem saber o que fazem. São todos lanceiros usando gorros com orelheiras e flâmulas crepitando nas pontas de suas armas medindo 4 metros. Descemos trotando para uma baixada entre altas elevações de terra. É como passar por entre montes fúnebres. O campo de batalha, ou que se tornou o campo de batalha, fica logo acima do monte à esquerda. Dobramos uma curva e lá está ele.

A neve cai agora em feixes. Saindo-se do vale, o frio atinge como uma parede de gelo. Onde está o inimigo? O tempo se deteriora tão depressa que não conseguimos enxergar mais do que uma cunha à nossa frente. Com o vento e a neve, não conseguimos ouvir nada.

Onde está Alexandre?

Onde está Spitamenes?

Em quase todos os apertos por que passei, o elemento dominante foi a confusão, seguida por dúvida e terror. Aqui há apenas confusão. Não sinto o menor medo. Continuo sondando em volta atrás de Lucas. Que ele esteja bem, e eu matarei sem pensar duas vezes.

Nossas cunhas seguem os mercenários. A coluna gira para a direita. Os montões estão agora do nosso lado direito; seguimos a meio-galope, paralelos a eles. À nossa esquerda e abaixo, uma comprida ladeira assolada pela ventania se estende a uma ampla depressão cheia de neve. Ao avançar para ela, passamos por companhia após companhia de infantaria ligeira. Os soldados não têm pressa. Tagarelam uns com os outros, despreocupados como peixeiras no mercado. Cortinas de neve descem; você pode ver as tropas, mas não consegue ouvi-las. O chão debaixo dos cascos do meu pônei é duro como pedra e liso como mármore.

Historiadores demonstrarão posteriormente que Spitamenes não tem escolha a não ser, neste local e neste momento, sair ao aberto. As fortalezas de Alexandre cercaram o Lobo, não deixando qualquer pequeno pedaço de terra para ele se instalar. Os suprimentos do inimigo foram cortados. Indubitavelmente, os membros de sangue quente de sua tribo o provocaram em uma reunião. Os massagetas não passam um inverno sem alguma aventura após uma pilhagem. Spitamenes os perderá, e também os sacas e os daans, se não agir com audácia. Eles se dispersarão e nunca mais se unirão em torno de sua liderança.

O Lobo não tem escolha, a não ser atacar. Sabe que Alexandre o quer. Sabe que o nosso rei planejou a seqüência dos eventos para não lhe dar outra opção. E sabe que, assim que ele atacar, Alexandre correrá para o norte, vindo de seu acampamento de prontidão em Nautaca, com cada homem e cavalo de que dispõe.

Que assim seja.

Finalmente, uma luta de verdade.

Nossa cavalaria mercenária vem à esquerda, em coluna. Nós seguimos atrás. Os mercenários transitam diretamente atrás da infantaria ligeira, formando uma segunda frente em direção à retaguarda das tropas a pé; então seus líderes mudam de direção naquela evolução chamada de contramarcha lacônia, como cavalos de corrida em volta de um poste ou uma parelha de bois arando um campo. Dados me acena enquanto avançamos lentamente através das pancadas de neve.

— Que diabos está havendo?

— Apenas siga esses sacanas! — Estou tão perdido quanto ele.

Nossa força montada alinha-se na beirada da depressão cheia de neve, atrás da larga frente de infantaria. Estamos no meio agora, em coluna com o nosso longo eixo do flanco voltado para a batalha; a cavalaria mercenária, na mesma formação, aperta as rédeas em nossa ala direita. Podemos ouvir mas ainda não conseguimos ver o conflito que acontece a 800 metros ladeira abaixo.

Alexandre enviou adiante, em uma formação em quadrado, oitocentos cavalarianos lídios e médios com 1.200 soldados da infantaria mercenária (as mesmas tropas, soubemos depois, com as quais Lucas e eu marchamos de casa). Elas são a isca. Contra elas, Spitamenes arremessou um crescente de cavaleiros massagetas e daans. As pontas do ataque inimigo envolveram nossos companheiros. O inimigo ataca o quadrado de infantaria, em enxames, ao estilo bárbaro, cercando-o com uma grande quantidade de cavaleiros aos gritos, que o circunda a meio-galope, mantendo-o apenas ao alcance de lanças e dardos, ao mesmo tempo que fazem investidas em grupos contra nossos homens, indo e voltando ritmadamente, despejando salva após salva de flechas e lanças.

À direita e à esquerda, podemos ouvir as trombetas macs. A infantaria que está abaixo de nós agora avança. Desce a passo dobrado o flanco da depressão cheia de neve, suas botas levantando grandes turbilhões brancos. A frente da tropa a pé se estende à direita e à esquerda de nossa vista. Ela segue direto para o enxameante círculo de cavaleiros inimigos. Estéfano gira seu capão Parataxis, "Batalha Intensa", para a linha de frente. Ele nos contém até a infantaria avançar cerca de 100 metros morro abaixo. Agora vamos nós. Atrás dos comedores de terra, a passo lento. À nossa direita, a cavalaria mercenária avança do mesmo modo. Ainda não faço idéia do que diabos devemos fazer. Nem Dados; nem Boxer. Todos nós nos deslocamos em direção a Estéfano. Ele também não sabe.

Essa é a minha primeira batalha de confronto de verdade. Como todo mundo, ouvi milhares de histórias sobre essas colisões, com trombetas e flâmulas e grandes ataques ruidosos de amontoados de tropas e cavalos. Nada, porém, me preparou para a escala ou o som ou a louca e irresistível extensão da coisa. A emoção dos animais é arrasadora. Como a gente, eles evacuam suas vísceras quando dominados por medo e agitação. Aonde quer que você olhe, montarias cagam e mijam; o fedor fere nossas narinas; com isso, o ar gelado se condensa em vapor. Os pôneis cabriolam e relincham; você pode senti-los fugir do controle de seus cavaleiros. Eles retornam à lei da manada. Nós também. Cascos fazem voar torrões. A terra pinoteia e treme debaixo de nós. Do campo, se eleva um planger latejante, inumano.

Eu sou cabo; comando um pelotão de oito. Cada sentido grita para mim, Dê suas ordens! Assuma responsabilidade! Isso é impossível. Somos colhidos, todos nós, na onda e na corrente do momento. Quando os nossos cavalos vão, nós vamos com eles. Ordens? O próprio Zeus não conseguiria se fazer ouvir acima dessa algazarra e, mesmo que conseguisse, o *momentum* do instante subjugaria seus gritos mais potentes. Percebo mais com o meu assento do que com meu senso. O trabalho da infantaria, noto, é esconder a cavalaria mercenária, para evitar que o inimigo descubra o nosso avanço. Externamente à linha de frente, o inimigo despeja esquadrões e mais esquadrões de cavaleiros tribais em seu enorme anel galopante. Ele pensa em acabar com as nossas divisões iniciais, depois se voltar para as tropas que avançam a pé e realizar a mesma façanha com elas.

Estamos agora a meio caminho da ladeira. Os sons da batalha sobem da depressão numa ensurdecedora cacofonia. Vejo Estéfano galopar diante da nossa linha de frente; um oficial da cavalaria mercenária cavalga a seu lado. O sujeito arrasta logo atrás um cavaleiro com flâmula, um jovem com não mais do que 14 anos. O garoto exibe no alto uma grande "serpente" vermelha enroscada. Sem dar uma palavra, cada homem entende.

Sigam-no.

Sigam seu pendão.

A cavalaria mercenária à nossa direita agora gira para a direita, próxima do flanco. Novamente em coluna. Do modo como entramos. Vão da caminhada ao trote. Nossos cavalos entendem antes de nós. Eles querem o meio-galope. Entendo de imediato. Todos entendem.

— Entende, Dados? — berro através da cortina de neve.

Ele ri, apontando sua lança em direção à cavalaria mercenária.

— Fazer o que eles fazem!

Lá vamos nós. O último vislumbre que tenho antes de nossa coluna sair para a direita é a da unidade de escudeiros galopando pela ladeira acima de nós, portando o estandarte da *agema* dos Parceiros, o antigo Esquadrão Real e o Emblema do Leão da Macedônia. Alexandre e os Parceiros. Uma vibração dispara dos cascos do meu pônei, atravessa minha cabeça e sai pelo topo.

Hoje é o dia.

O único modo de se contrapor às táticas citas, o grande círculo rodopiante de arqueiros a cavalo, é bloqueá-lo pelo lado. Fazê-lo se romper. Forçá-lo contra um rio ou uma montanha ou um precipício. Então a infantaria e a cavalaria podem ostentar suas armas. Mas aqui, nas estepes das Terras Selvagens, não há rios ou montanhas ou precipícios. É por isso que as táticas citas funcionam tão bem.

O que se deve fazer — e o que Alexandre faz agora — é usar homens e cavalos para fazer um rio, uma montanha, um precipício. Esse é o nosso papel agora. Nosso e da cavalaria mercenária. A galope, a elite contratada de soldados montados da Frígia e da Capadócia emerge por trás das pontas da cerca formada pela infantaria que avança. Uma ala vai para a direita, a outra para a esquerda. Numa grande varredura, ela oscila num vaivém. Atinge o inimigo rodopiante em ambas as extremidades de seu anel.

Agora o inimigo está encurralado entre a frente e a traseira da infantaria e a direita e a esquerda da cavalaria. Seu círculo se espatifa como uma roda contra quatro pedras. Nosso pelotão segue a coluna de cavalarianos mercenários quando ela cai ruidosamente sobre o adversário.

Eu sentiria um prazer supremo em relatar como o impacto da investida de nossa companhia rompe o inimigo e coloca-o em fuga diante de nós, sem falar de que modo a minha lança despacha pessoalmente esse herói e aquele campeão. De fato, a cavalaria mercenária faz tudo antes mesmo de chegarmos lá. A nossa é provavelmente a vigésima coluna a investir contra o inimigo. Ele já cambaleia. Nós somos apenas uma parede. Uma cerca viva de lanças e cavalos para encurralar as hordas de Spitamenes e quebrar sua roda e transformá-la em raios e lascas.

Agora, Alexandre e seus Parceiros atacam.

Nosso rei lidera uma cavalaria pesada com 1.800 homens; em esquadrões de colunas em cunhas, com duzentos homens cada. A galope, essa força é capaz de percorrer uma centena de metros em sete segundos. Quando rasga a barriga do resto do círculo do inimigo, estraçalha seu *momentum* e transforma sua multidão em uma massa desordenada, triturada.

A luta termina tão depressa que é quase decepcionante. A essa altura, as setas dos tribais já foram disparadas. Suas montarias estão exaustas, a exaltação de seu ataque, exaurida. Agora as *sarissas* de nossas infantarias ligeira e pesada e as lanças da cavalaria dos mercenários voltam-se para eles. Em pouco tempo, 1.200 são massacrados. Milhares atiram fora suas armas. O próprio Spitamenes dispara pelo campo.

Nossa companhia explora o ventre da depressão, apanhando cada cavalo solto em que conseguimos botar as mãos. O campo é uma sopa. A relva congelada foi socada de lado a lado. Tudo agora é estrume. Com seus animais exaustos patinhando na poça, bactrianos e sogdianos depõem suas armas às centenas. Seus antigos aliados, os sacas e os massagetas, aproveitam a chance para saquear a bagagem de seus próprios companheiros, demorando-se o suficiente para apanhar todos os pôneis e mulheres que conseguem, antes de usarem a neve para esconder sua fuga para as Terras Selvagens.

Com a vitória, o campo se transformou numa grande batedeira acionada a cavalos. Montarias de guerra às centenas pisoteiam e escorregam na lama ensaboada. Nossos rapazes gritam e assobiam, inflamados para conseguir uma montaria valiosa, ou pelo menos um *yaboo* pangaré que possam transformar numa rápida bolsa de prata. Onde está Lucas? Esporeio o cavalo por entre os animais recolhidos. De repente, um lampejo branco atinge meus olhos.

Neve!

Minha bela e pequenina égua, que perdi no Muitas Bênçãos!

Somente um cavaleiro acreditaria que, no meio da agitação de uma manada em debandada, um vislumbre poderia distinguir um animal em particular. Mas ali está ela. Assobio. Suas orelhas se voltam. Num instante, desmontei e atravessei até onde ela está; atiro os braços em volta de seu pescoço. Quando me fareja, ela me reconhece.

A emoção me domina. Acaricio o focinho de minha querida. Reconheço, mesmo enquanto meu coração se inunda com ela, que minha alegria por tê-la recuperado é um substituto para outras perdas, mais dolorosas e ainda não curadas. Companheiros adorados por quem meu coração ainda pranteia; irmãos desaparecidos por quem agora nem sequer procuro. Todos, para mim, se tornam um só na forma desse querido animal, que eu acreditava que nunca mais veria e que, agora, um cavalo dentre 5 mil, foi miraculosamente entregue em meus braços.

Posso ouvir vagamente os soldados conversando. Spitamenes, dizem, conseguiu fugir. Nossos cavaleiros mais velozes o perseguem. Onde está Alexandre? Cuidando da rendição dos bactrianos e sogdianos.

Um sargento mac diz que viu o filho de Spitamenes. Fico alerta num instante.

— Onde? Quando?

— O quê, companheiro?

— Você disse que o viu. Onde?

O sargento está ocupado com seus próprios cavalos capturados. Ele e seus companheiros vão embora. Sigo atrás, exigindo saber se eles viram ou não viram. O sargento, vira-se para trás, exaltado e irritado.

— Vamos com calma, irmão. Só falei o que ouvi...

— Então não o viu?

— Não, mas muitos viram.

Fico furioso. Exijo saber como ele ousa transmitir essas histórias sem comprovação. Ele repete: Spitamenes e seu filho fugiram.

— Eles se ferraram, os dois! Isso é bastante para você, companheiro?

Os colegas do sargento me empurram para trás. Boxer e Ruivo me seguram. Sinto como se o topo de minha cabeça rompesse. Se o filho de Spitamenes está vivo, então...

— Matthias!

A voz de Dados estrondeia acima da algazarra.

— Matthias, aqui!

Viro-me e vejo-o e dois outros companheiros, vindos do campo de batalha, frearem seus cavalos. Apesar do frio, eles suam. Estiveram por toda parte à minha procura, declara Dados. A expressão deles é grave. Então vejo que o tenente do quartel-general está com ele. Presto continência.

— Você é Matthias, filho de Matthias de Apolônia?

Respondo que sou.

Ele me encara mais sombriamente ainda do que os outros.

— Venha agora comigo — ordena.

QUARENTA E TRÊS

Na tenda do estado-maior, há um braseiro de ferro, três troncos servindo de cadeiras e uma mesa de campanha. O tenente coloca sobre ela o livro de anotações de Lucas.

— Você reconhece isto?

É um gasto rolo de couro com dois laços de couro cru. Na aba de madeira está entalhado o desenho de um alce sendo morto por um grifo.

— Você me ouviu, cabo? Reconhece isto?

Soldados sabem como amortecer seu coração. Você se desliga de si mesmo. A luz muda; sons ficam esquisitos. É como se você olhasse dentro de um túnel. Não enxerga nada além do que está bem à sua frente, e, mesmo assim, parece como se fosse observado não por você, mas por um substituto, uma forma imitada de você mesmo que foi desnaturada e esvaziada, deixando apenas uma casca dormente como pedra.

Percebo o tenente colocar sobre a mesa o elmo e a adaga de Lucas. Ele até mesmo exibe a sobrecapa que dei para Lucas quando ele partiu com Agátocles — e o saco de *kishar* e lentilhas.

— Lamento — diz ele. E, dirigindo-se a seu ajudante: — Arrume algo para ele beber.

Depois que o tenente sai, Dados desembucha a história.

O grupo de Agátocles, Lucas e Costas, que acompanhava o filho de Spitamenes, topou com tribais bactrianos apenas dois dias após partirem do local da captura. O inimigo levou os macs, amarrados e vendados, a um acampamento chamado Escarpas de Calcáreo, onde estava reunida uma multidão de seus colegas de tribo. Os homens do clã pregaram nossos conterrâneos a tábuas, pintaram-nos com piche e tocaram fogo. Mais ultrajes foram cometidos contra eles, enquanto estavam vivos. Então foram decapitados. Seus restos mortais foram arrastados atrás dos pôneis dos inimigos até que se romperam e caíram.

Pergunto a Dados como ele sabe disso.

— Os vilões se vangloriaram das mortes. Numa mensagem para Alexandre.

Nossas tropas, conta Dados, encontraram os crânios no acampamento inimigo, imediatamente após a batalha, em carroças capturadas aos bactrianos, juntamente com armas e equipamento de nossos companheiros, os quais o inimigo havia guardado como troféus.

A noite cai. Patrulhas macs percorrem a estepe em forma de leque, à procura de Spitamenes, que agora, na neve, tornou-se uma porção de pegadas no meio de milhares. Alexandre prepara as brigadas para a perseguição assim que o Lobo for descoberto. Nosso setor sob as ordens de Estéfano foi retirado da linha de frente. Ninguém nos diz por quê. Não durmo. Não comerei. Somente uma coisa estimula meu objetivo: voltar à ação o mais cedo possível para fazer esses bandidos pagarem pelas abominações com as quais atormentaram o meu amigo.

QUARENTA E QUATRO

O quartel-general, porém, nos colocou em quarentena. Nosso setor foi isolado numa área cercada na beira do acampamento. O serviço secreto nos arrumou duas tendas. À noite, trazem os nossos oficiais e sargentos mais graduados — Estéfano, Pendão, os dois jovens tenentes que se encontravam presentes quando o filho de Spitamenes foi capturado. O que eles perguntam ninguém sabe responder. Quando terminam, conduzem nossos comandantes ao lado oposto do cercado, para que não possam falar com aqueles dos nossos que ainda não foram chamados.

Minha vez chega por volta da meia-noite. Uma tempestade de granizo se forma; pelotas de gelo precipitam-se sobre o acampamento, rasgando tendas e quebra-ventos. O frio e a barulhada são indescritíveis.

O tenente do quartel-general me interroga. Essa é a mesma tenda na qual ele me mostrou o livro de anotações de Lucas. Parabeniza a mim e à nossa companhia pela nossa participação na gloriosa vitória. Serei condecorado e promovido a sargento. Bonificações para todos. Então coloca um documento sobre a mesa diante de mim. Para eu ler e assinar.

— Sabe ler, cabo?

Encaro-o.

— Mal e mal.

O rolo é um relatório da ação contra Spitamenes. É exato, com toda a justiça. Exceto no final, onde relata as mortes de Lucas, de Agátocles e do cronista Costas. A todos é conferida morte heróica, em combate no campo.

— Não foi como aconteceu, senhor — observo.

A tempestade de gelo arroja-se contra o pano de vela da tenda. Os tições no braseiro chamejam com a ventania.

O tenente rejeita a minha afirmação.

— Todos os seus companheiros o assinaram.

Ele me mostra as marcas de Pendão e de Estéfano, e dos dois tenentes e de todos os nossos oficiais, subindo até chegar em Touro.

— Lucas e os outros foram assassinados — afirmo —, dias atrás, na pradaria. Encontrados pela cavalaria afegã e massacrados.

— Por favor — pede o tenente. — Faça sua marca.

Por que, pergunto, é necessário que até eu assine? Sou apenas um cabo. Quem liga para o que digo?

— O quartel-general quer as marcas de todos.

Se não estivesse fazendo um frio tão severo, se eu não estivesse tão exausto, talvez eu tivesse rabiscado o meu sinal. *Narik ta?* Que diferença faz? Mas a conduta do tenente me faz recuar. Emocionado, relato a captura do filho de Spitamenes na estepe. Descrevo a insistência de Agátocles em entregar imediatamente o prisioneiro à coluna, e como Costas, o correspondente, e o meu amigo Lucas se ofereceram para ir com o grupo que partiu sozinho para o vazio.

— O inimigo os capturou e os massacrou. Foi isso que aconteceu.

— Vai assinar, cabo?

— Não.

O tenente pede licença. Ao voltar, um capitão o acompanha. Dessa vez, trazem um secretário.

O capitão é mais afável do que o tenente. Trazem vinho, e pão e sal. Conversamos. Descobrimos que temos amigos em comum. O capitão, ao que parece, conhece meu irmão Elias; elogia a coragem de Elias e expressa tristeza pelo seu fim precoce.

— Olhe — diz ele —, você e eu sabemos o que aconteceu com o seu amigo Lucas. Por Héracles, os animais que fizeram isso merecem crucificação.

— Então vamos procurá-los e crucificá-los.

A preocupação do capitão, segundo ele, é com os parentes dos falecidos.

— Do que vai adiantar a verdade para a mãe e a irmã de seu amigo? Vai aliviar o sofrimento delas? Como se recordarão de seu amado rapaz?

— Como ele era — digo.

— Não. Elas o verão massacrado. É isso que você deseja?

Ele desliza o papel pela mesa.

— Seu amigo foi um herói, cabo. Que seus entes queridos lembrem dele dessa maneira.

Agora estou realmente irritado. Escorrego para a frente da cadeira e começo a me levantar.

— Sente-se — ordena o capitão.

Fico de pé.

— Ponha a bunda nessa cadeira, porra!

Obedeço.

Mas não assino.

Dois lanceiros hircanos guarnecem a porta. Acompanham-me para o lado de fora até uma tenda de suprimentos desabitada. Devo esperar ali, sem falar com ninguém. Dados e Boxer são chamados à tenda do capitão. Terminam e são mandados para a parte boa do acampamento. Estamos agora no meio da noite. A tempestade de gelo cessa, substituída por um frio hiperboreal.

Ao amanhecer, sou chamado de volta. É o mesmo capitão, dessa vez sozinho.

— Está bem — diz ele. — É uma história de acobertamento.

Olha-me nos olhos, como se comunicasse que sou especial; vai me revelar o verdadeiro ruído.*

— O quartel-general acredita ser vital que nenhuma palavra sobre essas atrocidades chegue aos ouvidos do exército.

— Por quê?

— Ontem, 1.200 bactrianos e sogdianos renderam-se a nós. Alexandre quer integrá-los à corporação. Essas centenas trarão milhares. Mas, se nossos companheiros souberem o que aconteceu...

Entendo.

— Trata-se de paz — afirma o capitão. — Trata-se de acabar com a porra dessa guerra fodida!

Pergunto-lhe sobre a mensagem que os bactrianos enviaram ao nosso rei.

— Os soldados não sabem disso?

— Essa mensagem foi queimada assim que foi lida. Os únicos que sabem sobre ela são os oficiais deste destacamento e alguns de seus colegas a quem contamos, quando foram trazidos até aqui.

Numa mesa lateral repousa uma fumegante panela de lentilhas e galinha. Há vinho e bocado de cevada. O capitão pergunta se já comi. Não estou com fome, digo.

— Que interesse você defende, cabo? Por Zeus, por que não assina?

Sei que estou sendo teimoso. Que diferença faz a porcaria de um risco de tinta no grande esquema das coisas?

— Escute-me, filho. Esta ordem veio direto de Alexandre. Você não ama seu rei?

Amo.

Mas não assino.

— Você compreende o quanto isso é importante? Estamos falando de vidas humanas! Se a paz puder ser alcançada neste inverno, pouparemos toda uma campanha de primavera.

Eu entendo.

— Você acha — pergunta o capitão — que o comando deixará um cabeçudo ficar no caminho que levará à abreviação desta guerra?

— Está me ameaçando, senhor?

— Estou lhe implorando, homem.

QUARENTA E CINCO

Passo a manhã congelado na tenda de suprimentos.

Compreendo o apuro do comando. Compreendo sua solução. O relatório falso será enviado para casa, para a Macedônia; será aceito sem hesitação. Quem o assinou não pode então chamá-lo de falso. Os bactrianos e sogdianos serão alistados na corporação; eles trarão seus primos e irmãos. Trata-se de uma estratégia perfeita. Se eu fosse um oficial do estado-maior também teria planejado isso.

Mas continuo sem assinar.

Um dos guardas que me vigia é um mercenário arcadiano. Polemon é seu nome, um bom sujeito; conheço-o de Kandahar, a cidade em construção. Ele me leva furtivamente um pouco de ensopado e meia jarra de vinho.

— Qual é o osso?* — pergunta ele.

Por que teimo tanto?

Conto-lhe sobre Lucas, como a verdade significava tudo para ele.

— Amigo, você não sabe a dificuldade em que se encontra. Esses filhos da mãe não estão de brincadeira.

Eu sei, digo.

— Tenho certeza de que também já têm uma história inventada sobre *mim*.

— Pode estar certo que eles têm. E eu assinarei. Todos assinaremos.

A exaustão me abateu, mas não consigo dormir. Em minha mente, vejo os olhos de Lucas. Não posso frustrá-lo. Endureço contra o pior que pode ser jogado contra mim. Não me mostrarei desleal ao meu amigo.

No meio da manhã, o acampamento está fervilhando de agitação. Encontraram o rastro de Spitamenes. Ordens são dadas. As brigadas de Alexandre vão partir ao meio-dia. Nossa companhia voltará à sua divisão. Todos menos eu.

Essa, porém, é a mais severa das torturas. Não posso ser deixado para trás!

Sou expulso da tenda de suprimentos, para que seu conteúdo possa ser dividido em fardos para as mulas transportarem durante a marcha. De volta à primeira tenda, consigo ouvir meus companheiros do lado de fora, se aprontando. É insuportável. Novos guardas são colocados para me vigiar. Devo ficar sentado sem dizer nada, mas meus carcereiros afrouxam quando Pendão e Estéfano, montados para partir, apertam as rédeas lá fora.

— Assine — aconselha Pendão, com um olhar que diz "É tudo mesmo um disparate". Estéfano bate na própria cabeça, querendo dizer que eu não seja um cabeça dura.

Sou novamente levado dali. Dessa vez para território do rei. Outra tenda, maior, com compartimentos. Preocupo-me por toda a metade do dia. Cadê a minha montaria? Ela está sendo cuidada? A porta se abre; entra o capitão do dia anterior. Dessa vez, traz consigo um coronel do estado-maior. Este diz que está de saco cheio. Empurra o documento e ordena que eu assine.

Não assino.

— Vá para o inferno! — O coronel soca a mesa. — Você quer me transformar num assassino?

Mantenho-me em posição de sentido.

— Você é uma desgraça! É um descrédito para a corporação! — E sai a passos largos.

O capitão ainda não falou. Faz um gesto para eu me sentar. Ele também se senta. Serve para mim um copo de um cântaro.

— É apenas água.

Aceito-o. O capitão sorri.

— O seu irmão Filipe está em algum lugar das estepes. Caso contrário, nós também o chamaríamos, para argumentar com você. — Encara-me. — Mas também não o atenderia, não é mesmo?

Tira um documento diferente de um estojo e o desliza para mim.

— Esta é a sua folha de obrigações.

O registro de minhas dívidas. O capitão me deixa examiná-la por um momento. Contém cada crédito que devo ao exército, pelo meu cavalo, adiantamentos, empréstimos. A lista deve ter umas quarenta linhas.

— Vamos rasgá-la.

Em seguida: o meu contrato de alistamento.

— Abaterei 12 meses dele.

O capitão me encara com um olhar que diz: "Vamos acabar com essa merda."

— Você foi promovido a sargento. Mereceu um Leão de Bronze; não vejo motivo para não transformá-lo em Prata. O prêmio vem com dois anos de salário. Além das bonificações e mais o auxílio de sua *oikos*. Levaremos sua garota para Nautaca. Para tornar o inverno mais aquecido.

Aponta o relatório original.

— Não precisa assinar. Apenas me dê sua palavra que não vai contradizer o seu conteúdo, verbalmente ou em comunicação por escrito.

Ele é muito bom. Mas cada palavra me deixa ainda mais furioso. Em minha mente, vejo os restos mortais chamuscados de Lucas sendo arrastados pelo chão atrás de um *yaboo* bactriano.

— É melhor me matar, senhor, e acabar logo com isso.

O coronel suspira.

— Por Zeus, você é um osso duro.

Ele se levanta. Espero que os guardas entrem e me agarrem. A porta farfalha. Ouço passos na câmara adjacente. Luz penetra. Um homem vem logo depois.

É Alexandre.

QUARENTA E SEIS

O capitão coloca-se de pé num salto. Firmo o corpo numa rígida posição de sentido. O rei vem direto para nós. Pede nosso perdão por entrar sem ser anunciado. Ouviu nossas palavras do lado de fora; não conseguiu se conter.

— Descansar, cabo.

Alexandre dá a volta para a minha frente, onde posso vê-lo.

Nosso senhor usa um manto simples de inverno, sem peitoral e qualquer insígnia, a não ser um solitário Leão de Ouro em um fecho no ombro.

— As brigadas vão partir dentro de uma hora. Perdoe-me se não tenho muito tempo.

Fico chocado por notar o quanto ele parece extenuado. O contraste com sua jovialidade, quando nós, os substitutos, o vimos pela primeira vez, dois anos atrás, é impressionante. Ele tem apenas 28 anos. De perto, parece ter 40. Sua pele desgastada é coriácea por causa do sol e do vento. Seu cabelo cor de mel tem listras de prata. Ele dispensa o capitão, mas não se senta nem indica que eu deva.

— Eu sei o que significa perder um amigo — diz ele —, e de uma maneira horrível. Respeito sua coragem em desafiar uma ordem que lhe parece injusta, e entendo que promessa de recompensa ofende seu senso de honra.

O aposento é apertado, não é maior do que uma tenda de oito soldados, sem nada, a não ser uma mesa, três cadeiras e uma estante para mapas e plantas.

— Mas você precisa entender o que está em jogo. Temos agora uma chance de acabar com esta guerra, uma chance que não vai durar. As horas são importantes. A anistia precisa ser estendida aos nossos prisioneiros bactrianos e sogdianos o mais depressa possível, para que pareça um gesto de disposição e generosidade, e não um calculado ato político.

Sinto-me perfurado no coração pela demonstração de nosso senhor de se dirigir, como o faria com um comandante graduado, a um soldado de tão baixa patente.

— É isso que é a guerra — diz Alexandre. — A glória passageira. Uma busca em vão da honra. Todos fizemos coisas de que nos envergonhamos. Até mesmo a vitória, como diz Ésquilo,

em cuja incandescência de agosto todos os delitos são ofuscados,

não é a mesma coisa nesta guerra. O que resta? Evitar a perda desnecessária de vidas. Muitos homens bons sucumbiram sem motivo. Mais se juntarão a eles, se não fizermos essa paz agora.

Ele se empertiga e olha nos meus olhos.

— Rescindo a oferta do capitão de promoção e recompensa. É um insulto à sua honra. Nem vou coagi-lo, Matthias, a realizar um ato que vai de encontro ao seu código. Proceda do modo que é ditado pela sua consciência. Não tomarei medidas contra você, agora ou jamais, nem permitirei que sejam tomadas por outros. Nada é mais nobre do que o amor de amigo por amigo. Deixe como está.

E ele se vira e sai.

Dez dias depois, perto de uma vertente chamada pelos citas de Mana Karq, "Escarpa de Sal", surge um destacamento de massagetas sob uma bandeira de trégua e se apresenta a uma unidade vinculada à brigada de Hefestion, que inclui a ala direita do avanço macedônio em direção ao norte.

Seus chefes, afirmam os massagetas, têm a cabeça de Spitamenes.

Entregarão esse troféu a Alexandre, declaram, se ele interromper seu avanço e aceitar suas garantias de amizade.

LIVRO VIII

FIM DAS HOSTILIDADES

QUARENTA E SETE

Shinar concebeu.

Ela está grávida. Dessa vez, não deixarei que ela interrompa. De qualquer modo, ela também não quer isso. Está feliz. Eu também.

Nossa divisão foi para os alojamentos de verão em Nautaca. É o melhor lugar em que já estive. A cidade está localizada em cima de uma altura inexpugnável, portanto não há necessidade de fortificá-la, e o que há de fortificações foi feito pelos engenheiros antes de eles se mudarem para terminar a construção de Alexandria do Iaxartes.

No Festival do Gelo, todos os soldados das forças regulares recebem seus salários atrasados. O meu é de sete meses, com mais dois anos como recompensa do rei. O meu terceiro Leão de Bronze chegou. O salário de um ano vem junto e, melhor ainda, a opção de dar baixa ao final do meu próximo surto. Três leões são iguais a um salto.* Sou idiota? Agarro isso com ambas as mãos! Estou afogueado. Todos estamos.

A melhor parte de Nautaca é a Cidade Escavada, o complexo que o Corpo de Engenharia preparou para seus aposentos e para onde nós, os arrasta-pés nos mudamos agora. Não há tendas para os engenheiros. Eles construíram para si um alojamento de verdade, de pau e pedra, com casa de banho e assoalhos de madeira, e passagens fechadas para as latrinas. Quando eles se mudaram, no início do inverno, para o Iaxartes, o complexo foi transformado em hospital. Na metade do inverno, os feridos ou tinham se recuperado e retornado às suas unidades ou tinham sido levados de volta ao sul para a Cidade de Bactra.

Nossos companheiros tomam posse. Shinar e eu ganhamos um aposento só para nós, com uma janela e fogão *khef* de barro. Uma braçada de gravetos mantém o local aconchegante por toda a noite. Ghilla divide o espaço conosco, juntamente com seu filho bebê, a quem deu o nome de Lucas. Eu nunca tinha convivido com uma criança. Adoro o sujeitinho. Tiramos sonecas juntos. Ele adora dormir costas com costas. A princípio, fico aterrorizado com a possibilidade de rolar para cima dele, mas sua choradeira logo afasta esse temor. Ele tem pulmões como os de um sargento de pendão. Se o filho de Shinar for menino, nós lhe daremos o nome de Elias. As mulheres acarpetaram os assoalhos para aquecimento e rebaixaram o teto. Nossos companheiros Boxer e Ruivo ocupam os dois quartos seguintes, com suas mulheres; Pendão e Estéfano estão em chalés construídos para oficiais logo adiante da travessa.

Sentimos quase vergonha de ter tanto conforto.

A incumbência do inverno é preparar uma ofensiva para a primavera. Eu agora sou sargento-de-tropa. Comando um pelotão de 16 soldados. Compareço a todas as reuniões em nível de pelotão e até mesmo algumas na categoria de batalhão.

Escrevi uma carta para minha mãe, contando-lhe sobre Shinar. Pela primeira vez, consigo falar a verdade em uma carta.

Quando a campanha massageta terminou, três meses atrás, nosso setor estava a 300 quilômetros das Terras Selvagens. Nenhum soldado saiu ileso. Os cavalos eram couro e osso. Três tempestades caíram sucessivamente. Perdi dois dedos dos pés e parte de quatro da mão, inclusive a ponta do polegar esquerdo. Muitos sofreram muito mais. Quando, finalmente, a coluna cambaleou de volta para Nautaca, Shinar estava esperando por mim. Tinha ido ao norte sozinha, primeiro a Maracanda, depois a Alexandria do Iaxartes e finalmente aqui.

Quando a vi, enfaixada dos pés à cabeça, no meio da multidão de esposas e amantes no portão de entrada, percebi que eu não procuraria mais por uma companheira de vida. Naquela ocasião, não tinham sido construídos alojamentos, entretanto os engenheiros prepararam estábulos, ainda em construção, mas pelo menos protegidos do vento.

Shinar me levou para lá. Desabei sobre a palha, estuporado. Quando volto a mim, após dias de acessos de terror e de perturbação, vejo-a cuidar de Neve. Ela escova a égua, seca e enrola suas patas, e enfia grãos frescos e água doce em sua barriga.

— E eu? — gemo.

— Cuidarei de você no momento adequado.

Durmo um mês, aparentemente, envolto em seu cheiro. A calidez de sua pele me restabelece.

Parece que ela se tornou uma pessoa diferente, mais afetuosa e delicada e menos estropiada internamente. Será que eu também mudei? Ou apenas nunca a conheci de verdade?

Ghilla é gentil e desocupa nosso aposento. Ela percebe a ocasião e leva o pequeno Lucas.

— Hora de passear, Trouxinha.

Como todas as mulheres, Shinar sabe dos planos da corporação antes de nós, os soldados. A ofensiva de primavera será em escala total. Restam quatro guerreiros afegãos — Oxiarte, Chorienes, Catanes e Austanes — comandando um total de cerca de 40 mil homens. Eles se refugiaram em várias fortalezas no Cáucaso cita. Na primavera, vamos sitiá-los. Unidades avançadas já tomaram posição, cercando o inimigo e bloqueando qualquer evasão.

Não consigo pensar em Lucas. Quando sua lembrança entra em meus pensamentos, eu a expulso. Caso contrário, desabo.

Seu filho é uma bênção. O que teríamos feito sem ele? Ghilla e eu nos tratamos gentilmente. Nada que ela peça é demais. E ela age do mesmo modo em relação a mim. Nunca pronunciamos o nome de Lucas. Ano que vem, talvez. Eu não serei o primeiro a fazê-lo.

O inverno é escuro neste extremo norte. Como essas tribos sobrevivem, ou mesmo o almejam, está além de minha compreensão. Até mesmo Alexandre deve respeitar este lugar tão remoto. Ele chamará a Cidade do Iaxartes, "Alexandria Eschate" — Alexandria Distante. Renuncia a qualquer reivindicação às Terras Selvagens. Deixa os massagetas ficarem com elas. Nosso senhor marcará aqui o extremo norte de seu império e chamará de seus aliados e amigos os citas livres do outro lado.

É um plano bom como qualquer outro.

Certo dia, quando o vento oeste traz o primeiro odor de primavera, meu irmão Filipe chega de Maracanda. Ele esteve no sul, nas montanhas, negociando com os chefes tribais Chorienes e Oxiarte. Passamos uma longa e feliz noite — Shinar e Ghilla e eu, com Pendão e sua mulher e Estéfano (que continua sem outra, a não ser sua mulher em casa).

— O que está atrapalhando a paz? — pergunta o poeta ao meu irmão.

— A mesma coisa que sempre nos atrapalhou. O orgulho.

Tem de ser achado um meio, diz Filipe, para permitir que ambos os lados reclamem para si a vitória. Para os chefes guerreiros essa é uma questão de vida ou morte; não sobreviverão à fúria dos próprios membros de suas tribos se parecerem ter sofrido uma derrota. Além disso, uma desconfiança intertribal impede o processo. Cada chefe teme perder poder no Afeganistão pós-guerra: nenhum deles endossará qualquer solução até saber onde ele — e seus rivais — ficará nesse esquema. Ninguém quer continuar lutando. A guerra devastou o país. Filipe calcula que aniquilamos metade dos homens em idade militar, numa sociedade na qual isso significa cada rapaz entre 12 e 18 anos.

— Cadê a sua mulher? — pergunta-lhe Shinar.

Ele ri.

— Não posso me dar ao luxo de ter uma.

Shinar planeja juntar Filipe e Ghilla. Mesmo apenas uma noite faria bem a ambos. Quando, porém, no fim da noite, surge o momento, Filipe, elegantemente, recusa.

— Pelo menos fique e converse — sugere Shinar. — A noite está fria e talvez não o vejamos mais por muitos meses.

Ficamos — meu irmão, Shinar e eu — até altas horas.

— Não digam que ouviram isso de mim — diz Filipe —, mas há mais bonificações chegando.

Nessa primavera, Alexandre fará chover ouro sobre as tropas que sofreram com ele durante essa campanha. Só é preciso paz para as portas do tesouro se abrirem.

Vocês vão se casar? — pergunta ele a Shinar e a mim.

— Se ela quiser.

Filipe fica feliz em nos ver juntos.

— Haja o que houver, não fiquem por aqui. O exército tentará vocês, com incentivos em dinheiro e doações de terras maiores do que municípios que temos em casa. Não caiam nessa. Este lugar voltará aos modos tribais assim que Alexandre for embora. Leve seu salário para casa, Matthias. Você está rico. Pode comprar um lugar onde quiser, ou cultivar a terra de mamãe com Ágaton e Eleni. Nada seria melhor para eles do que isso. Não será tão ruim quanto pensa, Shinar. Nós, os macs, não somos todos uns demônios. Você será uma cidadã, assim como seu filho.

Shinar absorve isso impassivelmente, como algum sonho que acredita que nunca se tornará realidade. Filipe observa-a com ternura.

— Que os deuses a abençoem, cara menina, e ao seu bebê que está a caminho. Sei que você sofreu mais do que Matthias e eu possamos imaginar.

É bom vê-la feliz. E nunca poderei agradecer o suficiente pela mudança que causou no meu irmão.

Sua voz falha. Shinar passa para o tapete ao lado dele. Ela segura sua mão.

— E você, Filipe? Irá para casa agora?

— O quartel é meu lar, Shinar.

A luz do lampião revela o grisalho do cabelo de Filipe. A febre, eu sei, mandou sua esposa para casa; em poucos anos, seu filho irá para leste com o exército. Só o céu sabe quantos companheiros ele perdeu em ação. Sorri diante da esperança de Shinar de que ele volte a se casar.

— Que esposa eu poderia aceitar, cara menina? A que mulher eu poderia dar felicidade? Já uso prostitutas do exército tempo demais. Gosto delas. Não preciso me justificar para elas. Entende? Posso embalar de fato um bebê em meu joelho? — Ele ri sombriamente. — Já estou na guerra, desde garoto até a idade adulta, dois terços de minha vida. Que outro ofício conheço? Meu lar, no máximo, fica no inferno, onde os que amo esperam por mim. — Sorri. — Creio que não os manterei esperando por muito tempo.

— Não fale assim — repreende-o Shinar. — Eu já fiz isso. Não adianta nada.

Ela tem razão, é claro, reconhece Filipe.

— Posso voltar à Macedônia? — questiona ele. — Antes da morte de Elias, talvez. Agora, jamais. As únicas coisas que me mantêm sobre a terra são vocês dois e a criança que está a caminho. Por isso, digo a ambos o que já disse antes: não sejam como eu. Dêem o fora daqui. Aproveitem sua felicidade enquanto ainda podem.

Faltava uma hora para o amanhecer quando Filipe foi embora. Caminhamos do lado de fora sob estrelas radiantes como brasas. A perna ruim de Filipe retesa no frio.

— E o irmão de Shinar? — pergunta.

Ele sabe da obrigação do irmão sob *nangwali* para apagar a vergonha que ela causou à família por ter ficado comigo, e a de seus dois primos, que estão com ele, apenas à espera de uma chance.

— Fez apenas ameaças — digo. — De qualquer modo, todos eles estão a 450 quilômetros de distância, no sul, com as brigadas das montanhas.

— Na primavera, todos nós estaremos no sul.

Filipe quer os nomes completos do irmão e dos primos — o primeiro nome, sobrenome, clã e tribo.

— Olhe — peço. — Não quero que você faça nada com eles.

Filipe me olha tranqüilamente.

— Por que não?

QUARENTA E OITO

Chega a primavera.

A brigada de Coeno segue para o sul das montanhas para formação de combate. Alexandre e as divisões pesadas já se encontram lá.

Em questão de eficiência e perícia em armas de combate, o mundo nunca viu nada igual a essa força. Durante todo o inverno, o rei andou se modernizando, atualizando e expandindo a capacidade das tropas para guerra em montanha. Equipamento de sítio, que anteriormente necessitava de transporte por carroças de carga e bois, foi simplificado e reduzido de tal modo que pode ser carregado em lombo de mula. Temos agora catapultas de montanha capazes de lançar a até 300 metros uma pedra ou um pote com nafta incandescente. Os comboios levam finas folhas de bronze para cobrir escudos protetores de madeira, tornando-os à prova de fogo. Foram fabricadas carapaças tipo casco de tartaruga debaixo das quais soldados podem subir escadas sem temer óleo fervente ou areia superaquecida. Oficinas de carpintaria trabalharam o inverno todo fazendo polias; fabricantes de cordas produziram quilômetros de cabos. Foram imaginados engenhosos mecanismos, como guinchos para montanha que usam fitas de torção em vez de pesados dentes de ferro de engrenagem. Dois destes, presos a grandes pedras, podem erguer uma torre de sítio a 15 metros de altura. No passado, guerra em montanha ficava limitada a confrontos entre escaramuçadores, que arremessavam mísseis e fugiam apressadamente, enquanto a guerra de sítio ficava confinada às planícies. Não mais. Para tomar essas cidadelas em cumes, os engenheiros de Alexandre avançaram a tecnologia de sítio a todo um novo horizonte e uma nova escala. As brigadas de suprimentos têm quinhentas mulas transportando nada além de óleo de terebintina — aguarrás — para fazer bombas incendiárias e, como solvente, para limpar as lâminas dos machados que derrubam pinheiros-montanheses para a feitura de talhas e madeiramento para torres.

Fortalezas em montanhas são atacadas por etapas. Primeiro monta-se um acampamento-base na planície. Depois vêm as provisões. Rações e forragem em centenas de toneladas são transportadas em balsas pelo rio ou carregadas por terra via caravana de camelos ou tropa de mulas. Em seguida, ergue-se o primeiro acampamento avançado no sopé da montanha. Chegam os comboios de suprimentos e materiais. O inimigo, nesse caso, retirou-se para quatro fortalezas monumentais. Imagine o monte Olimpo. É assim que são, sistemas de montanhas cobrindo uma enorme área de quilômetros quadrados, com centenas de acessos.

A primeira a ser cercada, antes do fim do inverno, é a fortaleza chamada pelos soldados de Rocha Sogdiana. O chefe guerreiro Oxiarte está lá em cima com 11 mil homens e seus bens. Os defensores dispõem de fontes de água perenes e provisões suficientes para durar anos. Quando os emissários de Alexandre exigem a rendição dos afegãos, Oxiarte zomba deles, perguntando se os nossos soldados têm asas, pois não há outra maneira de nós chegarmos àquela cidadela.

Nossos suprimentos chegam por trilhas e caminhos em ziguezague, em comboios com 25 quilômetros de extensão, para os acampamentos mais altos. Para nós, os arrasta-pés, toda a esperança reside nas negociações. Os enviados de Oxiarte, viajando supostamente em sigilo, entram e saem do acampamento. Conhecemos todos. Pavimentamos uma rodovia para eles. "Só está faltando", comenta Estéfano, "Alexandre escolher um cavalo."

Um chefe guerreiro para entregar o Afeganistão.

Um chefe para mandar em todos os demais.

No fim do inverno, os suprimentos já chegaram todos. O cume é do tamanho de uma pequena cidade. Encostas de pinheiros expostas, com acúmulo de pedras e cascalho soltos na base, muito íngremes até para mulas. Um ataque é possível pelo oeste, onde a inclinação é menos rigorosa, mas ali Oxiarte fortificou os acessos com terraplenos de pedra e grandes armadilhas mortais de madeira. Pelo leste é pior — pedras em estado bruto para uma marcha de acesso e despenhadeiros abruptos nos últimos 150 metros.

Alexandre reúne os jovens do exército. Promete 12 talentos de ouro ao primeiro que subir por essa rota até o cume e prêmios excepcionais a cada soldado que se juntar a ele. Seiscentos homens partem à noite, agarrando-se caminho acima pela face da rocha, com a ajuda de cavilhas de ferro para tendas, as quais enfiam em fissuras da pedra e das quais prendem uns aos outros por cordas. Trinta e sete almas corajosas mergulham para a morte. Mas trezentos alcançam o cume. Quando, na madrugada seguinte, se exibem com armaduras, o inimigo, acreditando que Alexandre deve, realmente, ter guerreiros alados — ou ser, ele mesmo, um deus — pede paz.

Oxiarte e um punhado de chefes fogem por uma rota alternativa. Mas os nossos guardas-florestais capturam toda a sua comitiva — cavalos, carroças, esposa e três filhas. A mais nova, Roxana, é de uma esplêndida beleza, tida como a menina-dos-olhos do pai.

Será que Alexandre irá crucificá-la? Mantê-la como refém? Pedirá um resgate por ela? Explorará os temores do pai pela segurança da filha e com isso vai fazê-lo ajoelhar-se?

Não é à toa que o nosso rei é aclamado como gênio da política e da guerra.

Ele surge diante do exército, com a princesa a seu lado.

Vai se casar com ela.

QUARENTA E NOVE

Alexandre escolheu seu cavalo.

Ao tomar por esposa a filha do chefe guerreiro Oxiarte, nosso rei transforma em sogro o seu mais temível inimigo. A guerra, agora, é toda em família. Enviados ficam num vaivém entre os acampamentos afegãos e os nossos, meu irmão Filipe entre eles. O exército rumoreja os detalhes da esperada paz.

Se Oxiarte vier amistosamente à Cidade de Bactra e ali entregar sua filha em casamento, Alexandre o reverenciará com tais tesouros e estima, como também o tornará efetivamente senhor de todo o Afeganistão e par de Amintas Nicolaus, que governará Báctria e Sogdiana em nome de Alexandre. Isso pode ser vendido às tribos como um golpe extremamente bem-sucedido em prol dos filhos de Afghana, visto que, desde o regime de Dario, ninguém, a não ser cidadãos persas, esteve em tais alturas. Agora, pelo sangue de seus patriotas e pela graça dos céus, a terra foi devolvida a seus legítimos soberanos.

Pelo menos, essa é a história.

Quem está ligando para ninharias?

Então ele, Alexandre, reunirá seu exército e partirá do Afeganistão.

Em troca dessas promessas de paz, Oxiarte usará sua influência para levar seus aliados à mesa de paz. Os negócios serão feitos de tal modo, garante Alexandre, que a parte de nenhum chefe será prejudicada, e cada um deles, seguro em suas terras e posto, não verá qualquer motivo para reclamação.

— O que devemos admitir desse palco de guerra — explica Filipe, certa noite, a mim, a Pendão, a Estéfano e a nossos companheiros — é que a vitória militar é impossível. Enquanto ao menos um homem ou uma mulher desses afegãos respirar, eles nos oporão resistência. Mas o que *nós* conseguimos, através do sofrimento atroz que lhes infligimos, foi levá-los ao ponto de aceitar uma acomodação, uma aliança, se quiserem, em que eles podem cantar vitória, ou pelo menos não uma derrota, e com a qual podemos conviver.

"Então, em vez de comprá-los, separá-los de seus aliados e seus refúgios do norte, e manter aqui uma guarnição forte o bastante, talvez possamos equilibrar a situação o suficiente para que possamos seguir para a Índia sem deixar nossas linhas de suprimento e comunicação vulneráveis a ataques. É o melhor que podemos fazer. É o bastante. Será suficiente.

"No final das contas, a questão se resume a isto: qual o mínimo aceitável de que podemos abrir mão? A falta de uma vitória, com a qual podemos conviver? Não podemos matar cada homem, mulher e criança do Afeganistão, por mais gratificante que possa ser esse empreendimento."

Paz, finalmente. As tropas da Macedônia expiram aliviadas. Para mim, ainda resta um impedimento:

Shinar não se casará comigo. Ela se recusa.

Para festejar seu casamento com Roxana e o fim da guerra, Alexandre prometeu ricos dotes a cada mac que se juntar a ele e também se casar com sua companheira asiática. Os casais farão seus votos na mesma hora dos de Alexandre e sua princesa e no mesmo local, o palácio de Chorienes, na Cidade de Bactra.

Mas Shinar não vai.

É a velha história do *A'shaara*.

— Não me peça! Se você gosta de mim, nunca mais volte a mencionar isso.

Algum dia eu ainda entenderei essa mulher? Meu filho cresce em sua barriga. Não posso permitir sua recusa.

— O que você fará então? Vai embora?

Noto que ela irá. Sua expressão é de desespero.

— Vai me fazer falar sobre isso?

— Vou! Você precisa me explicar agora, de uma vez por todas, e me fazer entender.

Ela precisa se sentar. Suas costas sofrem com o peso que carrega.

— Pode me dar um pouco de água, por favor?

Vou apanhar para ela. Fresca, com uma lasca de damasco, do jeito que ela gosta.

— *A'shaara* significa vergonha, e isso você já sabe, Matthias. Mas também significa alma, e família ou tribo. Perdi a minha, ao permitir que você, um estrangeiro e um invasor, me salvasse. Por causa disso, permaneço *ad benghis*, "fora", e nunca mais poderei entrar.

Rejeito isso.

— Comigo, você não está "fora". Seu deus não consegue me afetar e, quando se juntar a mim em casamento, ele também não poderá afetá-la.

Ela sorri tristemente.

— Deus talvez não possa, mas outros sim. — Refere-se aos seus parentes. Seu irmão.

Minha noiva afegã. Ela e esse país são a mesma coisa. Eu a amo e a temo e consigo alcançar seus segredos não mais do que essas montanhas ocre e esse céu rasgado pela tempestade.

No final das contas, é meu irmão quem a influencia. Negociação feita, Filipe está entre os primeiros a partir da Cidade de Bactra, para cuidar dos preparativos políticos do casamento de Alexandre. Ele visita Shinar e a mim, levando *baghee*, um prato de carneiro e lentilhas assadas no próprio intestino do animal e um cântaro de vinho de ameixa.

A barriga de Shinar tornou-se esticada como um tambor. Pode-se batê-la com um dedo; soa como um melão. Filipe morre de amores por ela como um tio solteiro. Ela o faz encostar o ouvido e escutar o chute do bebê. Quando este ocorre, ambos dão risadinhas como dois simplórios.

Mais tarde, Filipe fala seriamente com Shinar. Ela o ouve, mas não a mim. Pelo bem da criança, diz ele, ela precisa me tornar seu marido. Por amor àquele bebê, ela precisa se tornar minha esposa.

— Você não é mais responsável apenas por si mesma, Shinar. Há uma outra vida para ser levada em conta. Seu filho não conseguirá chegar à idade adulta, nesta terra, com apenas você para protegê-lo, e nenhum homem afegão aceitará você em matrimônio, pois levará para sua residência a questão do invasor. Mas o bebê *pode* viver na Macedônia. Pode se desenvolver, ser amado como descendente de heróis, crescer e chegar à idade adulta como um homem — ou mulher — entre milhares de outros iguais a ele ou ela.

Ele lê a aflição no rosto de Shinar.

— Eu sei, cara menina, que acredita que o céu virou as costas para você. Talvez sim, uma vez. Mas todas as coisas mudam com o tempo. Nem mesmo uma divindade tão cruel como a desta terra impiedosa é capaz de permanecer eternamente indiferente à aflição de seu povo. A prova cresce atualmente em sua barriga. Seu sofrimento a redimiu, Shinar. Deus estende a mão. Aceite-a, eu lhe imploro. Pode qualquer ato ser mais ímpio do que rejeitar a clemência do céu?

CINQÜENTA

O casamento de Alexandre e Roxana será realizado na Cidade de Bactra, no topo da grande fortaleza Bal Teghrib. O ritual será celebrado ao ar livre, ao estilo persa. Os capitães das unidades militares — e, ao que parece, metade dos príncipes do Afeganistão — se reunirão, em seus trajes de gala, em Koh-i-Waz, o palácio do chefe guerreiro Chorienes.

Pendão dará baixa do exército. Vai para casa. Seu soldo e as bonificações, incluindo prêmios dos cinco Leões de Prata e um de Ouro, chegam a 22 anos de salários. Ele está rico.

Eu também estou preenchendo minha papelada. Tenho a receber o equivalente a seis anos de pagamentos.

Mil e quatrocentos casais — macs e suas noivas estrangeiras — farão seus votos nesse dia juntamente com o nosso rei e sua princesa. A metade deles, soubemos, pediu transferência para o Afeganistão. Vão se estabelecer com suas esposas nas várias Alexandrias-fortalezas — Artacoana, Kandahar, Ghazi, Cabul, até mesmo em Alexandria Distante. Cada soldado receberá pelo menos uma bela fazenda; oficiais serão agraciados com propriedades rurais.

— Eles nunca mais voltarão à Macedônia — comenta Pendão. — Sacanas idiotas.

Não há idiotice semelhante de nossa parte. Pegaremos a nossa carroça e não olharemos para trás. O próprio Pendão não será agricultor em casa, diz ele.

— Para mim, a vida no campo é de caçador. Vou procriar uma matilha de cães e treiná-los em perseguição por colinas. Criaremos cavalos. Você e Shinar nos visitarão a cada verão. Você tentará me fazer semear, mas, por Zeus, não farei nada disso!

Pergunto-lhe seriamente: Conseguirá realmente deixar o exército para trás?

— Foda-se o exército — responde ele. — Quem precisa disso?

CINQÜENTA E UM

Shinar dá à luz no décimo nono dia de artemisius. Um menino saudável. Nós lhe damos o nome Elias. Ele pesa exatamente o mesmo que o meu escudo *pelta* (cerca de 4 quilos) e cabe exatamente dentro do seu bojo de couro e bronze. Quando lhe dou banho, ele brada como um soldado. Tem dez dedos nas mãos e dez nos pés e um pequenino pênis cor-de-rosa, com o qual, deitado de costas, esguicha um jorro como o de um chafariz de mármore. Eu não poderia estar mais contente. Seu nascimento me tornou mais humilde. Shinar também mudou. O menino tem cabelos negros como os dela e olhos castanhos como os meus. Um amálgama exato.

Com a chegada dessa trouxinha, nossa vida se alterou para sempre. Desaparecida está minha atitude *Narik ta?* diante da morte. Continuar vivo e ser útil a essa criança tornou-se, da noite para o dia, tudo para mim.

Pendão e Estéfano nos visitam para inspecionar esse mais novo batalhador. Ele saúda a entrada dos dois com estupenda evacuação. Meus amigos aplaudem seu volume e seu fedor varonil. Eu não ficaria mais orgulhoso se o menino tivesse produzido uma segunda *Ilíada*.

Não quero que meu filho seja soldado. Que lhe ensinem música ou pratique a arte de médico. Que ele crie cavalos e cultive a terra.

Sim, estou mudado. Mas Shinar está transformada. Agora é mãe. Estou admirado com ela. Fixo-me nesta aspiração: vê-la em conversas femininas com minha mãe. Quero vê-las rir juntas em nossa cozinha em Apolônia, ou caminhar com o pequeno Elias pelas colinas acima de nossa casa.

Ocorre-me que meu filho tem dois primos. O filho e a filha de minha irmã Eleni e seu marido Ágaton. Como anseio ver esses três pirralhos brincando juntos! Na noite em que nosso filho nasceu, enquanto mãe e bebê dormiam, apanhei a carta do meu cunhado, que eu guardara por todos esses meses entre meu equipamento.

Estou agora sentado, observando o meu bebê... brincar na luz do sol do quintal. Você sabe, caro irmão, que meu desfiguramento ficou tão fortemente marcado em minha imaginação que, quando esse menino nasceu, eu esperava que ele, como eu, tivesse um coto em vez de um membro. Quando o vi inteiro e perfeito, eu chorei. Através desse bebê, sinto que o mundo inteiro se renovou...

Seis dias após o nascimento, é realizado por toda a cidade um festival nupcial chamado Mazar Dar, "Nova Vida". Sua protagonista é a princesa Roxana. O dia é em sua homenagem. Os rituais são apenas para as mulheres.

Durante esse ritual, algo acontece a Shinar. Ela diz que não. Contudo, ao voltar, está inequivocamente mudada. Talvez a causa seja a cordialidade de ter sido rodeada por uma porção de suas conterrâneas, arrulhando diante de seu filho recém-nascido. Talvez encontrar e conversar com as muitas noivas afegãs, as quais, dentro de dias, tomarão gregos e macedônios por esposos. Não sei dizer. Naquela noite, porém, quando se deita na cama a meu lado, declara que havia mudado de idéia.

— Será que é tarde demais para incluirmos nossos nomes na lista de casamentos?

— Quer dizer que vamos nos casar?

Minha querida sorri.

— Se você me quiser.

CINQÜENTA E DOIS

Tenho um amigo, Teodoro, na brigada de logística. Esse casamento, diz ele, vai onerar o setor de abastecimento como nenhuma operação de toda a guerra. Oxiarte, para homenagear a filha, trouxe cada chefe de clã e de *malik* entre a Cidade de Bactra e o Oxo e todos os seus serventes, dos 6 aos 80. Os demais chefes guerreiros, para não serem sobrepujados (ou ficarem de fora da nova ordem) convocaram todos os seus subordinados. Antecedendo o casamento, haverá o Antar Greb, os Dez Dias de Perdão. Durante esse período, prisioneiros serão indultados, débitos esquecidos, rixas encerradas. Conselhos tribais estarão em sessão noite e dia, julgando contendas. Onde essa multidão dormirá? Como será alimentada? Só as tendas para abrigar as multidões necessitarão de mil camelos apenas para seu transporte. A tabulação de mulas é incalculável, como o são as faturas já enviadas pelos seus tratadores. Como iremos dar de beber a todos esses animais? O rio Bactro é o lar de centenas de lontras sagradas. "Por Héracles, essas coitadas terão que chapinhar muito para salvar suas vidas felpudas!"

A cidade não comporta tantos convidados, por isso brotam acampamentos não oficiais. Bivaques de tendas atapetam as margens do rio, sobem os contrafortes, espalham-se pela Planície das Dores, que parece, finalmente, ter suplantado seu nome. Cada alfaiate e sapateiro a leste de Artacoana viajou para o festejo, na esperança de ganhar dez anos de salário em vinte dias. Barbeiros rapam a cabeça dos homens para dar sorte. Carvoeiros apregoam combustível em fardos presos com cilhas nas traseiras de suas carroças de duas rodas; fabricantes de espadas montam *bichees*; barracas às centenas se espremem lado a lado com franzidores de roupas, armarinhos, remendões, ferreiros especializados em estanho e ferro e bronze. Pedintes de esmolas amputados compartilham lojas com tatuadores; treinadores de cobras dividem seus aposentos com mascates de juta, nazz e bhang. Meninos percorrem as vielas, carregando nas costas recipientes de bronze com *chai* quente, servindo xicaradas através de tubos presos à cintura. Uma coisa que não falta no

Afeganistão é peixe. Trutas malhadas e de cor marrom às toneladas são rebocadas para baixo, vindas de riachos das montanhas, por barqueiros *dhuttie* em engenhosas bóias de vime, o peixe ainda vivo na água. Não restam acomodações na cidade, portanto comboios de camelos armam lojas na beira do deserto. Um bazar de tenda se espalha por centenas de acres, oferecendo roupas e sapatos medos, adagas damascenas, gorros acolchoados *aghee*, e túnicas pártias. Adivinhos lêem o futuro em pedras lançadas; astrólogos o traçam a partir do céu. Mascates de bugigangas e saracoteadores trabalham em pares, um levando à sua frente uma enorme lança tilintante da qual pendem às centenas anéis para as mãos e os pés, braceletes, argolas de tornozelo, colares, fetiches, amuletos e talismãs, enquanto seu colega saracoteia a seu lado, fomentando a venda de suas mercadorias em comum. Imagens de recordação da noiva e do noivo são pintadas em copos e pratos, tecidas em tapetes, laqueadas em travessas, e costuradas em flâmulas, campânulas de oração e solidéus; podem-se comprar imagens de Alexandre e Roxana em contas e moedas, cauris, lenços e roupas de baixo. Trupes de atores e acrobatas, malabaristas, contorcionistas, charlatães e bobos profissionais dão espetáculos de improviso; poetas recitam; rapsodos cantam; filósofos edificam. Nunca vi tantos oradores amadores. Um maluco após outro declama sua doutrina demente em cima de uma pedra na praça do mercado; no interior de uma tendinha, conto meia vintena, arengando multidões cujas expressões iam do entusiasmo ao aborrecimento. Numa volta pela cidade, descobre-se ioguis da Índia, ascetas de Cos, automutiladores de Khumar. Observo um *sadhu* perfurar ambas as bochechas com uma dúzia de espetos de ferro de *kebab*, sorrindo o tempo todo. Seu cesto está cheio até a borda com cobres dos macs; damascos e ameixas negras dos afegãos. Uma garota engole espadas, outras contorcem o corpo até colocar os pés em cima da cabeça. Vendedores de iguarias oferecem miolos de ovelha escaldados no crânio; pés de porco; testículos de boi sobre leitos de arroz fumegante. Você pode comprar globos oculares e artelhos, caveiras encolhidas, cordéis de couro cru com presas e dentes, orelhas e dedos, amuletos contra morte e desfiguramento, poemas para atrair amor, fortuna, felicidade; lubrificantes e asfixiantes, emolientes e afrodisíacos, poções e loções, vomitórios e panacéias. Vejo o mesmo sujeito manco largar suas muletas três vezes num dia. Da Babilônia, vieram mestres de pipas; suas carpas de papel planando nas alturas com o vento afegão. Vida longa, Alexandre e Roxana! A união de rei e princesa se tornará o dia mais glorioso do país desde o nascimento de Zoroastro — macs jubilantes por irem embora, afegãos extáticos por verem-nos ir.

Enquanto isso, são realizados centenas de jurgas e conselhos tribais. Clemência é a ordem da estação. O tópico de um novo começo anima todos.

Os casamentos, como eu disse, serão celebrados à moda persa. Eventos preliminares durarão cinco dias, culminando com o casamento de fato no quinto dia. Cinco é o número do amor na numerologia persa. Tudo na cerimônia deve ser divisível por cinco. Quinhentos prisioneiros serão perdoados; 5 mil escravos, libertados. O mesmo número de pipas se elevará sobre o palácio no dia do casamento, e duas vezes 5 mil pombas brancas serão soltas no auge nupcial.

A cerimônia unindo Alexandre e a princesa Roxana acontecerá ao pôr do sol, o início do dia, na convenção persa. Um rufar militar de tambores precederá o casamento; isso será realizado na planície sob as vistas dos dignitários macs e afegãos, os quais então subirão para a cidadela, onde será realizada a cerimônia de fato. Quando o ritual chegar ao fim e as pipas e as pombas tiverem voado, começarão as festividades; estas durarão a noite toda, mesmo após os noivos se retirarem ao amanhecer, e durante todo o dia seguinte, quando ocorrerão os vários rituais de clemência. Quanto à nossa companhia, ensaiaremos uma última vez na metade da manhã, depois jantaremos e prepararemos nossos uniformes, armas e armaduras. Tomaremos banho e teremos, finalmente, o cabelo cortado, a barba aparada e os dentes encerados.

Vários dias antes disso, uma coluna memorial é dedicada aos gregos e macedônios mortos em batalha. A cerimônia acontece ao amanhecer. O nome de Elias e os de Lucas e Tollo, com 6.900 outros, foram entalhados na pedra. Nosso Estéfano compôs a ode de despedida:

NA COMPANHIA DE SOLDADOS

Na companhia de soldados
Não preciso me justificar.
Na companhia de soldados,
todos entendem.

Na companhia de soldados,
Não preciso fingir ser o que não sou

Ou assumir uma pose, por mais bem-intencionada, que é esperada
por aqueles que não me conheceram na guerra.

Na companhia de soldados todos os meus crimes são perdoados
Estou seguro
Sou conhecido
Estou em casa
Na companhia de soldados.

Jogos funerários acompanham esses rituais. Centenas aparecem. O clima é solene, mas alegre. O Corpo de Engenheiros construiu um hipódromo, quatro *stades* de ida e volta em torno de uma coluna. Os cavalos de corrida deveriam ser todos gregos e macedônios, para não ofender os nativos, cuja participação pode ser vista por seus companheiros como homenagem à morte dos forasteiros. Mas, nesse caso, muitos acampamentos bactrianos e sogdianos contornam a pista de corrida, pois não há outro lugar para dormir, e, como esses sujeitos são exímios cavaleiros, eles também são convidados. Eu mesmo participo, montando Neve. Vencemos um páreo e chegamos em terceiro no seguinte, mas, no fim das contas, a fadiga de batalha deixou minha pobre égua em frangalhos. Finalmente, no próximo, acabamos mortos e nos juntamos à multidão de espectadores. Estou com Pendão parado na fila do lado de fora da tenda de apostas, quando avisto um conhecido *spin gar*, "barba branca", o termo afegão para velho.

Ash, nosso muleteiro de Kandahar, que me alugou as mulheres carregadoras para a travessia do Hindu Cush.

Vou até o vilão e dou-lhe um tapinha no ombro.

— Por Zeus, pensei que os policiais tinham recolhido todos os criminosos!

Ele se vira com um sorriso banguela.

— Então por que — rebate ele — você continua solto?

Nós nos abraçamos como irmãos. O provérbio é verdadeiro, pois até mesmo inimigos mortais encontram a amizade após passar muito tempo.

— O que o traz aqui, Ash?

— Mulas. O que mais?

Encontramos um lugar fora do aperto e colocamos um ao outro a par das notícias.

— Nenhuma mulher desta vez? — pergunto. Ele ergue ambas as palmas para o céu.

Pendão conta a Ash sobre mim e Shinar.

O velho ruge da piada.

— Não, é verdade!

É necessário um juramento para fazer Ash acreditar. Ele torce a barba, tentando se lembrar.

— Era qual delas?

— A que você surrou. A tal que comprei de você.

— Que Deus nos ajude! — Novamente, ergue as palmas para o céu. — Este país deixou você mais doido que eu pensava.

Pendão conta-lhe sobre Lucas e Ghilla, o filho dos dois e o fim de Lucas. Ash adota um ar solene.

— Ele era um bom sujeito. Que sua alma encontre paz.

Ash compartilha uma tenda, diz ele, cerca de um quilômetro e meio rio acima, no grande acampamento dos panjshiri.

— Jantem comigo, meus amigos.

Não podemos. Temos de ensaiar para o desfile militar que precede o casamento. Fazemos, porém, planos com Ash, para nos encontrarmos novamente no dia das corridas de cavalos. Ao se despedir, o velho bandido segura o meu braço.

— Sabe, o irmão dela está aqui.

Ele se refere ao de Shinar. Eu temia isso. Com tantos aliados afegãos reunidos para o casamento, Baz poderia estar em qualquer lugar. Poderia estar no nosso próprio acampamento.

— Onde? — indaga Pendão.

— Ele serve com os lanceiros sogdianos incorporados à brigada de Hefestion... ele e dois de seus primos. — Ash descreve um bivaque distante vários quilômetros na planície. — Irmão e parentes procuram corrigir a vergonha que caiu sobre a família por você ter resgatado a irmã dele. Eu o ouvi falar disso. Não sabia que era *você* o alvo dele.

Pergunto a Ash o quanto ele vê isso seriamente.

— É preciso temer esses jovens machos violentos — diz ele — e temer mais ainda suas mulheres, pois *A'shaara* os cega tão impiedosamente assim como a garra de uma águia segura uma pomba.

Eu sei o que Pendão está pensando. Pagar o velho e encontrar o irmão. Matá-lo. Parte de mim é a favor disso. Mas o nosso próprio código mac de *philoxenia*, "amor pelo estrangeiro", proíbe derramar sangue do clã da minha noiva — e dos parentes do meu filho recém-nascido.

Além disso, vejo uma chance caída do céu.

— É a época dos Dez Dias de Perdão, não é mesmo, Ash?

De fato, diz ele, tal ocasião pode não ocorrer novamente durante anos. Viro-me para Pendão.

— Nós já nos encontramos com o irmão de Shinar, lembra-se? Ele nunca quis essa rixa. Ele aproveitaria a chance para colocá-la de lado.

Sinto-me esperançoso por outro motivo. A data de nascimento do meu filho é 19 de artemisius. Em casa, é o Dia da Anexação, o aniversário da incorporação de Apolônia à Macedônia Maior. Nesse dia, na minha cidade, cada habitação ostenta o estandarte do leão; as vielas enchem-se de dança. Lá, também, dívidas são perdoadas. É um bom presságio.

Pergunto a Ash o que precisamos fazer.

— Deixem comigo — diz ele.

Um conselho tribal precisa ser convocado. Os homens do clã aceitarão essa probabilidade. Será uma grande festa; por anos, irão tagarelar sobre ela. Eu devo ir pessoalmente, sugere Ash, e implorar perdão pelos meus crimes.

— Perdão uma grande ova! — exclama Pendão.

Mas Ash sabe o que está falando.

— Esses *dussars* — diz ele, usando o termo para simplórios ou matutos — sentirão um grande prazer em debater a sua súplica, Matthias. Precisa desempenhar o papel. Isso pode lhe custar dinheiro. — Ele se refere a reparações. Dinheiro de sangue, como quando se absolve um assassino. — Você o tem? — pergunta ele.

— O bastante — diz Pendão — para um vilão como você tirar sua parte.

Eu, porém, estou animado.

— Sinta-se à vontade para pedir o que quiser, Ash. Da mesma forma Baz, o irmão.

Para que serve o dinheiro, afinal? Apenas para se obter o que se precisa — ou ficar longe do que se teme.

— Quando — pergunto — podemos ajeitar as coisas?

CINQÜENTA E TRÊS

O *jurga* tem lugar na noite anterior ao casamento. Um quorum, ao que parece, não pode ser conseguido antes porque muitos participantes tribais, que são soldados tribais servindo a Alexandre, precisam ensaiar, durante as horas do dia, sua participação nas companhias para a inspeção de tropas que precederá as núpcias do dia seguinte. Isso é perfeito para mim e Pendão. Nossa unidade também precisa se preparar.

Estéfano me dispensa do ensaio final, para eu poder pegar a papelada na Intendência permitindo que Shinar e eu nos casemos com os 1.400 na cerimônia coletiva. Esse ritual acontecerá na mesma hora do pôr do sol do casamento de Alexandre e Roxana, mas do lado de fora dos portões da fortaleza, no novo anfiteatro em estilo grego que foi entalhado na encosta de Bal Teghrib, o local onde nosso rei se dirigiu pela primeira vez às tropas, após a travessia do Hindu Cush.

Pendão e eu deixamos a cavalo o acampamento afegão. O instante é uma hora antes do pôr do sol. Ash deveria nos encontrar, para servir de acompanhante e fiador. Ele não se encontra em lugar nenhum. Em vez disso, pegamos um dos nossos *shikaris*, um montanhês chamado Jerezrah, para apresentar nosso *dashar*, nosso pedido de direito de ingresso. Infelizmente, descobrimos que o sujeito é de Agheila, uma das tribos panjshiri com as quais os nossos anfitriões, que são pactians, estão em guerra. Eles não o deixarão entrar. Agora Ash aparece. Esteve o tempo todo, ao que parece, imaginando por que Pendão e eu estávamos demorando. Ele assume o comando. Apelando ao espírito dos Dias de Perdão, ele convence os nossos anfitriões a permitir a entrada de Jerezrah. Só que agora Jerezrah está irritado com o insulto e não vai entrar.

— Conheci a vida inteira esses bandidos — diz ele, dando meia-volta. — Eles continuam sujos e reles como nunca.

Pendão, Ash e eu entramos no acampamento. Parece que cada trepador de pedra num raio de cem quilômetros ouviu falar do acontecimento e se reuniu ansiosamente para presenciá-lo. É uma turma de aparência selvagem, armada até os dentes, com uma barba por fazer há meses. Cada homem porta um chicote primorosamente franjado e emplumado, cuja ponta, ao se sentar, ele pousa no chão diante de si, segurando o cabo delicadamente entre os dedos, de modo que, quando todo o grupo toma posição no círculo, todos os rebenques apontam para o centro e todos balançam ritmadamente, dando pancadinhas na terra. O espetáculo é pitoresco e, a seu modo, bastante encantador.

Uma multidão agora se formou diante do pavilhão do chefe, uma estrutura de pele de cabra sustentada por múltiplas colunas de madeira e fronteada por um enorme pórtico de tenda, cuja entrada é coberta por tapetes jogados sobre a terra. Somos conduzidos aos nossos lugares. Sentamo-nos. O sol escorrega atrás das montanhas; de repente, o ar noturno ferroa com frio. Ash dobra os joelhos à minha direita. Chefes e anciãos sentam-se diretamente à nossa frente, com o irmão e os primos de Shinar de pé atrás deles. Não são trocados cumprimentos, nem há a menor atenção à nossa chegada. É costume, explica Ash. Chama-se "assentar", quando os dois lados tomam conhecimento um do outro, aos poucos, através de sua mútua presença, sem se falarem diretamente.

O círculo murmureja com tagarelice social. Todos matraqueiam exceto Pendão e eu. Agora são trazidas enormes tigelas de latão com água, não para beber, mas para lavarmos nossas mãos direitas. Erguem-se gritinhos emocionados. De repente, surge um monte de arroz, carne de carneiro e pêras, transportado numa maca com quatro cabos. Todos o escavam. Pendão e eu também, temendo causar uma ofensa, se objetarmos, muito embora tenhamos acabado de engolir às pressas um farto jantar no acampamento. O irmão e os primos não se sentam. Não comem. Mantêm sua posição imediatamente atrás do chefe. Não faço idéia do que isso significa. A postura dos dois é soturna e combativa; permanecem em pé com os braços cruzados. Quando a montanha de arroz é devorada, o que não leva mais de dez minutos, os homens começam a debater, em pactian, o assunto de Shinar e sua violação do código de *A'shaara*. Ninguém convida a mim ou a Pendão para falar, nem mesmo olha em nossa direção. O chefe e os anciãos mantêm um diálogo todo próprio, abundante em alegria, aparentemente nada tendo a ver com o caso. A veemência anima o debate; em determinado momento, vários membros de clãs precisam ser separados, pois estavam quase chegando aos socos. Todo mundo está se divertindo a valer.

Subitamente, como se tivesse sido dado um sinal que todos puderam ouvir menos Pendão e eu, cessa todo o palavrório. Irmão e primos são chamados para diante. Eles se sentam, me encarando. — *Toumah!* — brada um intérprete. "Fale."

Falo. Dirijo-me ao irmão e aos primos.

— *Nah! Nah!*

O mestre-de-cerimônias me corrige. Devo dirigir minha preleção aos anciãos.

Apresento o meu caso em grego, que Ash traduz. Quando termino, inicia-se uma segunda rodada de debates. Novamente os chefes não prestam atenção. Vários até mesmo se levantam e saem, para se aliviar, deduzo, e voltam e retomam sua animada conversa. O ciclo termina. Agora Baz, o irmão de Shinar, levanta-se para falar.

Eu me sentiria melhor se ele estivesse mais zangado. Em vez disso, seu modo é frio e duro. Dirige-se aos anciãos da tribo, não a mim. Quando gesticula na minha direção, o que faz freqüentemente, sua voz aumenta de tom. Entendo o suficiente de pactian para perceber que ele me odeia menos como pessoa, ou por qualquer injúria que eu pessoalmente lhe tenha causado, do que como um representante do exército da Macedônia, o detestado invasor. Para ele, sou *todos* os estrangeiros, *todos* os macs. Ele nos odeia com um sangüíneo fervor.

Ash fala no meu ouvido.

— Não leve isso muito a sério. O homem é bom.

Baz encerra sua arenga para os anciãos e para a tribo. Agora dirige-se a mim. Com termos de uma fria e dura truculência, ele recita uma acusação que descoraria a juba de Zeus. Distingo três palavras de sua repetição: "honra", "insulto" e "justiça".

O irmão encerra.

— Agora — sugere Ash —, ofereça dinheiro.

Comece com pouco, aconselha. Ofereço. Não funciona. Paro quase na metade do total de minha bonificação, três anos de salário. Não chego a lugar nenhum.

— Acrescento — digo — o meu cavalo.

A congregação explode. Os rebenques agitam-se alegremente. Tribais dão tapinhas uns nos outros com as costas da mão direita (usar a palma, ou a esquerda, seria um insulto mortal). Como magia, minha égua se materializa, conduzida por cavalariços afegãos. A turba a cerca, com filas de cinco. Deve-se dar o crédito a esses bandidos; eles conhecem cavalos. Pelo seu animado palavrório, é claro que Neve tem sua aprovação. Olho para Baz e os primos. O pessoal da tribo os atinge alegremente com pancadas. Parece boa coisa, comenta Pendão.

— Esses ladrões de ovelhas mostram respeito ao seu filho.

Ele tem razão. Os homens continuam felicitando Baz. Seguramente nenhuma mancha de desonra resta em seus olhos.

Oferecer meu cavalo revelou-se uma brilhante jogada. Como os afegãos são gananciosos, o ouro é menos atraente para eles (visto que têm poucas chances de gastá-lo) do que artigos de honra, como armaduras ou armas de um inimigo, e mais ainda o seu cavalo de batalha, particularmente se esse animal é um magnífico espécime como Neve no auge de seus anos como combatente. Conquistar esse prêmio é quase tão satisfatório quanto matar o próprio inimigo.

— Conseguimos um bom negócio? — pergunto a Ash.

De fato, diz ele. Exceto por mais uma hora de pechincha sobre arreios e petrechos. Ash assumiu o controle; ele negocia por mim.

— Dê tudo a eles — digo. — Não me importa.

— Jamais! Eles vão menosprezar você e o animal se não brigarmos por isso.

No final das contas, Ash preserva minha armadura e minhas armas.

Agora vem uma segunda refeição.

— Ash — diz Pendão. — Vamos dar a porra do fora daqui.

O negócio está fechado. O irmão de Shinar desistirá de seu direito de vingança sob as leis de *tor* e *A'shaara*. Eu o recompensarei com o meu cavalo e a indenização combinada.

Quero acabar logo com isso. Mas a quantia que prometi é grande demais para ser entregue em ouro (de qualquer modo, não tenho nem um décimo dela). Terei de solicitar uma ordem de pagamento ao exército, e conseguir isso levará a noite toda e a maior parte do dia seguinte, se eu tiver sorte, para obter através da Intendência.

Nós nos encontraremos, o irmão e eu combinamos, no dia seguinte, no portão do acampamento pactian, uma hora antes de a parada militar entrar em forma.

Baz não me oferece sua mão para selar o acordo; essa missão é desempenhada pelo chefe, de acordo com o costume.

— Bom negócio! — diz o velho em grego.

Faço contato visual com o irmão.

— Você está de acordo?

— Traga o dinheiro e o cavalo.

— Se nossas nações conseguem fazer paz, certamente nós dois conseguimos.

Todavia, Baz não concorda.

— Deixe o meu país — diz ele. — Não volte nunca mais.

CINQÜENTA E QUATRO

Ash acrescenta uma advertência, quando saímos: Preciso ter toda a certeza, quando eu entregá-los, de que o irmão receba o dinheiro e o cavalo em suas mãos.

— Assim que ele aceitar as rédeas, não poderá voltar atrás em seu juramento. Até lá, você não terá nada a não ser ar.

Logo que retorno, informo tudo a Shinar. Ela sabia, desde o dia do Festival das Mulheres, da presença do irmão no acampamento. Na ocasião, duas garotas da aldeia conversaram com ela.

— Elas não falaram dele. Mas pude ler em seus olhos.

Ghilla está morando conosco. Ambas as mulheres estão intranqüilas. Querem se mudar para um novo acampamento. Agora, esta noite. Temem que Baz e os primos, a despeito de suas promessas, venham atrás delas aqui.

Mas para onde poderemos nos mudar? A cidade está lotada. Não resta um cubículo de escravo.

Estéfano nos salva. Por intermédio de um amigo, ele nos consegue um lugar na área reservada aos oficiais solteiros, a parte mais segura do acampamento militar. Somente macs. Ficamos numa tenda com os cavalariços. Não é ruim. Por causa dos cavalos, há segurança dia e noite. Entre as porções de acampamentos que se espalham por milhares de acres, é impossível que Baz consiga nos localizar aqui.

Falta apenas uma hora para o amanhecer quando acabo de instalar as mulheres e as crianças. Estou exausto demais para dormir e, além disso, tenho de ir bem cedo à Intendência para solicitar a ordem de pagamento. Estou vestindo uma túnica limpa, quando Estéfano aparece com seu amigo, o capitão que nos conseguiu um lugar na área segura. Ele promete vigiar Shinar e Ghilla. Colocará três soldados na tenda, para que sempre haja dois acordados.

Eu mesmo deveria ficar. Deveria convocar Pendão e Boxer e ficar acocorado na porta o dia todo, até a hora do casamento.

Mas preciso pegar o dinheiro.

Preciso autenticar o contrato.

Por volta do meio-dia já atravessei e voltei a atravessar a cidade meia dúzia de vezes. Cada escrevente me conta uma história diferente. O escritório da Intendência está fechado por causa do casamento. O escritório está aberto, mas foi transferido para o outro lado da cidade. O escritório quer me ajudar, mas o secretário não encontra meus pergaminhos de serviço. O escritório vai fechar dentro de vinte minutos.

O casamento de Alexandre envolveu a cidade numa histeria. Cada viela está apinhada de alfaiates e entregadores de lavanderia. Moleques descalços atiram-se pelos caminhos laterais do acampamento militar, entregando botas recém-engraxadas e elmos acabados de sair do polimento. Eu nunca tinha visto tantas capas militares tão passadas e reluzentes. Ilhoses de bronze brilham como diademas. Na margem do rio, cavalos estão enfileirados lado a lado e são ensaboados e escovados pelos seus cavalariços. A planície deve abrigar uns mil acampamentos. Às margens de cada, nativos se acocoram às centenas, lavando cilhas e encerando arreios e partes metálicas. A fim de manter a cidade impecável, nosso anfitrião, o chefe guerreiro Chorienes, prometeu uma moeda de cobre para cada galão de excrementos de cavalo raspado de via pública e entregue aos administradores de seu estábulo. Em cada esquina, moleques brigam por bosta. A cidade cintila.

O terceiro intendente me desvia para o Registro de Privilégios. O escrevente não consegue encontrar meus documentos de serviço, mas encontra os do meu irmão Elias. Eu sabia que tenho direito a um desembolso? A metade dos benefícios pelo falecimento do meu irmão (a outra metade vai para Filipe).

Isso me salvará.

Posso recebê-los?

Claro. Em casa, em Apolônia, daqui a seis meses.

O escrevente precisa fechar o escritório. É, porém, um sujeito decente e, quando me viro para ir embora, resmungando, ele me chama.

— E o seu dote, sargento?

O tesouro do rei, lembra-me ele, presenteará hoje cada casal com uma taça de ouro — que vale facilmente a quantia de que necessito.

O problema é que o presente virá *depois* do casamento.

— Procure um egípcio — sugere o escrevente. Alguém que faz empréstimos perto de dia de pagamento. Alguém que me adiantará dinheiro contra o penhor do meu dote.

Tento por mais duas horas. O quarteirão dos banqueiros foi fechado por forças de segurança. Sua viela dá acesso à Cidadela; ninguém passa, a não ser com uma autorização selada com o lacre real. Alguém me diz que os usurários se mudaram para aposentos temporários; suas mesas estão instaladas atrás da alameda dos Armeiros. Avanço 6 metros antes que uma procissão de sacerdotes bloqueie o caminho. Zoroastristas, arrastando-se a uma velocidade que faz uma lesma parecer rápida. Porta-maças cerimoniais protegem os flancos dos homens santos; não se pode atravessar a procissão ou toda a multidão cairá sobre você. Posso, porém, ver as mesas dos banqueiros. Cada uma tem uma fila diante de si, contendo uns vinte homens. Todos os demais arrasta-pés encrencados tiveram a mesma idéia que eu. Quando consigo dar a volta na procissão, as mesas estão sendo levadas embora. Acabou-se o brilho. Os corvos o emprestaram por duas vezes e meia.

Volto para a área dos oficiais solteiros uma hora depois do meio-dia. Ghilla e duas outras garotas preparam o ritual do banho para Shinar. Não me deixam entrar na tenda; dá azar. Minha capa passada pende da estaca. Estou coberto de poeira. Fracassei completamente. Não tenho o dinheiro para Baz e não há chance de eu consegui-lo. Ao desabar num banco do lado de fora da tenda, Pendão chega cavalgando. Conduz seu próprio cavalo e a minha Neve, ambos escovados e reluzentes, e um terceiro animal para minha viagem de volta.

— Conseguiu o dinheiro?

Sacudo a cabeça.

Pendão joga uma bolsa de couro. Ela cai no chão, pesada e retinindo.

— Cale a boca — diz ele — e pegue isso.

Ele não me deixa lhe agradecer.

— Voltarei dentro de uma hora, com Boxer e Ruivo.

Ele quer dizer que nós quatro vamos encontrar Baz.

— Leve uma arma a mais. Para o caso de nos desarmarem.

Concordo com a cabeça.

— Onde está Ash?

— No acampamento pactian. Ou disse que estaria.

O local onde devemos nos encontrar com o irmão e os primos de Shinar fica cerca de vinte minutos além da planície. Hoje, levará o dobro disso, com as turbas atulhando as estradas.

Visto-me em cinco minutos. O tempo restante da hora gasto espreitando o perímetro de nossa viela. Os sentinelas do capitão estão a postos. Todas as nossas mulheres estão presentes, exceto Jenin, a garota do aborto, que saiu para buscar roupa lavada.

Repito para mim mesmo o alerta de Ash: colocar as rédeas nas mãos do irmão. Isso selará o acordo.

Agora tão próximo.

Mais um momento, e estaremos livres.

Pendão volta com Boxer e Ruivo. Ele trocou para o uniforme de gala, para o casamento, incluindo sua capa na qual ele escondeu uma lâmina de estripar do tipo espartano (para o caso de Baz e os primos tentarem algo duvidoso) e uma faca *khofari* presa na coxa e duas adagas de arremesso ocultas nas botas. Boxer e Ruivo esperam lá fora em seus cavalos. Separo-me de Shinar. Meus amigos e eu levamos uma hora para chegar ao acampamento pactian. Três ruas convergem para lá; as vielas de aproximação enxameiam com brigadas de cavalaria, aliados e tropas irregulares e milhares de freqüentadores do festival seguindo a pé. O sol de após meio-dia é escaldante. Partículas de pedra se erguem de uma centena de espanadores.

— É ali — avisa Pendão.

Podemos ver a entrada, de onde o nosso *shikari* voltou no dia anterior. Um punhado de tribais está à espera. Ash aproxima se.

Nada de Baz.

Nada de primos.

— Cadê o irmão?

Ash parece perturbado.

— Onde estão eles?

— Eu sabia que eles iam fazer isso — afirma Pendão.

— Ash...

— Não sei — diz ele.

— ... o que está havendo?

— Não sei!

O olhar de Pendão varre os rostos dos espectadores. *Eles* sabem. Eles vieram nos observar. Desfrutar o nosso contratempo.

Dois afegãos vêm segurar a minha égua. Puxo-a para longe.

— Onde está Baz? — grito em dari.

Os homens avançam para roubar Neve. Pendão desembainha seu sabre; as lanças de Boxer e Ruivo paralisam o grupo no lugar onde se encontra.

— Ash — berro —, que porra está havendo?

— Matthias! — Pendão aponta para a multidão que olha.

Jenin.

A garota que faz aborto.

Ela nos vê apontando e dispara como uma lebre. Minhas esporas mergulham. No instante de uma batida de coração, Pendão e eu estamos a galope.

— Os filhos-da-puta nos enganaram — grita Pendão. Eles nos atraíram para longe de nosso acampamento. Da proteção de Shinar e do bebê.

Vejo Jenin descer correndo por uma viela do acampamento. O alerta de Ash, do dia anterior, grita em meus ouvidos.

> *Tema essas mulheres, pois* A'shaara *as cega tão impiedosamente assim como a garra de uma águia segura uma pomba.*

CINQÜENTA E CINCO

Meu rebenque arranca discos de couro dos flancos de minha pobre égua; meus calcanhares socam sua caixa torácica. Fomos passados para trás. Baz foi desleal.

Pendão e eu seguimos furiosamente ao longo da estrada defronte ao rio, correndo de volta para Shinar e o nosso acampamento. Três pontes se estendem sobre o riacho abaixo de Bal Teghrib. Todas apinhadas com peregrinos e gente que vai ao casamento. Do outro lado do rio se estende a grande planície onde se realizará o desfile de campo e, além dele, o maciço montanhoso da cidadela. Já avistamos regimentos entrando em formação. Como poderemos dar a volta? Não conseguiremos chegar pelas pontes, e o rio é fundo demais para se vadear. Os corações de nossos cavalos vão estourar se nadarmos com eles e, além disso, a margem do outro lado dá direto para as barricadas de segurança; a Guarda do Rei nos interceptará em nosso estado frenético e talvez até mesmo nos liquidem. Não temos escolha, a não ser galopar dois quilômetros até o primeiro vau rio acima. Quando os nossos animais finalmente sobem a margem do outro lado, podemos sentir seus joelhos afrouxarem.

A estrada que se aproxima da Cidade de Bactra pelo oeste bifurca num grande matagal de tamargueiras que abriga as favelas dos mais pobres da cidade. O lado sul torna-se a estrada do rio, junta-se ao término da rodovia do sul e entra na cidade através do Portão de Drapsaca. Esse gargalo estará abarrotado de gente. Esporeamos para a esquerda, subindo a ladeira em direção à fortaleza. Minha égua está exausta, mas continua dez corpos adiante de Pendão. Posso ver o portão ocidental se aproximar; eles estão um quilômetro atrás de mim. Aperto as rédeas, para deixar Pendão me alcançar. "Por ali!" Saltamos o muro num ponto baixo.

Entramos num labirinto de vielas da cidade. Cada artéria se encontra estrangulada com celebrantes. Nadamos contra uma maré de milhares, todos cobertos com seus adornos. Estão tão felizes. Odeio todos eles. Golpeamos a massa como se fôssemos uma tropa contra motins diante de rebeldes. Onde está o nosso acampamento? Estamos perdidos. Nem mesmo os moleques que viveram a vida toda nesse labirinto sabem nos dizer. Continuamos golpeando. Morro acima é tudo que sei. O acampamento fica em terreno alto.

Sei que combato estupidamente. Quando limpo o suor do rosto, minha mão vem ensangüentada. Mordi o lábio e nem senti.

Postos de controle fecham rua após rua. "Não pare!", berra Pendão. É possível imaginar uma justificativa para nossa pressa a um cabo que cuida de alguma barricada?

Em minha mente, conjuro o capitão de nosso acampamento — o amigo de Estéfano que jurou proteger Shinar e Ghilla. Se gritar pudesse fazê-lo ouvir, eu berraria tanto que as muralhas da cidade desabariam. Se, apenas por desespero, eu conseguisse fazer com que ele soubesse do perigo que correm as nossas mulheres, minha cabeça explodiria com a força de minha aflição.

Açoito Neve com extrema violência morro acima, então me dou conta de que estou batendo em minha própria perna direita. Esfolei a pele até a carne viva.

De algum modo, encontramos o acampamento. Vejo-o adiante. Deserto, exceto por uma vigília essencial. Todos saíram para as núpcias. Sai sangue das narinas de minha égua. Ela está a instantes de desabar sob mim. Atrás, Pendão já perdeu sua montaria exaurida; ele vem a pé.

Dentro do acampamento. Ninguém de sentinela. Foram-se todos. Restaram apenas as mulheres. Minha égua cambaleia. Desmonto. Sem meu peso sobre suas costas, ela se recupera. Arrasto-a pelas rédeas.

— Pendão...

— Estou bem. — Ele bufa atrás de mim, o peito movimentando-se aos urros.

Ouvimos gritos adiante. Já sei que o pior aconteceu. Precipitamo-nos como condenados. Reconheço as baias dos cavalos e a passagem para a nossa tenda. Diante dela, um bando de mulheres, guinchando de dor. Arranham as bochechas; sangue escorre pelas suas faces. Ali está o nosso capitão. Ele grita algo que não consigo ouvir. Sua expressão é de degradação. Mantém as mãos diante de si. Vejo dois cabos, os nossos guardas. Um deles segura uma meia-lança suja de sangue. O outro me olha boquiaberto num estado de consternação.

Viro a esquina para a viela. Os corpos de Baz e os dos dois primos estão estatelados no chão. Olhando estupidamente uma multidão os cerca. A turba nos vê. Seus olhos disparam em direção à tenda.

Apego-me à esperança. Talvez os cabos tenham detido os assassinos. Talvez os tenham interceptado antes de pegarem Shinar e o bebê. Vejo Ghilla, agarrando seu bebê. Mergulho na tenda com Pendão a um passo atrás de mim. Soldados e cavalariços apinham o interior.

O baú do exército que servia de penteadeira está virado de cabeça para baixo. Um corpo de mulher jaz onde o tapete foi arremessado para trás, como se numa peleja. A terra está pintada com sangue.

CINQÜENTA E SEIS

Uma olhada em Shinar me diz que ela não respira mais. Não há nada que eu possa fazer por ela. A sensação é como num combate. Viro-me de imediato para o bebê Elias. Um cabo cujo nome não sei segura o menino. Todos recuam. Abre-se um caminho de mim para o bebê. Seguro-o. A faixa que o envolve para limitar seus movimentos está encharcada como uma esponja. O cabo puxou para o rosto da criança uma aba para lhe fazer sombra. O pacote é tão pequeno. Como uma encomenda que você apanha no correio. Seguro o meu filho minúsculo com ambas as mãos.

Soldados me dizem depois que pareço estar fora de mim. Ao contrário. Estou vívida, sobrenaturalmente lúcido. Sei com absoluta certeza que mais inimigos estão vindo. É assim que lutam os afegãos. Eles o atacam uma vez e, quando você pensa que está seguro, atacam novamente.

Berro ordens. Temos de agir, dar o fora dali. Os cavalariços me olham como se eu tivesse enlouquecido.

Do lado de fora, um garoto segura minha égua. O animal está acabado. Se obrigá-la a sustentar o meu peso, ela desabará debaixo de mim. Saio a pé, carregando meu filhinho na dobra do braço esquerdo, debaixo do quadrado do meu escudo de cavalaria. Posso ouvir o capitão atrás de mim. "Alguém fique com ele."

Pendão.

Meu amigo me examina. Seu rosto pinga suor. Poeira cobre seu uniforme de gala, por causa de nossa cavalgada desde o acampamento afegão. O casamento. Percebo que eu, também, visto o equipamento formal. Parece ridículo.

— Aonde vamos? — brada Pendão.

Ele pensa que sofro de estupidez de combate. Vai ficar comigo. Me proteger. Mas ele pensa que a guerra me deixou maluco. Parto para o morro. O acampamento se acocora na base do ombro esquerdo do Bal Teghrib. Acima dele serpeia um curso seco de água, que escoa pela encosta, e, depois dele, uma favela. Vielas se retorcem num labirinto cuja direção é imposta pelo modo como a água da enchente flui da colina. Todas as ruas estão profundamente sulcadas. Desertas. A cidade inteira se esvaziou para o casamento de Alexandre e Roxana.

Labuto encosta acima. Pendão ofega a meu lado. Quer saber aonde vamos.

— Eu saberei — digo — quando o vir.

O que acontece quando você sofre de estupidez de combate é que as tarefas mais simples se tornam terrivelmente difíceis. O senso o deserta. Os membros se tornam chumbo. Você precisa reunir todas as suas faculdades apenas para continuar presente. Para ouvir alterações; você fica surdo e mudo. Seu companheiro pode estar gritando a dois centímetros de distância, mas você não consegue ouvi-lo. Em ação, um soldado às vezes fica possesso por ter de executar alguma incumbência sem sentido, e até mesmo demente, como levar para local seguro um companheiro já morto, em vez de continuar dando apoio à missão em desenvolvimento. Tais sujeitos precisam ser dominados pelos seus colegas ou chefes de pelotão. Pendão agora teria de me esmurrar, eu sei. Mas ele não tem coragem.

Sei que Shinar está morta. Sei que a criança em meus braços foi cruelmente morta. Mas não consigo evitar de procurar defendê-la desesperadamente. Uma parte de mim acredita, ou quer acreditar, que, se eu me esforçar vigorosamente o bastante, implorar fervorosamente o bastante aos céus, oferecer minha vida em troca da do bebê, os deuses me ouvirão e voltarão a vitalizar essa pobre trouxa em meus braços.

Conduzo Pendão por vielas em direção à cidadela. O caminho é um apinhado de choças de pau-a-pique e barracos de paredes de tijolos. Acima do ombro esquerdo vai meu *pelta* da cavalaria. Debaixo dele, abrigo o meu bebê. A placa de defesa da cavalaria macedônia não é totalmente um escudo, mas uma cunha apequenada de carvalho e couro de boi revestida de bronze. É cômodo. Com um movimento para trás, você pode jogá-lo para as costas ou movendo os ombros à frente, jogá-lo para cima do ombro e do antebraço. Nesta posição, a obstrução o protege contra investidas de lanças e golpes de sabres de oponentes destros, ao mesmo tempo que deixa livre seu braço esquerdo para manobrar as rédeas.

Debaixo dele, defendido por ele, carrego o meu bebê sem vida.

Por quanto tempo pelejaremos através da favela? Não sei. Passamos viela após viela fechadas por destacamentos de segurança. Atravessamos o ombro inteiro da montanha, cada desvio forçado levando-nos para mais longe do cume. Por que procuro essas alturas? Não faço idéia. O instinto de altos desígnios talvez.

Subitamente, tudo mergulha em sombra. Atrás da fortaleza, o sol cai. Erguem-se fortes gritos de alegria. Podemos ouvir tambores e címbalos, sinos e pandeiros, celebrando o casamento. As 5 mil pipas são empinadas; vislumbro suas formas entre as fendas acima das vielas tortuosas. Pendão pára a meu lado, exausto da perseguição lunática à qual eu o levei.

Desabamos contra um muro de tijolos. Nossos joelhos cedem. Pendão cai transversalmente a mim. A viela é tão estreita que nossas pernas deslizadas caem uma por cima da outra. Estamos exaustos demais para desengatá-las.

Não perdi o juízo.

Sei o que aconteceu.

Apreendo a fatal inevitabilidade desse momento. Os acontecimentos, está claro para mim, como esteve para Shinar, se desenrolaram da maneira predeterminada, desde a invasão inicial do Afeganistão pelo exército macedônio até este momento. Nós, que os encenamos — desde Baz e Ash e Jenin a mim e Pendão e Shinar —, não tivemos mais liberdade de escolha do que planetas em sua passagem ou dias em um mês.

Pipas nupciais velejam acima. Flutuam ao sol; nós nos acocoramos na sombra. Faço contato visual com Pendão. Atrás dele eleva-se uma rota cerca de sarrafos, protegendo uma viela afluente. Um cachorrinho e um garotinho nu, com não mais de um ano de idade, cagam juntos na terra empoeirada. Uma jovem mãe sai por uma porta. Ela vê Pendão e a mim e agarra seu filho; num instante, ela desaparece. Ouço o som de asas batendo.

Pombas.

Pombas brancas.

Transversalmente a um raio de sol esvoaça a brilhante revoada, festejando a união de Alexandre e a princesa Roxana.

A guerra acabou.

EPÍLOGO

DEUS DOS AFEGÃOS

CINQÜENTA E SETE

Dentre os rituais mais dolorosos que um soldado precisa realizar está o inventário dos objetos pessoais não reclamados de um colega abatido. Quando sua propriedade é de uma mulher e de um filho, com quem ele se importou muito mais do que imaginava ser possível, a tarefa se torna ainda mais sofrida.

No fim das contas, fico apenas com duas recordações de Shinar: seu sapato (o andrajoso *pashin* com o qual atravessou o Hindu Cush) e a carta que ela me enviou da Cidade de Bactra, redigida por um escriba do mercado, num grego muito inferior ao dela.

> *Vim para Maracanda. Filho de Ghilla nasce. Os soldados mata Daria pelo seu irmão. Devolvo seu salário. Se você encontra nova mulher, eu sigo meu próprio caminho.*

Eu terei outra mulher, se sobreviver. Talvez a lembrança de Shinar desapareça com o tempo. Mas duvido. Ela era mais corajosa do que eu, mais forte e mais sábia. Foi a minha insensatez que levou à sua morte, a qual ela previu tão claramente, enquanto eu, cego e negligente, arrastei-a adiante para a nossa ruína.

Quanto ao irmão de Shinar, não posso odiá-lo. Nem mesmo posso condenar o código sob cuja coerção ele tirou a vida dela. Nós éramos três. O império tem 30 milhões. Mostre-me alguém cujo coração não foi rasgado pelo impiedoso ancinho da guerra.

Quando, na primavera, as divisões marcham em direção à Índia, acontece de nossa companhia desfilar ao lado daquele contingente afegão do qual faziam parte o irmão e os primos de Shinar. Vejo rostos do *jurga*. Esses homens, agora, formarão um elemento da força da guarnição sob a bandeira de Alexandre, para manter o Afeganistão em seu nome. Que monumento devemos erigir a essa conquista, àquela em que homens servem ao mesmo chefe guerreiro a quem serviam antes, no mesmo lugar, com o mesmo salário, só que agora pagos em moeda macedônia?

Vendi a minha égua Neve. Ela não me deu sorte.

Decidi não aceitar a minha baixa. Em vez disso, me realistei. Na infantaria. Assinei por mais dois surtos. O exército me deu uma promoção. Tenho agora a antiga patente de Pendão.

Ele foi mesmo para casa, meu amigo e mentor. Sou eu, agora, quem instrui os arrasta-pés inexperientes que chegam com o mais recente comboio de substitutos. Eles são estúpidos como filhotes de cachorros. Dou duro neles. É preciso, para mantê-los vivos.

Estéfano e eu continuamos juntos. A gente ressurtou* no mesmo lugar. Ele quer conhecer a Índia. Agora é capitão; príncipes da Antiga Macedônia não são tão ricos quanto ele. Manda tudo para casa, ficando apenas com o suficiente para substituir armas e armadura. "O soldado", diz ele, "não precisa mais do que isso."

Nós nos separamos naquela última manhã, Pendão e eu, na Planície das Dores. Ele remexe na minha bolsa e retira o casquete com presa de javali de Tollo. Enfia-o na minha cabeça.

— Pronto — diz ele. — Assim fica melhor.

Ghilla está a meu lado. Tomei-a e a seu filho, o pequeno Lucas, sob minha proteção. Criarei o menino como se fosse meu.

— Como um soldado? — pergunta Pendão.

Damos gargalhadas. O garoto crescerá e, sem dúvida, vai virar um, não importa o que eu diga.

Mais cedo, nesta manhã, quando os comboios de mula se formavam no escuro, meu irmão surgiu a meio-galope ao longo da coluna, a caminho de seu posto de fronteira. Filipe também irá para a Índia. Continua todo preocupado, ou finge estar. Desmonta. Inspeciona meu equipamento.

— Você parte meu coração, Matthias.

Lastima.

— Encontrá-lo aqui — diz ele — concretizou todos os meus temores.

Adiante, a coluna se move com um suspiro. Quando o exército da Macedônia organiza suas tropas para um novo teatro de guerra, o faz em divisões por ordem de antiguidade. A minha, o *taxis* de Coeno, é a segunda atrás das brigadas de elite de Alexandre.

Filipe remonta, abaixa sua mão estendendo-a. Aperto-a.

— Mantenha-se longe do terreno alto — diz ele.

— Não canse demais sua égua.

Ele dá um puxão nas rédeas; suas esporas pressionam. Com uma arrancada, sua montaria dispara adiante acompanhando a fileira.

A planície sobre a qual o acampamento se espalha é uma confusão de cozinhas de campanha desmontadas e tendas para 16 soldados desfeitas. Estas não acompanharão o exército em marcha. Seguirão com a bagagem pesada. Durante a viagem, o bonzo dos soldados será sob *bichees* de couro de cabra e eles se alimentarão de bocado e pão não fermentado. A trilha será a mesma pela qual descemos do Desfiladeiro do Khawak três primaveras atrás. Dessa vez, a coluna seguirá por desfiladeiros mais baixos, mais fáceis. Vamos parar para treinamento no Vale Cabul até passar o pior do calor do verão, então descer com o outono para o Punjab.

Minha mãe escreve:

Eu perdi você, minha criança? Meus braços nunca mais o abraçarão?

Consolaria essa querida senhora saber por que não posso voltar para casa. Como posso lhe explicar? O que eu me tornaria lá, a não ser outro velho triste, um veterano de guerra alquebrado e nada útil para a minha família, para o meu país ou para mim mesmo?

Outrora desejei ser soldado. Tornei-me um. Mas não da maneira que pensei que me tornaria.

O movimento da coluna finalmente chega aonde estamos. O primeiro dia de marcha nunca é para longe. No caso de esquecer algo importante, você precisa ter condições de mandar um homem de volta.

Ao passar pelos campos das divisões que irão nos seguir, avisto uma barba branca familiar.

Ash conduz um comboio de duas dúzias. As cargas das mulas são amarradas em cima e equilibradas, mas agora estão no chão, para que seu peso não canse os animais prematuramente. Ash me ensinou isso — e como raspar as costas de um animal de carga para que seu pêlo não forme bolos retorcidos debaixo de seu fardo.

— Eu lhe disse, mequém, que nós expulsaríamos vocês.

De fato, ele disse.

Paro e seguro a mão do velho bandido.

— Lamento pela sua garota, Matthias.

Cito este provérbio:

Apesar de cego, Deus enxerga; apesar de surdo, Ele ouve.

Retorno à coluna.

— Vejo você na Índia.

— Que eu morra de fome antes disso!

A beleza do Afeganistão está em suas distâncias e sua luz. O maciço do Hindu Cush, uma centena de quilômetros distante, parece perto o bastante para se tocar. Antes, porém, de chegarmos lá, granizos do tamanho de projéteis de funda ressoarão em nosso bronze e ferro; enchentes levarão soldados e cavalos que amamos; o sol nos cozerá como os tijolos das 10 mil aldeias deste país. Estamos tão cheios de alegria por deixar este lugar quanto ele de nos ver partir.

Certa vez, zombei do deus de Ash. Mas ele nos derrotou. Mudo, impiedoso, arredio, a deidade do Afeganistão não cede por nada. Em vão, apela-se a ele. Entretanto, ajuda aqueles que chamam a si mesmos de seus filhos, que arrancam o sustento desta terra estéril e pedregosa.

Passei a temer esse deus dos afegãos. E isso me tornou um guerreiro, assim como eles.

GLOSSÁRIO DE GÍRIAS

ARRASTA-PÉ = soldado

BANQUETE = festa, comemoração

BAZ = qualquer homem afegão

BHANG = ópio

BOCADO = farinha de cevada; ou, num sentido mais amplo, qualquer tipo de comida

BONZAR = dormir

BRILHO = ouro, moeda, dinheiro de qualquer espécie

CAIR DE PEITO = morrer

CLIQUE = mulher; sexo em geral

FIGO = genitália feminina

GOLPE = um subsídio, acima e além do soldo, dado a cavaleiros e à infantaria montada para cobrir despesas de cavalariço e forragem

JUTA = narcótico afegão

MAC = macedônio

NAZZ = naswar, opiato afegão ordinário

(IR PARA) OS LIVROS = ser morto

OSSO = queixa, problema

PANK (E JACK) = bebida barata e ordinária

RABISCADOR DE CERA = escritor, correspondente de guerra

RUÍDO = boato, notícia

SACUDIR = marchar, caminhar

SALTO = dispensa do exército

SURTO = período de 18 meses de serviço no exército macedônio

TAPADA = grávida

VAPOR = mulher

AGRADECIMENTOS ESPECIAIS

A Richard Silverman e Jody Hotchkiss por suas perspicazes leituras do texto e suas muitas sugestões úteis. Ao capitão David J. Danelo, pela inestimável perspectiva que forneceu como escritor, marine combatente e veterano da guerra do Iraque. E aos doutores Charles Salas e Thomas Crow, do Getty Research Institute de Los Angeles, por me incluírem em seu grupo de Bolsistas Residentes.

markgraph

Rua Aguiar Moreira, 386 - Bonsucesso
Tel.: (21) 3868-5802 Fax: (21) 2270-9656
e-mail: markgraph@domain.com.br
Rio de Janeiro - RJ